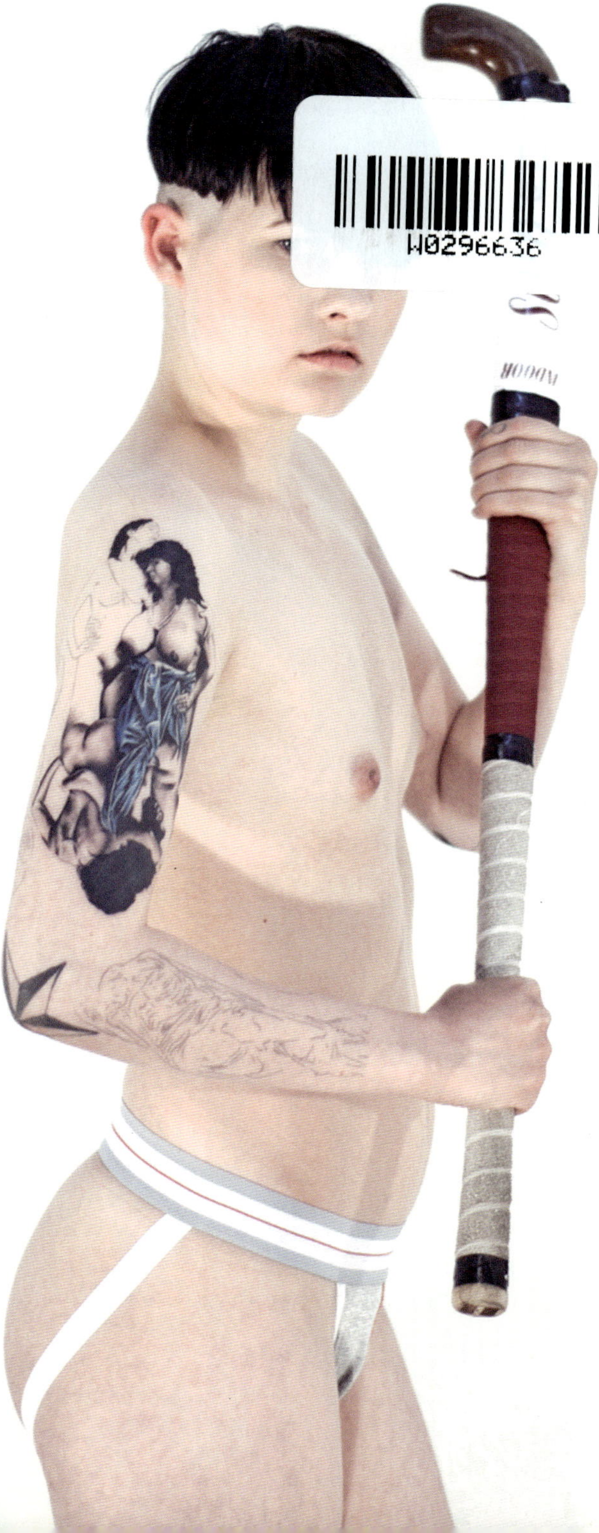

Goodyn Green: *Elvis*

Wir danken allen, die mit Text und Bild zu diesem Buch beigetragen haben.
Lektorat: Regina Nössler
Redaktion und Layout: Claudia Gehrke und Regina Nössler

Impressum

PF 1621 – D-72006 Tübingen
Tel. 0049 (0) 7071 66551 / +78779 – Fax 0049(0) 7071 63539
E-Mail: office@konkursbuch.com
www.konkursbuch.com / Facebook: konkursbuch.verlag
Mittwoch. konkursbuchblog: http://blog.konkursbuch.com/

Covermotiv (Ausschnitt) und S. 1: Goodyn Green
Schlussbild S. 288: Jo Swarzynska.

Einsendungen für weitere lesbische Augen an: gehrke@konkursbuch.com.
Das lesbische Auge gibt es auch im Abonnement, auch die älteren Ausgaben.
Gerne schicken wir Ihnen auf Wunsch unser gedrucktes Gesamtverzeichnis.

ISBN 978-3-88769-817-1

Mein lesbisches Auge 17

Herausgeberin Laura Méritt

konkursbuch

Inhalt

Goodyn Green

Vorwort

Es gibt auch in diesem lesbischen Auge 17 einen roten Faden, der sich durch viele der hier versammelten Texte zieht: Trennung. Es kann eine Trennung von der Liebsten sein, natürlich, daran denken wir zuerst. Eine Trennung von der Mutter („Die Beerdigung meiner Mutter" von Sanne Hipp). Trennung vom Geschlecht („Musste das sein" von Karsten B.). Vermutlich besteht mindestens das halbe Leben aus Trennungen.
Wenn wir mit dem lesbischen Auge beginnen – Themenlisten zusammenstellen, Einladungen verschicken –, schwebt uns in der Regel noch kein roter Faden, kein Leitmotiv vor. Vielleicht klingt das zunächst unstrukturiert und schlecht geplant, aber dem ist nicht so. Die Entstehung des lesbischen Auges ist ein kreativer Prozess, der dem Schreiben eines Romans ähnelt.
Am Beginn eines Romans steht natürlich die Grundstruktur – Plot, handelnde Personen, Örtlichkeiten usw. Aber während des Entstehungsprozesses entwickeln Romane dann plötzlich ein seltsames Eigenleben, das fast ein wenig unheimlich ist. Natürlich schreiben sie sich nicht von selbst – das wäre eigentlich interessant, die Autorin steht morgens auf, trinkt den ersten Kaffee, und nach Einschalten des Rechners sieht sie plötzlich, dass statt der gestern Abend geschriebenen drei Seiten, nur drei Seiten, dort plötzlich dreißig Seiten existieren.
Bücher, und das ist das Schöne an ihnen, leben. Romane und auch Jahrbücher wie das lesbische Auge. Wir haben zu Anfang zwar durchaus besagten roten Faden im Kopf, planen auch, diesen während des Entstehungsprozesses zu verfolgen, aber meist kommt dann alles anders. Wir setzen uns mit den Texteinsendungen auseinander, einerseits, und betrachten gemeinsam die Bilder, andererseits. In unseren Köpfen entstehen Ideen, wie dieser Text zu jenem Bild passen könnte und umgekehrt. Wir haben vorher zwar eine Themenliste versendet, aber die Beiträge halten sich nicht unbedingt daran, was auch gut ist. Wir arbeiten an den Texten, lektorieren sie, korrigieren sie, sprechen darüber. Und dann geschieht irgendwann das, was auch beim Schreiben eines Romans zu beobachten ist: Die Texte, die uns zugeschickt wurden und sich nun in unserer Obhut befinden, leben. Sie entwickeln ein Eigenleben, unabhängig von uns und auch unabhängig von der jeweiligen Autorin. Sie sind mehr als eine Aneinanderreihung von Buchstaben, viel mehr, eigenständige kleine Wesen, die uns hier in Tübingen umgeben, während wir am Layout des lesbischen Auges sitzen, und irgendwann beginnen sie, uns den Weg zu weisen, den wir vorher noch gar nicht kannten.
Natürlich handeln nicht alle hier versammelten Texte von Trennung. Die Autorinnen erzählen von der Lesbengeschichte der 70er, 80er bis heute (Traude Bührmann), von schwierigen Coming-outs, vom Flirten und vom misslingenden Flirten auf Partys, von Sex, vom Lieben.
Auch die Bilder erzählen Geschichten:
Es gibt in diesem lesbischen Auge mehr Bildstrecken als sonst von Paaren, die uns Betrachterinnen spüren lassen, wie zart und zerbrechlich Liebe sein kann. Texte und Bilder handeln auch davon, wie wir uns definieren bzw. wo wir unsere Identität sehen (lesbisch, queer …) – und immer wieder: vom Zauber der Anziehung.

Claudia Gehrke & Regina Nössler

Lovis Cassaris
Who's that girl?

Der Abend verspricht, genauso aufwühlend zu werden wie damals, als ich zum ersten Mal eine Frauenbar aufsuchte. Lange ist's her. So viel ist in den letzten Jahren passiert. *Du* bist mir passiert …
Ich werfe einen letzten unsicheren Blick in den Spiegel. Die Frisur sitzt, die Fliege aus Nussbaum-Holz, die wir gemeinsam vor drei Jahren in Sevilla ausgesucht hatten, mittlerweile auch. Früher brauchte es einen flinken Griff von dir, ein leichtes Zupfen da und dort, schon fühlte ich mich makellos.
Ich finde das Portemonnaie in der Couchritze wieder, sehe nach, ob Identitäts- und Kreditkarte drin sind, atme tief durch, verlasse die Wohnung und bekomme schon im Treppenhaus weiche Knie. Nach so vielen Jahren wieder als Single auf die Piste zu gehen, dabei schon Mitte dreißig zu sein. Meine grauen Haare werden spätestens unter dem UV-Licht deutlich leuchten. Wer soll mich da noch ansprechen wollen?
Auf das rechte Handgelenk wird mir ein Stempel aufgedrückt. Für den Rest des Abends werde ich mit einer Robbe auf der Haut tanzen. Ich gebe Jacke und Pullover an der Garderobe ab und mische mich unter die tanzende Menge. Die Luft ist verbraucht, dabei ging die Party erst vor zwei Stunden los. Um mich herum niemand, den ich auch nur flüchtig kenne. Lediglich angetrunkene junge Frauen in engen Röhrenjeans und mit Buttons von Musikbands, deren Namen mir nichts sagen.
Im Hintergrund Elektro. Die tiefen Bässe lösen bei mir zuerst etwas Übelkeit aus.

Goodyn Green

Spätestens nach dem dritten Stück hat sich mein Körper an die Beats gewöhnt, und ich fange an, die Musik zu genießen. Du hättest sie auch gemocht. Ich tanze und warte auf den befreienden Augenblick, in dem ich mich endlich alleine auf der Tanzfläche fühle. Ich bewege mich so lange, bis ich nur noch mein Körper bin. Ich bin der Schmerz in meinem linken Fuß, bin der Schweißtropfen, der meinen Hals herunterrinnt. Kurz verliere ich das Gleichgewicht, dann streift etwas meinen Unterarm. Als ich die Augen öffne, fallen mir als Erstes ihre eisigen Augen auf.
„Du solltest eine Pause einlegen", rät mir die Fremde.
Ich nicke. „Nur noch dieses eine Lied", antworte ich.
„Dann muss ich dich aber festhalten. Zur Sicherheit", sagt sie. So, als wäre es das Normalste der Welt, meine Hand zu

nehmen. Sie zieht mich zu sich, legt nun meine Arme um ihre Hüfte. Eine ungewöhnliche Art, sich zu Elektro zu bewegen, aber ich lasse es zu. Jetzt, wo wir eng miteinander tanzen, fühle ich mich auf einmal alt. Sie muss Anfang zwanzig sein. Nach meinem Gefühl ist es noch gar nicht so lange her, dass ich selbst so jung war und doch – diese Frau ist Teil einer Welt, die mir vollkommen fremd ist.
„Ich hab dich hier noch nie gesehen", stellt sie fest.
Ich wünsche mir, dass eine schlagfertige Antwort meinen Mund verlässt. „Es ist auch etwas lange her", nuschle ich stattdessen vor mich hin.
„Was hast du gesagt?" Sie zieht mich näher zu sich.
„Wie du heißt", lüge ich. Mein Blick fällt auf die silberne Einhornkette, die zwischen ihren Brüsten tanzt. Sie trägt einen schwarzen Longsleeve, dessen Ärmel und Dekolleté-Bereich aus Spitze bestehen.
„Leila", spricht sie mir ins Ohr. „Und du?"
„Tiana." Die Musik wird auf einmal deutlich leiser. Offensichtlich ein schlecht gelungener DJane-Wechsel.
„Du siehst aber ganz und gar nicht aus wie eine Prinzessin."
„Woher kennst du die Bedeutung meines Namens?", frage ich etwas perplex.
„Ich habe vor nicht allzu langer Zeit noch eine kleine Schwester bekommen. Mit meinen Eltern habe ich stundenlang pinkfarbene Vornamenbücher durchgeblättert. Peinlich, nicht?"
„Möchtest du etwas trinken? Ich hole uns was." Dass ich gerade mit einer Frau spreche, die erst kürzlich ein Geschwisterchen bekommen hat, trägt nicht besonders zu meiner Entspannung bei. Wie alt mag Leila sein? Und was will sie ausgerechnet von mir? Sie wünscht sich ein Radler. Ich zwänge mich rasch durch die durchgeschwitzte Menge bis an die kreisförmige Bar. Froh, für einen kurzen Moment allein zu sein. Bilder von dir besetzen meinen Kopf. Radler hättest du nie bestellt. Wir hätten zwei Vodka Redbull bezahlt und sie draußen bei einer Zigarette getrunken, wie damals, als dieser Ort noch uns gehörte. Du hättest wie immer kalte Finger gehabt und gewartet, dass ich dir mein Glas in die Hand drücke und dir das Feuerzeug abnehme. Dann hättest du mir einen linkischen Blick zugeworfen und so getan, als würdest du an meinem schwarzen Trinkröhrchen herumkauen.
Ich bezahle gerade die Getränke, als mir auf der anderen Seite der Bar eine junge Frau mit grau-silber gefärbten Haaren auffällt. Und dann sehe ich dich. Auch du bezahlst zwei Getränke. Die neue DJane legt soeben ein Stück auf, das meinen ganzen Körper vibrieren lässt und mein panisches Herzklopfen überdeckt. Ich warte auf den Augenblick, in dem du mich auch entdeckst. Du steckst das Wechselgeld in dein Portemonnaie, erst danach blickst du auf. Ja, auch du siehst mich. Wir treffen das erste Mal aufeinander seit jenem Tag, an dem ich meine letzten Sachen bei dir abholte. Du hattest dir die Mühe gemacht, alles liebevoll in Seidenpapier einzupacken und mein gelbes T-Shirt noch zu waschen, das du jede Nacht zum Schlafen anzogst. Als ob wohlriechendes Waschmittel eine Trennung etwas erträglicher machen könnte. Dabei roch das Waschmittel – oder es kam mir zumindest so vor – ein wenig wie das Parfüm deiner Geliebten, das häufig an deiner Bluse hängen blieb. Ausgerechnet heute bist du da. An dem

Abend, an dem ich beschlossen habe, in ein würdiges Leben zurückzukehren. Fest entschlossen, nicht gleich in Tränen auszubrechen, wenn jemand danach fragt, ob es mir besser geht. Räumlich bist du mir nah, aber du wirkst fremd auf mich. Deine Haare sind kürzer. Du trägst ein Oberteil, das ich an dir noch nie gesehen habe. Aber die Frau, der du nun ein Glas reichst, bevor du wieder von der Menschenmenge verschluckt wirst, kenne ich. Du bist überzeugt, dass Martina besser zu dir passt. Sie ist nicht so kopflastig wie ich. Nicht so unflexibel. Du musstest sie nicht vorher fragen, ob ihr heute ausgeht. Du wirst sie heute Morgen beim Frühstück über die Party informiert haben, ganz nebenbei, und sie wird nicht einmal in ihren Kalender geschaut, sondern gleich mit dem Kopf genickt haben. Meine Hände zittern noch, als ich Leila die Flasche reiche.

Goodyn Green

„Alles in Ordnung mit dir?"
„Ja", lüge ich wieder. „Vielleicht hab ich es vorhin nur etwas übertrieben."
Die neue DJane ist richtig gut. Nur noch wenige stehen nicht auf der Tanzfläche, sondern unterhalten sich weiter in der Lounge. Es dauert nicht lange, bis ich dich und Martina erneut sehe. Ihr habt entweder schon ausgetrunken oder die Gläser bei Freundinnen stehen lassen. Menschen, die du nach uns kennengelernt hast. Du drückst sie näher an dich, beugst dich vor, deine Lippen bewegen sich. Und Martina, die mir bisher den Rücken zugewandt hatte, dreht sich zu mir um. Ich kann dich nicht hören, aber ich weiß, was du zu ihr gesagt hast. Nein, heute Abend wirst du mich nicht gebrochen sehen.

*

Wir wollten schon vor einer Stunde losgehen, aber Martina kann ihren Nieten-Gürtel nicht finden und ohne geht sie nicht raus. Während sie weiter im Schlafzimmer die Schubladen durchwühlt, sitze ich in der Küche und antworte auf Elijas Whatsapp-Nachrichten, die im Sekundentakt auf meinem Smartphone-Bildschirm aufploppen.
Hast du es dir wirklich gut überlegt?
Ich denke schon.
Das klingt nicht besonders überzeugt.
Ich überlege nicht lange, dann tippe ich schnell weiter, während Martina im Nebenzimmer jubelt.
Sie wusste neulich nicht, was eine Avocado ist.
Du bist kleinlich.
Und sie isst ihre Cornflakes mit einem Teelöffel. Und schlürft dabei.
Okay, das geht gar nicht. :-D Weißt du schon, wie du es ihr beibringen willst?
„Wir können gehen." Martina drückt mir einen Schmatzer auf den Mund. Ich weiß gar nicht, wann wir aufgehört haben, uns wie erwachsene Menschen, wie Verliebte

zu küssen. Mit dir war es anders. Ich packe das Handy in die Handtasche und bin froh, dass wir endlich die Wohnung verlassen. Eigentlich habe ich gar nicht so viel Lust auf diese Party. Martina ahnt nicht, welches Gespräch uns bevorsteht, und ich konnte nicht nein sagen. Vermutlich ist es ein Versuch, mich damit selbst auszutricksen und die schwierige Botschaft aus Bequemlichkeit auf einen anderen Tag zu verschieben. Ich weiß ja, wie schwer es für dich war. Aber lassen sich fünf Jahre überhaupt mit vier Monaten vergleichen?
Ich bekomme kaum Luft, als wir den Club betreten, aber Martina scheint es nicht zu stören. Wir zahlen den Eintritt, lassen uns einen Stempel in Robbenform auf den Handrücken drücken und geben unsere Jacken an der Garderobe ab. Die Musik ist richtig gut, du hättest sie bestimmt gemocht. Ich würde am liebsten tanzen gehen und die ganze Scheiße für ein paar Stunden vergessen, aber Martina möchte lieber in einer Ecke sitzen und plaudern. Sie erzählt von einer gewissen Ramona, die ich angeblich kennen soll, weil wir ihr mal samstags auf der Straße begegnet sind, und die neulich am Bahnhof einen Streit mit einer Hundebesitzerin angefangen hatte, welche nach Martinas Einschätzung ganz bestimmt eine blöde Zicke und schuld an der Auseinandersetzung war.
„Du wirkst angespannt“, bemerkt sie, nachdem sie minutenlang ohne Punkt und Komma auf mich eingeredet hat.
„Ich bin einfach nur müde, das ist alles.“
„War heute nicht dein freier Tag?“
„Ja, aber ich hab schlecht geschlafen.“ Es stimmt. Ich habe die ganze Nacht nach den richtigen Worten gesucht. Martina legt ihre Hand auf meine. „Lass uns was zu trinken holen. Das wird dich wieder wach machen.“ Sie hat eine sehr sanfte Seite, die ich von dir kenne. Und eine gewisse Unbeschwertheit, die du nie hattest. Und dann hat sie diese andere, oberflächliche Seite.
An der Bar bestelle ich uns zwei Vodka Redbull. Martina umarmt mich von hinten, während ich auf das Wechselgeld warte. Ich muss mich heute Abend noch von ihr trennen. Wenn ich es nicht nach dem ersten Drink schaffe, dann vielleicht nach dem zweiten oder dritten. Während Martina die Gläser von der Theke nimmt und ich das abgezählte Geld in mein Portemonnaie stecke, passiert etwas, womit ich nicht gerechnet hatte. Du stehst am anderen Ende der Bar und schaust mich mit traurigen Augen an. Die paar Kilos, die du offenbar zugenommen hast, stehen dir gut. Dann höre ich meinen Namen, aber es bist nicht du, die ihn ausspricht. Martina hat sich einen Weg durch die Menge erkämpft und möchte, dass ich ihr folge.
Vielleicht bist du das Zeichen, auf das ich heute Abend gewartet habe. Martina hat dich offensichtlich nicht gesehen. Dennoch bin ich so nervös, dass ich mein Glas austrinke, noch bevor sie Ramonas Geschichte wieder aufgreifen kann.
„Ich will tanzen“, sage ich, damit ihr das Zittern in meinen Knien nicht auffällt. Sie lässt ihr Getränk in Sichtweite stehen und begleitet mich. Ich bin nicht überrascht, dich auf der Tanzfläche zu sehen. Du hast eine hübsche neue Freundin, wenn vielleicht auch etwas jung. Eifersucht macht sich in mir breit, wenn ich sehe, wie sehr sie dich zu lieben scheint. Instinktiv drücke ich Martina an mich.
„Süße, der Drink hat dir offensichtlich gutgetan!“, stellt sie amüsiert fest.
Die DJane dreht auf einmal die Musik lauter. Damit mich Martina versteht, muss

ich ihr nahezu direkt ins Ohr brüllen: „Lass uns ein wenig weg von den Boxen kommen. Mein Trommelfell platzt gleich.“ Obwohl ich mich dafür hasse, kann ich den Blick nicht von dir abwenden. Und Martina merkt es.
„Das ist doch deine Ex, oder?“, kommentiert sie und scheint im Gegensatz zu mir kein bisschen eifersüchtig zu sein.
„Kann sein.“
„Doch, doch. Das ist eindeutig Tiana. Und sie hat eine Neue.“
„Mir egal. Ich bin nun mit dir zusammen.“ Es ist, als wäre ich fremdgesteuert. Bevor ich wieder zur Besinnung kommen kann, liegen meine Lippen schon auf ihren. Ich kann mich gar nicht mehr daran erinnern, wann ich Martina das letzte Mal aus Eigeninitiative küsste. Es kribbelt dabei schon lange nicht mehr, weder in der Bauchgegend noch zwischen meinen Schenkeln. Ich stelle mir vor, wie bescheuert wir für andere und für dich aussehen müssen, da ich dabei noch nicht mal die Augen geschlossen habe.

*

Als ich euren leidenschaftlichen Kuss sehe, beschließe ich, mich für den Rest des Abends nicht mehr weiter für euch zu interessieren. Dass ich euch kenne, scheint Leila nicht zu merken, und es beruhigt mich. In der Hoffnung, dass sich die Meditationseinführung, die meine Chefin mir mit solchem Stolz zum Geburtstag geschenkt hat, auszahlt, versuche ich, mich auf die Gegenwart und Leila zu konzentrieren. Offensichtlich gelingt es mir nicht.
„Who’s that girl?“, fragt Leila. „Ihr schaut euch immer wieder gegenseitig an. Kennst du sie?“
„Flüchtig“, rutscht es aus mir heraus. „Vielleicht kennen wir uns auch überhaupt nicht.“
Nach diesem Satz passiert es. Ich unterbreche Leilas Tanz und küsse sie auf den Mund. Dann erkundet sie meinen mit der Zungenspitze. „Du schmeckst salzig“, kommentiert sie, und wenn die Musik nicht weiter so dröhnen würde, könnte ich dabei vermutlich ihr Kichern vernehmen. Auf einmal wird sie ernst.
„Du gefällst mir. Sehr.“
Diesmal küsst sie mich zuerst. Es ist ein unerfahrener Kuss. Ich nehme Leila die leere Bierflasche aus der Hand und ziehe sie weg von der Tanzfläche. Wir beide wissen, wo ich sie hinführen will. Wir gehen die Treppe hinunter, die zu einem zweiten, kleineren Tanzraum und den Toiletten führt. Während wir in der Schlange warten, merke ich, wie ihr Atem kürzer wird. Ich drücke mich für andere unauffällig von hinten an ihren Hintern und merke, wie ich feucht werde. Als ein Klo frei wird, nehmen wir beide eine Haltung ein, die suggerieren soll, wir seien nur beste Freundinnen oder etwas in der Art, und schließen uns ein. Ihr gefallen meine Küsse, die ich ihr zärtlich auf Hals und Schulter drücke. Doch ihre Haare haben einen eigenartigen Geruch, der mir nicht gefallen will. Leila greift nach meinem Hosenbund und verletzt mich dabei leicht mit ihren Fingernägeln, deren Länge mir erst jetzt auffällt. Ich verkneife mir einen kleinen Schrei und ziehe ihr das Oberteil hoch.
„Verdammt“, flüstert sie und kichert. Obwohl ich normalerweise nicht besonders ungeschickt bin, verfängt sich ihre Einhorn-Kette im Ärmel und ihren seltsam duftenden Haaren. Nach einer Ewigkeit ist sie endlich wieder aus dem Wirrwarr befreit.

Goodyn Green

Jemand klopft schon an der Tür, aber es interessiert uns nicht. Leila zieht mir nun auch die Boxershorts herunter. Die kalte Wand an meinem Hintern fühlt sich nicht besonders sexy an, aber da sie schon in mich eingedrungen ist, möchte ich nur ungern die Stellung wechseln. Ich stöhne ihr ins Ohr, während ich mich an ihr festhalte.
„Wow, du bist feucht“, sagt sie, aber ihre Fingernägel bereiten mir dennoch Schmerzen. Als sie kaum noch zu ertragen sind, unterbreche ich sie und nehme stattdessen ihre Brustwarzen in den Mund.
„Es kitzelt“, protestiert sie lachend, und mir wird die Sache allmählich peinlich. Ich suche mir einen Weg bis in ihren Slip. Zu meinem Glück reichen ein paar geschickte Griffe, um Leila schnell kommen zu lassen. Spätestens jetzt hat jede gehört, dass wir hier drin Sex hatten.
„Es ist okay“, sage ich, als Leila mich erneut berühren will. Einen letzten Kuss erlaube ich uns noch. Ohne ein Wort zu sagen, zieht sie sich wieder an und verlässt als Erste die Kabine. Ich drücke die Tür nochmals zu, froh, wieder alleine zu sein. Ich bleibe zurück mit meiner Sehnsucht nach dir.

*

Irgendwann warst du weg, und etwas tief in mir drin ging dabei kaputt.
„Lass uns gehen“, fordere ich Martina auf.
„Ich hab Lust auf dich“, gibt sie zu.
„Ich auch“, lüge ich. Es ist vielleicht ein Fehler, dich heute Abend in Martina zu suchen, aber ich will es so.
Die Jacken sind schnell geholt. Es ist noch zu früh für eine Warteschlange an der Garderobe. Als wir nach draußen und zum nächsten Taxistand eilen, fallen Martina zwei Nieten vom Gürtel, die sie liegen lassen möchte.
Auf der Rückbank des Wagens gleitet ihre Hand immer wieder zwischen meine Beine. Ich lasse es zu, obwohl mit ihr zu schlafen das Letzte ist, woran ich heute Abend gedacht hätte.
Zurück in ihrer Wohnung führt sie mich direkt ins Schlafzimmer. Während ich mich ausziehe, vibriert das Handy in meiner Handtasche. Vermutlich Elija, der mich fragt, ob die Trennung über die Bühne gegangen ist.
Der Sex ist nicht prickelnd, aber anders. Martinas Küsse erinnern an deine. Ihre Berührungen schwören dich herbei wie einen Geist, aber dein Glück ist woanders.
„Ich liebe dich“, sagt Martina. Einen Augenblick ist es still im Zimmer.
„Ich dich auch.“

Michaela Regus
Sonnenaufgang

Sie schläft, irgendwann ist sie eingeschlafen, nach einem weiteren bitteren sinnlosen Streit, in den Augen unausgesprochene Vorwürfe, in verstocktem Schweigen ist sie auf dem Sofa eingeschlafen, in ihren Shorts und dem Shirt, das so gut zu ihren Augen passt, und sie liegt da auf dem Bauch, und ihr Gesicht ist nicht mehr kalt, nicht mehr böse, sondern es sieht aus wie das sanfte Gesicht, in das ich mich einst verliebt hatte. Und ich stehe auf dem Balkon und blicke hinaus in die milde Nacht und lausche den Grillen, die um ihre Weibchen werben, ich rauche und höre zu, und der blasse Rauch treibt hinaus in die Nacht, und ich denke: Dein widerborstiges Haar und deine schmalen Schultern und deine weichen Brüste und deine samtene Haut und dein schöner Bauch. Und wie du mich anlachst und wie du unter mir stöhnst und wie du neben mir läufst und meine Hand hältst und wie du dich sorgst und wie du kämpfst. Wer will frei sein, wenn es heißen würde, das alles, dich, zu verlieren? Und ich stehe da und rauche und denke nach, bis die ersten zarten Sonnenstrahlen die Dunkelheit durchbrechen, und ich gehe aus der Wohnung und werfe den Schlüssel und den Ring in den Briefkasten, und als die Haustür ins Schloss fällt und die Hunde in der Nachbarschaft aufwachen, ist die Sonne aufgegangen, und ich bin fort.

Jo Swarzynska: When love is not perfect, passion of what we do is our solution.

Jo Swarzynska: When love is not perfect, passion of what we do is our solution II.

María Gutiérrez
Zu spät

Als ich aufwachte, begriff ich, dass es sich um ein Zeichen handelte. Ich wusste, sie war es, und ich begann, sie wieder zu suchen. Wir stießen an der Ecke der Apotheke aufeinander und verschmolzen in einer tiefen Umarmung ohne Angst vor den Königinnen der Fenstergaffer, und trennten uns nicht. Ich suchte ihre Augen, um sie zu begrüßen, und fand ihre Lippen. Warm. Saftig. Ich küsste sie, und sie verzauberte mich. Ein langer Kuss, der mich dahinschmelzen ließ wie Butter. Ich begann, sie zu betasten, um sie kennenzulernen, und ich drückte sie gegen die Wand der Apotheke. Ich streichelte ihre Brüste, während ich in ihren Mund eintauchte. Ich umfasste mit festem Griff ihre Taille, ich knetete ihren Hintern, tastete mich zurück zu ihren Titten, sie dabei weiter gegen die Wand pressend. Wir hatten noch kein Wort gewechselt. Ich wich zurück, ohne sie loszulassen, mit einer Bewegung des Kopfes wies ich auf ihr Haus. Wir gingen, ohne uns voneinander zu lösen, wie bei Unwetter längsseits angelegte Schiffe. Dann, im Schutz ihrer Wohnung, entkleidete ich sie. Ich wollte ihren braunen Körper sehen, sie ohne Hast liebkosen und lecken. Sie gab sich hin, und wir liebten uns lange. Als ich ins Dorf kam, hatte sie den Arzt geheiratet. Ich träume weiterhin von ihr.

Aus dem Spanischen von Hedda Wortmann

Julia Dankers
Schachmatt

Staubiges Sonnenlicht flutet den spärlich eingerichteten Raum. Zwischen den Wänden hängt ein Hauch Sterillium, und mein Herz schlägt zum Himmel, den ich durch die Lamellen der halbgeschlossenen Jalousie betrachten kann. Auf der Dachterrasse des gegenüberliegenden Hauses streiten sich zwei Tauben um einen Kanten Butterkuchen. Kopfschüttelnd frage ich mich, wer den Vögeln bloß Kuchen hinaufwirft. Aber eigentlich ist es mir egal.

„Ich hoffe, Sie hatten eine gute Anreise", spricht die große, blonde Frau heiter. Immer wenn sie ihre Lippen bewegt, tanzen die feinen Grübchen um ihre Wangen herum einen beschwingten Walzer.

„Sicher", antworte ich heiser. Dass ich nur etwa drei Kilometer entfernt von hier wohne, erwähne ich nicht. Würde es sie interessieren, könnte sie in ihrer Kartei nachsehen. Schließlich hat es mich auch mindestens eine Stunde des Suchens bei Google und Facebook gekostet, um sie zu finden.

„Ich möchte Sie bitten, Ihr Shirt auszuziehen", fordert sie mich sachlich auf. Als wäre ich ein trübsinniger Backfisch und nicht schon Mitte vierzig, schäle ich mich mit zittrigen Fingern aus meiner Bluse.

„Der Rücken ist es also, der Ihnen Probleme macht. Etwa fünfunddreißig Prozent der Frauen über vierzig leiden unter massiven Rückenschmerzen. Treiben Sie Sport?", möchte sie wissen, ihr verschmitztes Grinsen halbherzig zwischen den belanglosen Worten versteckend.

„Ab und zu gehe ich laufen", erwidere ich fröstelnd. Unerwähnt lasse ich die Tatsache, dass es nicht viel weiter ist als von der Haustür bis zum Auto.

„Laufen", wiederholt sie misstrauisch, als würde sie mich durchschauen. „Bewegung ist immer gut. Sie müssten darauf achten, in den Schultern locker zu bleiben. Legen Sie sich mal bäuchlings auf die Liege!"

Das glatte Leder fühlt sich kühl an unter meiner nackten Haut, als ich mich niederlege. Durch das kleine, ovale Loch in der Liege kann ich lediglich ihre Nike-Turnschuhe, ihre schlanken Fesseln und ihre hübschen Knie sehen, die sie in schneeweißen Jeans versteckt. Ihre Hände streichen lau über meine Gänsehaut, als sie behutsam meinen BH öffnet.

„Darf ich?", fragt sie heiser, obwohl es für ein Nein schon vier oder fünf Sekunden zu spät ist.

„Ja", raune ich und komme mir albern vor, während sie tastend versucht, meine angespannten Rückenmuskeln zu sortieren. Ihr warmer Atem streift meine Haut wie ein Wüstensturm, gleitet unverfroren über jeden einzelnen klitzekleinen Hügel meiner Gänsehaut.

Damit hätte ich rechnen können, schelte ich mich selber, und dass das nun verdammt noch mal kein Grund ist, die Fassung zu verlieren. Mein Atem geht stoßweise, obwohl ich ihn beschwöre, still zu bleiben, ruhig ein und aus, als wäre ich beim Friseur oder bei der Maniküre. Eine Physiotherapeutin sieht tagein, tagaus halbnackte Menschen. Das hier ist also nichts Besonderes für sie, rufe ich mir in Erinnerung.

Shirin Wolf: touched

„Sie müssen locker bleiben", lacht sie ein bisschen gekünstelt. „Aber das sagt sich so leicht, wenn man total verspannt ist, nicht wahr?"
„Ja", murmele ich in das ovale, kleine Loch, in das ich meine Wangen quetsche.
„Denken Sie einfach an etwas Schönes", fordert sie mich auf. Für einen Moment bilde ich mir ein, dass das leichte Hicksen in ihrer Stimme tatsächlich existiert. Dass ich es nicht nur höre, weil ich es hören will. Ich denke an Sie, spreche ich in meinen Gedanken und komme mir ungezogen vor. Immerhin habe ich mir oft genug eingebläut, mich nur ja nicht zu sehr treiben zu lassen. Schweigen und genießen, rede ich mir ein. Das hier ist nicht mehr als eine Massage.
„Und jetzt drehen Sie sich auf den Rücken", weist sie mich sachlich an, meine Position zu wechseln. Ich fühle mich ein bisschen wie ein U-Boot mit viel zu großen Brüsten, während ich mich geräuschvoll umdrehe. Das glatte, klebrige Leder quatscht unter meiner Haut wie viel zu laute Fürze, während mein BH lautlos zu Boden gleitet. Darauf war ich nicht gefasst, will ich sagen, bringe aber keinen Ton über die Lippen. Wohin schaut man, wenn man halbnackt auf einer Liege in einem absolut steril eingerichteten Raum liegt? Ihr Blick trifft den meinen völlig unvorbereitet, als sie sich über mich beugt, um meinen Hals zu massieren.
Ihre Augen sind zwei Seen, stelle ich fest, hellblau und still. Hätte ich ein Boot, könnte ich rudern bis zur Mitte und juchzend hineinspringen.
„Die Halsmuskeln werden meistens außer Acht gelassen", klärt sie mich auf. Ich schätze, sie kann nicht wissen, dass es mich weniger interessiert als die Fußballergebnisse vom letzten Wochenende.
„Mhhh", nicke ich betont gelangweilt. Ich werde die Luft anhalten müssen, um nicht zu ertrinken.
Ich bin eine Insel, denke ich, meine Palmen schaukeln sacht in der Meeresbrise mit jedem Atemzug. Wenn ich die Augen

schließe, bin ich unsichtbar, eine dieser unbewohnten Inseln in der Südsee. Piraten könnten sich auf mir ansiedeln und grölend Rum aus großen Fässern trinken. Schiffbrüchige, halbverdurstete Gestalten suchten in jeder verborgenen Höhle nach Trinkwasser, angespült vom wogenden Seegang, wenn ich stumm in der Südsee läge. Liebespaare würden sich zwischen den Dünen heimlich zum Knutschen treffen. Ein oder zwei orientierungslose Wale strandeten an meinem sandigen Ufer. Und ich wäre gar nicht mehr so unbewohnt. Aber unsichtbar vielleicht schon, weil niemand mich wirklich wahrnähme. Vieles ist möglich, wenn man eine Insel ist.

„Ist Ihnen kalt?", fragt die große Blonde. Als ich die Augen wieder öffne, wischt sie gedankenlos eine ausgebüxte Strähne zurück in ihre gestylte Kurzhaarfrisur. „Ich könnte die Heizung höher drehen oder eine Decke holen."

„Geht schon", brumme ich kurzsilbig, obwohl ich mir nicht sicher bin. Meine Brustwarzen fühlen sich hart an, und eine verräterische Gänsehaut zieht sich schamlos über meinen gesamten Oberkörper.

„Geht schon", kichert sie in die Stille. „Sie sind so herrlich verspannt, wie es im Lehrbuch steht. Lassen Sie sich einfach fallen. Niemand hetzt uns hier."

„Leichter gesagt als getan", presse ich mühsam zwischen meinen Lippen hervor. Sie hat flinke Hände, wissend und behände zu beiden Seiten meines Brustbeins, welches ein merkwürdiges Wort ist, eine Kombination aus Brust und Bein. In etwa so wie Kot und Flügel beim Auto.

„Ich kann das Licht dimmen", bietet sie zuvorkommend an, erst nachdem sie den kleinen Schalter neben der Tür bereits heruntergedreht hat. Die rasche Bewegung ihrer schlanken Silhouette macht mich ein bisschen benommen. Im Halbdunkel wirken ihre Augen geheimnisvoll.

„Danke", krächze ich kurzatmig. Meine Worte zittern durch den schmalen Raum zwischen unseren Mündern. Die Luft ist so dünn wie das Eis unter meinen schlingernden Sohlen. Sinnbildlich. Meine Schuhe stehen in sorgfältiger Formation auf dem Boden am Fußende der Liege. Tauwasser bildet eine kleine Pfütze drum herum. Kleine Insekten könnten darin ertrinken.

„Bitte", erwidert sie, mich aufmerksam beobachtend. „Sie sind schön, wenn Sie schüchtern sind."

Ich bin nicht schüchtern, will ich schnauben, aufgebracht über ihre Unverfrorenheit, bevor ich ihr Kompliment bemerke. Mein Rückgrat ist angespannt wie ein Flitzebogen, obwohl der kantige Eisblock in meinem Leib ein bisschen zu schmelzen begonnen hat.

„Anscheinend ist das noch nicht genug gewesen", seufzt sie, ohne genervt zu klingen, und legt ihre Hand knapp unter meinen Bauchnabel, haargenau zwei Finger breit über der kältesten Stelle meines persönlichen Universums. Mit der anderen massiert sie weiter meine Halsmuskeln.

„Atmen Sie langsam ein und aus", mahnt sie mich leise. Ihre Daumenkuppe streift behutsam am Rand meines Nabels entlang. Sie kann nicht wissen, was sie tut, rede ich mir ein. Es gibt vermutlich nicht viele Menschen auf der Welt, deren erogene Zone der Bauchnabel ist.

Ich antworte nicht. Vielleicht habe ich verlernt zu sprechen, mutmaße ich gleichgültig und versuche, das Atmen nicht zu vergessen.

Shirin Wolf: high & deep

„Wie es aussieht, sind Sie eine ganz schön harte Nuss", grinst sie mich an, bevor sie sich niederbeugt und mit der Zungenspitze sacht über meinen Nabel leckt. Ihre Lippen fühlen sich ungewöhnlich warm und weich an. Ziellos und flügelleicht zupfen sie die feste Haut über meinem angespannten Leib, bevor sie ihre Strategie ändert. Tief wie der See hinter ihren Augen treffen ihre Küsse meinen zitternden Bauch. Meine Brüste berührt sie sacht, beinahe schmerzhaft meine Sehnsucht noch ein kleines bisschen wacher kitzelnd. Schweigsam lehne ich mich ihr entgegen, ohne mich tatsächlich zu bewegen.
Meine Hände ruhen sanft in ihrem Haar, das sich anfühlt wie der Flaum eines jungen Vögleins. So zart streichele ich ihr die störrischen Strähnen aus der Stirn. So hart schlägt mein Herz gegen meinen Rippenbogen. Von innen logischerweise. Von außen ist davon nichts zu sehen. In mir drinnen könnte die Welt untergehen, ganze Inselketten von der Flut fortgespült werden. Aber von außen betrachtet kann die schöne Blonde nur das leichte Zucken meiner Bauchdecke wahrnehmen, nur das feine Rinnsal frischen Schweißes schmecken, das sich zaghaft zwischen meinen Brüsten ausbreitet.
Ich könnte glücklich sein, haargenau jetzt, erinnere ich mich und schaue atemlos zu, wie sie den obersten Knopf meiner Hose öffnet. Sie geht dabei viel zielstrebiger vor als Franziska sonst, zu Hause, als wir noch ein gemeinsames Zuhause besessen haben. Vor ziemlich genau vier Monaten, drei Wochen und elf Tagen. Mitteleuropäische Zeit. Die Erinnerung verschwimmt vor meinem inneren Auge, als die kühle Blonde ihre warme Hand in meinem Höschen versenkt. Mein Atem stockt. Wenn ich die Luft anhalte, bleibt die Erde stehen, uferlos wie eine untergehende Insel mitten im Weltall.
Mein Leib zuckt unkontrolliert auf und ab. Wäre ich schwerelos, könnte ich nicht davonfliegen. Ich würde einfach so auf der Stelle schweben.
Meine Brüste wirken blass im gedimmten Licht des sterilen Raumes, schaukeln behutsam trotz des wüsten Wellengangs. Wie das Feuer in der Hölle glüht mein Unterleib, während ihre Finger zielorientiert auf eine mittelschwere Explosion hinarbeiten.
„Ka Ro Lin", keuche ich staccato ihren Namen, von dem sie nicht wissen kann, dass ich ihn kenne, Sekunden vor dem Höhepunkt, Millisekunden, bevor die Welt untergeht.
„Annabell", haucht sie in das weiche Fleisch kurz über meiner Scham, atmet tief meinen Duft in ihre zitternden Lungen und hebt mein Becken ein letztes Mal leicht in die Höhe. Franziska hatte recht. Sie hat wirklich eine Ahnung von dem, was sie tut mit ihren flatternden Zauberhänden.
„Mist", schnaufe ich erschöpft, während ich nach meinem BH auf dem Boden taste und meine Bluse an mich drücke wie einen Rettungsring, aus dem langsam die Luft herausgelassen wird. „Ich schätze, mein König steht im Schach."
„Ein bisschen", gesteht die blonde Versuchung vor mir und schaut schuldbewusst drein. Immerhin hat sie den Apfel aus dem Paradies gestohlen. Leider weiß sie mindestens so gut wie ich, dass ich diejenige bin, die hineingebissen hat.
„Du kennst meinen Namen", versuche ich Zeit zu gewinnen. Unter Umständen könnte ich so tun, als wäre das purer Zufall, meine Sachen schnappen und zum

Fenster hinaus verschwinden. Lautlos. Die Tauben nicken sachlich auf der gegenüberliegenden Dachterrasse, während sie in der beginnenden Dämmerung Butterkuchen picken, als würde Butterkuchen die pure Glückseligkeit bedeuten. Die Fliegengitter vor den Fenstern sind fest installiert und sehen ziemlich massiv aus.

„Ja, ich habe dich sofort erkannt", nickt die Blonde, während sie ihr zerzaustes Haar sortiert. „Franziska hat Bilder von dir in ihrem Handy. Ich schätze, wir sind beide schachmatt."

„Pft", schnaufe ich. In ihrem Handy! Als würde ein Teil von mir in diesem kleinen, dünnen Kästchen wohnen. Es sind einfach nur elektronische Datensätze!

Am liebsten würde ich ihr die Worte um die Ohren hauen wie schallende Ohrfeigen in einer dieser überdrehten Zeichentrickserien auf dem Kinderkanal. Wiederholungen aus den Achtzigern waren

Shirin Wolf: us 3

in den Achtzigern total gut, als wir selber noch Kinder waren. Heute schmerzen sie einfach nur ein bisschen in den Augen und in den Ohren.

„Ich hatte gehofft, dass du irgendwann kommst", seufzt Karolin. Resigniert verschränkt sie ihre Arme vor der Brust. „Wie hast du mich gefunden?"

Franziska hat auch Fotos von dir in ihrem Handy, würde ich am liebsten sagen. Und dass ich heimlich darin gestöbert habe, um herauszufinden, wer diejenige ist, mit der sie mich betrügt. Aber das würde nichts ändern.

„Ich habe dich gesucht", gebe ich achselzuckend zu, verzichte auf den BH und streife meine Bluse einfach so über. „In den sozialen Medien. Neuzeitlich sozusagen."

„Warum?", will sie wissen. Die feinen Grübchen zu beiden Seiten ihrer Mundwinkel tanzen nicht mehr. Betrübt und regungslos liegen sie auf ihren rosigen Wangen.

„Ich bin mir nicht sicher", weiche ich aus. „Vielleicht habe ich mich rächen wollen. An ihr. Und auch an dir." Ächzend stopfe ich meine müden Füße in meine Stiefel hinein, die mir plötzlich eine oder zwei Nummern zu klein vorkommen. Vielleicht bin ich haargenau in diesem Moment aus meinen Kinderschuhen herausgewachsen.

„Rache", überlegt Karolin seufzend und schaut zum Fenster hinaus. Die Tauben arbeiten selbst in der gräulichen Dunkelheit noch konzentriert. Vom Butterkuchen ist nicht mehr allzu viel übrig. Sie werden sich so was von den Magen verdorben haben, versuche ich mich zaghaft in Schadenfreude.

„Hat es funktioniert?", schiebt sie hinterher. „Das mit der Rache, meine ich." Ihr Brustkorb hebt und senkt sich mit jedem

Atemzug etwas schneller, als es nötig wäre, und ihre Worte wackeln ein bisschen unstet in der dicken Luft um uns auf und ab. Das hier scheint sie also auch nicht völlig kalt zu lassen.
„Nein", gestehe ich. „Ehrlich gesagt fühle ich mich schrecklich." Trotz meiner Absätze bin ich immer noch gut zehn Zentimeter kleiner als sie, obwohl ich mich bemühe, möglichst groß und gefasst zu wirken.
„So schrecklich, wie Franziska sich eigentlich fühlen sollte, weil sie dich hintergangen hat?", bohrt Karolin weiter, ohne tatsächlich aufdringlich zu wirken. Ihr Blick ruht auf meinem Gesicht, still, ruhig und tief. Die Wassermenge zwischen uns ist unendlich auf einer Breite von etwas über einem Meter. Wenn wir beide die Arme ein bisschen ausstreckten, könnten wir uns berühren. Mühelos. In der Südsee gibt es keine Rettungsboote.
„Mindestens", erwidere ich, eine Hand bereits auf der Türklinke. Trotzdem kann ich mich nicht überwinden, sie herunterzudrücken. „Genau genommen sogar noch schrecklicher. Ich hätte das hier nicht tun dürfen. Und du schon gar nicht! Schließlich ist sie doch so glücklich mit dir." Zwei oder drei Tränen stehlen sich aus meinen Augenwinkeln und rollen zäh meine glühenden Wangen hinunter. Eine davon kann ich mit der Zungenspitze einfangen. Sie schmeckt nach gar nichts.
„Du hast recht", nickt Karolin betreten. „Weil du sie liebst. Immer noch." Das grelle Licht malt ein diffuses Muster unter ihre blauen Augen und verleiht ihrem Seewasserblick eine flirrende Sommerstimmung wie kurz vor einem Gewitter. Ihre Augen schimmern nass wie der Asphalt, wenn die Sonne ungebremst darauf scheint, eine tatsächlich existente Fata morgana sozusagen.
Betont gleichgültig zucke ich die Achseln und betrachte meine Fingernägel, als wäre ich tatsächlich gerade bei der Maniküre gewesen. Mein Herz brennt wie die Wüste Gobi um die Mittagszeit.
„Und sie liebt dich", wispert Karolin, bevor sie mir endgültig den Rücken zudreht, um wieder aus dem Fenster zu schauen. Die Finsternis lässt mich unwillkürlich frösteln. Vielleicht ist es nachts wirklich kälter als draußen, schießt es mir sinnfrei durch den Kopf.
„Ich schätze, es ist an der Zeit zu gehen und es ihr zu sagen", spricht die hübsche, große Physiotherapeutin sachlich in den Spalt zwischen zwei Lamellen der Jalousie. „Dass du sie liebst, meine ich." Weiter nichts.
Ihre Schultern zucken kaum merklich auf und ab, bevor ich mich umdrehe und durch die Tür verschwinde, die ich lautlos hinter mir schließe. Das Meer in mir ist im Aufruhr. Eine Insel kann nicht kentern, rede ich mir auf dem Weg zum Auto pausenlos ein. Eine Insel ist schwerer als Wasser. Und wie Blei wiegt mein Herz.
Als ich die Seitenstraße, in der ich geparkt habe, erreiche, rieseln ein paar feine Bröckchen Butterkuchen vom Dach herunter. Wenn ich den Mund öffne, schmecke ich die Süße des Zuckergusses, die sich klammheimlich mit dem Salz meiner dicken Tränen vermischt. Augenblicklich fühle ich mich ein bisschen lebendiger.

Sanne Hipp

Die Berührerin oder Sexualassistenz im Altenheim

„Agnes, hast du das gelesen?“ Kurt schlägt sich mit der flachen Hand auf den Schenkel. „Sex auf Rezept für demente Bewohner. Da kann man es doch kaum erwarten, bis man zu denen da drüben kommt, was?“ Er lacht herzhaft über seinen eigenen Witz, sieht mein ungläubiges Gesicht, schiebt mir die Zeitung über den Tisch. Tatsächlich. Eine Sexualassistentin berichtet von ihrer Tätigkeit. Ihre Klientel: hauptsächlich demente Heimbewohner. Ich kann es kaum fassen!
Kriemhild, zwei Plätze weiter, mischt sich sofort ein. „So eine Schweinerei. Mit den Alten können sie es ja machen!“
Was?, denke ich sofort, *ist doch schön, wenn man den Alten und Kranken auch mal was Gutes tut.* Alles in unserer betreuten Seniorenwohnanlage wird von ihr schlechtgemacht, kleingeredet. Wie sehr hätte ich mir gewünscht, dass wenigstens eines unserer wöchentlichen Treffen ohne sie stattfände. Aber das war mir nicht vergönnt. Und so liegt sie uns schon wieder auf den Ohren: *Habt ihr die Isolde gesehen? Mein Gott, was geht die schlecht in letzter Zeit! Sollte sich endlich um einen Rollator kümmern, das verschreibt heutzutage doch jeder Hausarzt. Also ich brauch ja keinen …*
Und dann fängt sie wieder an, und niemand von uns schafft es, sie zu bremsen. Nicht einmal Kurt. Am schlimmsten kommen „die da drüben“ bei ihr weg. Das sind die im Pflegeheim, nach denen man rund um die Uhr gucken muss, die Alten eben. Wir im betreuten Wohnen hingegen sind ja noch fit. Wir können noch alles selbst: kochen, putzen … und im Kopf sind wir alle noch völlig klar. Aber hallo! Es könnte so schön sein, wenn bloß Kriemhild uns in Ruhe ließe.
Jetzt reißt sie den Artikel an sich. „So ein Flittchen! Die will mit den Alten doch nur Geld verdienen.“
Geld verdienen? Ich könnte mir vorstellen, mein Geld einfacher zu verdienen, als inkontinenten, windeltragenden Männern Zärtlichkeiten zu schenken. Aber Kriemhild lässt das nicht gelten. „Wer weiß, was die denen so aus dem Geldbeutel zieht“, sagt sie abfällig. Kurt und ich sehen uns an, grinsen. Kurt fragt die Frau, die heute Küchendienst hat: „Gibt es noch einen Kaffee? Und ich hätte gerne noch ein Stück von dem leckeren Kirschkuchen.“
„Ja, ja“, giftet Kriemhild, „Essen ist der Sex des Alters.“
„Nicht nur“, antwortet Kurt gelassen, „hast es eben ja selbst gelesen. Als Nachtisch bestell ich mir so eine Sex-Assistentin.“ Er amüsiert sich immer noch darüber.
„Hmpf“, stellt Kriemhild jede weitere Kommunikation ein, während ich ganz behutsam den Zeitungsartikel falte und in meiner Tasche verschwinden lasse.
Noch bevor unser Kaffeetrinken offiziell als beendet erklärt wird, verabschiede ich mich und fahre mit dem Aufzug in den dritten Stock, wo sich mein kleines Appartement befindet. Ich gehe auf die Toilette, wasche meine Hände, und dann nehme ich noch einmal den Zeitungsartikel in die Hände und kann gar nicht mehr aufhören, das Bild dieser Frau

anzusehen, die so einen merkwürdigen Beruf ausübt. Und er macht ihr auch noch Spaß, schreibt sie. Damit verwirrt sie mich völlig. Meine Mutter, Gott hab sie selig, hätte solch eine Frau als leichtes Mädchen bezeichnet, wenn nicht gar als eine billige Nutte. Trotz ihrer sonst so tadellosen Manieren hatte sie einen recht primitiven Wortschatz, wenn es um die Bezeichnung solcher Frauen ging. Ich starre lange auf das Bild dieser ungewöhnlichen Frau. Sie wirkt so sympathisch, dass ich Herzklopfen bekomme. Was für ein hübsches Gesicht! Und dann stelle ich mir sie und den Körper eines alten Mannes vor. Faltig gewiss, wie meiner auch. Aber gewisse Teile, also so untenrum, würden mich abstoßen. Die haben mir ja früher schon nicht gefallen, als das alles noch ein bisschen knackiger war. Und damit verdient die ihr Geld? Ob sie wohl auch weibliche Kunden hat?, frage ich mich, später, als ich nicht einschlafen kann. Sie ist nicht sonderlich teuer, ich habe ihre Preise gelesen.

Als ich am nächsten Morgen erwache, erschrecke ich über mich selbst. Wie konnte ich mich nur so durcheinanderbringen lassen? Das Schlimmste im Alter ist, wenn man seinen Stil verliert, hatte meine Mutter immer gesagt. Ich beschließe, diesen Artikel zu vergessen.
Wie immer treffe ich mich mit Kurt und den anderen. Wir gehen spazieren, einkaufen, sogar gemeinsam zum Arzt, ärgern uns über Kriemhild, und so vergeht eine ganze Woche. Bis ich morgens aufwache und weiß, dass ich es tun werde. Ich finde auf Anhieb den Artikel, den ich nicht ins Altpapier geworfen habe, und wähle ihre Nummer. Es ist noch vor neun, und ehe ich wieder auflege, weil ich mir bewusst wird, dass das viel zu früh ist, geht jemand am anderen Ende der Leitung ans Telefon, sagt: „Hallo." Eine ganz normale Stimme. Was hatte ich erwartet? Ich melde mich, dann stammle ich das, was ich die ganze Woche schon fragen wollte: „Kommen Sie auch zu weiblichen Kunden, ich meine …" Die Dame am anderen Ende sagt galant: „Sehr gerne", und ich spüre, wie sie einen Eisberg in mir zum Schmelzen bringt, ich am liebsten losweinen würde. So frage ich erstickt: „Würden Sie mit mir einen Termin vereinbaren?" Meine Stimme ist mir selbst fremd.
Die Zeit bis zum Aufeinandertreffen lebe ich nicht wirklich. Ich funktioniere. Kurt fragt irgendwann: „Ist alles gut bei dir? Du bist so anders. Geht's dir nicht gut?"
„Es ist nichts", sage ich. Und dann ist es nur noch ein Tag, bis sie kommt, und schließlich steht sie vor meiner Tür. Ich bin schrecklich aufgeregt. So wie noch nie in meinem Leben. Zwischendurch habe ich mich gefragt, ob mein Herz diese Aufregung überhaupt aushält. Doch dann steht sie mir gegenüber, und ich weiß es: Die Aufregung hat sich gelohnt.
„Hallo, ich bin Ulla!"
„Agnes", presse ich heraus, schüttle ihr die Hand. Ob sie mehr als zwanzig Jahre jünger ist als ich? Wenn das meine Mutter wüsste! Doch mit aller Kraft wehre ich mich gegen diesen Gedanken und sage tapfer: „Aber bitte, treten Sie doch ein."
„Schön haben Sie es hier." Sie hängt ihre Jacke an die Garderobe und fragt mit einer erleichternden Selbstverständlichkeit: „Kann ich bei Ihnen vorher noch duschen?"
„Natürlich." Die ganze Woche habe ich mich gefragt, ob es wohl zu dieser … Tätigkeit, dem Beruf, den sie ausführt,

Francesca Posella

dazugehört, davor zu duschen. Ich bin schon frisch geduscht, mundgespült, eingecremt. Gott, hatte ich diese Woche einen Verbrauch an Bodylotion und Cremes jeglicher Art. Aber es hilft ja nichts. Meine Haut bleibt schlaff und faltig, und es ist mir peinlich, wenn sie mich gleich so sieht. Aber was will man machen? Entweder jetzt oder gar nie mehr im Leben. Und ich habe mich für das *besser spät als nie* in meinem Leben entschieden.

Sie kommt aus dem Bad, nur noch mit Slip und BH bekleidet, und plötzlich bekomme ich Angst. Angst vor diesem schönen Körper. Angst vor ihrem freundlichen Lächeln.

Sie kommt mir ganz nahe. „Soll ich dir helfen beim Auskleiden?"

„Nein", sage ich. Oder doch lieber? Ich bin plötzlich so ungeschickt, wie ich mich aus meiner Bluse schäle, meinen BH nicht gleich aufbekomme. So unbeholfen und tüttelig.

„Gehen wir in dein Schlafzimmer?" Eine Frage, die mir seit ewigen Jahren niemand mehr gestellt hat. Seit dem Tod meines Mannes. Ich kann nicht sprechen, nicke nur. Dann liegen wir auf meinem Bett, und sie berührt mich. Erst an Händen und Armen, dann meinen Bauch, meine Brüste. Und ich fühle mich nicht mehr hässlich, ich fühle mich angenommen und geliebt. Ulla schält sich die restlichen Kleidungsstücke vom Körper, liegt völlig nackt neben mir, und mein Herz beginnt zu rasen. Wenn ich jetzt sterbe, denke ich, bin ich glücklich gestorben. Es war kein Fehler, keine Strafe Gottes, der mich für die Unzucht mit dieser Frau abstraft. Wenn ich jetzt sterbe, bin ich im Zustand meines höchsten Glücks gestorben, und ich bereue nichts. Dieser Gedanke verfestigt sich noch, als sie ihre Hand auf meine Körpermitte legt, ich die Wärme ihrer Hand durch den dünnen Stoff meines Schlüpfers fühle. Mir schwindelt vor Glück. Eine Frau! Ein Leben lang habe ich es gewollt. Ullas Hand streicht nun zärtlich über die Spalte meines Körpers, die zum Leben erwacht. „Weißt du", sagt sie, „bei Männern sind Geschlechtsverkehr und Oral-Sex für mich tabu. Bei Frauen sehe ich das nicht so eng. Mit Frauen schlafe ich auch …" In meinen Ohren beginnt es plötzlich zu rauschen, und ich kann es kaum noch hören: „… wenn du es möchtest."

„Ja", sage ich, und nochmals: „ja." Es ist mir so ernst, wie das Ja-Wort in der Kirche. Aber noch schöner als der Kuss mit meinem damaligen Mann vor vierzig Jahren ist das, was die Frau nun mit mir tut. Sie hilft mir aus meinem Schlüpfer, ihre Hand findet dorthin zurück, wo ich sie schon zitternd erwarte. Ihre Finger streicheln mich zart, massieren mich, dringen in mich ein. Sie liegt neben mir, nicht auf mir, aber ihr freier Arm umschließt mich so liebevoll, dass ich mich geborgen fühle. Bei ihr. Bei einer fremden Frau. Ich stöhne auf, und meine Lust ist mir noch nicht einmal peinlich. Wir lassen uns Zeit. Ich darf einfach sein, wie ich bin, und fühlen. Und irgendwann komme ich tatsächlich. So muss es im Himmel sein! Ulla hält mich noch ganz sanft im Arm, streicht mir sogar einmal übers Haar.

„Ich muss wieder gehen", flüstert sie etwas später. Abgerechnet hatten wir vorhin schon. Das war eine gute Idee. Jetzt wäre ich nicht mehr in der Lage aufzustehen. Das versteht sie nur zu gut. „Wir sehen uns in vier Wochen", sagt sie. Ein Versprechen, das mir den Abschied nicht

schwermacht. Seufzend sinke ich in mein Kissen zurück, beglückwünsche mich selbst zu meinem großen Mut. Ich habe es geschafft! Ich hatte wirklich eine Frau in meinem Bett.
Erst zwei Stunden später gehe ich nach unten, auf unsere gemeinsame Terrasse vor dem Speisezimmer. Kurt sitzt da alleine und raucht. Irgendwann wird das viele Nikotin ihm einen Herzinfarkt bescheren. Ich setze mich zu ihm, nehme mir eine Zigarette aus seiner Packung und stecke sie mir an.
„Du rauchst?", wundert er sich. „Das habe ich ja noch nie gesehen."
„Es ist nicht das Einzige, was ich heute zum ersten Mal mache", sage ich gefährlich leise, wie der Mörder in einem Hitchcock-Film.
Er sieht mich an, mit hochgezogener Augenbraue. „Jetzt sag schon."
Ich lasse mich nicht zweimal bitten. Stolz erzähle ich von meinem Anruf, meinem Termin, von Ulla und wie wunderbar sie ist. Und Kurt fällt die Asche auf die Hose, weil er vergisst, sie abzustreifen, und er sieht mich mit großen Augen an. „Chapeau! Agnes, du bist eine Wucht!"
„Ja, das bin ich." Und dann lachen wir beide. So laut und lange, dass uns Kriemhild hört und natürlich zu uns stößt.
„Seit wann rauchst *du* denn?"
„Ich rauche immer danach", sage ich so abgebrüht wie möglich.
Kurt giggelt leise vor sich hin.
„Nach was?", fragt Kriemhild.
„Nach dem Sex natürlich."
„Ach was! Ich wusste gar nicht, Kurt, dass du dazu noch imstande bist", stichelt sie schon wieder.
„Nicht Kurt", winke ich ab. „Kurt und ich sind nur gute Freunde."
„Wer denn sonst?" So abfällig kann nur Kriemhild fragen.
„Man kann sich solche Personen heutzutage ins Haus bestellen. Weißt du nicht mehr, der Zeitungsartikel?"
„Du hast …", schnappt sie, „einen Sex-Assistenten?"
„Eine Sex-Assistentin", verbessere ich, „weißt du, ich stand eigentlich schon mein ganzes Leben auf Frauen." Und dann ziehe ich an meiner Zigarette und blase den Rauch lasziv in ihre Richtung. Marlene Dietrich hätte es nicht besser gekonnt.
„Du hast … Du bist …" Kriemhild kriegt den Satz nicht zu Ende. Sie wendet sich angeekelt ab und stürmt davon. So schnell es eben geht. So jung, wie sie immer tut, ist sie nämlich auch nicht mehr.
„Ich schätze mal, vor der werden wir in nächster Zeit unsere Ruhe haben."
„Hast du gut gemacht, Agnes, wirklich gut." Dann klopft er mir noch eine Zigarette aus der Schachtel, hält sie mir hin.
„Und jetzt erzähl noch mal. Was hat die Frau denn genau mit dir gemacht?"
„Das würdest du wohl gerne wissen wollen, was?", raune ich geheimnisvoll.
„Nee, nee, lass mal. Nur so viel: zukünftig kommt sie einmal im Monat zu mir." Und dann stecke ich mir eine neue Zigarette an, ziehe daran. Nicht so tief, dass ich wieder husten muss, und blase den Rauch nach oben. „Dafür lasse ich zukünftig einmal im Monat das Kaffeetrinken ausfallen. Das ist doch langweilig, jede Woche."
Kurt sieht mich respektvoll an. Fast schon ein bisschen ehrfürchtig. Und ich muss lachen. Eigentlich hat er ja ganz hübsche Augen. Für einen Mann.

Francesca Posella

Liebe kennt kein Geschlecht

Akt-Gemälde

Wie alt bist du?
25

Identität:
Wie würdest du dich bezeichnen, wo siehst du deine Identität? Lesbe, Femme, Butch, Trans, LGBT, Queer, Bi … Was hältst du vom Begriff „Queer"? Lehnst du ihn ab, verwässert er lesbische Identität? Oder findest du ihn sinnvoll?*
Ich würde mich als Lesbe bezeichnen. Vielleicht auch alleine deshalb, weil jeder mit diesem Begriff etwas anfangen kann und er keine Erklärung benötigt. Im Endeffekt ist es doch egal, wen wir lieben, und darüber muss ich mich nicht definieren.

„Ach, du bist lesbisch? Hätte ich nicht gedacht. Du siehst gar nicht so aus." Wie sieht Frau als Lesbe aus? Würdest du dich als androgyn bezeichnen? Was hältst du von Androgynität?
Ich liebe diesen Spruch, weil ich ihn so oft zu hören bekomme. Genauso wie: „Du kannst nicht lesbisch sein, so hübsch, wie du bist!" Können also nur unattraktive Frauen lesbisch sein? So ein Blödsinn … Es mag „Klischeelesben" geben, aber es gibt genauso auch Heteras, die „lesbisch aussehen". Sollte sich nicht jeder so kleiden und stylen, wie er sich wohlfühlt? Unabhängig von der Sexualität?

Out:
Warst du schon früh bzw. schon immer lesbisch? Oder erst spät lesbisch? Warst du zwischendurch auch mal hetero? Lebst du offen lesbisch?
Ich denke, dass ich immer schon lesbisch war. Mit dem Realisieren hat es vielleicht etwas gedauert. Im Nachhinein frage ich mich häufig, warum ich es selbst nie erkannt habe bzw. warum erst so spät. Frauen waren immer anziehend, aber ich dachte, ich wäre eben bi. Dadurch war ich auch mit Männern zusammen, in diesen Beziehungen jedoch nie glücklich. Bis dann die Eine kam, die mir die Augen geöffnet hat. Auf einmal sah ich es ganz deutlich vor mir, wer und was ich bin.

Wie ging deine Familie damit um, als du dich geoutet hast?
Es war keine sonderlich große Überraschung. Ich weiß gar nicht, warum ich so lange Angst hatte, es zu sagen. Meine Familie geht cool damit um, manchmal „prahlen" meine Eltern auch ein bisschen damit.

Geträumte Liebe:
Hast du erotische Träume? Träumst du von Begegnungen mit einer Frau, die im Wachzustand tabu oder aus anderen Gründen unerreichbar ist? Welche?
Erotische Träume hatte ich bisher ausschließlich mit Frauen (so viel zu dem Thema, warum ich es selbst nicht eher gemerkt habe). Vor allem in der Zeit, als ich noch unerfahren war, habe ich sehr viel von Frauen geträumt. Manchmal träume ich von Frauen, in die ich mal verliebt war und es nie offenbart habe.

Lesben und Essstörungen, Adipositas, Anorexie, Bulimie: fällt dir zu diesem Thema etwas ein, persönlich, allgemein?
Ich habe oft gehört, dass Lesben häufiger unter psychischen Erkrankungen leiden. Ob es wahr ist oder nicht, kann ich nicht beurteilen, allerdings würde es in meinen Augen Sinn ergeben. Für viele Frauen ist es eine Art von Krise, seine sexuelle Orientierung zu erkennen, und gerade

in jungen Jahren kann ich mir vorstellen, dass sich das auf das Essverhalten auswirkt. Ich kenne sogar einige essgestörte Lesben (in allen Variationen). Trotzdem muss nicht jede Lesbe eine Essstörung haben, genauso wie nicht jede Essgestörte eine Lesbe sein muss!

Lesben und Konsumverhalten:
Wofür gibst du Geld (wenn du welches übrig hast) aus – und wofür eher nicht?
Ich gebe mein Geld am liebsten für andere aus. Klingt komisch, ist aber tatsächlich so. Ich liebe es, Geschenke zu machen, bastle jedes Jahr Adventskalender für meine Liebsten (mit dessen Planung ich bereits im Frühjahr beginne!) und überrasche gerne in Momenten, in denen keiner damit rechnet. Gar nichts anfangen kann ich mit teurem Make-up oder generell teurer Kleidung. Da kaufe ich lieber Spielzeug für meine Katzen.

Sport:
Gibt es den typischen Lesbensport? Fußball? Handball? Sicher keine rhythmische Sportgymnastik? Welcher Sport wäre das für dich, warum?
Ich durfte als Kind keinen Kampfsport betreiben, sondern musste zum Ballett gehen. Siehe da, ich bin trotzdem lesbisch … Typisch ist wahrscheinlich Fußball, aber ich bin der Beweis, dass man selbst im Tutu eindeutig auf Frauen stehen kann!

Lesbische Minderheiten:
Lesbisch und schwarz? Lesbisch und türkisch? Lesbisch und nicht-deutsch? Würdest du dich einer Minderheit zuordnen, welcher? Hast du Erfahrungen mit Ausgrenzung? In der Gesellschaft generell oder sogar in der sogenannten „Szene“?
Ich habe eine Behinderung. Es mag äußerlich nicht sichtbar sein, aber sie ist da und schränkt mich ein. Gerade psychische Erkrankungen sind ein Problem in der Gesellschaft, weil es häufig heißt, man solle sich nicht so anstellen. In der Lesbenszene habe ich das Gefühl, in allen Bereichen mehr akzeptiert zu werden. Es macht keinen Unterschied, ob du schwarz oder weiß bist, krank oder gesund. Das ist jedenfalls meine persönliche Erfahrung!

Was denkst du über lesbische Frauen in der AfD?
Wie erklären diese Frauen ihrer Partnerin (und gegebenenfalls ihren Kindern), dass sie gar keine Familie sind?

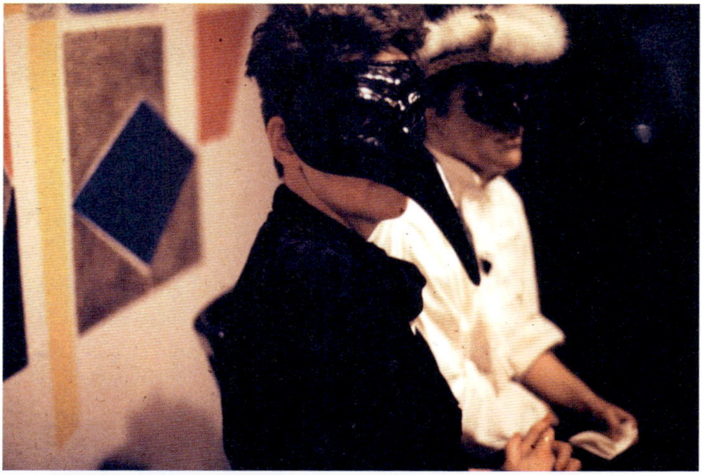

Traude Bührmann, Venezianischer Karneval, Paramount 1987

Traude Bührmann

„Wir sind die homosexuellen Frauen"

Von den Flying Lesbians zur Grab-WG. Zur 45jährigen Lesbengeschichte Berlin-Schönebergs: Happy birthday!

1. Lila Siebziger

„Wir wollen aus der Isolation heraus und uns frei bewegen", erklärt in einem Aufruf 1972 die Frauengruppe der Homosexuellen Aktion Westberlins – HAW – in ihrer gemeinsamen Fabriketage der Schöneberger Dennewitzstraße.
Aktionsreiche Jahre folgen, z.B. eine Protestaktion gegen die Bild-Zeitungs-Serie „Die Verbrechen der lesbischen Frauen" zur Verhaftung von Marion Ihns und Judy Andersen.
Unter Mitwirkung einiger HAW-Frauen wird im ZDF der Film „Zärtlichkeit und Rebellion" mit enttäuschendem Resultat ausgestrahlt. In einem zweiten Fernsehfilm zum Thema Lesbierinnen tragen die Protagonistinnen Masken.
Zum Bundesbahnangebot für Ehe- und andere Paare „Fahrt zusammen – spart zusammen" fordern HAW-Frauen vergeblich verbilligte Tickets.
Bei der aus Los Angeles organisierten internationalen Kiss-in-Aktion küssen sie sich öffentlich in der Wilmersdorfer Geschäftsstraße. Heute würde eine solche Aktion Flashmob heißen.

Frauen gemeinsam sind stark

Einige HAW-Frauen gründen das erste autonome Frauenzentrum. Sie protestieren gegen den § 218, nehmen teil an den 1.Mai-Demonstrationen mit Spruchbändern für Gleichberechtigung in allen gesellschaftlichen Bereichen unter dem Motto „Frauen gemeinsam sind stark". Dieser Slogan prägt über Westberlin hinaus die Aufbruchstimmung der westdeutschen und westeuropäischen Autonomen Frauenbewegung, die vorwiegend von Lesben belebt und getragen wird.
Die Insel Westberlin gilt als Zentrum der Bewegung. Einer Freundin, die in Freiburg studierte, wird nach mehrfachem Selbsttötungsversuch von ihrer Therapeutin geraten: „Wenn du lesbisch bist, geh nach Berlin." Fortan prägt sie hier das kulturelle lesbische Leben mit.

„Wir sind von Kopf bis Fuß auf Frauen eingestellt"

1974 beziehen die HAW-Frauen eigene Räume in der nahegelegenen Kulmer Straße. Sie nennen sich nun Lesben, inspiriert von US-amerikanischen Lesbenprojekten und Philosophien, ihre Räume werden das Lesbische Aktionszentrum LAZ (heute: Lesbenberatung mit LasMigras – Antidiskriminierungs- und Antigewaltbereich).
Hier werden Ideen geboren, Projekte initiiert wie der Verein „Selbstverteidigung für Frauen", der dann als *Karate-Zentrum* ca. vierzig Jahre existiert, oder der heute noch bestehende Sportverein *Seitenwechsel*, ebenso Selbsterfahrungs- und Schreibgruppen, die *Lesbenpresse* ... Der *Amazonenverlag* wird gegründet eigens für die Übersetzung „Lesbian Nation" von der Amerikanerin Jill Johnston und später „Aus Deinen zehntausend Augen Sappho" (Le corps lesbien) der französischen Schriftstellerin Monique Wittig. Das „Hexengeflüster" des *subrosa Verlags* (später

unverfänglicher *Orlanda Frauenverlag*) wird veröffentlicht. Das *Lesbenarchiv*, heutiger Spinnboden, steckt in Kinderfüßen.
Ältere Lesben rufen im selben Jahr die *Gruppe L74* ins Leben. Kitty Kuse, Gertrude Sandmann, Tamara Streck sind die Initiatorinnen. Sie geben auch die UKZ „Unsere kleine Zeitung“ für frauenliebende Frauen heraus. Sie schaffen eine Brücke von der homosexuellen Bewegung der 1920er Jahre – „Die vierte Internationale“, so G. Sandmann damals – zur neuen Lesbenbewegung, einen Austausch zwischen den Generationen. Die jüdische Malerin Gertrude Sandmann hatte die Nazizeit zum Teil versteckt überlebt, Kitty Kuse sie in ihrem Versteck mit Lebensmitteln versorgt.
Ebenso 1974 findet das zweite *Pfingsttreffen* im LAZ statt (heutiges Lesbenfrühlingstreffen *LFT* jährlich in einer anderen Stadt). Bald darauf können sich die „Bewegungslesben“ auch gleich um die Ecke in der ersten Frauenkneipe Westberlins, im *Blocksberg*, treffen. Sie diskutieren, feiern, streiten, spielen Doppelkopf, entwerfen Zeitungen, Texte und Visionen. „Stramme Walküre“, „Sirenenschmaus“ und der griechische Salat „Sapphos Freude“ werden serviert zu Getränken wie „Jeanne d'Arc“ und „Rote Rosa“ und Klängen von Janis Joplin, Patti Smith, den Flying Lesbians ... Der erste *Frauenbuchladen Labrys* öffnet seine Pforten in der Yorckstraße, in seinem späteren Domizil in der Hohenstaufenstraße haben sich inzwischen die Bestatterinnen „Funeral Ladies“ angesiedelt.

„Feminismus ist die Theorie, Lesbianismus die Praxis“, auf diesem gemeinsamen Nenner gründen Lesben Frauenorte überall in der Stadt, konzentriert in Schöneberg. Die Plattform ist antikapitalis-

Maskerade, Pelze 1985

tisch, antiimperialistisch, antipatriarchal. Debattiert wird der Politikbegriff mit dem Konsens „Das Private ist politisch“. Auf den jährlichen *Walpurgisnacht*-Demonstrationen tanzen und trommeln Frauen lautstark an gegen männliche Aggressionen und „VerGEWALTigungen“ unter dem Motto „Wir erobern uns die Nacht zurück“. Die derzeitige Protestform gegen die weltweiten minütlichen Vergewaltigungen ist im jährlichen globalen *Onebillionrising*-Tanzen am Valentinstag zu sehen.

Die Zukunft ist weiblich oder gar nicht, wird gedacht, an Häuserwände gesprüht und gelebt, Räume werden besetzt und gestaltet. Schöneberger Treffpunkte sind die Discos „Pour Elle“, „die Zwei“, das Restaurant/Café „Dinelo“, das Café „Winterfeldt“ im von Frauen besetzten Haus. Welch ein Vergnügen, sich hier aus allen Stadtteilen beim samstäglichen

Markt ohne Verabredung treffen zu können, Neuigkeiten auszutauschen und Pläne zu schmieden inmitten undurchdringlicher Rauchschwaden. Ansonsten beraten sich hier Arbeitsgruppen wie *Auto Feminista*, *Zwangsarbeit* (heute Ein-Euro-jobs), *RollingDykes, MotorradDykes, die Androgynen* an ihren Stammtischen. Lesungen, Diavorträge, Diskussionsrunden, Musikveranstaltungen stehen auf dem Programm. Nach der polizeilichen Räumung des Cafés 1984 eröffnen einige Besetzerinnen die Lesben.Kultur.Etage „Araquin“, nachdem sie das von den Eigentümern zuvor demolierte Hochparterre instandgesetzt haben. Zu späterer Stunde lädt die benachbarte Künstlerinnen-Begegnungsstätte „Pelze multimedia“ (ehemaliges Pelzgeschäft, heute: Frauenunterwegs-Frauenreisen) zum Nachtcafé ein. Experimentelle Kunst

Maskerade, Pelze1985

und avantgardistische Performances erfreuen die Nachtschwärmerinnen. Elfriede Jelinek gehört zu den Gästinnen, die erste Veranstaltung „Frauen und Aids“ findet hier statt, „Nutten und Nüttchen“ treten auf. Modeschauen, Ausstellungen, Copy-Art, erotische Bar mit Darkroom, Fisches Nachtgesang, Steinzeichen sind nur einige Highlights in der fünfzehnjährigen Pelze-Geschichte.
Im selben von Frauen instandbesetzten Haus, Potsdamer Straße 139, bietet das Frauenkulturzentrum „Begine“ ein vielseitiges Programm an, 2016 feiert sie ihren 30jährigen Geburtstag. Auch im „Paramount“, mal Bar, mal Kneipe, mal Restaurant, mal Ausstellungs- und Drehort treffen sich in den 80ern die Stadtnomadinnen.
Diese vielfältigen, fußläufig zu erreichenden Orte bieten Raum für die unterschiedlichen Vorlieben, Aktivitäten und Kreationen. Sie sind unsere SISTER-PROJECTS: „Wir treffen uns mal hier, mal da, feiern heilige Abende im Araquin, Silvester im Pelze, den Venezianischen Karneval im Paramount“.

2. Metamorphosen

Dieses aufbaureiche Jahrzehnt nenne ich nach den Lila Siebzigern die Goldenen Achtziger, denn die Projekte blühen, werden teilweise vom Senat finanziert durch Mietübernahme, Honorare für Veranstaltungen, Dokumentationen und ABM-Stellen. Entstanden in den Siebzigern hauptsächlich soziale Initiativen, Selbsthilfe- und kreative Projekte, wurden in den Achtzigern mehr und mehr Betriebe gegründet, „Frauen macht Euch selbstständig!“. Das Bauplanungsbüro ITEKTON, all-lesbian, sei beispielhaft erwähnt.

Die Subventionen der Westberliner Projekte hören mit der Wiedervereinigung weitgehend auf. Finanziert werden nun eher die Frauenprojekte Ostberlins und Brandenburgs, in denen Lesben allerdings kaum in Erscheinung treten.
Trotz der finanziellen Einschränkungen gibt es weiterhin die Mutigen, die sich mit Elan selbstständig machen, wie zum Beispiel das kurzlebige Restaurant „Golden Girls“ nahe des Nollendorfplatzes oder der Verlag für lesbische Literatur „Krug und Schadenberg“, heute in einem alten Fabrikgebäude der Hauptstraße ansässig, wo bis vor Kurzem jahrzehntelang die Sportetage für Frauen „Außer Atem“ existierte. Ein bezeichnender Name, so wie die Namen der Projekte und Initiativen überhaupt Bände sprechen: die im alternativen Radio Hundert angesiedelten feministischen „Dissonanzen“ und das schwullesbische „Eldoradio“. Oder der inzwischen gut 20jährige „Querverlag“.

Im Laufe der folgenden Jahrzehnte, die ich die queeren Neunziger und LGBTI* Dreitausender nenne, verschwinden die öffentlichen Ladies-only-Orte in Schöneberg peu-à-peu bis auf die „Begine“ und die „Lesbenberatung“. Für Feste und Veranstaltungen werden Säle, Schiffe, Etagen nach Bedarf angemietet. Oder sich sporadisch freiluftig versammelt, bisweilen an der inzwischen umzäunten Tiergarten-Amazone.
Die Verwandlung der Bewegungen während dieser Dekaden können wir komprimiert an der Potsdamenstraße 139 ablesen. Nein, das ist kein Tippfehler, so nannten die Bewohnerinnen ihres 1981 besetzten Hauses die Straße. Ein Kommen, Gehen und Bleiben der Bewohne-

Herrscherinnen, Pelze 1987

rinnen und Projekte: Frauenmitfahr- und Wohnzentrale, Prostituiertenprojekt Hydra, Schreinerei, Finanzierungsprojekt Goldrausch, Theater Anaconda, Tanzschulen gaben sich die Schlüssel von Hand zu Hand. Die Mädchen-WG aus den Anfangsjahren besteht allerdings immer noch. Seit dreißig Jahren arbeitet hier dieselbe Betreuerin. Die ehemaligen Mädchen kommen heute mit ihren Kindern und Enkelkindern zum Weihnachtsbesuch.

Interessen, Visionen, Möglichkeiten der Lesbenbewegungen und ihrer Akteurinnen haben sich verändert. Manche sind nach wie vor in feministisch lesbischen Aktivitäten unterwegs, manche engagieren sich in schwullesbischen Kreisen, sorgen dafür, als Lesben in oft männerdominierten LGBTI*Initiativen wie Queer Nations präsent zu sein, andere sind fest verankert in ihren Berufen oder eingetragenen Partnerschaften. Manche Kräfte sind verzehrt, manche Hüften erneuert. Unverhoffte Begegnungen und Wiedersehensfreude erleben wir häufiger bei Beerdigungen ehemaliger Mitstreiterinnen als im Partyrausch. Bereits 1987 nach dem Tod der Verlegerin

Herrscherinnen, Pelze 1987

Gudula Lorez, die erotische Literatur von Frauen für Frauen herausgab, flehen ihre Freundinnen bei einer Gedenkfeier die Anwesenden an: Macht eure Testamente! Gudula hatte keins gemacht. Ihr gesamter Nachlass kam in die Hände ihrer ungeliebten Mutter, ein Teil ins feministische Archiv FFBIZ. Doch wer mag dem Gefühl der eigenen Unsterblichkeit mit einem Testament schon etwas entgegensetzen?

3. „Erinnern wird sich manch eine an uns", Sappho

Gudula Lorez wurde auf dem Alten St.-Matthäus-Kirchhof beigesetzt, 2009 die Laufzeit ihres bereits eingeebneten Urnengrabes von Freundinnen neu bezahlt und wieder sichtbar gemacht.
2016, das Jahr des 160. Kirchhof-Geburtstags, widmet die Friedhofsverwalterin den hier ruhenden Frauen. Durch Führungen und Veranstaltungen zu den inzwischen zahlreichen Gräbern lesbisch und/oder feministisch engagierter Frauen weisen die *Berliner Frauentouren*, die *Rememberries* und *Miss Marples Sisters* hin. Letzteren ist es nach jahrelangem Engagement gelungen, dass das Grab von Hilde Radusch, die zur L74 gehörte, vom Berliner Senat zum Ehrengrab erklärt wurde. Auf diesem Friedhof erst das zweite – neben der Frauenrechtlerin Minna Cauer – einer Frau gewidmet. Auch haben *Miss Marples Sisters* und die Künstlerinnen von *denktafeln.de* für ein Radusch-Denkmal in der Eisenacher-/Ecke Winterfeldtstraße gesorgt, dem letzten Wohnsitz der Politikerin und Dichterin: „Ich habe mich nie als Frau gefühlt ... aber als was sonst ..."

Die ***Rememberries,***
ein Freundinnenkreis, haben ehemaligen Mitstreiterinnen Gedenksteine gesetzt (eine Besonderheit auf diesem Kirchhof für diejenigen, die hier nicht beigesetzt sind). So den Gründerinnen der L74: Gertrude Sandmann und ihrer Lebensgefährtin Tamara Streck, sowie der Aktivistin Kitty Kuse und der mit ihnen befreundeten jüdischen Sexualforscherin, Ärztin und Schriftstellerin Charlotte Wolff, die in der Nazizeit emigrieren musste. In ihrem Buch „Augenblicke verändern mehr als die Zeit" beschreibt sie ausführlich diese Beziehungen und ihr Wiedersehen mit dem Berlin der Endsiebziger/Achtziger Jahre. Einer größeren Öffentlichkeit wurde sie bekannt durch ihren Schriftwechsel mit Christa Wolf „Ja, unsere Kreise berührten sich". „Die Gedenksteine haben wir als Dreieck gesetzt zur Sichtbarkeit lesbischer Vernetzung und Verbundenheit, die gerade in persönlich und gesellschaftlich bedroh-

Maskerade, Pelze1985. Die Fotoserie ist den Sisterprojects gewidmet, dem Spiel mit Identitäten.

lichen Zeiten lebenswichtig ist. Es geht nicht nur darum, ihr offen gelebtes Lesbischsein zu würdigen, sondern sie als erinnerungswürdige Persönlichkeiten sichtbar zu machen, die sich einreihen in die Erinnerungs-Kultur, die auch den Frauenrechtlerinnen Hedwig Dohm und Minna Cauer auf diesem Friedhof zuteil wird", so die Rememberries.
Finanziert wurden die Gedenksteine durch private Spenden von Freundinnen, Weggefährtinnen, Mitstreiterinnen und Lesbenorganisationen. Die Einweihungsfeiern unterstützten die Friedhofsverwaltung, die bezirkliche Bürgermeisterin und Frauenbeauftragte.
Gertrude Sandmann ist übrigens eine Gedenktafel an ihrer letzten Wohnstätte in der Eisenacher Straße 89 gewidmet, Charlotte Wolff in der Wilmersdorfer Laubenheimer Straße 10, bereits 1998 erhielt das Charlottenburger Kolleg für Erwachsenenbildung den Namen Charlotte-Wolff-Kolleg. Nach Kitty Kuse wurde gerade ein Platz an der Naumannstraße 47 benannt, auf der Schönberger „Roten Insel", dort, wo sie aufwuchs.

Grab-WGs

Neben der Besonderheit der Gedenksteine können auf dem Alten St-Matthäus-Kirchhof PatInnenschaften für historische Grabstätten übernommen werden, das heißt sie zu pflegen, wenn nötig zu restaurieren. Außerdem bieten sie die Möglichkeit, selbst dort die letzte Ruhe zu finden. Paare und Gruppen können sich also in sogenannten Grab-WGs zusammenschließen, wollen sie zukünftig so gebettet sein, wie sie gelebt haben. „Vor allem aber wollen wir ein Zeichen setzen, über den Tod hinaus als Lesben sichtbar sein, im Sinne von Sapphos Satz: Erinnern wird sich manch eine an uns."

Anna Wolf

Vergeblicher Versuch: Lesbisch-Werden in den Siebzigern

Als ich meinen Vater 1976 kennenlernte, war ich achtzehn. Unehelich geboren, wusste ich zwar lange zuvor, dass er existierte und zahlte (o Wunder), mehr aber auch nicht. Als er starb, war ich 58.

In den dazwischen liegenden rund 35 Jahren meiner lesbischen Existenz ist es mir nicht gelungen herauszufinden, was er wirklich von meiner Homosexualität hielt, also von der Tatsache, dass ich als Frau Frauen liebe, lesbisch bin. Etwas Kritisches sagte er nie dazu, vielleicht dachte er es. Allerdings gab es dazu auch nicht viel Gelegenheit – wir sahen uns im Durchschnitt vielleicht zweimal jährlich für zwei bis drei Stunden, dazu kamen ein bis zwei recht kurze Telefonate, dann riefen die geschäftlichen Pflichten oder seine Frau aus dem Hintergrund. Bei den wenigen Begegnungen, die es zwischen meiner Lebenspartnerin und meinem leiblichen Vater gab, verhielt er sich distanziert-interessiert, und unter seinen kurzen Karten stand immer auch ein Gruß an sie.

Vielleicht war ihm die sehr begrenzte Zeit, die wir miteinander hatten, schlicht zu schade für Streit, oder eine Auseinandersetzung hätte eine Intensität erzeugt, die er bei unserem fremdelnden Verhältnis zueinander für unangemessen hielt. Vielleicht aber hatte er auch die Gabe, Menschen einfach so zu nehmen, wie sie sind. In meinen guten Stunden denke ich das. So viele Möglichkeiten, sich etwas auszumalen, sind eine Gnade. Denn bei meiner Mutter gibt es derartige Ambiguitäten nicht. Von ihr wusste ich schon, dass sie mein Lesbischsein ablehnte, bevor ich selbst wusste, dass ich lesbisch bin. Einmal, ich muss ungefähr 14 gewesen sein, kam das Gespräch beim ausgedehnten Sonntagsfrühstück auf dieses Thema. Ich meine mich zu erinnern, dass die Fernsehberichterstattung über den Mordfall Marion Ihns der Anlass für die Debatte war. Marion Ihns hatte gemeinsam mit ihrer Freundin ihren sie über Jahrzehnte quälenden Ehemann 1972 durch einen Killer umbringen lassen, und natürlich waren die Nachrichten voll von den Bildern der Festnahme der beiden Frauen.

Für meine Mutter jedenfalls gab es bei der Debatte am Esstisch keinen Zweifel daran, was Lesbischsein war: ekelhaft. Ihre Erfahrungen auf diesem Gebiet stammten aus fernen Jahren, als sie einmal eine Bekannte angebaggert hatte. Die Arme blieb erfolglos, natürlich. Sie wird sich anderweitig getröstet haben. Auch mein Stiefvater fügte eine ähnliche Erfahrung hinzu, zwar ohne Ekelbekundung, aber klar ablehnend, und damit war ein für alle Mal geklärt, dass ich bei ihnen nicht würde landen können, was meine sexuelle Identität anging. Mein Stiefvater sagte später nicht mehr viel dazu, er begnügte sich damit, mich gegen Ende seines Lebens wiederholt über die schlechten Charaktereigenschaften meiner Partnerin aufzuklären.

Eine ablehnende Haltung zu meinen erotischen Bedürfnissen nahm übrigens auch die von mir damals zeitweilig angebetete Mitschülerin ein. Sie schreckte mich durch ein im Vorbeigehen hingeworfenes „Weißt du, ich bin nicht lesbisch“ aus dem kurzen Mittagsschlaf, den ich auf ihrer blauen

Wolldecke genossen hatte. Ich hatte nur vage Vorstellungen von dem Begriff und wandte ihn jedenfalls nicht auf mich an. Wir taten nicht viel – wir hielten Händchen, gaben uns Küsschen, wie das alle rundum in der Clique taten (wenn auch meist gegengeschlechtlich), und legten den Kopf in den Schoß der jeweils anderen. Von Sex war das weit entfernt, allerdings wohl nicht weit genug. Für mich, weil ich ahnte, dass da mehr, viel mehr zu entdecken war, ohne dass ich dem vorerst einen Namen gegeben hätte. Für sie, weil sie wohl in vermeintliche Abgründe blickte, in die sie keinesfalls hineingehörte, sie war und blieb heterosexuell, und warum auch nicht?

Irgendwann begriff ich, dass mein Begehren, sollte ich dabei bleiben, eine spezielle Bezeichnung trug – nämlich lesbisch –, und dass „so" zu sein zumindest in den Augen der mir damals bekannten Menschen nichts war, worauf man sich freute, stolz war oder was man gern gewesen wäre. Fortan fragte ich mich: Bin ich wirklich lesbisch? Muss ich das sein? Weichgeklopft durch so viel Negativität ohne das kleinste Gegengewicht beschloss ich, dass ich besser nicht lesbisch sein wollte. Fortan versuchte ich mich in Angleichung an die Majorität meiner Geschlechts- und Altersgenossinnen, die, pickelige Jünglinge knutschend, übers Schulgelände streifte.

Wenig verwunderlich, ließ sich der Beschluss nicht halten. Nach jahrelangen, stets erfolglosen und beiderseits nervenzehrenden Versuchen, mich dem Mainstream anzugleichen, die stets nach etwa drei Monaten mit einer Trennung endeten, brachen unter dem Ansturm spätpubertärer Depressionen gleichzeitig mein Studium und meine (Hetero)sexualität Anfang der 80er zusammen. Letzteres geschah nach einigen weiteren hektischen Schnelltests „am Mann". Unter dem hilfreichen Einfluss der nächstbesten Psychotherapie (damals wie heute konnte man froh sein, überhaupt ein verfügbares und bezahlbares Angebot zu finden) kam meine Sexualität ein Jahr später als lesbische Verliebtheit umso heftiger wieder zum Vorschein.

Der Gruppentherapeut, von dem ich später erfuhr, dass er seinen sexuellen Bedarf regelmäßig an weiblichen Gruppenmitgliedern stillte, war darob übrigens nicht begeistert und empfahl eine „tiefgehende Psychotherapie". Die kam auch bald, zusammen mit einem Umzug ans andere Ende Deutschlands und einem Berufswechsel, änderte aber an meiner Liebe zu Frauen rein gar nichts (und dankenswerterweise strebte dies meine Therapeutin auch nicht an, durchaus nicht selbstverständlich in jenen ruppigen Tagen). Nur die Liebesobjekte wurden nach und nach geeigneter, sprich: ich wählte nicht mehr automatisch Frauen als Ziel meiner Gefühle, die von vornherein nichts von mir wissen wollten. So kam mein Liebesleben langsam ins Lot und auch der ganze Rest. Ich war lesbisch und erlaubte mir, es zu sein.

Während sich meine Position also umkehrte, tat es die meiner Mutter im Grunde nicht. Sie toleriert mal mehr, mal weniger mühselig, was sie nicht ändern kann. Meiner Partnerin geht sie aus dem Weg, umgekehrt gilt dasselbe. Das verwandelt meine Beziehung zu meiner Mutter in einen schmalen Grat, auf dem wir mal besser, mal schlechter ausbalanciert entlangstolpern. Ganz abbrechen möchte ich sie nicht, wir teilen dank der Folgen meiner unehelichen Geburt für ihr

Leben zu viel ungemütliches Schicksal. Es gibt zudem Dinge, die ich wirklich an ihr schätze und mag: ihr knorriger Humor, ihre Fähigkeit, sich wieder aufzurappeln, wenn das Schicksal zugeschlagen hat, ihr Interesse an Literatur. Und Erinnerungen – ich bin kürzer als sie, aber dennoch einige Jahre bei meinen Großeltern aufgewachsen, und meine Erinnerungen an diese beiden sind mithin weit intensiver als die der übrigen Kinder.

Räumliche Distanz hilft dabei, den auch für meine Partnerin unbequemen Weg zu gehen und diesen Kontakt aufrechtzuerhalten. Am liebsten sähe meine Mutter wohl noch immer, wenn ich meiner langjährigen Beziehung endlich den Rücken kehrte und mich sodann schleunigst in einen Mann verliebte, natürlich mit akademischem Abschluss und gut verdienend. Doch diese Hoffnung ist und bleibt vergebens.

Am tolerantesten meinen lesbischen Vorlieben gegenüber war aus dem Kreis der älteren Verwandten übrigens meine Großmutter – über die Ursachen ihrer Haltung kann ich nur rätseln. Immerhin wuchs sie in den wilden Zwanzigern des 20. Jahrhunderts auf, als so einiges möglich war. Als ich sie einmal zusammen mit meiner Lebenspartnerin besuchte (bei ihr waren wir einigermaßen willkommen, als sie noch lebte), schlich sie morgens an die Tür unseres gemeinsamen Schlafzimmers, klopfte kurz und schielte dann mit wissendem Blick durch den Türspalt, als hätte sie nichts anderes erwartet. Wir, meine Liebste und ich, lagen eng aneinandergekuschelt und schlaftrunken in der Daune. Beim Frühstück meinte sie nur, sollte sich eine von uns in einen Mann verlieben, müsse die andere sie aber gehen lassen. Das konnten wir ziemlich unbesorgt versprechen, denn wenn sich eine in jemand anders verliebt, wer immer das neue Liebesobjekt sein mag, bleibt bekanntlich sowieso nichts anderes übrig. Heute arbeite ich daran mit, dass es nicht in Vergessenheit gerät, dass wir kämpfen mussten, um zu bekommen, was wir heute haben. Und dass es alles andere als selbstverständlich ist, dass wir unsere Rechte behalten können. Selbstvergessenheit hat Minderheiten auf die Dauer noch nie genutzt. Die Geschichte, gerade die deutsche, bietet dafür das eindringlichste Beispiel.

an Die Verbrechen den lesbischen Frauen

Eine BILD-Serie Eine BILD-Serie

BILD – ZITAT vom 25. Januar 1973:
"Wenn zwei Frauen entdecken, daß sie sich lieben, sind sie oft zu den ungeheuerlichsten Taten fähig".

BILD – ZITAT vom 27. Januar 1973:
"Wenn Frauen Frauen lieben, kommt es oft zu einer Katastrophe".

BILD – ZITAT vom 1. Februar 1973:
"Wenn Frauen Frauen lieben, kommt es nicht selten zu einem schweren Verbrechen".

BILD – ZITAT vom 2. Februar 1973:
"Wenn Frauen nur Frauen lieben, kommt es oft zu einem Verbrechen".

und über die Rechte des Ehemannes:

BILD – ZITAT vom 17. Januar 1973:
"... und auch seine häufigen Trinkereien werden plötzlich verständlich. Er musste sich einen Rausch antrinken, um sich mit Gewalt holen zu können, was ihm von "Rechts wegen" zustand".

Eine BILD-Serie von Randor Blés

wie Bild die "Lesbischen" sieht:

... männlich kurzgeschorenes Haar ......
... rauhe tiefe Stimme ... kaum vorhandener Busen... enggeschnürt .... stolz auf ihre BH-Größe 2....
.... Lederkleidung....Schlagring.... Marion sagte zu Judy: Du wirst für unsere Tochter ein guter Papi sein... wie verheiratet....
.... Männerkleidung .... wie ein Kerl ....

Flugblattrückseite: „Die Verbrechen an den lesbischen Frauen" Berlin, mit Bild-Zitaten.
Quelle: http://feministberlin1968ff.de/lesbian-life/1973-74-witch-hunt/

Regina Nössler

Ein Sommer in Tirol mit zwei Killerlesben

Es war 1974. Sommerferien. Ich verbrachte mit meiner Familie unseren üblichen Urlaub in Tirol. Drei Wochen in Kirchberg, ein kleiner Ort in der Nähe von Kitzbühel. Bergwandern, was ich hasste. Ich erwarb zusammen mit meiner Familie das goldene Edelweiß-Wanderabzeichen, und manchmal waren wir schwimmen in einem schwarzen, morastigen Moorsee. Ich kannte gar keinen anderen Urlaub, keine andere Landschaft (außer den Kohlenhalden im heimischen Ruhrgebiet, die es damals noch gab), kein Meer, keine Reisen mit dem Flugzeug, denn wir fuhren jedes Jahr mit dem Auto nach Tirol (und brachten auf der Rückfahrt körbeweise gesammelte Blaubeeren mit). Rund tausend Kilometer immer an einem Stück. Ich erinnere mich noch an den Jingle des Bayerischen Rundfunks, diese markante Tonfolge, die auf im Anschluss folgende Verkehrsmeldungen aufmerksam machte. Für mich war jene Tonfolge das Zeichen dafür, nun in der Fremde, im Urlaub zu sein, denn Bayern kann ich als nichts anderes als fremd bezeichnen, und von Bayern war es nicht mehr weit bis Tirol.

Es muss ein aufregender Sommer für mich gewesen sein, denn nach den großen Ferien stand der Wechsel aufs Gymnasium bevor, vor dem ich mich ein wenig fürchtete.

Aber vorher kam der Urlaub. Und eine mehr als zweiwöchige Beschäftigung mit diesen beiden bösen, bösen Frauen, den „Lesbierinnen“.

Mein Vater las im Urlaub jeden Tag die Bild-Zeitung, obwohl er normalerweise vorgab, sie zu verachten (ich glaube, in Wahrheit las er sie gerne). Sonst las nur meine Großmutter die Bild-Zeitung und wurde dafür von meinem Vater belächelt. Jahrzehntelang machte er den lahmen Scherz, aus dieser Zeitung „tropfe das Blut“. Dass er sie im Urlaub doch las, begründete er damit, dass die anderen deutschen Zeitungen damals erst mit einem Tag Verspätung Tirol erreichten und man die Bild-Zeitung am Tag des Erscheinens kaufen konnte.

Auch ich las die Bild-Zeitung, immer dann, wenn mein Vater seine Lektüre beendet hatte. 1974 war ich zehn Jahre alt, und ich las leidenschaftlich und fast zwanghaft alles, was ich in die Finger bekam und was aus sich zu einem Text zusammenfügenden Buchstaben bestand. Meine Lieblingslektüre war Donald Duck (und eventuell auch die Groschenromanreihe „Geisterjäger Dr. Zamorra“, weshalb ich noch heute über exzellente Kenntnisse von Vampiren, Werwölfen & Co. verfüge). Donald Duck geriet im Sommerurlaub 1974 jedoch unerwartet etwas in den Hintergrund. Denn die Bild-Zeitung fesselte mich mehr. Jeden Tag aufs Neue. Und das Schöne in diesem Urlaub war: sie brachte auch jeden Tag etwas (vermeintlich) Neues. Die Geschichte über die beiden niederträchtigen Lesben war wie ein Fortsetzungsroman mit Bildern. Es hatte ein Mord stattgefunden, schon zwei Jahre vorher, 1972. Zum Prozess kam es aber erst im Jahr 74. Zwei Frauen waren beschuldigt, den Ehemann der einen umgebracht zu haben. Sie taten es nicht selbst, sondern heuerten dafür eine Art Auftragskiller an, einen Dänen. Oh, wie mich das faszinierte! Ich ahnte von Anfang an, dass etwas Ungeheuerliches dahinterstecken musste. Die Bild-Zeitung garnierte ihre kurzen Artikel wie üblich mit exklusivem Bildmaterial. Marion Ihns und Judy Andersen überall. Jeden Tag. Auch in Tirol. Und sie äußerte sich eigenartig, wie ich fand, über die beiden Frauen, speziell über Judy Andersen, sodass ich hellhörig wurde. Was war mit den beiden los? Im Laufe der Tage, im Laufe unseres gesamten damaligen Tirol-urlaubs wuchs meine morbide Faszination. Krasser hätte der Gegensatz nicht sein können. Wir bergwanderten tagsüber in Kniebundhosen und karierten Hemden, begleitet vom Gebimmel der Kuhglocken, meine brave, kleinbürgerliche, ach so normale Familie, und dem gegenüber solche Abgründe, die dunklen Abartigkeiten von Marion Ihns und Judy Andersen, die ich gebannt und begierig verfolgte. Genau genommen verstand ich einiges in den kurzen Artikeln nicht, ich sehnte mich nach einer Erklärung, aber ich habe kein einziges Mal meine Eltern danach befragt, obwohl ich mit zehn durchaus noch in dem Alter war, ihnen Fragen zu stellen und tatsächlich zu glauben, sie könnten mir die Welt erklären.

Marion Ihns und Judy Andersen waren ein Paar, „Lesbierinnen“, wie ich lernte. Vermutlich hat mich allein dieses Wort fasziniert, klang es doch ganz so, als würde es eklige Insekten bezeichnen.

Sie waren ein Paar, was die Bild-Zeitung weithin ausschlachtete. Überhaupt schien offenkundig Ekel das Gefühl zu sein, das hervorgerufen werden sollte – falls es überhaupt extra hervorgerufen werden musste. Eine Frau und eine zweite Frau als Paar, das war mir in der Tat fremd. Ich kannte meine Eltern, meine diversen Onkel und Tanten – das waren Paare. Die Bild-Zeitung stürzte sich auf das Thema und den in Itzehoe stattfindenden Prozess (und schließlich auf das Urteil lebenslänglich). Die beiden hätten den Ehemann der einen kaltblütig aus Habgier umbringen lassen, hieß es dort. – Jahre später wurde mir klar, dass es mitnichten aus Habgier geschehen war, sondern deswegen, weil Marion Ihns von ihrem Ehemann jahrelang gedemütigt, gequält und misshandelt wurde und die beiden keinen anderen Ausweg wussten. Dennoch traf sie die volle Härte des Gesetzes, sie wurden zu lebenslang verurteilt. Ein anderes Motiv als Habgier ließ die Bild-Zeitung nicht gelten – Habgier und eben die „unnatürliche Lesbierinnen-Verbindung“. Marion Ihns' Ehemann war übrigens nicht etwa Millionär, sondern Gemüsehändler mit einem „Vermögen“ von rund 6.000 DM, so viel zur angeblichen Habgier.

Die Bild-Zeitung schoss sich sofort auf Judy Andersen ein, heute würde man sagen, die Butch der beiden (noch dazu eine *Ausländerin*!, Dänin). Die Fotos hoben immer wieder hervor, dass Marion Ihns wie eine normale Frau aussehe, mit langen Haaren und weiblichen Rundungen. Sie wurde, so mutmaßte die Bild, verführt, und sei eigentlich gar nicht „so“. Vielleicht sei sie Judy Andersen „hörig“ gewesen. Judy Andersen, die kurzhaarige Dänin, musste ein unvorstellbares Verführungspotenzial besessen haben, wenn

Marion Ihns doch gar nicht „so“ war. Sie wurde immer möglichst ungünstig dargestellt. Ungünstig nach dem Geschmacksempfinden der Bild-Zeitung, versteht sich. Oder nach dem allgemeinen Volksempfinden? Ich fand sie viel attraktiver als Marion Ihns, total interessant, und sah mir speziell die Fotos von ihr gerne an. Ich erinnere mich – neben ihren kurzen Haaren und ihrer burschikosen Kleidung (Marion Ihns stets nur in Röcken und Kleidern) – vor allem an das Foto, das Judy Andersens Armbanduhr zeigte. Ein Foto also, das nichts weiter offenbarte als ein Handgelenk und eine Armbanduhr. Die Armbanduhr war, fand die Bild-Zeitung, überdimensional groß. Für eine Frau. Eine Männeruhr. Eine Männeruhr an einem Frauenhandgelenk! Aber Judy Andersen war ja, wie ich nach mehrtägiger Lektüre gelernt hatte, auch gar keine richtige Frau. Ihre Armbanduhr war übrigens ungefähr so groß wie die, die ich heute selbst trage.

Lesben („Lesbierinnen“) haben sich schon damals für Marion Ihns und Judy Andersen eingesetzt, sie haben demonstriert, gegen das in ihren Augen ungerechte Strafmaß (und gegen die unterstellten Motive für die Tat) und auch gegen die Darstellung von Lesben in der Öffentlichkeit. Die Lesben von damals behaupteten, zu Recht, angeklagt sei nicht die Tat, sondern das Lesbischsein an sich. Der Mut solcher Demonstrationen ist heute gar nicht groß genug einzuschätzen. 1974 war eine andere Zeit. Man fand „lesbisch“ nicht old-school und „queer“ viel hipper. Zwar war es einerseits die Zeit der zweiten Frauenbewegung, auch, nach 68, einer größeren gesellschaftlichen Öffnung, aber Lesben (Schwule im Übrigen genauso) wurden damals wie abnorme, ekelerregende

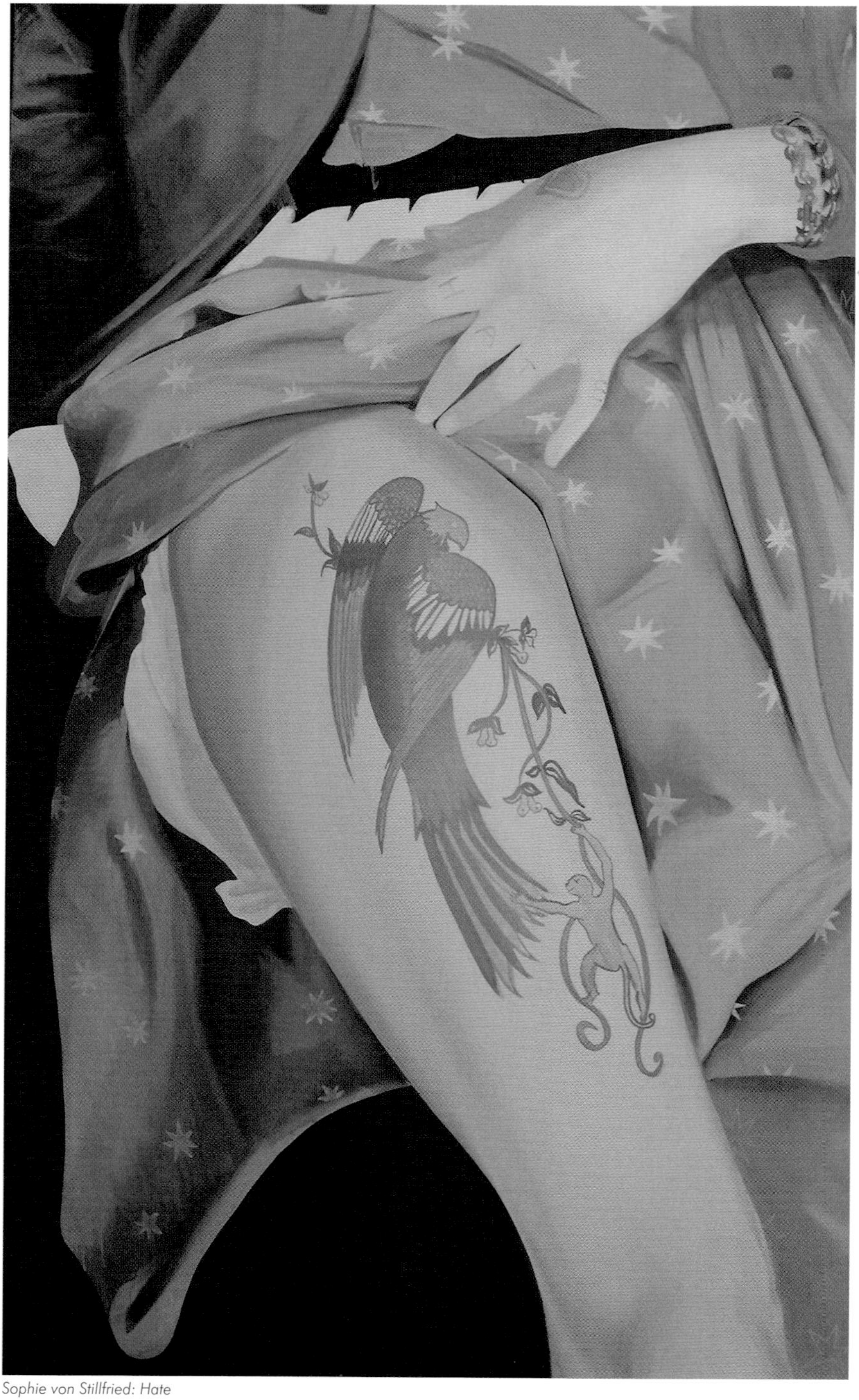

Sophie von Stillfried: Hate

Freaks dargestellt, „lesbisch“ bedeutete nichts anderes als „krank“.

Der Urlaub in Tirol ging irgendwann zu Ende, der Sommer auch, ich kam aufs Gymnasium. Irgendwann hat wohl auch die Bild-Zeitung ihre reißerische Berichterstattung über die beiden und den Prozess in Itzehoe aufgegeben. In mich aber war etwas gepflanzt. Etwas, das unwiderstehlich angezogen war von *Abweichung*, von *unnatürlich*, *nicht normal*, *verführt*, von *großen Armbanduhren*.
Ich würde nicht gerade sagen, dass Marion Ihns und Judy Andersen die Heldinnen meiner Kindheit waren, da gab es andere – und im Übrigen wusste ich durchaus, dass man keine Leute umbringt (was ich heute als Thriller-Autorin allerdings regelmäßig tue). Aber sie haben mich unendlich fasziniert. Weit über den Sommerurlaub in Tirol hinaus. Und sie (und wie mit ihnen umgegangen wurde) tun mir bis heute leid.

Die vielen Fotos konnte ich in der Bild-Zeitung sehen, weil der damalige Richter in Itzehoe angeordnet hatte, dass Fotos während der Verhandlung erlaubt sind, ein absolutes Novum in der bundesrepublikanischen Rechtsgeschichte. Das gab es davor und danach nicht. Natürlich machte die Boulevardpresse von diesem Angebot reichlich Gebrauch, und es trug mit dazu bei, die beiden Angeklagten bloßzustellen. Der eigentliche Täter wurde übrigens in Dänemark zu 16 Jahren verurteilt. Das Strafmaß von Marion Ihns und Judy Andersen in Deutschland war viel höher, wobei Marion Ihns bessere Haftbedingungen hatte und bald zur Freigängerin wurde. Judy Andersen hingegen wurde in Isolationshaft (!) gehalten. Als Björn Engholm Ministerpräsident von Schleswig-Holstein wurde, entließ er Judy Andersen vom Frauengefängnis in Lübeck nach Dänemark, wenig später wurde Marion Ihns begnadigt. Über den Prozess in Itzehoe lässt sich einiges in der Literatur finden, erwähnt sei hier „Deviante Subjekte. Die paradoxe Politik der Identität“ von Sabine Hark, Wiesbaden 1999

Wie alt bist du?
51
Identität:
Der Begriff „queer" verwässert nicht. In einer Zeit, in der man erkennt, dass Sexualität etwas Fließendes ist, genauso die sexuelle Orientierung, ist es lediglich eine Honorierung dieser Tatsache. Queer heißt für mich, ich kann mit beiden Geschlechtern etwas anfangen und spiele selbst mit der weiblichen wie auch mit der männlichen Rolle. Ob ich mich als androgyn bezeichne? Hm. Ganz sicher bin ich eine Frau mit etlichen männlichen Merkmalen, optisch wie charakterlich. Aber ich denke nicht, dass es Sinn macht, in diesen zugeordneten Rollen zu verweilen. Ich bin Frau. Das bin ich gerne, ich gebe aber nicht das „Weibchen". Eine gewisse Burschikosität ist mir von Natur aus gegeben.

Out:
Lesbisch war ich wohl schon immer. Ich dachte anfangs nur, ich sei hetero (halt irgendwie anders als die Anderen). Nach einer gescheiterten Ehe erkannte ich mit 33 Jahren, dass ich das schönere Geschlecht auch eindeutig erotischer finde.

Geträumte Liebe:
Fantasien und Träume sind Möglichkeiten, sich einmal in ganz andere Rollen hineinzudenken. Der Wunsch nach etwas anderem, Speziellem. Der mentale Flirt mit seiner Schattenseite, ohne den Wunsch, es real ausleben zu wollen.

Körper:
Bedauerlicherweise meine ich bei den Junglesben immer mehr ein machohaftes Gehabe zu erkennen. Trifft das zu?

Sex:
Sex ja. Mehrmals die Woche. Allein oder mit Partnerin. Keine One-Night-Geschichten. Brauche keine fremde Frau im Bett.

Fehlt dir der Sex, wenn du keinen hast? Was bereitet dir Lust im Alltag? Braucht man überhaupt Sex?
Klar brauche ich Sex. Er macht mich bedingungslos glücklich, entspannt, erdet mich. Wenn vielleicht auch nur für einen zeitlich beschränkten Moment.

Wie ist dein Verhältnis zu deiner Vulva, zu der deiner Freundin, wie nennst du sie, kannst du sie beschreiben?
Namen haben wir keine vergeben. Ich weiß nur, dass ich die Bezeichnung Möse als Schimpfwort empfinde. Ganz im Gegensatz zu Vulva, ein Wort, das sich schon rein phonetisch öffnet. Oder Vagina. Wunderschön! Da geht einer das Herz auf. Die Vagina meiner besseren Hälfte besticht durch eine absolute Symmetrie, durch dralle äußere Schamlippen, aus deren geschlossener Spalte ganz liebevoll zwei kleine innere Lippen hervorspicken. Bei Erregung schwellen sie an, gleich der Klit, öffnen sich mir, laden mich ein, in sie einzudringen. Das hat etwas sehr Beglückendes.

Was magst du besonders beim Sex?
Die Nähe, die Spiritualität, das absolute Jetzt.

Was ist „guter Sex"? Schlechter Sex? Was kommt „nach dem Sex"?
Guter Sex? Wenn wir es schaffen, uns wirklich zu begegnen, wenn er mich emotional erfüllt. Schlechter Sex? Wenn die Lust verschwindet, weil die Gedanken

plötzlich woanders sind. Wobei nicht jeder abgebrochene Sex schlechter Sex sein muss. Nach dem Sex? Kuscheln, reden, schlafen, was auch immer. Rauchen nicht.

Lesben und Konsumverhalten:
Wofür gibst du Geld (wenn du welches übrig hast) aus – und wofür eher nicht?
Reisen, Essen, Kultur, Massage (Thai, Tantra).

Gibt es den typischen Lesbensport? Fußball? Handball? Sicher keine rhythmische Sportgymnastik? Welcher Sport wäre das für dich, warum?
Evtl. Fußball? Dort schätze ich die Lesbenquote am höchsten.

Was denkst du über lesbische Frauen in der AfD?
Die sind selten bescheuert!

Verführung:
Wie geht es los mit einer Neuen? Flirten? Wie geht's los mit Sex in einer langjährigen Beziehung?
Schatz, wir könnten mal wieder? Nein! Aber dadurch, dass man bereits lange Jahre zusammenlebt, räumlich stets füreinander erreichbar ist, denke ich, braucht es bei Langzeitpaaren Rituale, die ganz gezielt den Alltag durchbrechen. Da gilt es, bewusst Romantik zu schaffen, für Verwöhn-Auszeiten sorgen, dem Sex atmosphärisch wieder eine Chance zu geben. Einmal saß ich mit meiner Frau bei Kerzenschein im Whirlpool, und sie begann ausführlich über die Erziehung unserer Kinder zu reden. Da war es dann dahin mit jedem romantischen Gefühl. Ab diesem Zeitpunkt waren bei unseren „Dates" alle Themen tabu, bei denen wir eine andere Rolle spielen als die der Geliebten.

Donna P. Nick

Wie alt bist du:
48

Identität:
Ich bezeichne mich als bisexuelle Lesbe und als Teil der queeren Szene.

Wofür gibst du Geld (wenn du welches übrig hast) aus – und wofür eher nicht?
Für gutes Essen und Reisen. Eher nicht für Materielles.

Was denkst du über lesbische Frauen in der AfD?
Was ich über alle in der AfD denke: Es bereitet mir Schmerzen, wenn die Angst vor „dem Anderen" nicht zur Reflexion der eigenen Ängste, sondern zur Aggression gegen die vermeintlich „Anderen" führt. Auf mangelnden Reflexionswillen führe ich auch zurück, dass lesbische und schwule AfD-Mitglieder offensichtlich nicht verstehen wollen, dass sie selbst noch vor zwei, drei Jahrzehnten in Deutschland als „die Anderen" ausgegrenzt, kriminalisiert und gehasst worden wären.

Sanne Hipp
Das mit dem Sex

Wenn ich darüber lese, ist alles so leicht. Frauen begegnen sich, verlieben sich ineinander, haben Sex.
Atemberaubenden, prickelnden Sex.
Und ich frage mich: Was mache ich falsch?
Nach so vielen Jahren Miteinander, wenn die Anzahl der sexuellen Begegnungen abnimmt. Manch eine, die am 29. Februar geboren ist, ihren Geburtstag öfter feiert, als wir Sex haben … Nun gut, der Vergleich ist vielleicht übertrieben.
Doch was läuft nicht bei uns?
Natürlich der Alltag, der Paare überkommt. Wie immer. Die Unfähigkeit am Abend, sich noch aufeinander einzulassen, sich wirklich Zeit füreinander zu nehmen. Ich muss nur noch kurz etwas schreiben, du deine E-Mails checken und telefonieren. Wir sehen fern, haben schließlich Feierabend.
Die Wochenenden sind ähnlich. Als lesbische Frau hat man seine Verpflichtungen, Ehrenämter, Engagements. Wir reiben uns auf an den Dingen des Alltags.
Lass sie uns beiseiteschieben. Wir können die Welt nicht retten. Nur uns. Wir können uns ganz neu und achtsam begegnen. Und dann gelingt es mir wieder. Wenn deine Hand mich berührt und ich mich wieder daran erinnere. Meine Seele sich öffnet für mehr, meine Haut sehnsüchtig deine Liebkosungen erwartet, unser Bett wieder zu mehr wird als nur Rückzug, Ort des Schlafes nach einem anstrengenden Tag. Wenn unser Atem noch einmal eins wird. Wenn ich Stunden später, mit zitternden Beinen, ins Bad stakse, weil ich nun dringend aufs Klo muss und das Gefühl habe, die ersten Schritte meines Lebens zu tun, wohl wissend, morgen einen kräftigen Muskelkater zu haben. Dann weiß ich, wir können es noch. Das mit dem Sex.

Paula Hemsi

10.253,10 km, Berlin – São Paulo

Wir haben uns vor drei Jahren auf dem Motzstraßenfest in Berlin kennengelernt. Sie flog am nächsten Tag, ich einen Monat später. Seitdem pendeln wir zwischen Nähe und digitaler Welt. Dieses Neujahr haben wir in Prag unsere Liebe

gefeiert. Die Fotos sind an diesem Tag entstanden, und jede Lampe, die wir im Hotelzimmer finden konnten, hat ihren Anteil daran. Die Bilder geben uns Halt an schwerelosen Tagen und machen uns Mut für alles Kommende.

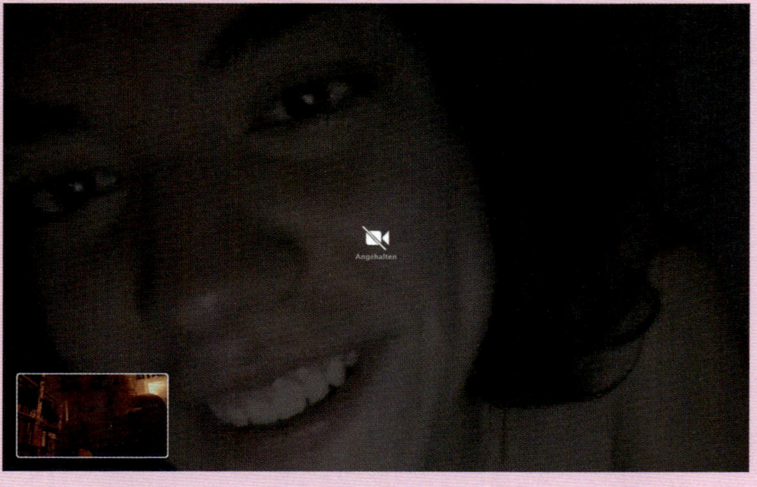
Angehalten

skype

Kaja Kuntika

Sex in Langzeitbeziehungen – lebendig, nicht langweilig

Am Anfang einer Beziehung läuft es meistens noch wie von alleine. Mensch lernt sich gerade erst richtig kennen, erkundet den Körper der anderen Person_en mit großer Neugier, Sex ist in dieser Phase eine Erkundungsreise und Riesenspielplatz. Paradoxerweise nimmt das erotische Feuer häufig gleichzeitig mit der steigenden Vertrautheit und Sicherheit ab. Während die Liebe also wächst und Wurzeln schlägt, verflüchtigt sich das Begehren zusehends.

Sex in Langzeitbeziehungen hat demnach einen schlechten Ruf – er gilt als langweilig. Zu Unrecht, finde ich. Ja, es stimmt, dass Sex oftmals an Häufigkeit und Intensität verliert, wenn die Jahre ins Land gehen und sexuelle Unzufriedenheit eine gewaltige Herausforderung für viele Menschen ist, die sich in Langzeitbeziehungen befinden. Wenn ich jedoch erkenne, dass es gilt, eine Beziehung zu *führen*, nicht einfach eine zu *haben*, dann kann ich aktiv Einfluss darauf nehmen und mein Sexualleben (Schritt für Schritt) hin zu mehr Vergnügen gestalten.

Die Paartherapeutin und Intimitäts-Forscherin Esther Perel sieht in romantischen Langzeitbeziehungen zwei Arten von fundamentalen menschlichen Grundbedürfnissen im Konflikt miteinander: Der Wunsch nach Zugehörigkeit, Sicherheit, Geborgenheit, Nähe, Verlässlichkeit auf der einen Seite und das Bedürfnis nach Autonomie, Abenteuer, Abwechslung, Freiheit auf der anderen.

Während am Anfang der meisten romantischen Beziehungen noch wie selbstverständlich viel experimentiert wird, weil die geteilten Erfahrungen ja im Grunde für alle Personen Neuland sind, passiert nach einiger Zeit häufig Folgendes: Ich kenne langsam die Knöpfe der anderen Person_en; weiß, was funktioniert, was in der Vergangenheit funktioniert hat. Menschen pendeln sich – sexuell gesehen – häufig beim kleinsten gemeinsamen Nenner miteinander ein, und das ist auch allzu verständlich. Warum etwas Neues wagen, wenn die Klassiker doch gut laufen? Routine-Sex ist die Folge – der Ablauf ähnelt sich, wird nur leicht variiert. Auf lange Sicht finden das viele Menschen unbefriedigend und sehnen sich nach etwas Neuem, nach Lebendigkeit und Aufregung. Ich bin der Meinung, dass sich all das auch in der noch so vertrautesten Umgebung finden lässt, und folge in diesem Punkt Esther Perel, die die Krise des Begehrens zurückführt auf eine Krise der Imagination.

Was also tun? Ich möchte drei Strategien skizzieren, die in meinem Leben viel bewirkt haben und alle mehr oder weniger mit der Aktivierung der Imagination zu tun haben.

1. Selbstliebe

Alles beginnt bei der sexuellen Beziehung, die ich mit mir selbst führe, die grundlegendste und wichtigste sexuelle Langzeitbeziehung meines Lebens. Diese zu pflegen und dafür aktiv Verantwortung zu übernehmen, halte ich für zentral. Nur wenn ich mich selbst gut kenne und weiß, was mir Spaß bereitet, kann ich das auch mit anderen Menschen kommunizieren. Selbstliebe-Praktiken haben mir außerdem geholfen zu verstehen, dass auch ein noch so vertrauter Körper immer wieder Neues hervorbringen kann und Sexualität stets dynamisch und im Wandel ist. Außerdem kann ich mir dadurch eine gewisse Unabhängigkeit bewahren, was davor schützt, sich völlig in Beziehungen zu verlieren, bis die Distanz so klein geworden ist, dass sich Menschen nicht mehr begehrenswert finden, weil sie zu nah dran sind. Differenzen auszuhalten und andere noch so vertraute Menschen als autonome Personen ernst zu nehmen, hilft mir dabei, diese nicht für selbstverständlich zu halten und immer wieder neue Seiten an anderen zu entdecken.

Ich höre immer wieder Bedenken in der Art: „Ich würde ja gerne etwas ändern, aber mein*e Partner*in_nen ist_sind dazu nicht bereit." Davon würde ich mich sofort freimachen, denn Veränderung beginnt immer bei mir selbst – und wirkt sich dann auch darauf aus, wie andere Menschen mir begegnen. Und genau diese Erfahrung habe ich gemacht, dass es in meiner Macht liegt, dass sich bei mir etwas tut und das auf die Beziehungen in meiner Umgebung positiv wirkt – egal, wie viel Widerstand anfangs da war. Und bei so

ingrid Rafael

einer lustvollen Veränderung löst sich der Widerstand meist sowieso schnell auf. Selbst schwierigere Themen wie Grenzziehungen können durch einfühlsame Kommunikation angegangen werden, worauf ich im Folgenden zu sprechen komme.

2. Kommunikation

Kommunikation ist das A und O – oder eher Aaaah und Ooooh. Miteinander über Sex zu kommunizieren, z.B. zu reden, halte ich mittlerweile für enorm wichtig. Davor, währenddessen und danach.
In diesem Punkt habe ich selbst eine absolute Kehrtwende vollzogen. Noch bis vor ca. einem Jahr hielt ich überhaupt nicht besonders viel von der Idee, dass Sex und Reden kompatibel sein könnten. Ich hatte die diffuse Vorstellung, dass Sex voller Leidenschaft im Moment passiert, alles von alleine funktioniert (wie von Hollywood vermittelt) und Reden dabei nur stören kann. Selten lag ich so falsch! Kommunikation verbessert nicht nur ganz effektiv die sexuelle Zufriedenheit, sondern kann auch unglaublich heiß sein. Aber immer der Reihe nach: Nach dem Sex zu reden, war für mich anfangs am einfachsten, ging mir am leichtesten über die Lippen. „Mmh, was du da mit meinen Nippeln gemacht hast, hat mir richtig gut gefallen." Oder: „Das mit den Pobacken war total geil, das kannst du gerne etwas fester machen!" Das gibt nicht nur den beteiligten Personen ein tolles Gefühl, weil es ein schönes Feedback ist, Konsens ermöglicht, das gute Gefühl, dass alle Parteien auf derselben sicheren Seite sind, sondern es erhöht auch die Wahrscheinlichkeit massiv, dass ich beim nächsten Mal genau den Sex bekomme, den ich mir wünsche.
Von da aus ist es nicht mehr so schwer weiterzureden: über Wünsche, Fantasien, aber auch Ängste, Grenzen, schlechte Erfahrungen. Wenn erst mal eine offene einfühlsame Atmosphäre geschaffen wurde, kann Lustvolles genauso wie Schmerzvolles miteinander geteilt werden. Und über Grenzen zu sprechen oder sich anderweitig darüber zu verständigen, ist wichtig, denn nur wenn ich weiß, dass mein Nein gehört und akzeptiert wird, kann ich auch enthusiastisch Ja sagen. Erst dann bekommt mein Ja ein Gewicht, wird es ein bewusstes Ja. Ohne Nein kein echtes Ja. Diese Erkenntnis verdanke ich den Ausführungen von Joris Kern, eine Person, die seit 2009 Workshops zu den Themenfeldern Sexualität und Konsens, u.a. „Lustvoll Nein sagen", anleitet. Grenzen sind meines Erachtens außerdem unerlässlich für die Erfahrung von Sicherheit, mich fallen lassen zu können. Loslassen, Entspannung, Hingabe sind für die Bandbreite von sexuellem Erleben sehr wertvoll.
Aber zurück zu den Wünschen und Fantasien: Von dem Reden darüber, was mir gerade gut gefallen hat, ist es dann nicht mehr so ein großer Schritt zum Reden darüber, was ich mir noch gut vorstellen könnte oder gerne ausprobieren würde. Das Reden *vorher* hat den tollen Effekt, dass es – wie schon angedeutet – die Wahrscheinlichkeit stark erhöht, dass ich das bekomme, worauf ich Lust habe. Und es kann außerdem dazu benutzt werden, mich und andere heiß zu machen, einzustimmen. Dann wird nicht mehr nur über das Ablesedatum des Gaszählers und die Einkaufsliste für das Abendessen gesimst, sondern das Vorspiel beginnt dann schon Stunden vor der eigentlichen

sexuellen Begegnung, mit Nachrichten wie „Was würdest du jetzt gerne machen, wenn wir beide nackt im Urlaub auf der Dachterrasse einer Finca wären?“
„Wenn du jetzt hier wärst, würde ich dich gerne am ganzen Körper genüsslich mit Öl einreiben.“
„Wo genau würdest du das Öl hinkippen?“
„Wenn du meinen Hals und meine Innenschenkel anhauchst und küsst, werde ich ganz feucht“ usw.
Nach so einem SMS-Verkehr bin ich schon so angetörnt, dass ich sehnlichst den Feierabend und unser Sex-Date herbeiwünsche (und ja, ich finde Verabredungen für Sex-Dates super, auch wenn das erst mal unspontan klingt).
Während des Sex zu reden, fiel mir am schwersten, vor allem weil ich einen ganzen Wust an Vorstellungen mit mir herumtrug, wie dies auszusehen hat. Schon die Bezeichnung „Dirty Talk“ suggeriert, dass es schmuddelig, anrüchig und heftig zugehen soll, wie so häufig in schlechten Pornos gesehen und gehört. Aber diese Adaption „Leck meine dreckige Fotze!“ fühlte sich wie eine Rolle an, die ich nur spiele, nur manchmal spielen möchte. Und es setzt voraus, dass ich schon ganz genau weiß, was ich will, und das mit Befehlston kundtue – nach einem wertschätzenden Umgang fühlt sich das für mich nicht an. Und so musste ich meine eigene Sprache erst lernen und für mich falsche Bilder loslassen, und dann war es eigentlich ganz einfach. „Mhhh, das fühlt sich gut an“, „Der Geruch deiner Haare macht mich ganz wild“, „O ja! Noch ein bisschen mehr rechts.“
Früher dachte ich noch, Reden macht die Stimmung kaputt – ganz im Gegenteil. Ich finde es wahnsinnig heiß, wenn die andere Person beim Sex ankündigt, was sie als Nächstes machen möchte, und ich vor Vorfreude abgehe (toller Effekt: Konsens!) oder sie ausführlich beschreibt, was genau sie jetzt so wild macht, sei es der Geschmack meiner Säfte oder die weiche Haut meiner Brust. Und manchmal unterbrechen wir auch, zu einer Art Lagebesprechung; schauen, wonach uns heute ist, wo die Reise hingehen soll. Auf Penetration habe ich heute nicht so Lust, aber wie wäre es mit 69er? Mit oder ohne anale Spielereien? Außen gerne, das hört sich gut an. Ich mag es, wenn du meine Rosette streichelst und leckst. Das „Weitermachen“ funktioniert dann ganz prima, flutscht fast von selbst.
Zusammengefasst kann ich also sagen, dass das wertschätzende Kommunizieren über Sex – davor, währenddessen und danach – erstaunliche Effekte hat.
Eine lebendige Kommunikationskultur ist auch sehr hilfreich, um Konflikte in der Beziehung auf befriedigende Weise aufzulösen. Eine Erfahrung, die ich beispielsweise immer wieder selbst gemacht habe und auch von anderen Personen kenne, betrifft die typische Situation, dass eine Person häufig ein stärkeres Bedürfnis nach sexuellem Kontakt hat als die andere. Ein Muster, das sich dann leider manchmal einschleicht, ist, dass jeglicher Annäherungsversuch (vorsorglich) abgelehnt wird, um bei der anderen Person nicht die Erwartung zu wecken, dass es gleich zu (einer bestimmten Form von) Sex kommen wird – also keine „falschen Hoffnungen“ zu wecken. Das ist schade, weil häufig die sogenannte „ablehnende“ Person durchaus Lust auf körperlichen Kontakt oder Nähe hat – aber eben nur auf eine bestimmte Weise.

Eine lebendige Kommunikationskultur kann von vornherein helfen, Verletzungen, Frustration, Rückzug und das Gefühl, unter einem Erwartungsdruck zu stehen, zu minimieren, indem kontinuierlich abgeklärt wird, wonach einer der Sinn steht. Und wenn dann eine Person Lust auf genitalen Kontakt und die andere auf Nähe durch Küssen ohne weitere Berührung hat, lassen sich Kompromisse finden, bei denen die Bedürfnisse beider Parteien befriedigt und die Grenzen aller respektiert werden.

3. Sex als Kontinuum
Sex als Kontinuum zu denken, bedeutet, diesen zu öffnen, nicht als abgeschlossene, abgetrennte Einheit im Sinne von Vorspiel, Sex, Höhepunkt(e) und fertig. Wenn frau Sexualität eher als Kontinuum von (körperlichem) Kontakt, mit sich und anderen Personen, versteht, dann kann das Feuer und Verspielte zu einer alltäglichen Begleiterin werden. Das kann ein flüchtig beginnender Kuss am Morgen sein, bei dem sich zuerst nur die Zungenspitzen treffen, der dann unerwartet zu einem wilden Geknutsche im Hausflur ausartet und nur widerwillig beendet wird, weil die Arbeit ruft. Oder das kleine Tänzchen, während die Tomatensauce vor sich hin köchelt. Zuerst nur als eine angenehme warme Umarmung beginnend, finden durch die rhythmischen Bewegungen beide Hüften zueinander, die sich dann in entgegengesetzter Richtung aneinander reiben, bis es prickelt und das Blut in die Charme-Lippen schießt. Dabei gilt: Alles kann, nichts muss. Diese kleinen beiläufigen Begegnungen müssen zu nichts weiter führen, es gibt keine Zielvorgabe. So kann die erotische Spannung aufgebaut und lebendig gehalten werden. Nach dem Spiel ist immer vor dem Spiel.

Es gibt also keinen Anlass, sich vor Langzeitbeziehungen zu fürchten: Denn paradoxerweise sind es nämlich genau dieselben Aspekte, die das Begehren hemmen können (Intimität, Sicherheit, Vertrautheit, starke Verbundenheit, Verantwortungsgefühl), die meines Erachtens gleichzeitig förderlich sind für die Erfahrung von unglaublich intensivem ekstatischem Sex. Es braucht nur etwas Imagination.

Wie alt bist du?
43

Identität:
Wie würdest du dich bezeichnen, wo siehst du deine Identität? Lesbe, Femme, Butch, Trans, LGBT, Queer, Bi … Was hältst du vom Begriff „Queer“?*
Ich würde mich als „Dyke“ bezeichnen. Was ich aber als identisch zu „Lesbe“ verstehe, nur klingt das für mich irgendwie schöner. Zugegeben, es ist eine etwas irrationale Begründung, aber so empfinde ich das nun mal. Vielleicht spielt da die entscheidende Rolle die Comic-Serie „Dykes To Watch Out For“ von Alison Bechdel – lauter Charaktere, mit denen ich mich lange Zeit gerne identifiziert habe.
Was „Queer“ angeht, halte ich es als Begriff für sehr ansprechend (weil „allumfassend“ und nicht ausgrenzend). Gleichzeitig halte ich ihn – ähnlich irrational wie bei Dyke vs. Lesbe – für einen Begriff, der eher einer jungen Generation zusteht. Er assoziiert bei mir eine gewisse Leichtigkeit oder Selbstverständlichkeit, mit der man mit der eigenen Andersartigkeit umgeht. Am Begriff „Lesbe“ dagegen haftet eine gewisse Schwere. Er ist gezeichnet durch die Kämpfe, welche die frühere Generation ausfechten musste, er ist belastet durch Klischees, die an ihm haften (Stichwort Kampflesbe), er bezieht sich auf eine Identität, die – nicht so lange her – besser verleugnet wurde …
Ja, ich entspreche dem Klischee, wie eine Lesbe angeblich aussieht – bin groß, burschikos, habe raspelkurzes Haar … Dementsprechend werde ich auch nicht gerade selten für einen Mann gehalten. (Um androgyn auszusehen, müsste ich wesentlich hagerer sein.) In Wirklichkeit sehen die Lesben so vielfältig aus, wie Frauen vielfältig aussehen. Um es etwas demonstrativ auszudrücken: Finde fünf Gemeinsamkeiten im äußeren Erscheinungsbild bei Hella von Sinnen und Anne Will!

Out:
Warst du schon früh bzw. schon immer lesbisch? Oder erst spät lesbisch? Warst du zwischendurch auch mal hetero? Lebst du offen lesbisch?
Ich bin generell eine Spätzünderin, so auch diesbezüglich. Oder vielleicht andersherum: Ich war zwar schon immer lesbisch, konnte das aber zuerst weder einordnen, noch (dann später) annehmen … Doch seit ich „wachgeküsst wurde“, lebe ich es offen (bin überall geoutet, „politisch“ engagiert).
Meine Familie tut sich nach wie vor schwer damit. Wir sind zwar im Kontakt, doch über mein Privatleben wird geschwiegen. Manchmal würde ich mir wünschen, dass ich es schaffe, wesentlich offensiver damit umzugehen. Andererseits – wenn ich mir vor Augen halte, wie meine Eltern sozialisiert wurden – habe ich wenig Hoffnung, dass sich an ihrer Einstellung etwas verändern kann. So gesehen würde ich mir eigentlich nur wünschen, dass ich es schaffe, meinen Eltern zu vermitteln, dass es für mich (so wie ich lebe) gut ist und dass kein Grund besteht, wegen mir unglücklich zu sein.

Geträumte Liebe:
Hast du erotische Träume?
Ich habe eher Tagträume.
Körper:
Gibt es unter Lesben einen Körperkult wie bei Schwulen (bzw. Heteras)? Wie zeigt er sich?

Hierbei musste ich spontan an die Bücher von Karen-Susan Fessel denken, in denen die schicksalhaften Frauen muskulöse Rücken haben, über die ihnen in den prickelndsten Momenten ein Schauder läuft.

Sex und Älterwerden:
Hast du Sex? Wie oft etwa? In fester Beziehung oder mit Bekanntschaften, Kurzzeitaffären, One-Night-Stands? Was war dein „schönster" Orgasmus in letzter Zeit? Wie kam es dazu? Wenn du keinen Sex hast, fehlt er dir? Braucht man überhaupt Sex?
Wie ist dein Verhältnis zu deiner Vulva, zu der deiner Freundin, wie nennst du sie, kannst du sie beschreiben?
Was magst du besonders beim Sex?
Was ist „guter Sex"? Schlechter Sex? Was kommt „nach dem Sex"?
Lauter Fragen, die mich beschäftigen, auf die ich aber keine Antwort habe bzw. finden kann. Ich habe beispielsweise seit langen Jahren keinen Sex mehr und weiß selber nicht, ob es mir fehlt oder nicht. Gleichzeitig lebe ich in einer Beziehung, die ich als sehr schön und erfüllend bezeichnen würde. Doch vielleicht bin ich nur ein Stück zu bequem geworden oder bin nicht ehrlich genug zu mir selber und sollte es mit meiner Freundin thematisieren (was ich nicht tue).

Lesben und Konsumverhalten:
Wofür gibst du Geld (wenn du welches übrig hast) aus – und wofür eher nicht?
Für Bücher. Fürs Ausgehen (Essen, Drinks). Für CDs. Für Reisen (eher an bereits vertraute Orte).
Ich gehe selten und ungern Klamotten shoppen. Hab kein Auto. Pflege keine Sportarten, die ein aufwendiges Equipment vorsehen. Wenn ich es mir so richtig überlege, dann muss ich feststellen, dass ich zwar alles habe (mehr als ich brauche), aber nichts, was wirklich einen Wert hätte (Immobilien, Luxusgüter o.Ä.).

Sport:
Gibt es den typischen Lesbensport? Welcher Sport wäre das für dich, warum?
Es gibt nur Sport, ohne Adjektiv! Ich persönlich mag gerne Fußball (aber nur als Fan). Aktiv betreibe ich Laufen, Yoga und Krafttraining (nach Mark Lauren).

Lesbische Minderheiten:
Lesbisch und schwarz? Lesbisch und türkisch? Lesbisch und nicht-deutsch? Würdest du dich einer Minderheit zuordnen, welcher? Hast du Erfahrungen mit Ausgrenzung? In der Gesellschaft generell oder sogar in der sogenannten „Szene"?
Ich würde zwar schon in diverse Schubladen passen (beispielsweise lesbisch und nicht deutsch), aber so denke ich gar nicht. Was ich aber sehr wohl empfinde, ist das Gefühl, allein zu sein, das mich durch mein ganzes Leben begleitet, und zwar unabhängig davon, ob es auch objektiv stimmt. Vielleicht hängt das auch mit einer Art Entwurzelung zusammen: Ich tue mich schwer zu sagen, wo ich zu Hause bin – in meiner „alten Heimat" nicht mehr, in Deutschland werde ich es nie …

Was denkst du über lesbische Frauen in der AfD?
Ich „kenne" nur eine lesbische Frau in der AfD. Und die ist für mich ein Rätsel – mit all ihren Widersprüchen, die sie verkörpert. Und sie macht mir bewusst, dass die sexuelle Orientierung als Kriterium nicht viel taugt, wenn es darum geht, ob man auf der „gleichen Welle" ist.

Michaela Regus

Hätte ich gewusst

Hätte ich gewusst, dass das unsere letzte Nacht war, hätte ich sie umarmt. Ich hätte sie mit meinen Armen umschlossen und gehalten. Ich hätte ihr Schutz vermittelt und Geborgenheit, Stärke und Hoffnung und Zukunft und all meine Liebe.
Hätte ich gewusst, dass das unsere letzte Nacht war, hätte ich meine Wange an ihre gelegt, um ihre Haut zu spüren. Ich hätte meine Nase an ihrem Hals vergraben, um sie zu riechen und den Duft nie wieder zu vergessen. Ich hätte mit ihren Haaren gespielt, um mich zu erinnern, wie es war, ihren Kopf nach hinten zu ziehen und ihre Kehle offen zu legen. Ich hätte ihr Zärtlichkeiten und anderes ins Ohr geflüstert und dabei die Gänsehaut beobachtet, die ihren Körper überzieht.
Hätte ich gewusst, dass das unsere letzte Nacht war, hätte ich meine Lippen auf ihre gelegt, um sie zu schmecken. Ich hätte dort verharrt, stundenlang, um zu wissen, wie es war, sie zu küssen, wild und zärtlich und liebevoll und hart, wie es war, sie zu beißen und gebissen zu werden. Ich hätte sie zum Lächeln gebracht, denn ihr Lächeln war meine Welt und meine Gedanken und meine Sonne.
Hätte ich gewusst, dass das unsere letzte Nacht war, hätte ich ihren Blick gesucht und nicht mehr losgelassen. Ich wäre in ihren Augen versunken und hätte ihr meine Seele geöffnet. Ich hätte versucht, in die ihre zu blicken, in all das Gute und Böse, in den Schmerz und die Wut, die Trauer und Traurigkeit, und auch in all das Schöne und Grausame, in all die Kälte und all das Warme, in die Fürsorge und Sorge und Liebe, ich hätte ihre Leidenschaft gesehen und ihre Angst. Ich hätte das Bekannte und Unbekannte gesehen. Ich hätte versucht, sie zu sehen, zu erkennen, wahrzunehmen, sie als Mensch.
Hätte ich gewusst, dass das unsere letzte Nacht war, hätte ich sie auf mich gezogen und meine Hände auf ihren Rücken gelegt. Ich hätte ihre feinen Härchen gefühlt und ihre Wirbel und ihre Muskeln. Ich hätte sie noch ein letztes Mal gekratzt, ein letztes Mal mein Zeichen auf ihrem Körper hinterlassen.
Hätte ich gewusst, dass das unsere letzte Nacht war, hätte ich mich neben sie gelegt und hätte sie berührt. Ich hätte ihre Zehen berührt und ihre Füße, ihre Knöchel und ihre Beine, ich hätte ihre Knie gestreichelt und ihre Oberschenkel. Ich hätte meinen Kopf auf ihren Bauch gelegt, um ihre Atmung zu fühlen, und ich hätte ihren Bauchnabel umkreist. Ich hätte ihre Brüste umfasst, sanft und hart, ich hätte ihre Brustwarzen zwischen die Finger genommen, ich hätte zugedrückt, sanft und hart, bis ihre Atmung Gier gezeigt hätte und Lust und Begehren und Leidenschaft. Ich hätte meine Hand auf ihre Kehle gelegt, und es wäre wie unser erstes Mal gewesen. Ich hätte das Pochen ihres Pulses an meiner Handfläche gefühlt und ihr Vertrauen, ich hätte zugedrückt und ihrer Atemlosigkeit und ihrem Keuchen gelauscht.
Hätte ich gewusst, dass das unsere letzte Nacht war, hätte ich mich zwischen ihre Beine gelegt. Ich hätte sie geküsst, auf ihre intimste Stelle, ich hätte ihren Geruch eingesogen und ihre Wärme, ich

wäre mit der Zunge in sie eingedrungen und hätte sie getrunken.
Hätte ich gewusst, dass das unsere letzte Nacht war, hätte ich sie auf den Bauch gedreht. Ich hätte sie an der Wirbelsäule entlang nach unten geküsst, geleckt, gebissen, gezwickt, gestreichelt. Ich hätte ihren Po geknetet und wäre in ihn eingedrungen, um ihr zu zeigen, wie sehr ich sie begehre.
Hätte ich gewusst, dass das unsere letzte Nacht war, hätte ich mit ihr Liebe gemacht. Ich hätte alles gemacht, was sie jemals gewollt hat, und das, von dem sie nicht wusste, dass sie es will, ich hätte alles gemacht, was ich immer mit ihr und was ich noch nie mit ihr gemacht habe. Ich hätte durch meine Hände und meine Finger und meine Lippen und meine Zunge und meine Augen und meinen Körper gezeigt, was ich für sie empfinde.
Hätte ich gewusst, dass das unsere letzte Nacht war, hätte ich meine Bedenken und meine Ängste zur Seite geschoben, ich hätte Schranken geöffnet und Mauern eingerissen. Ich hätte mich ihr hingegeben. Ich hätte mich ihr im Dunkeln hingegeben, um nur unseren Atem und unser Stöhnen zu hören, und im Hellen, um sie zu sehen, sie anzublicken, sie wahrzunehmen, als Frau. Ich hätte mich ihr hingegeben, meinen kostbaren Körper und meine verletzliche Seele und mein nun gebrochenes Herz.
Hätte ich gewusst, dass das unsere letzte Nacht war, hätte ich mich ganz nah vor sie gesetzt und meine Beine mit ihren verschlungen, ihre Brust an meiner, ich hätte sie angesehen und ihre Hände in meine genommen.
Ich hätte meine Haare geöffnet und um uns gelegt wie einen Schleier und gehofft, dass uns der Morgen nie finden möge.

Henri T.: „Here and now, this is us"

Henri T.
„Here and now, this is us"

Ich bin neugierig darauf, wie sich Intimität anfühlt, wie sie aussieht, was sie für Menschen bedeutet, unabhängig von Geschlecht, Sexualität oder einer anderen auferlegten Konstruktion. Ein Foto kann nur einen kleinen Ausschnitt der Realität zeigen; und so kann Intimität jeden Tag anders erscheinen, sich anders anfühlen, etwas anderes bedeuten, und es zeigt sich, dass es keine Grenzen geben sollte, wie Menschen Liebe miteinander teilen. Aber Liebe ist die Essenz.

Henri T.

María Gutiérrez

Der Nachtisch

Es war beim Nachtisch. Nach dem Schauder, den der erste Kontakt mit der *leche asada*, der gebackenen Milchcreme, an meinem Gaumen auslöste, öffnete ich die Augen, und da war sie, und mein Körper schauderte aufs Neue. Diese Beine, dieser feste Hintern, der der Landkarte ihrer Anatomie Bewegung einprägte, zwei Quadratmeter Haut, die ich genussvoll durchstreifte, während die Süßspeise in meinem Mund zerschmolz. Sie näherte sich mir von vorne, mit dem festen wiegenden Gang einer provozierenden Gazelle, die sich bei mir einschmeichelt, jetzt mit der einen und dann mit der anderen Brust, sie lugten teilweise aus dem Ausschnitt ihrer knappen Bluse, gehalten von zwei Trägern an den braunen Schultern. Der flache Bauch und der Nabel, der sich aufreizend durch die biegsamen Bewegungen der Hüften zeigte, kamen über mich. Und ich saß dort, jedes Gefühl für Zeit und Raum verloren, ich tauchte voll in den warmen Duft ein, den sie verströmte. Ich betrachtete sie verwirrt und musste wie eine Idiotin ausgesehen haben, dieser feuchte Mund vor meinem Gesicht bewegte sich und bat um Feuer. Ich hielt ihr die Flamme hin, ohne auch nur einen Hauch der Hitze des Feuers zu verpassen, das wieder in mir entflammte, als ich die Harmonie ihrer Knochen betrachtete. Es geschah wie in Zeitlupe, in dem Moment im Film, als die Heldin, in Großaufnahme, in den Vordergrund tritt und sich entschlossen in das Abenteuer stürzt.
Auch ich sprang vor.
„Ich bin gekommen, um dich abzuholen", sagte ich zu ihr, und die Begierde leuchtete aus meinen Augen.
Mein Mädchen lächelte mit einer Geste, die alles sagte. Sie hatte mich verstanden.
Ich kannte sie nicht, aber ich hatte oft von ihr geträumt, sie war die Hauptdarstellerin in dem Traum, der sich mir immer wiederholte, ohne dass ich gewusst hätte, warum.
Dort, in jenem Moment, schien er Bedeutung zu erhalten.

Aus dem Spanischen von Hedda Wortmann

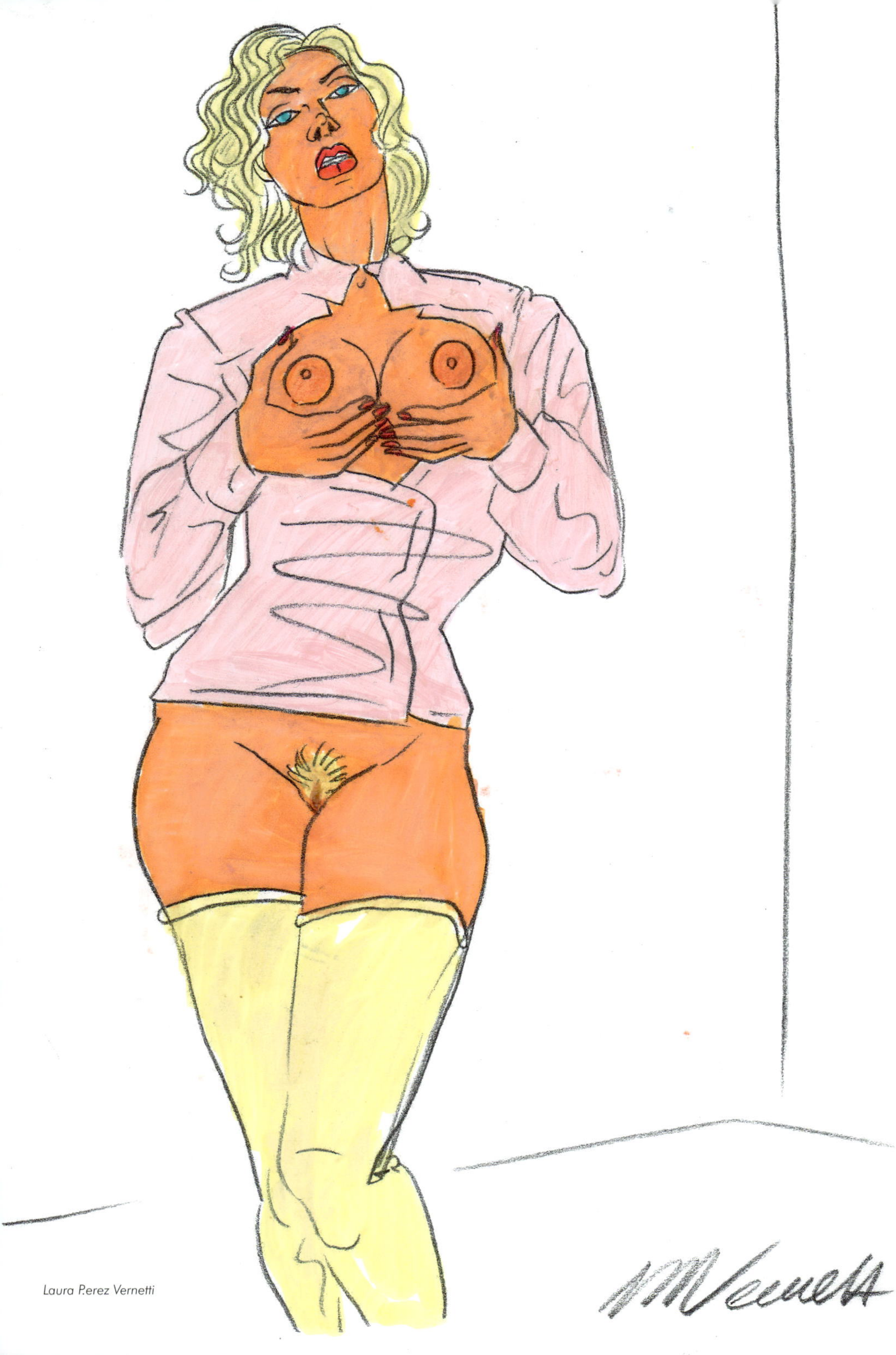

Laura Perez Vernetti

Laura

Ulrike Voss

Auf dem Schiff

Die Sonne schien am Vorhang vorbei ins Zimmer neben unser Bett. Ein gleißendes Rechteck auf den Dielen. Es wird sehr früh hell in Berlin im Sommer. Nachts musste es abgekühlt sein, ich fror, der erste Krach hatte mich geweckt, Müllabfuhr, Straßenreinigung. Wahrscheinlich war es kaum später als fünf. Schrecklich früh. Wir hatten noch bis zwei auf dem Balkon Wein miteinander getrunken. Ich brauchte meinen Schlaf dringend, heute Abend sollte ich fit sein. Eine von uns organisierte Lesung in dem Café, in dem ich früher gejobbt hatte, und ich musste die Autorin einführen. Ich stieg über das Kopfende des Bettes, um Bea nicht zu wecken, und schloss das Fenster. Von einer Sekunde auf die andere war es fast unheimlich still im Zimmer. Nicht einmal Beas Atemzüge waren mehr zu hören. Ich blieb noch einen Moment am Fenster stehen, bis ich mich an die Stille gewöhnt hatte, und betrachtete die vom frühen Sonnenlicht erzeugten Lichtspiele über unserer Kreuzung. Dann stieg ich vorsichtig zurück ins Bett und schmiegte mich an Beas schlafwarmen Rükken, sog ihre Hitze auf und schlief wieder ein.

*

Es kam eine wahnsinnige Menge an Zuhörern. Der Saal wurde immer größer, war schließlich groß wie eine Konzerthalle, er füllte sich bis auf den letzten Platz. Vor Aufregung hatte ich meine Tasche an der Kasse liegenlassen. Ich rannte zurück, der Inhalt war weg, doch die Frau an der Kasse sagte scharf und laut „Franca!“ Hinter einer Tür tauchte eine Frau mit stechendem Blick auf, die mir vage bekannt erschien, und zog den geklauten Tascheninhalt – Geldbörse und so weiter – aus ihrer schlotternden Jacke. Auf einmal wurde mir klar, dass der Verlag uns die Bücher der Autorin nicht geschickt hatte. Das erste Mal so unglaublich viele Gäste und wir hatten kein einziges Buch auf dem Büchertisch. Die Autorin war schwierig, sie unterstellte uns immer, nicht genug für sie zu tun, zu viel aus ihrem Privatleben zu erzählen, ihre Freundin zu kompromittieren mit Gerüchten über Affären mit ihren Leserinnen, die nicht stimmten, nicht die richtige Werbung zu machen, mir wurde heiß vor Angst, ihr gleich erklären zu müssen, dass es keine Bücher gab. Wie sage ich es ihr? Bisher waren immer viel zu viele Bücher bestellt worden. Ich fragte den Mann an der Kasse, war es nicht eben noch eine Frau?, in welchem Café die Autorin auf ihre Lesung wartete. Ich wollte sie vorbereiten, wollte ihr vorschlagen, dass wir Bestelllisten auslegen und signierte Bücher versprechen. Er nannte das Café und erklärte mir den Weg. Das Café lag nur ein wenig die Straße hinauf, fast gegenüber. „Wieso soll ich einen solchen Umweg gehen?", fragte ich. „Da ist eine Autobahn und der Fluss", gab er zurück. Ich ging trotzdem den wie mir schien direkteren Weg. Er führte nach unten, dann wieder nach oben, ein steiler Sandweg. Ich rutschte immer wieder zurück. Verschiedene Frauen versuchten mich hochzuziehen, ich umklammerte den Arm von Birgit. Sie war Redakteurin des Kulturteils der Zeitung, mit der ich schon oft zu tun hatte, oder war es Bea? Ich sah sie an, sie sah mich an, während sie meinen Arm umklammerte. Ihr grau schwarz gemischtes Haar floss in einer weichen Welle um ihren Kopf. Beim letzten Mal, als ich sie auf einen Kaffee getroffen und sie zu einem Veranstaltungstipp hatte überreden wollen, war ihr Haar frisch geschnitten, so kurz, dass ich ihr weiches Gesicht darunter bedauerte. Diese strenge Raspelfrisur zu einem solchen Gesicht, das passte doch nicht. Ich hatte mich später mit Bea darüber amüsiert. Ich mochte Brigit, stimmt, und in manchem erinnerte sie an Bea. Ihre weiche Körperfülle. Ihr Schnitt musste inzwischen etwas herausgewachsen sein. Waren ihre Augen grau? Ich weiß es nicht. Auf einmal riss ich sie mit, wir rutschten den steilen Sandweg nach unten, immer weiter in die Tiefe, durch eine Tür, landeten in einem fast dunklen Raum, in dem Metall düster leuchtete. Ein Mann mit verschränkten muskulösen Armen stand dort, es war kein Mann, es war Michaela, die sich inzwischen Mik nannte, Bea und ich kannten sie und sahen sie früher oft auf Events und Partys. Sie lud uns auch einmal zu gemeinsamem Sex ein. Bea kicherte die ganze Zeit und lästerte in mein Ohr über den ungeschickten Versuch einer Orgie, so hatte auch ich mich kaum gehenlassen können – bis wir schließlich doch mitgerissen wurden. Wann waren wir eigentlich das letzte Mal auf einer Party gewesen? Das war lange her. Mik sahen wir vor Kurzem erst, er kam zu Beas Geburtstagsfest in unsere Wohnung. Ein Schiff. Wir waren im Maschinenraum eines Schiffs. „Pech", sagte Mik, „wir fahren gleich weiter, der Fluss an dieser Stelle ist viel zu breit, ihr kommt von hier aus nicht mehr zurück ans Ufer." Die Autorin im Café. Es dauerte nicht mehr lange und die Veranstaltung ging los, ich musste zurück. Mik öffnete eine Luke und zeigte mir, dass es unmöglich war. Es war weit bis zum Ufer, das Wasser glitzerte böse, fast, als würde die frühe helle Sonne von eben das dreckige Schwarz umrühren und noch sichtbarer machen, aber es war doch Abend. Da umarmte mich die Redakteurin. Ich lehnte mich an sie, sie war nicht dick, aber nachgiebig, ein Körper, wie Bea ihn langsam wieder bekam, war sie Bea von früher? Bea hatte vor Kurzem auf einem Trip in ihre Vergangenheit abgenommen und außerdem eine Zeitlang Sport gemacht, Kraftsport. Sie hatte sich in den Monaten ihrer Abwesenheit verwandelt und war mir fremd geworden, hart, eckig, Muskeln. Doch in letzter Zeit wurde sie wieder weicher. Wo ist Bea, dachte ich, während die Umarmung der Redakteurin fester wurde, sich aus der Funktion, mich zu beruhigen, löste, sexuell wurde. Ich ließ mich gehen, die Anspannung, die Angst vor der Autorin lösten sich auf, die Maschinen dröhnten, Birgit fasste mich härter, fordernder an, sagte: „Ich brauche das jetzt, du auch?" Sie drängte mich an kaltes Metall, zerrte mir das Hemd vom Busen und saugte meine Nippel, die wuchsen und sich in sie schoben, sie biss und küsste, küsste sich hinunter. Ich bemerkte, dass Mik und andere im Dunkeln um uns standen, ein Halbkreis, die meisten kamen mir bekannt vor, auch die schmale Frau, die mein Geld entwendet hatte, stand in ihrer schlotternden Jacke in der Runde, wer ist sie?, fragte ich mich wieder. Mik hatte immer noch die Arme verschränkt, die er langsam löste, er griff nach hinten, den Blick auf mich gerichtet, und zog eine Peitsche hinter sich hervor, kam auf uns zu. Birgit hatte mir inzwischen den Reißverschluss geöffnet, leckte mich, meine Lippen schwollen, meine Klit, ich schob mich in ihre heißen Lippen. Doch sie stand auf, ich fühlte mich verlassen, wollte mehr, wollte, dass sie weitermachte, sie küsste sich zurück zu meinem Mund, drängte sich auf meinen Schenkel, bewegte sich, rutschte auf und ab, jetzt ihre Finger in mir. „Dreh sie um!", befahl Mik, kurz bevor ich kam. Birgit drehte mich, ich hielt mich an der Säule aus Metall, das heiß geworden war, sie schob ihre Hand von hinten zwischen meine Schenkel, in mich, kleine vibrierende endlose Bewegungen, es baute sich wieder auf, doch jetzt ließ Mik die Peitsche zischen, dann knallte sie auf meinen Arsch, immer wieder. Der glühte, ich schrie, ich verging, ich kam, ich wollte mehr – und Mik schob den Griff der Peitsche in mich. Während Birgit und ich uns küssten, sie küsste so intensiv, dass ich glaubte zu träumen, wir küssten uns immer weiter, während er mich mit dem Griff fickte.

Die Maschinen verstummten, die Luke öffnete sich, der Weg zum Ufer war inzwischen überbrückbar, „geht jetzt!", sagte Mik. Wir gingen durchs Wasser und waren wieder am Veranstaltungsort. Das Publikum strömte uns entgegen nach draußen. Die Autorin war empört, ohne Bücher lese sie nicht, hatte sie gesagt und das Publikum sich selbst überlassen. Sie begann, mich inquisitorisch zu befragen, wie ein Verhör. Sie fragte, wo ich gewesen sei, was ich getrieben habe und wer das da an meiner Seite sei, man sehe uns an, dass wir Sex hatten! Und das, anstatt ihre Lesung zu moderieren und uns um die Bücher zu kümmern, empörend!

*

Bea drehte sich um. Sie war erwacht, ich schreckte hoch. Das gleißende Viereck war gewandert. „Du riechst nach Sex!", flüsterte die schlafheiße Bea. Wann hatten wir das letzte Mal Sex? In letzter Zeit wa-

ren wir von der Arbeit so erschöpft, dass wir nur ins Bett fielen und schliefen, und wenn nicht, hatten wir statt Sex ferngesehen, jeden Sonntag, eigentlich unser Tag, Tatort, danach Anne Will und ttt, und dann tranken wir an warmen Sonntagen einen Wein auf dem Balkon, an kalten einen drinnen, plauderten und waren im Bett zu müde oder zu faul für Sex. „Wir müssen es endlich wieder tun", sagte ich, „ich habe in letzter Zeit öfter von Sex geträumt." Jetzt! Ich war hellwach, der Traum hing mir noch im Kopf. Die Autorin heute Abend kann sicher nicht mit so viel Publikum rechnen, dachte ich, aber sie hat Züge der Autorin im Traum, während ich die Bettdecke wegzog und beobachtete, wie sich die Härchen auf Beas Haut aufrichteten, im Morgenlicht ein zartes bebendes Feld. Ihre Lippen verzogen sich zu dem Lächeln, das ich so liebte und bei dem ich noch immer nicht wusste, ob sie sich über mich lustig machte. „Ich muss dir den Traum erzählen", sagte ich und küsste sie auf den Bauch, schob ihre Beine auseinander. Ihre Lippen bewegten sich. Dann drehte sie sich zu mir, wir drückten unsere Mösen aneinander, machten zarten schönen Sex, während ich den Traum erzählte, bis Bea mein Gesicht in die Hände nahm und meinen Redefluss stoppte. Wir küssten uns, ihr Atem duftete schlaftrunken, herb und ein Hauch des Weißweins von gestern war noch zu schmecken. Ein Sancerre, den Mik Bea zum Geburtstag geschenkt hatte. Wir hatten gestern Nacht beim Trinken auf dem Balkon auch über Mik geredet. Beide mochten wir sie und ihn, fanden Michaela/Mik in ihrer/seiner Androgynität sehr reizend. Wir fragten uns, ob er inzwischen Hormone nahm, um die männlichen Anteile seiner Ausstrahlung zu verstärken. „Hoffentlich wird er nicht zu sehr Mann", hatte Bea geäußert. „Ich hasse Bärte!"
Ich erzählte ihr von den anderen Figuren aus dem Traum. Die Dürre mit dem wahnsinnigen Blick, die mein Geld geklaut hatte und uns später im Schiff beim Sex zugesehen hatte. „Das ist Candy", sagte Bea und fuhr über meine Brüste. Ja, jetzt fiel es mir ein. Sie sah aus wie Candy, die dabei war, als Bea und ich uns kennengelernt hatten, und die mich anschließend eine Weile lang verfolgt hatte. Sie war der Meinung, sie sei die Richtige für mich und nicht die verlogene fette Bea, wie sie sich ausgedrückt hatte. Mir fiel auf einmal alles wieder ein. Beas weiche Körperfülle, ihre noch nicht beendete Beziehung und die drei Anfänge, bis unsere Beziehung wirklich begann. „Weißt du noch, das Gewitter, als wir das erste Mal miteinander geschlafen haben?", fragte ich. Natürlich weiß Bea das noch, denke ich im selben Moment. Aber manchmal erinnerten wir uns auch ganz unterschiedlich, sie erzählte Begebenheiten, die mir entfallen waren. Wir waren seit einer Weile in die „weißt-du-noch"-Phase unserer Beziehung eingetreten. Als könnte es nichts Neues mehr geben. Aber muss es immer Neues geben? Und gab es nicht jeden Tag kleine Dinge, die anders waren, neu? Das Licht, die Wolken am Berliner Himmel, die waren immer anders. „Ich liebe deine Rundungen, die sich endlich wieder zeigen", sagte ich nun und streichelte Beas Bauch. Sie lachte. „Miks muskulös-zarten Körper magst du aber genauso!", behauptete sie. „Warum nicht, wir sollten vielleicht doch wieder eine seiner Einladungen zu einer Sexparty annehmen, oder?" Bea lachte weiter. „Du süße Sexsüchtige!", sagte sie und schob ihre Hand in meine noch vom Traum fließende Möse.

melting point images

melting point images

Yoko Tawada

Die imaginären Bücher

Mein kurzer Besuch in R galt einer Ausstellung handgemachter Bilderbücher. Zwar hegte ich dabei auch die leise Hoffnung, unter den Büchern einige Funde zu machen und aus deren Übersetzung und Vermittlung an japanische Verlage einen kleinen Vorteil ziehen zu können, aber der entscheidendere Grund war, dass ich eine an Wahnsinn grenzende Leidenschaft für Bücher habe. Ich meine damit keine literarischen Werke, ich meine die imaginären „Bücher", die noch nicht geschrieben sind, noch nicht gebunden sind, in denen wir im Traum fortwährend blättern, ohne sie verstehen zu können. Zwei Jahre vorher, als ich noch in Japan war, hatten diese Traumvorstellungen angefangen, blasser zu werden; von den Büchern, die ich in die Hand nahm, sah ich schließlich nur noch den Inhalt. Bücher voller fremder Buchstaben waren dafür verantwortlich, dass es mich doch wieder gepackt hat. Stundenlang blätterte ich in den arabischen und indischen Büchern, die in den Buchläden lagen und die ich nicht lesen konnte. Auch die englischen Übersetzungen der japanischen Klassiker, an denen ich mich doch schon sattgelesen hatte, öffneten mir mittels der Buchstaben des Alphabets, die wie Maschinenbaupläne waren, plötzlich die Augen wieder für jenes imaginäre Buch.

Der Zug war leer. Ich hatte eine Stunde lang allein in einem Abteil gesessen, als eine blonde, etwa dreißig Jahre alte Frau dazukam. – Ich liebe diesen dramatischen Augenblick, wenn jemand eintritt, nicht; aber man kann ihm leider nicht immer entgehen. – Die Frau trug eine goldene Kette. Als sie meinen Blick, der ihren Schmuck entlanglief, auffing, sagte sie selbstsicher lächelnd „Hallo!" und setzte sich mir gegenüber. Ich lächelte zwar zurück, schaute dann aber rasch aus dem Fenster, als ich spürte, dass meine eigene Gestalt, die durch das Betrachtetwerden eine klare Form anzunehmen begann, schwer wurde, wie eine Rüstung.

Die Frau holte aus ihrem kleinen Rucksack eine Packung Biokekse und riss sie auf. Das Verpackungspapier zeigte eine Inderin in einem schreiend bunten Sari; die Finger, die es aufrissen, waren dick und ungeschickt. Die Frau streckte mir die aufgerissene Kekspackung entgegen und fragte: „Magst du einen?" – Es kam mir wie ein schlimmes Vergehen vor, das Verpackungspapier so lieblos aufzureißen. Als ich Kind war, quoll meine Schreibtischschublade immer von Bonbonpapieren über. Hatte ich im Regen einmal Bonbonpapiere weggeworfen, konnte es geschehen, dass sie mir plötzlich leidta-

ten; dann nahm ich selbst lange Rückwege in Kauf, um sie wieder aufzuheben; ein Zeichen meiner fürsorglichen Beziehung zu Verpackungspapier.
Die Kekspackung schwebte nun auf halbem Wege, unsicher, zwischen uns. Jetzt wird ein Gespräch anfangen. Es gibt keinen Ausweg. Also nahm ich mir einen Keks, bedankte mich und schob ihn mir in den Mund. Ich spürte auf der Zunge das Gewicht des fast ungesüßten Getreides. Beim Zerbeißen empfand ich ein gänzlich unvertrautes Gefühl, wie wenn man zum ersten Mal ein Wort ausspricht. Überhaupt ist es eine seltsame Angewohnheit, mit demselben Organ Dinge zu verzehren, mit dem man Dinge sagt. Die Frau verschlang in einem erschreckenden Tempo drei Kekse; dann fing sie mit ihrem Fragenkatalog an: wohin ich denn führe und was ich dort zu tun vorhätte. Beim Antworten kam mir plötzlich meine Großmutter in den Sinn. Einmal hatte ich sie in ihrem Dorf besucht. Ich war mit dem Nachtzug gekommen. Sie hatte mich damals gefragt: „Hast du keine Angst, allein mit dem Nachtzug zu fahren?“ Sie war nicht nur noch niemals mit dem Nachtzug gefahren, sie war auch noch niemals allein mit einem Fernzug unterwegs gewesen. Als sie mich fragte: „Was machst du, wenn dich ein fremder Mann anspricht?“, musste ich über ihre Sorgen, die sie sich meinetwegen machte, lachen. Aber wenn man von einem Menschen angesprochen wird, der einem wirklich „unbekannt“ ist, dessen Hintergrund und Kontext man nicht kennt, dann ist die Sache nicht so einfach, zumal wenn es sich darüber hinaus um eine Frau und nicht um einen Mann handelt.
Der Zug hielt an einem kleinen Bahnhof; ich schaute beiläufig aus dem Fenster. Auch sie schaute aus dem Fenster und schwieg einen Augenblick. Vielleicht nahm sie an, dass etwas da draußen meine Aufmerksamkeit erregt hätte. Aber ich wollte mich nur ein wenig vom Gespräch ablenken. Nicht weil das Gespräch so langweilig war; es passiert mir bei Gesprächen immer, ganz unabhängig davon, wie interessant sie sind, dass mein Blick sich gleichsam verselbstständigt oder meine Finger anfangen, an Papier herumzuspielen. – Die Frau hieß Marianne. Als sie erfuhr, dass ich Japanerin bin, sagte sie, dass sie im nächsten Monat Shiatsu erlernen wolle. „Wir sind so kopflastig. Der Körper kommt dabei zu kurz. Ich will irgendetwas tun, um den Körper wieder zu seinem Recht kommen zu lassen.“ Als sie das gesagt hatte, nieste sie einmal und entschuldigte sich. – Wenn die Europäer niesen, entschuldigen sie sich aus irgendeinem Grund. Der Zug fuhr wieder an. Der Zug fuhr in einen großen Bahnhof ein; im Korridor wurde es laut. Die Abteiltür öffnete sich, und ein großer junger Mann kam herein. Er setzte sich, holte ein Taschenbuch hervor und begann mit seinem Blick die Buchstaben entlangzulecken, als wollte er auf diese Weise das Geheimnis des Menschen offenlegen. Marianne hatte plötzlich zu reden aufgehört. Das ärgerte mich ein wenig, aber als ich bemerkte, dass ich selbst auch zu reden aufgehört hatte, begann ich wie zur Strafe die Ohren des jungen Mannes zu betrachten.
K hatte traurige Ohren. Wenn ich ihm im italienischen Restaurant oder in der Badewanne gegenübersaß, oder im Auto an seiner Seite, musste ich immer seine

Ohren anschauen; sie waren wie offene, im Regen nass gewordene Bücher. K fragte: „Wohin schaust du schon wieder? Du siehst mir nie in die Augen", und wartete auf meine Antwort. „Was ist bloß los mit dir. Als hättest du irgendein Geheimnis." Als er das sagte, konnte ich nicht umhin, ihm mein Geheimnis zu erzählen: „Als ich in der Oberschule war, hat mich die Frau vom Kiosk einmal geküsst." K starrte mich erschrocken an, brachte sein Gesicht aber wieder unter Kontrolle und sagte drohend: „Weiche nicht aus. Ich hatte davon geredet, dass du mir nie in die Augen siehst."

Es war schwül im Abteil; Marianne zog ihren Pullover aus. Als sie an einem der Ärmel zog, fielen einige U-Bahn-Karten auf den Boden. Der Mann löste die Augen nicht von seinem Buch. Marianne sammelte die Fahrkarten schweigsam auf und warf sie in einen Abfallbehälter. Ich hatte Durst, und mir war ein wenig übel. – Ich übergebe mich leicht, wenn ich etwas gegessen habe – aber wenn ich die Kunst des Erbrechens nicht beherrschte, hätte ich Eva sicher nicht kennengelernt. Das geschah bei der Gelegenheit einer Lesung in einem Café. An den Inhalt des Buchs erinnere ich mich nicht mehr; danach waren wir etwas trinken gegangen. Der Wein war mir nicht bekommen, mir wurde schwindlig und übel. Ich lief zur Toilette, und als ich mich über das Becken beugte, war mir, als glitte ein heißer Aal meine Speiseröhre hinauf und hinab; es war qualvoll, aber ich konnte mich nicht übergeben. Da spürte ich, wie eine große Hand über meinen Rücken strich, und hörte eine Stimme, die sagte: „Nur zu, danach wirst du dich besser fühlen." Plötzlich schoben sich in meinen Mund, den ich weit geöffnet hatte, zwei fremde Finger. Ich übergab mich; es war wie ein Schreien. Das Chaos, das die gleiche Wärme wie mein Körper hatte, war mit einem Mal und dröhnend hervorgebrochen. Ich fühlte mich seltsam befriedigt und wusch mir mit kaltem Wasser den Mund aus. Ich hob den Kopf und sah im Spiegel eine Frau, die hinter mir stand und lächelte. – Das war meine erste Begegnung mit Eva.
Weil ich sehr durstig war, ging ich in den Speisewagen. Als das Glas Tee vor mir stand, wurde mir klar, dass ich allein war. Ich wollte nicht mehr in das Abteil zurückgehen und begann zu fantasieren: ich sah, wie Marianne sich ganz dicht an den jungen Mann heransetzte und sanft in sein Ohrläppchen biss; er tat so, als würde er es nicht bemerken und las schmatzend weiter. – Diese Vorstellung machte mich traurig, obwohl sie unsinnig war; ich trank meinen Tee so langsam wie möglich aus. Als ich dann doch in das Abteil zurückging, war der junge Mann nicht mehr da. Nur Marianne saß noch da und las in einem Buch. Es war ohne Zweifel das Buch, das vorher der junge

Mann gelesen hatte. Marianne hielt es in ihrer Hand wie einen kleinen Vogel, der wegfliegen will; bis wir schließlich in R anlangten und ich mich von ihr verabschiedete, hat sie den Blick nicht mehr von den Buchstaben gelöst.
Die Frühlingswärme auf meiner Haut fühlte sich vertraut an, der feine Regen teilte mein Behagen in Fragmente. Ich fragte einen Beamten, der über das plötzliche Auftauchen einer Ausländerin nicht zu erschrecken schien, nach dem Weg zur Stadtbücherei von R, in der die Kinderbuchausstellung stattfinden sollte. K hatte, wenn er jemandem den Weg erklärte, immer versucht, ohne Skizze auszukommen. Wenn ich nicht gleich verstand, wurde er nervös und immer lauter, sodass ich schließlich gar nichts mehr verstand. So war es auch, als er Eva und mir einmal erklärte, wie man zu einer gerade neu eröffneten Kunstbuchhandlung hinfinden könne. Es war mir zu kompliziert, und unwillkürlich hielt ich ihm meine Handfläche vor das Gesicht und sagte: „Wenn die Lebenslinie die große Straße ist …“ – Eva musste lachen. Sie zeichnete mit ihrem Zeigefinger meine Lebenslinie nach: „Das ist die große Straße.“ Als sie das Tal zwischen meinem Daumen und meinem Zeigefinger erreicht hatte, hielt sie an. K schob Evas Finger von meiner Hand weg und sagte: „Ihr versteht es nicht, weil ihr nicht richtig zuhört.“ – Das war der zweite Besuch, den Evas Finger bei mir machte.
Ich ging in Richtung Kirche, immer geradeaus, wie der Beamte mich angewiesen hatte. Die Ausstellung war wider Erwarten klein. Das erste Buch, das ich sah, hatte den Titel „Käfer“. Auf jeder Seite waren Pflanzen gemalt; jeweils eines ihrer Blät-

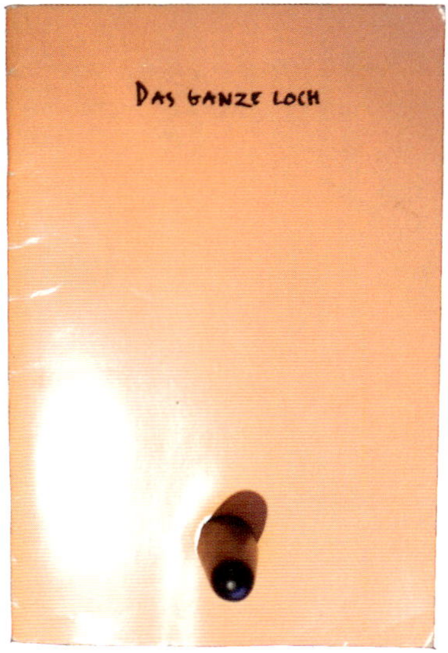

ter konnte man hochklappen; darunter wurden Käfer sichtbar.
Das zweite Buch, das ich zur Hand nahm, hatte den Titel „Der Zirkus des Küchengeschirrs“. Die Farben waren dick aufgetragen; ich berührte sie mit den Fingerspitzen. „Fassen Sie das bitte nicht an“, sagte eine strenge Stimme hinter mir.
Seit wann war es mir unangenehm, berührt zu werden? Das chinesische Schriftzeichen für „Körper“ setzt sich zusammen aus den Zeichen für „Mensch“ und „Buch“; heißt das, dass der Körper ein Buch ist, das so tut, als wäre es ein Mensch? Ein Buch, das nur, wenn jemand in ihm blättert, in der Welt ist? Wenn K mich berührte, wollte ich einfach nur weglaufen. Um dieses Bedürfnis zu unterdrücken, versuchte ich dann immer, mich an irgendetwas zu erinnern. „Warum sagst du es nicht klar und deutlich, wenn du mich nicht mehr magst?“, flüsterte K. Ein duftendes Bilderbuch? Ich blieb stehen. Jede Seite war in Plastik eingehüllt. Wenn man die Hülle öffnet, entströmt ein Geruch, der zur jeweiligen Geschichte

passt. – So stand es auf der Gebrauchsanweisung. Aber ich probierte es nicht aus, weil sich dann bestimmt wieder die strenge Stimme hätte hören lassen. – Wenn es duftende Bücher gibt, dann sollte es auch Bücher mit Geschmack geben. Bilderbücher, die man Seite um Seite mit der Zunge aufleckt.
Das nächste war ein transparentes Bilderbuch. Man konnte die Geschichte vom Anfang bis zum Schluss gleichsam auf einen Blick erfassen. Ein Kind kam angewatschelt und blätterte darin. Bevor ein Kind das Lesen lernt, lernt es das Blättern. Obwohl es doch das Ende der Geschichte von Anfang an sehen konnte, blätterte es genussvoll Seite für Seite um. Nicht das Lesen macht Spaß, sondern das Blättern. In meiner Volksschule herrschte einmal die Mode, die Röcke der Mädchen umzuschlagen, wie man die Seiten in einem Buch umblättert. Wahrscheinlich nicht, um irgendetwas zu sehen, das Umschlagen der Röcke selbst war das Ziel. – Es müsste also auch Bilderbücher nur zum Zweck des Umblätterns geben. Bilderbücher ohne Bilder, ohne Geschichten. Bücher, bei denen das Umblättern selbst die Geschichte ist.
Als Nächstes sah ich ein Buch, in dem die Buchstaben seitenverkehrt gedruckt waren und das man mit einem Spiegel lesen musste; auch der Inhalt der Geschichte hatte etwas mit Spiegeln zu tun. Ein arabischer Prinz rettet eine fremdländische Prinzessin, die ins Reich des Wassers gefallen war.
Eva benutzte immer einen orangefarbenen Lippenstift. Ich hatte nicht den Mut,

meine Lippen mit einer so unnatürlichen und kräftigen Farbe zu bemalen. Eva lachte, als ich einmal sagte: „Ich sollte auch einen orangefarbenen Lippenstift benutzen. Dann finde ich vielleicht genauso viel Spaß am Plaudern wie du." – Sie lachte, rieb mit der Fingerspitze ein wenig Orange von ihren Lippen und strich es auf meine. Damals besuchte mich Evas Finger zum dritten Mal. Dieser dritte Besuch war aber damit noch nicht zu Ende. Nachdem Eva ihren Lippenstift aus der Tasche geholt und mit der ihr üblichen Geste ihre Lippen nachgezogen hatte, schob sie plötzlich, wie ein Arzt, der eine Injektion vorbereitet, meinen rechten Ärmel hoch und küsste meine Armbeuge. Der Abdruck ihrer Lippen blieb orangefarben zurück. Stempel und Drucktypen müssen selbstverständlich seitenverkehrt sein; wie verhielt es sich mit Evas Lippen? Ich schaute mir die auf meinem Arm abgezeichnete Lippenform an und dachte mir dabei, dass eine Geschichte, wenn sie zu einem Buch wird, seitenverkehrt erzählt werden muss, um gelesen werden zu können.

Ich verließ die Ausstellung. Die Stadt war klein. Der Nachtzug fuhr erst in Stunden; zwischen Plakaten, die Veranstaltungen zum Osterfest ankündigten, entdeckte ich das Poster eines Marionettentheaters mit der Aufschrift: „Jeden Sonntag um halb vier. Gezeigt wird ‚Die Automatenpuppe Annette'." Mir schien es auf einmal, dass ich nach R gekommen war, nur um dieses Marionettentheater zu sehen.

Das kleine Theater war lustig mit Girlanden und Fähnchen geschmückt. Es wurde dunkel. Eine Drehorgel begann zu spielen. Der Lärm beruhigte sich. Der Samtvorhang öffnete sich, nach rechts und nach links. – Eine unaufgeräumte Werkstatt wurde sichtbar; im Hintergrund ein Fenster, in das der Mond leuchtete. Also Nacht. Ein spitznasiger Mann (natürlich eine Marionette) mit einer Schürze hatte eine niedliche Mädchenpuppe kopfüber in der Hand und schlug, ein italienisches Lied auf den Lippen, Nägel in ihre Füße. Es war seltsam, eine Marionette zu sehen, die eine Puppe herstellt. Auf einem Stuhl daneben saß eine ältere elegante Dame. Sie sagte seufzend: „Ich weiß wirklich nicht, wie ich Ihnen danken soll. Kindersegen ist mir versagt geblieben, mein Mann ist gestorben. Wenn ich Sie nicht getroffen hätte, müsste ich mein Leben in Einsamkeit hinbringen." – Der Mann stellte die Puppe vor sich auf, prüfte die Nägel in ihrem Rücken und sagte zu ihr: „Du heißt ab heute Annette, und das ist deine Mutter. Du wirst schmerzliche Dinge erleben, aber du brauchst nicht traurig zu sein. An dem Tag, an dem du wirklich lieben kannst, wirst du zu einem Menschen werden." – Annette nickte kurz. – Die anderen Puppen hingen alle an Fäden, nur Annette wurde von unten an Stäben geführt.

In der Nacht nach der Trennung von K hatte ich einen Traum; einen Albtraum. K stand vor einer offenen Tür, er klopfte heftig, als wollte er etwas zerschlagen, in die Leere und schrie dabei immer wieder: „Mach auf, lass mich rein!" – Vor Angst brachte ich nicht einmal ein „Es ist doch offen!" heraus. –
Die Szene auf der Bühne verwandelte sich in einen Platz vor einer Kirche. Fünf Kinder mit schmutzigen Nasenspitzen kamen auf die Bühne gelaufen und spielten Seilspringen. Jetzt trat Annette auf. Sie stellte sich allein an eine Ecke und schaute den Kindern beim Spielen zu. Eines rief: „Da ist ja Annette. Komisch, dass sie herauskommt. Sie sitzt doch sonst immer nur zu Hause." Ein anderes sagte: „Sie sitzt immer nur in ihrem Zimmer und lernt. Sie ist eine Lieblingsschülerin des Lehrers." – „Sollen wir sie fragen, ob sie mit uns spielen will?" – „Aber sie kann bestimmt nicht springen!", versetzte eine dritte, boshafte Kinderstimme. – „Wieso denn nicht?" – „Weil sie ... weil sie doch gar kein Mensch ist." – „Was ist sie denn dann?" – „Sie ist doch eine Puppe." – Dabei mischte sich noch etwas Altkluges in das Boshafte der Stimme, die sich nun direkt an Annette richtete: „Wenn du ein Mensch bist, dann beweise es uns!" – Weil Annette aber gar nichts sagte, verloren die Kinder allmählich ihr Interesse an ihr und gingen, eines nach dem anderen, nach Hause zurück. Es wurde jäh dunkel, und es begann zu regnen.
Einige Tage nach der Trennung von K wurde ich krank. Es war wie eine Erkäl-

tung, und ich hatte Fieber. Die Häuserreihen vor meinem Fenster und der Kirchturm, der dahinter aufragte, die mir so vertraut hätten sein sollen, schienen mir plötzlich fremd; und aus dem Radio drangen Nachrichten wie aus einem fernen Land. – Ich habe Eva angerufen, ich wollte ihr alles erzählen, aber da kam es mir vor, als wäre schon alles gesagt. – Vom anderen Ende des Kabels hörte ich leise Evas Atmen, das sich, als ich mich wieder besann, in eine Stimme verwandelte: „Erinnerst du dich an das Café, in dem wir uns kennengelernt haben? Du weißt, dass es in derselben Straße ein Antiquariat gibt. Können wir uns da treffen? Am nächsten Mittwoch, um fünf Uhr abends."

Am Mittwoch, um fünf Uhr abends, ging ich, wie Eva es mir gesagt hatte, in die Straße, wo das Café sein sollte. Ich hatte nicht gewusst, dass es dort auch ein Antiquariat gab, aber ich dachte mir, dass ich es schon finden würde. Vielleicht lag es am Fieber, vielleicht war es eine Wirkung der Medizin, dass beim Gehen der Boden vor meinen Füßen zu fliehen schien. Es war eine eigenartige Straße;

man kam, wenn man ging, immer wieder an dieselbe Stelle zurück. In der Ferne hörte man manchmal die Sirene eines Krankenwagens. Je weiter man ging, desto enger wurde die Straße. Die Wände der Häuser rechts und links schienen sich niederzubeugen. Das Antiquariat war nirgends zu entdecken. Vor meinen Augen verschwamm alles, seltsam kalte Tränen rollten meine Backen hinunter. Da begriff ich, dass es hier kein Antiquariat gab. Also musste ich ein Antiquariat betreten, das es nicht gab. – Und so betrat ich auch eines, das es nicht gab; Bücher gab es darin auch keine. Nur Staub, der eigentlich dafür da war, auf Büchern zu liegen. Ganz hinten stand eine Leiter; und auf der Leiter stand Eva. Eva griff vorsichtig in die Leere über ihrem Kopf, zog ein Buch heraus und öffnete es, riss die Blätter heraus und ließ sie durch die Luft flattern. Die Blätter tanzten herunter und bildeten um mich eine weiße Glocke, streiften meinen Körper hinab und häuften sich auf dem Boden. Sie bereiteten mir nicht den kleinsten Schmerz; aber

hinterließen überall auf meiner Haut Wunden. Ich stürzte ohnmächtig auf den Boden. Ich kam wieder zu mir; nicht die Blätter waren zerrissen, sondern ich selbst. Eva zog zärtlich den Zeigefinger aus meiner Hand und ließ ihn in eine Blumenvase fallen. Auf dem Wasser bildeten sich kleine ringförmige Wellen.
Eva biss mir zärtlich das Ohrläppchen ab und hängte es zum Schmuck in einem Bilderrahmen an die Wand. Dann pflückte sie meine Augäpfel aus ihren Höhlen und warf sie, hoch, in den Himmel.
Ich erhob mich leise von meinem Platz und verließ das kleine Theater. Ich wollte den Schluss nicht sehen. Annette wird lieben und ein Mensch werden.
Draußen regnete es noch leicht. Ein paar Schritte hinter der Kirche war die Stadt schon zu Ende; eine einzige Landstraße wand sich durch die Wiesen. Und die Wiesen, die auf den Frühling warteten, tranken die Regentropfen, einen nach dem anderen. Und am hinteren Rand der Wiesen sah man eine Prozession von Fröschen sich entfernen. Ihre regenfeuchten Rücken glänzten rot und grün; und jeder trug ein Stück von einer zerbrochenen Puppe im Maul; Zeigefinger, Augenlider, Eckzähne, Ohren, Brustspitzen, Zahnräder. Die schöne Annette war nicht zu einem Menschen geworden, sondern in Teile zerbrochen. Irgendwo wird ein begabter Uhrmacher sie wieder zusammensetzen und eine neue Puppe daraus machen. So wie aus den Scherben einer Geschichte eine neue Geschichte entsteht.

Henri T.: „Here and now, this is us"

Henri T.: „Here and now, this is us"

Karen-Susan Fessel
Wer schreibt, der bleibt

Ich trenne mich nicht gern von Dingen. Und von Menschen, insbesondere Freundschaften, erst recht nicht.
Trennen, loslassen: Das, so heißt es, soll man ja gut können, sowohl in materieller als auch emotionaler Hinsicht. Ballast abwerfen, sich reduzieren, befreien. Seit Jahren übe ich mich darin, aber besonders vorangekommen bin ich nicht. Immer noch fällt es mir äußerst schwer, Liebgewonnenes loszulassen, und oftmals finde ich es auch gar nicht notwendig. Warum nicht behalten, was mir gefällt? Erinnerungsstücke horten, Bindungen halten, Beziehungen pflegen?
Vor sieben Jahren, nach dem Ende einer fast zehnjährigen Liebesbeziehung, beschloss ich, gründlich auszumisten. Alle Menschen in meinem näheren Umfeld redeten mir darin gut zu, und so sortierte ich viele Dinge aus, verschenkte und warf sie weg, darunter auch ungefähr zwei Drittel meiner Bücher. Beherzt und emsig stapelte ich sie vor der Tür, bis eines Tages dann drei verschwitzte Männer mittleren Alters die Treppe hinaufstiegen, um die unzähligen alten, vergilbten, teils aber auch noch wie neu aussehenden Werke wieder aufzubereiten und für einen guten Zweck zu verkaufen.
Ich hatte ein gutes Werk getan, endlich Platz in meinen neu angebrachten Regalen und mich von Büchern befreit, die ich in Zukunft vermutlich nie mehr gelesen oder angesehen hätte.
Ich wurde emsig gelobt. Aber so richtig froh bin und war ich mit meiner sogenannten Befreiungsaktion nicht. Einige dieser Bücher begannen mir in der Folgezeit zu fehlen, und sie fehlen mir bis heute. Eigentlich hätte ich meine alten Bücher gerne wieder zurück. Oder besser noch: Ich hätte sie eigentlich doch gerne behalten.
Auch meine Freundschaften möchte ich gerne behalten. Ich mag es, freundschaftliche Beziehungen über lange Zeit zu halten, mich gelegentlich nach dem Befinden der anderen zu erkundigen, Neuigkeiten auszutauschen. Neulich kündigte mir eine alte Bekannte unsere jahrzehntealte lockere Freundschaft auf, weil sie fand, nur einmal im Jahr Kontakt zu haben, sei sinnlos und brächte nichts. Eine andere Freundin fragte mich, warum ich denn immer noch seit langer Zeit sporadischen Briefkontakt zu einer alten Dame pflege, die vor zwanzig Jahren unsere Stipendiumsstätte gereinigt hatte. Dieses sachliche Bilanzieren hat mich erschüttert. Ja, was bringt es mir, Freundschaften zu pflegen? Was bringen diese Beziehungen überhaupt? Und in der Konsequenz: Warum überhaupt welche eingehen?
Ich habe darauf im Grunde nur eine schlichte Antwort: Weil es mir guttut. Und diese Antwort reicht mir vollkommen aus.
Ja, ich halte gern fest. Vermutlich schreibe ich auch deshalb so gern. Wer schreibt, der bleibt, heißt es ja. Deshalb passt mein Beruf perfekt zu mir: Schriftsteller halten fest. Gedanken, Geschehnisse, Gefühle. Freundschaften und Erinnerungen. Und manchmal eben auch Dinge.

Jeannette Godard
Vor der Stille

3:43 Uhr. In drei Stunden holst du mich zum Flughafen ab. Wir wollen nach Athen fliegen. Längst versuche ich, wieder einzuschlafen. Doch immer wieder schweifen meine Gedanken zu deinem Sohn Jan –
„Du musst Irene, meine Mutter, kennenlernen, wenn sie aus den USA zurück ist", hatte Jan mich gelockt. „Ihr würdet gut zueinanderpassen. Sie gibt gerade Literaturvorlesungen an der J. Hopkins University in Baltimore. Sie ist ein sehr intensiver Mensch – zum Zerreißen widersprüchlich und unheimlich liebesfähig."
Plötzlich geschah etwas Seltsames mit mir: Ich hatte eine Vision von mir und dir. Ich sah Jahre voller Leidenschaft, wie ich sie nie zuvor empfunden hatte. Aber das war doch völlig verrückt! Ich musste lachen und zerschlug das Bild.
Es war Faszination auf den ersten Blick, als Jan und ich dich am Flughafen Tegel abholten. Das Strahlen in deinen kastanienbraunen Augen – dieselbe Farbe wie Jans. Wie berührt du von deiner Reise warst. Du hast geschäumt vor Leben, und als wir uns verabschiedeten, hast du mich zu deinem dreiundvierzigsten Geburtstag wenig später eingeladen. Mein Herz hüpfte vor Freude.
Dein Haus am Rande Berlins war voller Geburtstagsgäste. Ich fühlte mich stark hingezogen zu dir und verlor mich in deiner androgynen Gestalt. Dein schwarzbraunes Haar fiel dir in verwegenen Wellen ums Gesicht. Uns blieben nur flüchtige Augenblicke in dem Getümmel, doch manchmal hast du mir zugezwinkert.
Dein Mann W. wachte über dich.
Jan erzählte mir, sein Vater W. sei deine erste große Liebe gewesen. Er war Lehrer wie du. Mit siebzehn hattet ihr euch beim Langstreckenlauftraining kennengelernt. Kurz vor Jans Geburt hatte er es mit dieser Disziplin sogar bis zu den Olympischen Spielen nach Moskau geschafft.
Vier Wochen nach deinem Geburtstag hast du unsere Klasse an der VIA-LINGUA-Akademie übernommen, wo ich eine Ausbildung zur Fremdsprachenkorrespondentin machte. Du warst neu eingestellt worden, da unsere Englischlehrerin auf unabsehbare Zeit erkrankt war. Jan hatte mir davon gar nichts erzählt.
Ich traute meinen Augen nicht, als ich deinen Namen am Aushang las. Was für ein Zufall in der Millionenstadt Berlin!
Dein kraftvolles Wesen. Deine Weltgewandtheit. Schon vor Mauerfall durftest du an der J. Hopkins University unterrichten. Deine humorvollen Einwürfe, die manchmal wie Fragen klangen.
Wie sehr ich das Lachen in deinen Augen zu lieben begann.
Vor allem liebte ich, wie du mich immer wieder an meiner Taille gefasst und zu dir herangezogen hast – wie unbewusst und selbstverständlich, heimlich und doch auch unbekümmert vor anderen.
Meine Kommilitonen begannen, über uns zu spekulieren: *Die haben doch was miteinander?*
Solche Gerüchte hast du mit deinem gerissenen Charme in Luft aufgelöst. Letztlich liebten deine Studenten dich fast wie ich.

Bald schon konnte ich kaum mehr an etwas anderes denken als an dich. Ich fühlte uns als Liebende, als wäre unsere Geschichte längst geschrieben. Auch du sahst mich an, als wüsstest du darum. Doch so sehr wir miteinander flirteten, die Distanz zwischen uns blieb.
Und immer wieder bist du in deine Familie abgetaucht.
Schlag sie dir aus dem Kopf!, riet ich mir eines Nachmittags verzweifelt. Mittlerweile schmerzte unsere Situation mich zu sehr.
Doch an jenem Tag überraschte Jan mich vor der Akademie.
Ich wollte allein sein und erteilte ihm – er folgte mir trotzdem bis auf den S-Bahnhof – eine deutliche Abfuhr.
Da drohte er mit Selbstmord und stürmte davon.
Die Leute auf dem Bahnsteig starrten mich fragend an und ihm nach.
Auch wenn er bereits neunmal versucht hatte, sich das Leben zu nehmen – ich ließ mich nicht mehr erpressen! Zornig stieg ich in die gerade eingefahrene S-Bahn, ohne mich noch mal umzusehen.
Und außerdem: Was konnte ich dafür, dass ich ihn körperlich nicht lieben konnte? Das wusste er doch längst.
Er war mein bester Freund, ich mochte ihn sehr und teilte die meisten meiner Geheimnisse mit ihm. Doch ich liebte Frauen.
Zwei Tage später standest du wie erloschen vor uns Studenten.
„Mein Sohn hat sich das Leben genommen", hast du mit brüchiger Stimme erklärt, ohne jemanden anzusehen. „Bitte behandeln Sie mich, als sei nichts geschehen. Bitte kondolieren Sie mir nicht mal, sonst schaffe ich es nicht."
Ergriffen und geschockt erfüllten wir deine Bitte.
Mich hattest du bereits am Vortag informiert, dass die Polizei Jan im Wald von Hoppegarten gefunden hatte. Er hatte etliche Barbiturate geschluckt. Eine leere Flasche Gin lag neben ihm. In jener Nacht herrschten minus 15 Grad, jeder Versuch, ihn wiederzubeleben, war umsonst.
Dich gebrochen und um Fassung zitternd zu erleben, peinigte mich. Jan hatte dir alles bedeutet. Ich konnte nicht fassen, dass er tot war.
Bisher waren seine Suizidversuche dramatisch inszenierte Hilfeschreie gewesen, den vorletzten hatte er auf Rügens Klippen zu vollziehen gedroht. Ich hatte noch rechtzeitig die Polizei gerufen.
Ich fühlte mich schuldig. Ich hätte seinen Tod verhindern können.
Mir ist kalt. Vergebens versuche ich, wieder einzuschlafen.
An jenem Nachmittag hast du mich nach dem Unterricht abgepasst.
„Gehen wir was essen, Jane? Das würde mir viel bedeuten."
Nichts wollte ich mehr. Doch ganz bestimmt würdest du mich konfrontieren: *Was hast du nur zu Jan gesagt, dass er sich wenige Stunden später das Leben nahm?*
Mir war übel. Was hatte Jan dir von unserem Zusammentreffen erzählt?
Gar nichts. Du hast ihn nicht mal mehr gesehen, weil du an jenem Tag länger in der Akademie gearbeitet hattest.
Du hast mich gebeten, dir von unserer Freundschaft zu erzählen.
In deiner Verletzlichkeit hast du dich an jedes meiner Worte geklammert. Ich filterte Jans und meine glücklichsten Erlebnisse heraus, es gab jede Menge davon.

Wie gerne hätte ich die Ereignisse am 14. Februar ungeschehen gemacht, wäre ich nur behutsamer mit ihm umgegangen. Dieser hauchdünne Grat zur Wahrheit. Ich fühlte mich wie eine Kriminelle, die um die Tat herumerzählt.
„Danke, Jane“, sagtest du warm und hast meine Hand gestreichelt. „Jan war schwer depressiv. Wieso konnte ihm denn nur kein Arzt helfen? Seine schönsten Stunden hat er mit dir verbracht.“
Ich schluckte. Meine Hand unter deiner wurde kalt.
Wir küssten uns zum Abschied auf die Wange.
Immer wieder trafen wir uns, in Parks und zahllosen Cafés sprachen wir über Jan. Wir weinten und fühlten uns im Laufe der folgenden Wochen doch immer leichter aneinander und bald nur noch aneinander. Was tat ich nur?
Ich wurde deine engste Vertraute und du meine, doch um welchen Preis?
Ich sah dir einfach weiter ins Herz und du mir.
„Eine solche Nähe zu einer Frau hatte ich noch nie“, sagtest du.
Immer häufiger telefonierten wir bis in die Nacht. Was W. wohl dazu sagte? Manchmal wurde deine Stimme dabei schwer vom Rotwein.
Jeden Tag besuchtest du Jans Grab.
Dein nächstes Sommerseminar an der J. Hopkins University nahte.
Sechs Wochen ohne dich folgten. Der regloseste Sommer meines Lebens.
Ich verfiel der Sehnsucht nach dir wie einer Krankheit.
Zumal W. dir in vier Wochen nachfliegen wollte, das wühlte in mir.
Für jene Zeit hattest du mir deinen Hausschlüssel überlassen, um immer wieder mal bei euch nach dem Rechten zu sehen. „Du kannst aber auch im Haus wohnen, Jane“, hast du gesagt.
Ich habe dich nie gefragt, was W. davon hielt.
Es hat sich gut angefühlt, zwei Wochen lang in deiner Welt zu leben.
Bei eurer Rückkehr seid ihr im Stau steckengeblieben. Ich wartete lange auf euch, und als ich müde wurde, legte ich mich in dein Bett.
Plötzlich war mir alles egal.
Drei Uhr morgens seid ihr eingetroffen. W. zog bei meinem Anblick wortlos ins Gästezimmer, hast du mir später erzählt. Ich wachte auf, als du meine Wange sehr sanft gestreichelt hast.
Du warst überwältigt und fast verspielt erregt, wie auch ich immer mehr. Endlich, dachte ich, als wir uns zum ersten Mal liebten.
Wir liebten uns immer wieder – bei mir und bei dir, wenn W. nicht im Haus war oder wenn er über Klassenarbeiten brütete.
Dein Verlangen war heftig, als wolltest du deine Trauer damit mit aller Macht abschalten.
Doch immer wieder schmerzte es mich, dich zu verlassen. Ich vermochte den dir ergebenen W., den du nach wie vor liebtest, nicht einzuschätzen, und fürchtete, jedes unserer Treffen sei das letzte.
Und immer siehst du Jan in mir und ich ihn in dir. Er fehlt mir so. Heute verstehe ich meinen Zorn auf ihn damals nicht mehr.
Vor seinem Grab schwiegen wir. Noch immer vertraute ich dir meine verhängnisvolle letzte Begegnung mit Jan nicht an, denn ich wollte dich nie verlieren.
Und als fühltest du meine Gedanken,

hast du mit warmer Stimme gesagt: „Jans Abschiedsbrief galt dir. Er hat dich sehr geliebt, Jane."
Jetzt kommt's!, fürchtete ich.
Doch du hast dich weich und ohne Vorwurf bei mir untergehakt und an mich geschmiegt, während wir schweigend den Friedhof verließen.
Jans Abschiedsbrief, den du mir nie gezeigt hast, tat unserer Liebe und Leidenschaft keinen Abbruch.
Mein Wecker zeigt noch immer 3:43 Uhr an. Das Geräusch draußen – wie eine abfahrende S-Bahn. Hier ist doch gar kein Bahnhof.
Mein Handy zeigt 7:15 Uhr an. Du wolltest längst hier sein.
Und dann kam der Tag, an dem du mir anvertraut hast, dass du die Diagnose Plasmozytose erhalten hast.
„Bitte behandle mich nicht anders als vorher", hast du mich gebeten. „Die Krankheit ist tödlich. Ich will mir das nicht vorstellen, Jane."
Ich befolge deine Bitte. Der Gedanke, dass es dich bald nicht mehr gibt, ist unerträglich. Ich mache dir Mut, bevor du deine Chemotherapie bekommst und vor Übelkeit zwei Wochen kaum aufstehen kannst, auch nicht, wenn ich komme. Dann trinke ich mit W. Kaffee.
Doch während der dritten und vierten Woche – bis zu deiner nächsten Chemotherapie – kehren deine Lebensgeister zurück. Auch wenn du nie mehr deine volle Kraft hast – diese Zeit feierst du wie ein Fest. Und immer wieder planst du sanfte Reisen, mal mit mir, mal mit W. Fast dein ganzes erspartes Geld gibst du dafür aus.
In zwei Stunden geht unser Flugzeug nach Athen. Wo bleibst du nur?
Wieder klingelt mein Telefon. Wieso leuchtet deine Festnetznummer auf dem Display? Bist du nicht längst unterwegs zu mir?
Ich bekomme Gänsehaut. Der Anrufbeantworter springt an. W.s Stimme erklingt: „Irene ist … um 3:43 Uhr …"
Er schluchzt und spricht weiter.
Ich halte mir die Ohren zu.

Wie alt bist du?
49

Identität:
Wie würdest du dich bezeichnen, wo siehst du deine Identität? Lesbe, Femme, Butch, Trans, LGBT, Queer, Bi ... Was hältst du vom Begriff „Queer"? Lehnst du ihn ab, verwässert er lesbische Identität? Oder findest du ihn sinnvoll?*
„Ach, du bist lesbisch? Hätte ich nicht gedacht. Du siehst gar nicht so aus." Wie sieht Frau als Lesbe aus? Würdest du dich als androgyn bezeichnen? Was hältst du von Androgynität?
Ich bin sehr androgyn und werde oft für einen Mann gehalten. Das gefällt mir, dieses Uneindeutige, auch wenn es bestimmt oft einfacher wäre, in der „normalen" Männerschublade zu sein – angesichts des immer noch vorherrschenden binären Geschlechtersystems. Würde aber kein Transmann werden wollen.
Mit der Dynamik Butch/Femme kann ich weniger anfangen, da ich nicht auf Femmes stehe, sondern eigentlich fast nur auf andere Androgyne oder FtMs.
Sehe mich durchaus als lesbisch, aber auch als queer im Sinne: offen für so manches. Nerven tut mich „queer" nur, wenn z.B. irgendwelche Heten den Begriff für sich kapern („of course I'm queer, too!") und meinen, sie sind dann speziell bzw. hip – dabei vergessend, dass sie eben keiner Randgruppe angehören und deshalb auch keine Diskriminierung wie echte Queers erleben müssen.

Geträumte Liebe: Hast du erotische Träume?
Ich habe da schon immer wieder Träume ... und versuche, sie auch auszuleben (oft BDSM)

Körper:
Gibt es unter Lesben einen Körperkult wie bei Schwulen (bzw. Heteras)? Wie zeigt er sich? Auf Partys?

Esperanza Moreno

Was ist mit „Körperkult" gemeint? Positiv oder negativ?
Ich würde sagen, der Druck, schlank und „schön" zu sein (gibt es DAS lesbische Schönheitsideal überhaupt?), ist bei Lesben nicht ganz so groß wie bei den anderen genannten Gruppen. Auch spielt das Thema Alter bei Lesben glücklicherweise eine weniger große Rolle als in der restlichen Gesellschaft!
Was ich aber manchmal schade finde: Man hat bisweilen den Eindruck, dass viele Lesben nicht so einen engen Draht zu ihrem Körper haben bzw. unzufrieden damit sind – sich in ihrer Haut nicht so wohl fühlen (egal ob dick oder dünn). Es kommt oft wenig Erotik bzw. Selbstliebe rüber. Das finde ich wirklich schade.
Dazu muss ich sagen: ich liebe meinen Körper und schau ihn gerne an (und tu auch ein bisschen was für ihn). Und ich denke mal, das strahle ich auch aus. Obwohl ich jetzt schon älter bin, find ich mich seltsamerweise schärfer als früher ...
Worum ich die Schwulen in puncto Körperkult wirklich beneide: Da gibt es wahnsinnig viele Partys/Clubs mit Darkrooms usw. D.h. die können einfach ausgehen, sich zur Schau stellen und mal eben Sex haben, wenn sie Bock haben. Bei Lesben haben sich solche Partys (mal abgesehen von den paar BDSM-Partys) leider nie durchsetzen können. Wie schade!
Was leider auch etwas aussagt über das Verhältnis von Lesben zu ihrem Körper/zu ihrer Lust/zur Selbstdarstellung/zum Sex-Ausleben ...
Ich denke, es gibt immer noch erstaunlich viele Schamgefühle bei Frauen allgemein und leider auch bei Lesben, die durch Erziehung, die patriarchale Gesellschaft usw. entstanden sind.

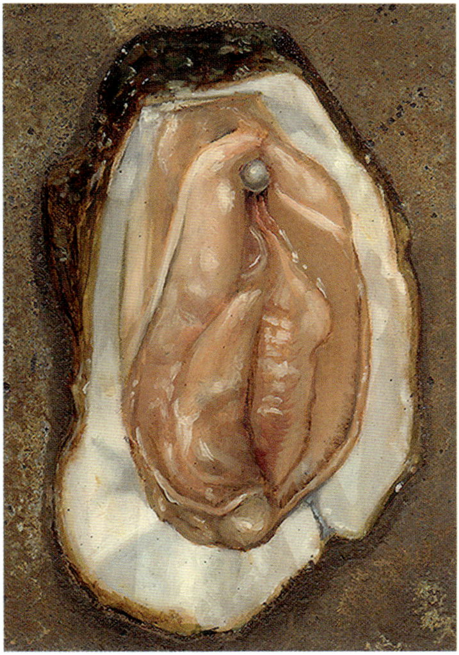

Suzanne Shifflet

Aber es passiert auch was. Es gibt inzwischen z.B. viel mehr selbstbewusste und supererotische lesbische/queere Pornfilme/Fotos/Literatur usw. – ein Genuss! Körperkult – ja bitte!

Sex und Älterwerden:
Hast du Sex? Wie oft etwa? In fester Beziehung oder mit Bekanntschaften, Kurzzeitaffären, One-Night-Stands? Unterscheidet der Sex von „früher" sich vom gegenwärtigen? Wie? Haben sich deine Vorlieben geändert, wie? Was war dein „schönster" Orgasmus in letzter Zeit? Wie kam es dazu?
Sex hab ich meist mehrmals die Woche – egal ob solo oder gebunden (es gab aber auch schon Phasen mit weniger Sex). Ich finde den Sex jetzt noch toller als früher, obwohl ich schon eher früh wusste, worauf ich so stehe (BDSM usw.). Es gibt

immer noch mehr Sachen zu entdecken!
Was ich vor allem gelernt hab: Der Sex ist am besten, wenn man sich nicht andauernd trifft und sich damit auch nicht so viel unsexy Alltag einschleicht. Ich treffe die Person dann lieber nicht so oft, hab dann dafür aber Premium-Sex! Und das nicht nur am Anfang, wenn man jemand frisch kennengelernt hat!
Diese Zusammenhänge waren mir früher nicht so ganz klar.
Schönster Orgasmus in letzter Zeit? Z.B. als ich auf dem Bauch liegen musste und ziemlich derb mit dem Schwanz (Strap-on) in den Arsch gefickt worden bin.
Oder: Double Penetration + Clit ... nachdem ich gekommen bin, steh ich drauf, noch weiter, und dann härter, auf den G-Punkt gefickt zu werden, bis ich so noch mal komme und dann oft abspritze. Dann weine ich oft vor Glück. Was Schöneres kann ich mir kaum vorstellen! Aber wer weiß ...

Braucht man überhaupt Sex?
Ja, Sex braucht man unbedingt, ich jedenfalls. Inzwischen finde ich es übrigens auch auf eine Art genauso aufregend, alleine Sex zu haben. Denn auch da gibt es so viel zu entdecken! Immer 0-8-15 ist langweilig und lieblos – es lohnt sich, sich da mal genauer zu erforschen. Das bringt dann natürlich auch was für den Sex mit jemand anderem!

Wie ist dein Verhältnis zu deiner Vulva, zu der deiner Freundin, wie nennst du sie, kannst du sie beschreiben?
Mir gefällt meine Möse gut – ebenmäßig und prall – auch wenn frau da ja ohne Spiegel nicht besonders viel sieht …
Geradezu hingerissen bin ich von der Möse meiner Partnerin, die ganz anders aussieht, viel ausladender und frivol. Ich brauch sie nur zu sehen und bin sofort angemacht …

Was magst du besonders beim Sex? Was ist „guter Sex"? Schlechter Sex? Was kommt „nach dem Sex"?
Schlechter Sex ist für mich, wenn es immer dasselbe ist: da und da anfassen und dann kommen – Schluss!
Superwichtig ist mir Küssen. Da muss die Chemie stimmen. Dann bin ich innerhalb von Sekunden total angemacht – ist sowieso meiner Meinung nach eine eigene Sexform …
Genauso wichtig: das Anfassen. Wie eine Katze merkt man ja sofort, wenn das nur auf gedankenlose/uninspirierte Art geschieht.
Guter Sex ist für mich endloser, immer wieder neu überraschender Sex, bei dem sich vieles von selbst ergibt. Ein Orgasmus ist dabei nicht der Endpunkt – sondern danach ist wieder alles offen ...
Guter Sex entsteht auch dadurch: Drüber reden, worauf man abfährt! ... und auch: worauf nicht so!

Lesben und Konsumverhalten: Wofür gibst du Geld (wenn du welches übrig hast) aus – und wofür eher nicht?
Konsum an sich interessiert/erfüllt mich nicht besonders. Glück – wie auch guten Sex – kann man nicht kaufen! Gebe aber z.B. gern Geld für Essengehen/bestellen aus – und auch immer wieder mal für überteuertes Sexzubehör.

Suzanne Shifflet

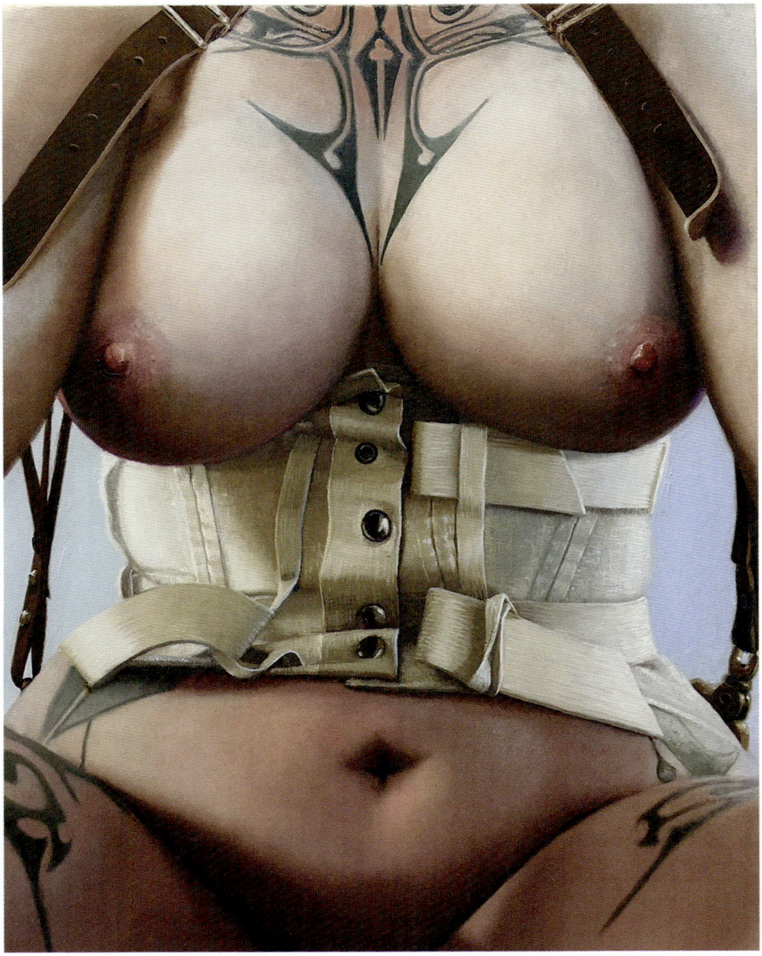

Suzanne Shifflet: Woman

Suzanne Shifflet: Venus in Leather

Suzanne Shifflet: Selfportrait 2017

Sonja Ruf

Ein lesbisches Auge auf sie geworfen

Eine Geschichte von Ehe, Liebe und Trauer

Ich möchte die Geschichte von Ellen und Gloria erzählen und gebe von Anfang an zu, dass ich parteiisch bin, denn ich finde, Ellen ist ein Traum von einer Frau: kreativ, belesen, spontan, lebensfroh, zugewandt, kommunikativ, sportlich und schön.
Es überrascht mich nicht, dass einige ihrer späteren Freundinnen ihr gestanden, sich schon im Sandkasten, in der Grundschule, im Gymnasium in sie verliebt zu haben.
Von diesen Verliebtheiten bekam Ellen nichts mit. Sie ignorierte die Gefühle des Mädchens, mit dem sie sich als Sechzehnjährige im Jugendzentrum eine Cola teilte und Slow-Fox tanzte (Ellen ließ sich führen), und fuhr stattdessen mit einem Jungen in Urlaub: „1300 Kilometer auf der Rückbank neben einem Klaus sind zu viel."
Erst an der Universität nahm Ellen zur Kenntnis, dass eine Mitstudentin „ein lesbisches Auge" auf sie geworfen hatte, doch noch fand sie: „Das hat nichts mit mir zu tun."
Ein Freund riet ihr: „Such dir eine Frau", bevor er sich von ihr trennte.
„Alle wussten es früher als ich selbst", sagt sie heute.
Es gab dann Liebschaften zu Frauen und zu Männern. Manche waren ermutigend, bereichernd und befreiend, manche gaben Ellen aber auch das Gefühl: „Ich bin zu wenig", ein Gefühl, das sie als Kind nicht gekannt hatte und das also erst mit der Partnerschaft in ihr Leben trat.
Ellen ist ein Sonntagskind, das mitten im Fasching geboren wurde: „Das Erste, was ich im Leben sah, war eine Pappnase."
Ihre Eltern begrüßten, was ihre Kinder machten, freuten sich darüber, dass sie früh „flügge" wurden, und akzeptierten deren jeweilige Partner. Ellen brachte ihre Freundinnen gern zu den Familienessen mit.
Sie erinnert sich an ein Gespräch.
Der Vater fragte ihre erste Freundin: „Darf ich Sie etwas Persönliches fragen: Sind Sie links herum?"
Ellen protestierte: „Das sagt man nicht!"
Der Vater korrigierte sich: „Sind Sie lesbisch?"
Die Freundin antwortete: „Das weiß ich noch nicht. Aber in Ihre Tochter bin ich verliebt!"
Ihre spätere Frau, Gloria, fand Ellen vor fast drei Jahrzehnten. Seither hat sie sich nicht mehr verliebt, auch nicht in den wenigen Jahren, die seit Glorias Tod vergangen sind.
Manchmal unterbricht Ellen unser Gespräch: „Gloria, wenn du zuhörst ...", dann wirkt sie fast ein wenig ängstlich.
Mutig, ohne spanisch zu sprechen, hatte Ellen gleich nach dem Studium eine Arbeit an einer deutschen Schule in Spanien angenommen.
Sie kam in Barcelona an, kannte niemanden, schaute in ihren „Frauenkalender" und fand den Hinweis auf eine Kneipe namens „Members".
Dort bestellte sie einen Kognak. Sie glaubt, dass sich die Freunde an Glorias Tisch für sie interessierten, weil es so ungewöhnlich war, dass jemand Kognak bestellte.

Ich vermute ja eher, dass ihre Schönheit wirkte.
Ihrer Schönheit, so sagt sie, sei sie sich bewusst gewesen, sie habe ihr aber nicht viel bedeutet.
Wie auch immer – jedenfalls kamen Gloria und ihre Freunde mit Ellen ins Gespräch. Auf Französisch. Die Sprachbarriere verhinderte nicht, dass Gloria und Ellen sich ineinander verliebten.
Nach einigen Treffen im „Members" schrieb Ellen Gloria einen Brief: „Ich möchte mit dir den Sonnenuntergang sehen."
Gloria hatte langes schwarzes Haar, war gebräunt, schlank, kleiner als Ellen. Sie sprach mit einer sehr tiefen Stimme, rauchte Kette, und alle, die sich mit ihr auf Spanisch unterhielten, sagten, es sei eine große Freude gewesen, mit Gloria zu sprechen oder sie sprechen zu hören.
Gloria war selbstsicher und unerschrocken. Sie nahm Ellen an der Hand und führte sie in die finstersten Winkel von Barcelona. Als ihr ein Messer an die Kehle gehalten und sie ausgeraubt wurde, kommentierte sie das mit den Worten: „Wir müssen teilen."
Sie war Anarchistin: „Anarchie ist Freiheit."
Gloria war kein Sonntagskind wie Ellen. Ihre Kindheit und Jugend in Lateinamerika und Spanien war überschattet. Sie hatte früh mehrere tropische Krankheiten zu überleben und ging in eine private Nonnenschule. Dort hatte sie zwar einen ganzen Tross von Anhängerinnen, eine Situation, an die sie sich gern erinnerte und die sie genoss, und doch versuchte sie, sich umzubringen, noch bevor sie 16 war.
Zwischen 16 und 19 wurde sie in einer Klinik psychoanalytisch behandelt, was die Mutter bezahlte. Der Vater hätte Gloria durch die Ärzte am liebsten „ummontieren" lassen, denn Gloria war, nicht nur durch ihr Lesbisch-Sein, das psychotische, bipolare „Alien" der Familie.
Die Ärzte versuchten, Gloria ins Leben zurückzuführen, ihr das Leben wieder erträglich zu machen.
Ihre späteren Schlafstörungen führte Gloria auf diese Zeit zurück.
Ellen hätte sie nicht von den Schlaftabletten wegbringen können, denn Gloria hasste Bevormundung und empfand auch liebevoll gemeinte Ratschläge als Bevormundung.
Gloria und Ellen blieben fünf Jahre in Barcelona, lebten ein paar Jahre in Gran Canaria und engagierten sich neben der Arbeit in der Schule für verwahrloste Katzen.
Doch sind die Löhne für spanische Lehrer zu gering, und Gloria war zu wenig unternehmerisch, um mit Ellen eine spanische Zukunft aufzubauen. Sie entschieden, nach Deutschland zu gehen.
Ellen war froh, Gran Canaria zu verlassen, denn sie hätte es nicht mehr ausgehalten, mit anzusehen, wie die Leute dort mit den Tieren umgingen.
Gloria und Ellen heirateten 2009 in Spanien und ließen 2010 in Deutschland die Lebenspartnerschaft eintragen. Die Standesbeamtin war von ihnen begeistert, sie sagte: „Sie sind das erste lesbische Paar, das zu mir kommt und schon verheiratet ist."
Während Ellen aktiv durch ihr Leben ging, einen Beruf wählte, der Gloria und sie ernährte, ein Haus kaufte und abbezahlt, einer Frauenbibliothek vorsteht, in ihrer Schule die Gleichstellungsbeauftragte ist, sich in Schwulen- und Lesbenver-

bänden engagiert und vieles mehr, schien Gloria das Leben nur schwer zu ertragen, das Leben an sich, das Leben auf dieser Welt, zu dieser Zeit. Die Politik, die Umstände, die Menschen – all das hielt Gloria kaum aus.
Immerhin „hispanisierte Gloria die ganze Stadt“ und gab zahlreiche Spanisch-Kurse.
Viele Exil-Spanier kannten Gloria und versuchten, sie dazu zu bringen, sich für eine Sache in Lateinamerika, Spanien oder sonst wo stark zu machen. Große Projekte wurden an sie herangetragen, aber Gloria handelte nicht.
Sie sprach. Sie sprach engagiert, eloquent, leidenschaftlich, aber wenn es darum ging zu reisen, etwas aufzubauen oder handelnd zu unterstützen, machte sie nicht mehr mit.
Ellen sagt: „Du konntest Gloria alle Stühle hinstellen. Sie hat sich auf keinen gesetzt.“
Auch mit Ellen sprach Gloria viel, oft stritten sie leidenschaftlich: „Gloria stellte Nähe durch Diskussionen her.“
In Deutschland richtete sich Gloria in dem Leben ein, das ihre Frau (inzwischen Beamtin) finanzierte, und hatte über mehrere Jahre eine Liebesbeziehung zu einer verheirateten Hetero-Frau. Ellen sagt: „Ich habe das mitgetragen.“
Sie selbst war monogam, aber nicht auf Gloria fixiert. Sie machte auch mit anderen Urlaub.
Dieser gegenseitige Respekt von Eigenständigkeit war wohl richtig, die Liebe dauerte fort.
Gloria, „die Eremitin“, las und las. Sie las ununterbrochen, sie verschlang Bücher. Und einmal, erinnert sich Ellen, machte ihre Frau vor Freude Luftsprünge – das war, als Alice Munro den Literaturnobelpreis bekam.
Meist jedoch war Gloria phlegmatisch, vielleicht aber auch schon durch die noch nicht diagnostizierte Krankheit energielos, wer will das im Nachhinein beurteilen?
Glorias Phlegma jedenfalls hielt Ellen irgendwann kaum mehr aus. Sie wollte raus aus der Beziehung, kurz bevor im November 2011 bei Gloria Lungenkrebs diagnostiziert wurde.
Nun kämpften Ellen und Gloria mit allen Mitteln, mit aller Kraft gegen die Krankheit. Von der Schulmedizin bis zu den seltsamsten Verästelungen der alternativen Medizin (Skorpiongift in homöopathischen Dosen) probierten sie aus, machten möglich, finanzierten, was irgend Hilfe versprach.
Gegen Ende nahm Ellen für sich einen Krankenschein über drei Monate und war ganz für ihre Frau da, die palliativ betreut wurde.
Auch jene „alten“ Freunde kamen, die damals in Barcelona im „Members“ gesessen hatten. Gloria war von Spanien umgeben, und wenn jemand sie fragte: „Wo bist du?“, antwortete sie: „In Spanien.“
Im August 2014 starb Gloria.
Mit großer Feinfühligkeit und in gegenseitiger Absprache sorgte ein Kreis von guten langjährigen Freundinnen und Freunden dafür, dass Ellen sich nicht allein fühlte und dass sie noch einige Zeit ein Leben führen konnte, als gäbe es da noch eine Beziehung.
Es tat Ellen gut, dass andere mittrauerten, dass auch andere ihre Frau vermissten.
Einmal rief eine Freundin von Gloria an, die Ellen selbst kaum kannte, weil sie das Bedürfnis hatte, über Gloria zu sprechen.
Auch das Schreiben hat geholfen.

Ellen beschrieb zunächst große Blätter, die sie in ihrer Wohnung an die Wände hängte.
Sie schrieb ein Trauerbuch. Ein Jahr lang schrieb sie jeden Tag eine Erinnerung an Gloria auf.
Sie schrieb ein Traumbuch und notierte sich die vielen Träume, in denen Gloria ihr nun erschien. Sie schrieb Briefe an Gloria und auch deren „Antworten".
Sie kämpfte mit Schuldgefühlen „wie ein Fisch mit dem Netz, in dem er zappelt". Ellen fühlte sich schuldig, weil sie „aus der Beziehung raus" hatte wollen.
Sie fragte sich: Hätte Gloria besser von anderen Ärzten versorgt oder in einer anderen Klinik operiert werden müssen? Hätte sie überleben können, wenn dies oder das getan oder unterlassen worden wäre?
Für Ellen ist die Beziehung zu Gloria lebendig, auch veränderlich. Den Diskussionen und den Schuldgefühlen hat sie inzwischen ein Ende gesetzt. Schrecklich bleibt dieses „Niemals mehr".
Außer dem Reden und dem Schreiben halfen Spaziergänge und das Zulassen davon, dass die Verstorbene noch da ist, dass die Beziehung nicht zu Ende ist.
Der Schmerz war groß: „Ich bekam keine Luft mehr. Wie unter Wasser. Wenn ich meine Umgebung wahrnahm, war da ein Stoppelfeld. Jeder Schritt tat weh. Alles tat weh. Es gab gar nichts, kein Grün, nichts blühte, es gab nur diese Stoppeln. Dann wurde es leichter, allmählich kam der Schmerz bloß noch in Wellen. Ich wusste: Das nimmt dir jetzt die Luft, aber das geht vorbei, du bist schnell wieder draußen, kannst Luft holen, bis die nächste Welle kommt."
Übrigens hat Gloria nicht ihrem starken Rauchen die Schuld am Lungenkrebs gegeben. Schuld war eher die Beziehung. „Ich", sagt Ellen traurig.
Nun, formuliert Ellen vorsichtig, muss sie sich zum ersten Mal nur um sich selbst kümmern. Gloria ist tot, Ellens Vater ist tot, „ihre" Katzen in Gran Canaria sind auch längst tot. Sich zum ersten Mal nur um sich selbst kümmern zu müssen, ist etwas, das Ellen auch genießt.
Der Schriftsteller Gustave Flaubert schrieb am 6. März 1853 an Louise Colet über das Schreiben: „Was für ein verdammtes Metier! Welch verfluchte Manie! Und doch sollten wir sie segnen, diese teure Qual. Ohne sie müsste man sterben. Das Leben ist nur unter der Bedingung zu ertragen, dass man nicht daran teilnimmt."
Das mag ich auf Gloria übertragen. Ich glaube, dass Ellen ihrer Frau, die das Leben nicht liebte, ermöglichte, dem Leben lesend auszuweichen. Gloria ertrug das Leben, weil sie, wie Flaubert es von sich behauptet, nicht daran teilnahm, nicht daran teilnehmen konnte. Und ich glaube, dass dieses Dem-Leben-Ausweichen von Kindheit oder Jugend an für Gloria der einzige Weg war, es überhaupt zu leben.
Am Ende unseres Gespräches zeigt Ellen mir ein Gedicht, das sie mit Anfang 20 schrieb, also noch bevor sie Gloria kennenlernte.
Ich lese es und denke nicht an ein einzelnes lyrisches Ich, sondern stelle mir vor, jenes Ich im Gedicht stünde für „Wir" – für das Paar Ellen und Gloria.

„Ich will überall sein / im Licht / im Schatten / am Wegesanfang / am Wegesende / frisch und erschöpft / Hase und Igel / unterwegs / und ständig schon angekommen."

Suzanne Valadon

Marie de Vers
Doro

Eisblaue Augen blitzen zu mir herüber. Ich bin fasziniert von der Farbe und der Klarheit, die darin steckt. So kalt sie auch wirken, so leidenschaftlich sehen sie aus. Ich fahre mir durchs Haar, unschlüssig, ob ich rübergehen soll oder an der Theke stehen bleiben. Die blauen Augen haben auch ein Lächeln. Perfekte Zähne hinter perfekten Lippen. Mein Herz macht einen Aussetzer. Blondes Haar umschmeichelt in Wellen das Gesicht der Frau, macht mich abhängig, zu ihr zu sehen. Warum zögere ich noch?
Ich nehme den letzten Schluck meines Drinks und will zu ihr gehen. Ich muss sie ansprechen, muss sie kennenlernen, und nichts kann mich davon abhalten. Doch als ich mein Glas abstelle, noch einmal tief einatme und mich wieder zu ihr drehe, ist sie nicht mehr allein. *Chance verspielt*, sagt der Teufel auf meiner rechten Schulter. *Fahr doch zur Hölle*, entgegne ich ihm grimmig in Gedanken.
Neben den blauen Augen steht eine andere Frau. Groß, zerzaustes dunkles Haar und eine Ausstrahlung für zehn. Ich weiß, dass sie nicht ihre Partnerin ist. Das heißt, ich habe noch die Möglichkeit, das Ruder herumzureißen, aber ich weiß bereits, dass ich verloren habe. Es ist doch immer das Gleiche. Sobald ich eine Frau attraktiv finde, ist sie da. Meine allerbeste Freundin. Zu dumm, dass wir den gleichen Geschmack haben, was Frauen angeht.
Die beiden scheinen sich bestens zu verstehen, das Eis ist gebrochen. Kein Wunder bei einer Frau wie Manu. In diesem Moment erblickt sie mich und winkt mich zu sich. Auch das noch! Da ich nicht die Fähigkeit besitze, mich unsichtbar zu machen, um einfach zu verschwinden, gehe ich rüber.
„Darf ich dir Doro vorstellen?“, sagt Manu und berührt die blauen Augen am Oberarm.
„Nina“, stelle ich mich tonlos vor, denn die blauen Augen haben längst das Interesse an mir verloren und unterhalten sich weiter mit meiner Freundin.
Ich kann jetzt schon sagen, wie der Abend ausgeht. Manu wird die blauen Augen mit zu uns nach Hause nehmen, wo ich sie dann ficken höre. Und morgen wird sie eine von vielen sein. Ich wünschte, ich könnte ihr das sagen. Dass Manu Verschwendung ist, aber so was würde ich nicht mal tun, wenn ich es könnte. Freundinnen halten zusammen. Aber wer weiß schon, ob sie nicht genau das sucht, die Frau für eine Nacht.
Da ich nun sowieso nur Luft bin, verziehe ich mich wieder an die Bar und hole mir ein Bier. Wütend trinke ich es in einem Zug halb leer. Aber auf wen bin ich wütend? Am meisten auf mich selbst, dass ich nicht den Arsch in der Hose habe, um direkt die Initiative zu ergreifen. Im Grunde genommen halte ich die Frauen Manu förmlich hin, damit sie sie sich schnappen kann, um zu vögeln. Ich bin auch einfach nur dumm.
Ich stelle fest, dass mein Bier leer ist, knalle es frustriert auf die Theke und hole meine Jacke, um zu verschwinden. Aus dem Augenwinkel nehme ich noch wahr, wie sehr Manu und Doro flirten. Nicht

mehr lange, bis sie knutschen. Das wird noch eine lange Nacht.
Die Novembernacht ist kalt, aber der Himmel ist sternenklar. Leider ist es ein mieses Gefühl, sich die Sterne alleine anzusehen. Zu Hause stoße ich die Haustür auf und suche als Erstes nach Ohrstöpseln, sicher ist sicher. Natürlich finde ich keine, was meine Laune nicht gerade hebt. Entnervt gehe ich in mein Zimmer und lasse mich rücklings auf mein Bett fallen. Ich bin fast eingeschlafen, als ich die Haustür auf- und zugehen höre. Fußgetrappel. Schuhe, die durch die Wohnung geworfen werden. Aha. Manu hat heute Nacht auf jeden Fall noch Sex. Stöhnend drücke ich mir mein Kopfkissen über die Ohren. Ich will das einfach nicht hören.
Natürlich höre ich trotzdem alles. Denkt Manu auch mal eine Sekunde an mich? Mal abgesehen davon, dass ich Doro zuerst gesehen habe, ist es unmöglich, mich akustisch nicht an allem teilhaben zu lassen. Dass ich nicht wütend gegen die Wand hämmere, verdankt Manu lediglich dem Engel auf meiner linken Schulter,

Goodyn Green: Elvis

Goodwin Green

der mir sagt, dass ich ruhig bleiben muss. Irgendwann schlafe ich – trotz der Schreie aus dem Nachbarzimmer – ein. Am nächsten Morgen bin ich durch, wirklich. Im Bad sehe ich als Erstes meine tiefen Augenringe. Dass ich in Klamotten geschlafen habe, ist mir dabei herzlich egal. Manu und Doro sind wohl noch im Bett, und ich nutze diese Gelegenheit, schnell und leise in die Küche zu flitzen. Während ich Kaffee koche, höre ich Manus Schlafzimmertür aufgehen und danach die Haustür ins Schloss fallen. Damit dürfte Doro weg sein. Gut so.

Manu kommt zu mir in die Küche.

„Lange Nacht gehabt, was?", merke ich an.

Manu grinst. „Und wie!"

Sie schenkt sich auch einen Kaffee ein und setzt sich auf die Arbeitsplatte.

„Weißt du", beginnt sie, „Doro ist echt eine interessante Frau. Ich denke, ich werde sie wiedersehen."

Vor Schreck verschlucke ich mich fast.

„Was?", platzt es aus mir heraus.

„Ja", sagt Manu, irritiert von meiner Reaktion. „Warum denn nicht?"

„Vielleicht, weil ich sie zuerst gesehen habe?", gebe ich giftiger, als ich ursprünglich vorhatte, zurück.

Sie zieht die Augenbrauen zusammen.

„Wovon redest du bitte?"

Jetzt werde ich richtig wütend.

„Jetzt tu nicht so, als wüsstest du das nicht!", schreie ich sie an. „Und es war nicht nur Ansehen, das war Sex mit Blicken!"

Wütend knalle ich meinen Kaffeebecher auf den Tisch und verschwinde in mein Zimmer. Dort ziehe ich mir Schuhe und Jacke an und verlasse augenblicklich die Wohnung.

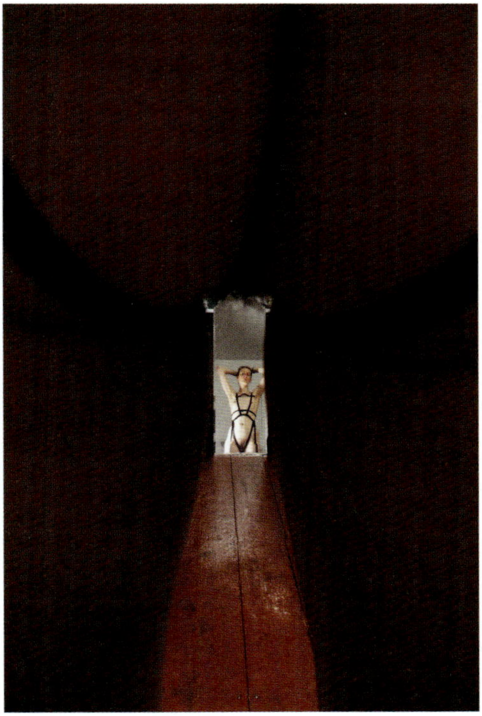

Anna Erdmann & Franziska Goralski

Draußen scheint ahnungslos die Sonne. Der Teufel auf meiner Schulter reibt sich die Hände, weil ich Manu wahrscheinlich zum ersten Mal die Meinung gesagt habe. Leider fühle ich mich kaum besser, eher im Gegenteil. Ohne zu wissen, wohin ich eigentlich will, laufe ich durch die Stadt und durch Parks. Ich will einfach nur noch weg. Und verschwinden. Bewegung baut Stress ab, rede ich mir dabei ein. Erst am Nachmittag kehre ich nach Hause zurück. Außer mir ist niemand da. Erleichtert atme ich auf. Ich beschließe, dass Angriff die beste Verteidigung ist. Also stelle ich mich ins Bad und style meine kurzen Haare zurecht. Heute Abend gehe ich aus. Alleine. Über ein schwarzes Tanktop ziehe ich ein rot kariertes Hemd, das ich offen lasse. Ich blicke in den Spiegel

Anna Erdmann & Franziska Goralski

und bin, trotz der langweiligen braunen Haare und der dunklen Knopfaugen, zufrieden mit dem Ergebnis.
Zum Einstimmen trinke ich noch ein Bier auf dem Balkon. Ich höre die Haustür nicht und erschrecke mich tierisch, als Manu plötzlich vor mir steht.
„Gehst du aus?“, fragt sie, als wäre nichts gewesen.
„Ja“, sage ich nickend, doch bevor sie etwas erwidern kann, fahre ich fort: „Aber ich will dich nicht in meiner Nähe haben.“
Irritiert runzelt sie die Stirn und geht schulterzuckend wieder rein. Soll sie doch. Womöglich ist das das Ende unserer Freundschaft. Sollte es so sein, ist es vielleicht auch einfach Schicksal. Manchmal muss man sich eben lösen.
Ich ziehe los in unseren Stammclub, der heute geöffnet hat. Es sind viele Frauen da, eine bunte Mischung, aber keine spricht mich so richtig an. Mir liegt der Streit noch zu schwer im Magen. Ohne Manu ist es einfach nicht das Gleiche. Der Bass der Musik bebt in mir, und plötzlich fühle ich eine Hand auf meiner Schulter. Ich wirble herum, und hinter mir steht Manu. Ich bin sauer, dass sie doch aufgekreuzt ist, gleichzeitig freue ich mich jedoch, sie zu sehen.
„Nicht das Gleiche ohne dich!“, ruft sie mir ins Ohr, um gegen die Musik anzukommen. Ich mache ihr ein Handzeichen, dass wir irgendwo hingehen, wo es ruhiger ist. Sie nickt und geht vor.
Kaum sind wir im Eingangsbereich, fängt sie auch schon an zu reden.
„Ich habe das mit Doro beendet“, sagt sie. Ich bin verwirrt.
„Na ja“, sagt sie verschmitzt grinsend. „Es hat ja noch gar nicht richtig angefangen, aber es ist definitiv vorbei.“
Ich habe keine Ahnung was ich sagen soll, also kommt aus meinem Mund nur ein „Warum?“.
Freundschaftlich legt Manu den Arm um meine Schultern.
„Weil du mir wichtiger bist als jede andere Frau, Kleine“, sagt sie und wuschelt mir durchs Haar.
„He, meine Frisur“, sage ich gespielt empört.
„Nein ehrlich, Nina“, fährt Manu fort. „Ohne dich ist das alles scheiße. Und es tut mir leid, dass ich deine Gefühle verletzt habe und das wahrscheinlich nicht nur einmal. Aber du weißt doch: Bruder vor Luder. Das gilt auch für Lesben.“

Anna Erdmann & Franziska Goralski

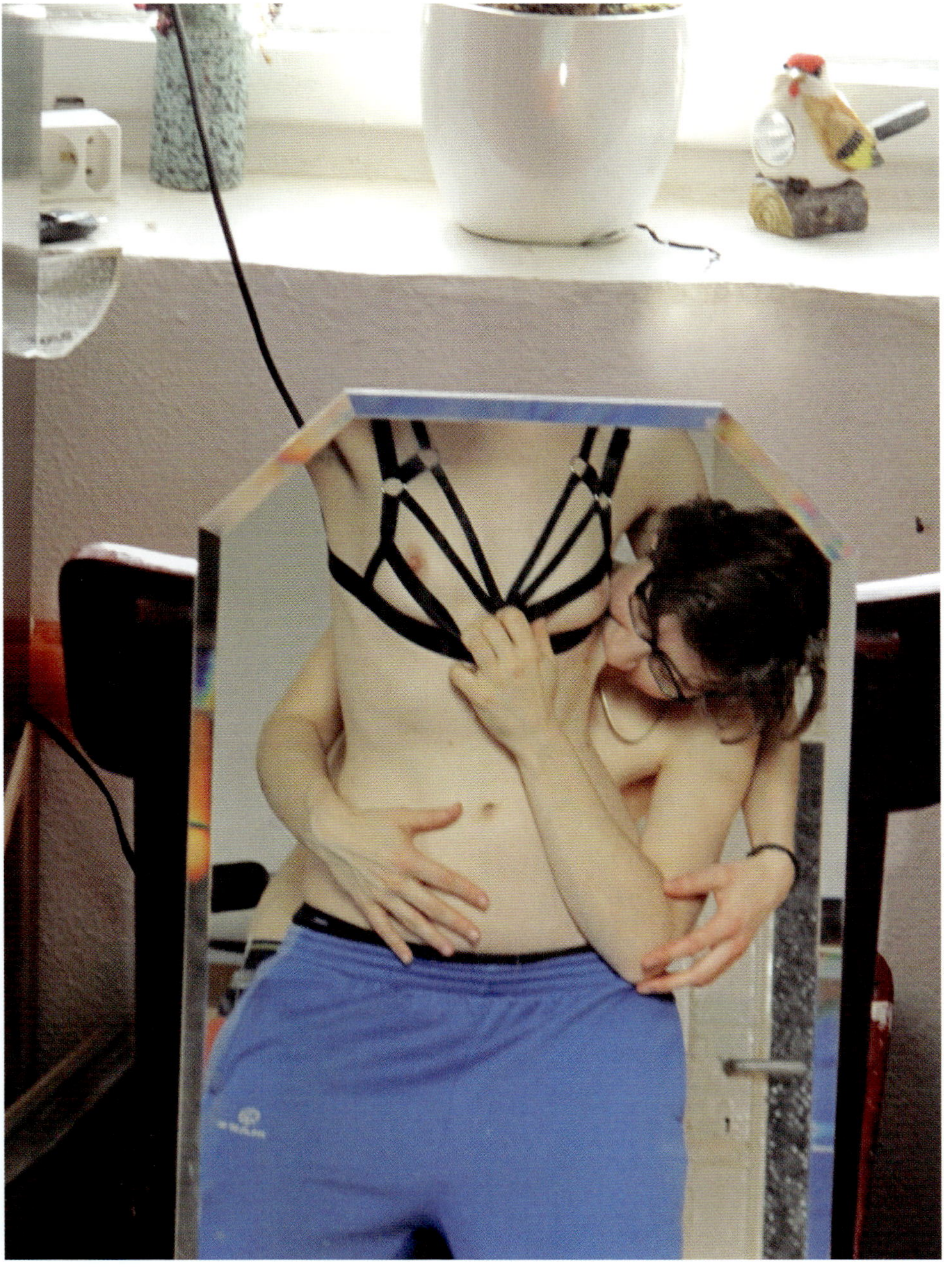

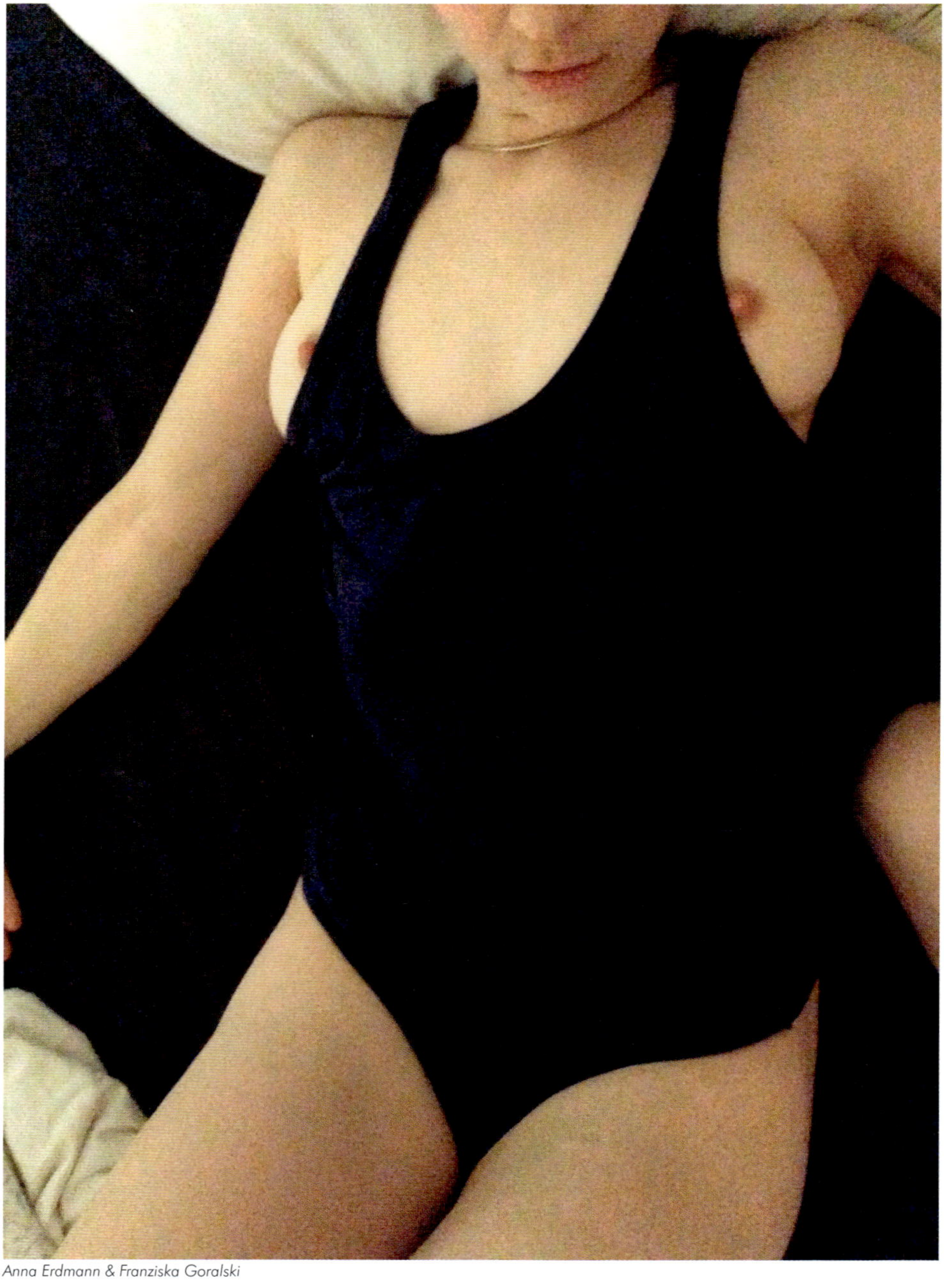

Anna Erdmann & Franziska Goralski

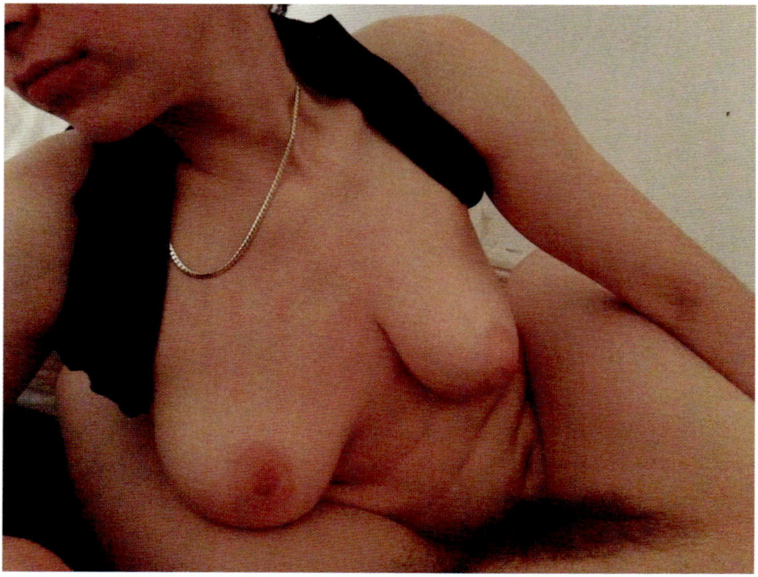

Anna Erdmann & Franziska Goralski

Regina Beyer

Partylöwin

Wenn man über fünf Stunden mit dem Auto zu einer Party fährt, dann könnte man geneigt sein anzunehmen, dass es ein spektakuläres Ereignis sein dürfte. Ein Rausch von einer Party, der die Gäste atemlos in einem Taumel aus Farben und Musik zurücklässt.
Ganz so war es leider nicht.
Tatsächlich war es der fünfundsechzigste Geburtstag von Tante Klara. In einer örtlich angesiedelten Gaststätte in einem kleinen Dorf, dessen Namen ich mir beim besten Willen nicht merken kann. Und ich war auch nur deshalb da, um mir nicht den Ärger meiner versammelten Familie zuzuziehen. Meine Mutter kann überaus nachtragend sein, was solche Ereignisse angeht. Und da es bereits Oktober war und Weihnachten nicht weit entfernt drohend in den Startlöchern verharrte, tat man allgemein gut daran, nicht unangenehm aufzufallen.
Und darum betrat ich mit einem Blumenstrauß bewaffnet, einer Schachtel Pralinen und einem Fläschchen Kirschlikör pünktlich den Saal des Gasthauses, den man zu diesem verwandtschaftlichen Großereignis hergerichtet hatte. Ich hatte keine Ahnung, dass es möglich war, derartig viele Plastikblumen in einem Raum zu verteilen. Die Tische waren in einem großen kommunikativen U aufgestellt, sodass jeder der fünfzig Gäste dem anderen neugierig auf den Teller schauen konnte. Es waren schon fast alle da. Eine Wolke aus Kölnisch Wasser hing im Raum. Die Damen hatte sich die Haare in frische Dauerwellen gelockt und neue Farbe aufgetragen, das beste Ausgehkleid aus dem Schrank gezaubert und die dazugehörigen Männer genötigt, ihre stattlichen Figuren in die Anzüge von 1980 zu quetschen. Diverse Krawatten waren schon gelockert.
Eine kleine dickliche Dame kam auf mich zu, als ich verloren im Saal herumstand. Mit einem strahlenden Lächeln riss sie mich an ihren üppigen Busen.
„Herzlichen Glückwunsch, Tantchen", nuschelte ich in ihr geblümtes Kleid und war erleichtert, dass sie mich freigab, ehe ich erstickte. Unauffällig holte ich Luft und reichte ihr die Blumen.
„Schön, dass du kommen konntest, Herzchen. Such dir einen Platz. Das Buffet ist schon eröffnet und der Deejai kommt auch jede Sekunde. Dann hauen wir mal so richtig auf den Putz."
Ich zögerte kurz. „Ein DJ kommt auch?"
Tante Klara strahlte. „Was denkst du denn?" Sie zwinkerte mir zu. „Außerdem kann ich das Gerede über Krankheiten nicht mehr ertragen. Wird Zeit, dass die Musik das Gejammer übertönt." Sie entdeckte hinter mir weitere Gäste, und mit einem etwas schrillen „Juhu! Herbert!" eilte sie davon.
Ich schlenderte an den Tischen entlang, störte hier und da mit einer Begrüßung einige Bekannte und Verwandte, die über ihre gut gehäuften Teller wachten und mit Argusaugen beobachteten, ob andere nicht wieder nur die guten Sachen vom Buffet nahmen. Meine Mutter winkte geschäftig nur von Weitem. Sie war schon Tage vorher angereist, um alles zu

organisieren. Ich befürchte, die meisten der Plastikblumen waren ihrem grandios schlechten Geschmack zu verdanken.
Am Buffet nahm ich mir ein Glas Sekt und einen Teller mit irgendeiner Kleinigkeit und suchte mir einen freien Platz. Ich überlegte gerade, was genau das Gemüse auf meinem Teller im Ursprung einmal gewesen sein mochte, ehe der talentierte Koch es zu einer einheitlichen Masse zerkocht hatte, als vorne an einem Podest des Saals Unruhe entstand.
Ein Mann schob die vorhandenen Lautsprecher herum und baute eine winzig kleine Laserlampe auf, die bescheidene Lichtreflexe auf den Fußboden zauberte. Er verriet sich damit als der angekündigte DJ. Man konnte wohl festhalten, dass er kein *David Guetta* war. Er war um die fünfzig, trug sein Haar hinten etwas länger, wohingegen es sich in den Regionen seiner Stirn bereits bedenklich auf der Flucht befand. Dafür zierte ein Schnauzbart seine Oberlippe, der sehr gut zu dem Goldkettchen um seinen Hals passte. Sein Equipment bestand aus einem Laptop, den er oben auf das Pult stellte. Zwei Kabel wurden angesteckt, und schon war die Disco eröffnet. In dieser Sekunde ahnte ich, dass der Abend sehr sehr lang werden würde.
Noch bevor er das erste Lied spielte, kündigte er an, dass er der Deejai Dieter war und eine bunte Auswahl an Musik dabei hatte, sodass garantiert für jeden was dabei war. Dann trällerte Helene Fischer auch schon ihre unvermeidlichen nächtlichen Abenteuer durch den Saal.
Ich trank den Sekt in einem Zug aus.
Ich bezweifelte sehr, es hier länger als eine halbe Stunde auszuhalten. Und ich *wusste*, dass ich unauffällig verschwinden würde, als Helene abgelöst wurde von der eingängigen Schlagerzeile *Und heut Abend hab ich Kopfweh.*
Lieber Himmel!
„Wenn du das Zeug weiter auf ex trinkst, könnte die Dame mit ihrem Lied recht behalten."
Ich blickte auf und begegnete einem frechen Grinsen, das in einem Grübchen auf der rechten Wange endete. Sie hatte kurzes dunkles Haar. Die Ohren waren mehrfach gepierct, und ein Tattoo schlängelte sich am Hals entlang und verschwand irgendwo unter dem T-Shirt. Es war kein Schmetterling. Ich meinte etwas mit Zähnen und Klauen zu erkennen. Schwer zu sagen.
Auffordernd hob sie eine Flasche, und ich hielt ihr wortlos mein Glas hin. Sie füllte es galant erneut auf und setzte sich neben mich. Sie hatte selbst ein Glas Sekt in der Hand.
„Warum bist du hier?", fragte sie.
Ich blinzelte. Hatte ich sie angestarrt? Vermutlich. Aber wenigstens nicht mit offenem Mund. Wo kam sie her? Wer war sie? Sollte sie meine Rettung werden? Vielleicht kein Engel, wenn ich sie so betrachtete. Eher ging es in die andere Richtung ... Interessant.
„Geburtstage der näheren Verwandtschaft sind ähnlich verpflichtend wie die Steuererklärung – nur die Strafen fürs Nichterscheinen sind höher." Ich deutete mit einer Handbewegung auf Tante Klara, die gerade einen Herrn über das Tanzparkett schob. „Meine Tante."
Sie folgte meinem Blick und nickte verstehend. Vielleicht hatte sie ja ähnliche Erfahrungen gemacht. Zumindest kannte ich sie nicht und ordnete sie erst mal nicht meiner Verwandtschaft zu. Davon hätte ich *definitiv* gewusst. Eigentlich war

Francesca Posella

ich der Sonderling der kompletten Familie, weil ich auf einen gut verdienenden Ehemann und die statistisch vorgesehene Anzahl von 1,5 Kindern verzichtete und stattdessen mein bescheidenes Glück bei der Damenwelt versuchte. Übrigens auch nur mit mäßigem Erfolg.
„Und was verschlägt dich auf dieses Fest aus gutem Geschmack?"
Sie grinste. „Bin nur die Begleitung von Tom."
Überrascht blickte ich mich um, bis ich einen dünnen jungen Mann entdeckte, der hilflos neben meiner anderen Tante Veronika hockte. Mein Cousin. Sicher hatte er fliehen wollen, den Moment aber verpasst und lauschte nun den alten Geschichten. Wirklich *jeder* kannte schon diese Geschichten. Der Arme.
„Er wollte vermeiden, dass man ihn ständig nach potenziellen Freundinnen fragt, und da hat er mich mitgenommen."
„Dann seid ihr nicht ..." Ich hob die Brauen und ließ den Satz unvollendet im Raum schweben.
Wieder das Grübchen. „Nein, sind wir nicht. Aber ich bin schon lange genug hier, um ihn zu verstehen. Sie sind alle sehr versessen auf Familie, kann das sein?"
„Ah, dann habt ihr schon die Fotos gesehen?", erkundigte ich mich belustigt. Meine Familie neigte dazu, jeden mit den Bildern der Kinder und Enkelkinder zu belästigen – obwohl man sicher *nicht* danach gefragt hatte. Handys waren ja so praktisch. Wer schleppte schon gern ein ganzes Album mit. Da bot es sich an, mit flinker Wischtechnik die Leute zu langweilen und gleich noch ein wenig zu sticheln, sollte man selbst nicht ebenfalls mit zahnlückigen Kinderfotos glänzen können.
„Allerdings."

„Alle Kinder?"
„Von jedem. Geburt bis Einschulung."
„Das sind viele Bilder."
„Kann man sagen. Einschließlich der Haustiere", seufzte sie.
Sie hatte mein Mitgefühl. Ich hob mein Glas. „Auf einen verlorenen Abend."
Sie warf mir einen irgendwie nicht zu deutenden Blick zu. „Wer weiß ..."
Plötzlich hatte ich Mühe zu schlucken und stieß schnell mit ihr an, weil mir dazu nichts einfiel.
Der Deejai rettete mich, weil er ein Liedchen für das Geburtstagskind einspielte. Tante Klara war allerdings gar nicht im Saal. Sehr aufmerksam, der Deejai Dieter. Er fand auch nur wenig Beachtung, bis die Aufforderung kam, doch mal auf das Geburtstagskind anzustoßen. Erst da waren alle wieder mit dabei. Es war schon reichlich Alkohol geflossen, was sicherlich die Musikauswahl erträglicher machte. Ganz so weit war ich noch nicht. Die Kinder jedenfalls hatten ihren Spaß auf der Tanzfläche. Einen Moment sahen wir schweigend zu, wie die sechs- bis achtjährigen Sprösslinge sich in einer Art Polonaise versuchten, die aufgrund der Anzahl von fünf Teilnehmern allerdings nicht sehr lang wurde.
Ich trank noch einen Schluck und sah unauffällig zu meiner Sitznachbarin. Sie beobachtete den hilflosen Tom, der noch immer nicht den Absprung geschafft hatte. Ihre langen schlanken Finger drehten abwesend das Sektglas auf dem Tisch, und sie schien mit den Gedanken weit weg zu sein.
„Du machst mich verlegen, wenn du mich so beobachtest", sagte sie, ohne mich anzusehen, als würde sie nicht mich meinen.
Mein Herz machte einen Satz, und ich spürte, wie ich rot wurde. Niemand würde es in dem dämmrigen Licht sehen. Bestimmt nicht.
Nervös räusperte ich mich und trank noch einen Schluck. Wenn das so weiterging, dann lag ich bald unter dem Tisch.
„Ich glaube, ich muss mal an die Luft", murmelte ich und stand auf. Ohne einen Blick zurück verließ ich den Saal.
Vor der Tür ballten sich die Raucher zu einem festen Knäuel zusammen, durch das ich mich durchschlängeln musste, ohne in dem Qualm zu ersticken. Dann endlich war ich draußen.
Schnell ging ich ein paar Schritte, ehe ich tief durchatmete und langsamer weiterschlenderte. Die Nacht war spätsommerlich mild. Das Gasthaus lag am Dorfrand auf einem Hügel. Eine kleine Anwohnerstraße führte den Hang hinauf und endete dann in gemähten Wiesen und einem Kiesweg. Die Luft roch nach Heu.
Auf einem Grundstück weiter oben wurde ebenfalls gefeiert. Ich sah eine Feuerschale. Die Flammen warfen zuckende Schatten in die Nacht. Das Klirren von Gläsern ertönte, als angestoßen wurde. Lachen erklang, und dann begann die Musik. Livemusik. Ich war beeindruckt. Eine tiefe Frauenstimme, begleitet nur von einem Bass, sang Smooth Jazz. Der Titel kam mir vage bekannt vor.
Schnell blickte ich mich um, aber das Gasthaus war zu weit weg, und niemand von dem Geburtstag konnte mich sehen. Dazu war es zu dunkel. Ich fand eine wacklige Holzbank unter einem der Bäume und setzte mich. Der Gedanke, zurück zum Geburtstag meiner Tante zu gehen, wo ein Schlagerhit den nächsten jagte, bereitete mir fast körperliche Schmerzen. Über mir spannte sich ein makelloser Sternenhimmel. In der Stadt konnte man so etwas nicht sehen. Dennoch spielte

Viola Hügerich

ich mit dem Gedanken, heimlich den Geburtstag zu verlassen. Es würde keinem auffallen. Dazu waren alle schon viel zu betrunken.
„Läufst du weg?"
Ich fuhr zusammen. „Verdammt noch mal!", zischte ich. „Bist du wahnsinnig, mich so zu erschrecken!"
Sie lachte nur leise. Unbeeindruckt. Und ohne zu fragen setzte sie sich zu mir. Die morsche Bank schwankte bedenklich.
„Schön."
Ich sah sie an und begegnete ihrem Blick, der auf mir lag. Fragend hob ich die Brauen, noch immer etwas unversöhnlich wegen des Schrecks, den sie mir eingejagt

hatte. Außerdem hatte sie meine Flucht vereitelt.
„Die Musik“, fügte sie hinzu.
„Es gab nur Steigerungen“, brummte ich mürrisch.
Sie legte den Kopf in den Nacken und blickte hinauf in den Sternenhimmel. Hinter uns floss die Stimme der unbekannten Sängerin wie weicher Samt durch die Nacht. Ein paar Grillen zirpten in der Dunkelheit. „Ein perfekter Moment“, flüsterte sie kaum hörbar.
„Möglich.“ Warum war ich nur so biestig? Sie hatte ja recht.
Ihre Augen funkelten im Dunkeln, als sie mich wieder ansah. „Lass dich einfach fallen.“
„Hm.“
Sie lächelte, und dann neigte sie sich plötzlich zu mir und legte ganz sacht ihre Lippen auf meine. Ein Schlag raste durch meinen Körper. Sie musste es spüren, denn ich zuckte fast zurück. Sie rückte ein Stück ab und hob die Hand, legte die Handfläche warm auf meine Wange. Die Luft blieb mir weg.
Was passierte hier?
Ich nehme an, ich sah etwas perplex aus, das hinderte sie jedoch nicht, mich erneut zu küssen. Mein Körper hatte sich viel schneller gefangen. Er war durchaus bereit, dieses Abenteuer zu wiederholen.
Ich kam ihren Lippen entgegen, merkte es selbst und staunte nicht schlecht. Ihr Kuss wurde fordernder, als sie merkte, dass ich nicht zurückwich. Diese Frau war mir völlig fremd, und doch – oder gerade deswegen? – war allein ihr Kuss in der Lage, mein Innerstes in Flammen zu setzen.
Wir rückten näher zusammen. Ihr Atem ging schwer, ich konnte es hören. Ich zog sie an mich, fühlte ihren schlanken Körper unter meinen Händen, ihre Bewegungen, als sie sich an mich lehnte.
Plötzlich kippte die Welt nach hinten. Wir verloren den Halt und stürzten mitsamt der morschen Bank ins Gras. Erschrocken sahen wir uns an, und dann mussten wir lachen. Wir versuchten, leise zu sein, um die Party weiter oben nicht zu stören, und erstickten fast an unserem Gekicher.
Es war befreiend, mit ihr zu lachen. Meine Lippen brannten, meine Haut kribbelte und mein Herz raste wie ein Rennpferd auf Speed. Ich war sicher, dass sich so Leben anfühlte.
Nur langsam erstarb unser Lachen. Die Sängerin über uns beendete ihr Lied, und die unsichtbaren Zuhörer applaudierten. Nach einem kurzen Moment begann ein weiterer Song. Ein langsames Stück, süß wie Honig und schwer wie mein Atem.
„Tanz mit mir.“
„Was?“ Das konnte nicht ihr Ernst sein. Sie erhob sich und streckte mir die Hand entgegen.
Tanzen? Ich? „Ich glaube nicht …“
Sie ergriff meine Hand, zog mich hoch und lächelte. Ich ahnte es mehr, als dass ich es in der Dunkelheit der Nacht sehen konnte. Dann legte sie mir die Hände um die Taille und zog mich an sich. Ganz eng. Langsam bewegten wir uns durch die Nacht, getragen von der sehnsuchtsvollen Stimme der Sängerin. Ich spürte ihren Herzschlag ganz nah bei mir. Es konnte auch mein eigener sein. Wer wusste das schon.

Viola Hügerich

Wie alt bist du?
74

Wie würdest du dich bezeichnen, wo siehst du deine Identität? Lesbe, Femme, Butch, Trans, LGBT, Queer, Bi …*
Lesbe.

Was hältst du vom Begriff „Queer"? Lehnst du ihn ab, verwässert er lesbische Identität? Oder findest du ihn sinnvoll?
Den Begriff lehne ich nicht ab, da er eine aktuelle Lebenseinstellung ausdrückt. Diese allerdings verwässert die lesbische Identität. Nicht umsonst gab es in Berlin bereits zwei Treffen, organisiert von Siegessäule, mit der Frage nach der Un-/Sichtbarkeit von Lesben. Hunderte nahmen daran teil.

„Ach, du bist lesbisch? Hätte ich nicht gedacht. Du siehst gar nicht so aus." Wie sieht frau als Lesbe aus? Würdest du dich als androgyn bezeichnen? Was hältst du von Androgynität?
Weiß nicht, als was ich mich bezeichne, vielleicht als Tausendfüßler. Bereits vor dreißig Jahren haben wir in lesbischen Kreisen eingehend das Thema Androgynität diskutiert. Damaliges Fazit: Wenn wir von 50andro/50gynie ausgehen, sieht es mit den weiblichen Anteilen, was immer die sind, absolut mies aus: Anpassung ans Männliche, sei es im Aussehen, im Gehabe, in Literatur, Kunst, Philosophie, Theorien usw.
Warst du schon früh bzw. schon immer lesbisch? Oder erst spät lesbisch? Warst du zwischendurch auch mal hetero? Lebst du offen lesbisch?
Wie ging deine Familie damit um, als du dich geoutet hast?
Bin mit Anfang dreißig lesbisch geworden, eine Offenbarung im Zuge der neuen Frauenbewegung mit der Erkenntnis: „Feminismus ist die Theorie, Lesbianismus die Praxis."
Zu meiner leiblichen Familie: Meine Mutter, vor zwanzig Jahren gestorben, schämte sich für mich, verschwieg meine Lebensweise gegenüber Verwandten und Bekannten. Meine Schwester legte viele Worte für mich ein, unterstützt mich in jeder Hinsicht bis heute. Für Bruder und Schwägerin kein Thema, bin voll akzeptiert. Offen lesbisch leben ist für mich selbstverständlich.

Hast du erotische Träume? Träumst du von Begegnungen mit einer Frau, die im Wachzustand tabu oder aus anderen Gründen unerreichbar ist? Welche?
Hin und wieder habe ich im Laufe der letzten Jahrzehnte erotische Träume immer mit derselben Frau. Wache jedes Mal mit einem wohligen Gefühl auf.

Wie oft etwa hast du Sex? In fester Beziehung oder mit Bekanntschaften, Kurzzeitaffären, One-Night-Stands? Unterscheidet der Sex von „früher" sich vom gegenwärtigen? Wie? Haben sich deine Vorlieben geändert, wie? Was war dein „schönster" Orgasmus in letzter Zeit? Wie kam es dazu?
In fester Fernbeziehung habe ich unregelmäßig Sex. Kurzzeitaffären haben sich als zu kompliziert und stressig herausgestellt, deshalb habe ich dazu keine Lust.

Wenn du keinen Sex hast, fehlt er dir? Was bereitet dir Lust im Alltag? Braucht man überhaupt Sex?
Nach vielen Reisen, Aktivitäten und Sterbenachrichten bereitet es mir Lust, wie

gerade im Moment, in Ruhe und alleine dem Vogelgezwitscher zuzuhören.

Wofür gibst du Geld (wenn du welches übrig hast) aus – und wofür eher nicht?
Gerne gebe ich übriges Geld aus für Reisen, für Cafébesuche, für Fotobearbeitung, für Papiere zu gestalterischen Zwecken, für Postkarten und besondere Briefmarken, für runde Büroklammern, für Spargelspitzen. Nicht für Klamotten und Kosmetik.

Gibt es den typischen Lesbensport? Fußball? Handball? Welcher Sport wäre das für dich, warum?
Für mich gibt es keinen typischen Lesbensport, außer er wird dazu deklariert, eine unzutreffende Verallgemeinerung. Alle Lesben sind zum Glück immer noch Individuen. Nach meinem bedauerlichen Badminton-Out wegen einer Verletzung bin ich zum Laufen, Schwimmen, Radfahren, zu Qi Gong und Yoga (wenn das als Sport bezeichnet werden kann) übergegangen.

Lesbisch und schwarz? Lesbisch und türkisch? Lesbisch und nicht-deutsch? Würdest du dich einer Minderheit zuordnen, welcher? Hast du Erfahrungen mit Ausgrenzung? In der Gesellschaft generell oder sogar in der sogenannten „Szene“?
Ich ordne mich keiner dieser Minderheiten zu. Erfahrung von Ausgrenzung habe ich in einem brandenburgischen von Lesben betriebenen Künstlerinnenprojekt erlebt. Wegen des „Lesben“-Vermerks auf meinem Buchcover luden sie mich nicht zur jährlich stattfindenden Litera-Tour Brandenburgs ein: „Warum muss das auch da draufstehen?“ Ebenso lehnten sie eine anvisierte Ausstellung zum Thema „Sappho bis heute ...“ ab, da das Wort „lesbisch“ in der lokalen Zeitung, die über Vernissagen berichtet, auftauchen könnte.

Was denkst du über lesbische Frauen in der AfD?
Gedankenverschwendung.

Wie geht es los mit einer Neuen? Flirten? Wie geht's los mit Sex in einer langjährigen Beziehung?
„Meine überaus Köstliche, ich mache mich daran, dich zu verspeisen, meine Zunge benetzt den Rand deines Ohres, wenn sie genüsslich rundherum gleitet, meine Zunge schiebt sich in die Ohrmuschel, sie berührt das Trommelfell, meine Zähne suchen das Ohrläppchen, sie beginnen, es zu zerdrücken, meinen Zunge schiebt sich in deinen Gehörgang ...“ nach Monique Wittig, „Aus deinen zehntausend Augen, Sappho“.

Kannst du Bespiele für ungewöhnliche Liebeserklärungen und -beweise erzählen, solche, die du gemacht oder die du erhalten hast?
Von einer Gefangenen aus dem Knast: „Besuch mich mal, ich bin doch immer zu Hause.“

Alex Giegold

Henrike Lang
Full Service

Es war auf einer dieser langen Fahrten quer durch die Republik, von Köln zur Leipziger Buchmesse. Hinter Hannover, in der endlosen Börde, fielen mir die Augen zu. Wach wurde ich durch ein erstaunliches Angebot der Bordgastronomie: „Kaffee – Tee – Sex! Kaffee – Tee – Sex!"
Vielleicht einen Kaffee, dachte ich im Halbschlaf.
Später war ich schon etwas wacher, und wieder hörte ich eine muntere junge Frauenstimme: „Kaffee – Tee – Sex! Kaffee – Tee – Sex!" Es war eine Migrantin, ihrem Akzent nach zu urteilen. Mühsam riss ich die Augen auf und starrte sie an. Sie, Asiatin, klein, stämmig, proper, rief weiter, ein Tablett in der Hand: „Kaffee – Tee …" Jetzt kommt's, dachte ich.
„Snacks!", rief sie weiter. Ach so.
„Einen Kaffee bitte", sagte ich, als sie an mir vorüberkam.
„Gerne", sagte sie. „Ich muss ihn bloß erst frisch aufbrühen und bringe ihn dann. – Möchten Sie Zucker und Milch?"
„Gerne Milch."
„Hole ich Ihnen."
„Danke", sagte ich und schloss ein bisschen die Augen.
Ein lautes „Hallo! Ihr Kaffee!" weckte mich. Ich zwang mich in die Gegenwart. Die Servicekraft stand vor mir, einen großen Pappbecher auf einem Tablett vor sich. Rasch setzte ich mich auf: „Danke!" Und wollte mich schon höflich verabschieden, da zögerte sie und sagte:
„Soll ich Ihnen zeigen, wie das mit dem Pappbecher geht?"
Zeigen, wie man aus einem Pappbecher trinkt? Gab es wirklich so blöde Kunden? Aber bitte, im Service hat man Erfahrung.
„Wenn Sie meinen", entgegnete ich.
Sie kniete vor mir nieder, auf die taubengraue Auslegeware im IC-Fahrradabteil, drohte sich meinetwegen die Nylons zu ruinieren.
„Sie trinken durch das Gitter, ja?", unterwies sie mich streng, mit einem schlanken Zeigefinger auf den Becher zeigend.
Das klang nach einem SM-Dungeon,

Alex Giegold

Alex Giegold

nach irgendeiner technischen Komplikation, die allein der Luststeigerung diente. Jetzt war ich alarmiert. „Was für ein Gitter?“
„Schauen Sie mal!“
Ich gehorchte, rutschte auf den Rand des Klappsitzes und beugte mich vor. Im Plastikdeckel befand sich ein ovales silbergraues Netz, das wohl Kaffeesatzkrümel zurückhalten sollte. Doll.
„Und in dieses Loch füllen Sie die Milch ein“, sagte sie zwinkernd, während sie den münzgroßen Plastikdeckel mit spitzen Fingern demonstrativ öffnete und schloss. Dann nahm sie einen Umrührstab, stieß ihn ins offene Loch und bewegte ihn darin. „Umrühren und fertig“, lächelte sie. „Ganz einfach.“ Dann verabschiedete sie sich. Jetzt war ich aber doch erotisiert, trotz meiner Müdigkeit.

Alex Giegold

Ich stellte mir vor, wie sie sich vor mich hinkniete, in ihrem dunkelblauen Kostüm, und ihr Gesicht in meinen Schoß tauchte, oder mir, auf allen vieren kniend, den Hintern zuwandte, damit ich ihr mit meiner Hand das Geschlecht füllte.
Nach diesem unverhofften Energieschub begann ich wild zu schreiben, zumal noch weitere Geschichten in mir aufs Papier drängten. Irgendeinen Bleistiftstummel und Blankozettel finde ich immer in meiner Handtasche. Ich schrieb in expressiven, kräftigen Buchstaben. Ja, das war gut! Wenn ich so schreibe, nicht unsicher, sondern drängend, wird es meistens gut, ist das Fleisch gut abgehangen, der Wein vergoren.
Zum Glück waren DIN-A4-Blätter in meiner Tasche gewesen, ein zweiseitiger E-Mail-Ausdruck und alte Online-Fahrkarten von früheren Lesereisen; ich hatte viel Platz zum Schreiben. Dabei kicherte ich manchmal. Meine Mitreisenden schienen davon nicht beunruhigt, die waren selber schräg, Buchmessenvolk: Autorinnen am Laptop, Buchhändlerinnen aus Ostfriesland, Cosplayer in voller Montur und dergleichen, dazwischen einige amüsierte Normalos, die in Magdeburg oder Köthen ausstiegen.
„Ficken" und „Lecken" schrieb ich zum Schluss energisch quer übers Papier, als Erinnerungsstütze, um das erotische Fantasieerlebnis frisch zu bewahren. Ergänzt durch einige weitere illustrative Sätze in bleistiftgrauer Spinnenschrift.
„Die Fahrkarten bitte." Vor mir stand eine Schaffnerin, die der Bundeswehr

Alex Giegold

alle Ehre gemacht hätte, ein hellblonder Schrank. Vermutlich hetero – mitteldeutsche Frauen waren keine Püppchen.
„Moment, bitte!“, flüsterte ich.
„Alles jut.“
Ich kramte im Deckelfach meines Rucksacks, fand nichts, ging über zur Handtasche, fand nichts, verzweifelte.
Die Schaffnerin wartete geduldig.
„Gleich haben wir's“, versprach ich.
Dann ging mir ein Licht auf.
Tiefrot zog ich das Online-Ticket, das ich eben noch beschrieben hatte, hervor und reichte es der Schaffnerin.
Es war das aktuelle – nach Leipzig Hauptbahnhof.
„Viel Spaß in Leipzig.“ Die Schaffnerin gab mir lächelnd das Ticket zurück und ging.
Bedauernd sah ich ihr nach.

Alex Giegold

Marina Lioubaskina

Nadine

Paris.

Zart, klein, schwarze, schulterlange Haare. Wir küssen uns im Taxi, bis es in unseren Köpfen schrillt. Der Taxifahrer ist so mitgenommen, dass er zweimal bei Rot über die Kreuzung fährt. „Nach vorne schauen, Verehrtester!“

„Ma chérie, ma chérie.“

„Je t'aime.“

Wir sind in ihrer kleinen Wohnung in der Rue de la Liberté. Die verrückten Blumen auf der Tapete tanzen, tanzen, tanzen einen barocken Tanz unter Begleitung des quietschenden Bett-Cembalos. Fliegende Locken, schwingende Arme – eine wunderschöne Pirouette. Schmale Finger berühren zärtlich die großen Schamlippen, schieben sie zur Seite, befreien die größer werdende Klitoris, streicheln die Talsenke zwischen den kleinen und den großen Schamlippen, gleiten an der inneren Oberfläche der kleinen, bebenden Kelchblätter in die mit geheimnisvoller Feuchtigkeit gefüllte Öffnung vor, ihr Mund nimmt voller Verlangen meine Klitoris auf, die eine Unterhaltung mit ihrer bebenden Zunge beginnt …

Und dann Filmriss. Weiter kann ich mich an nichts erinnern.

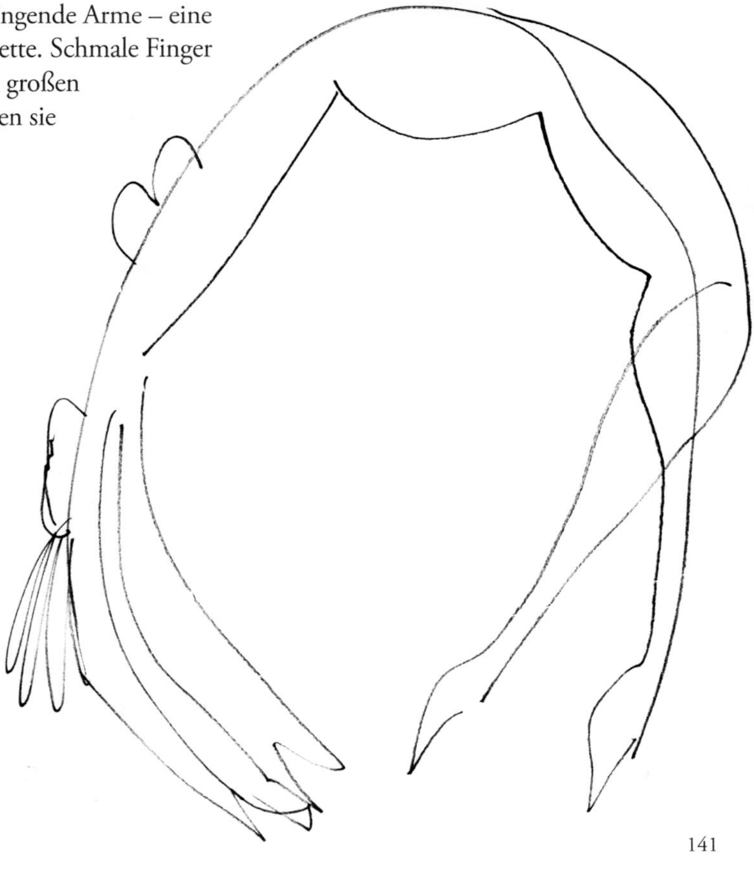

Henri T.: Tänzerinnen

Jane Do
Devil is a Dancer

„Wenn das rauskommt, haben wir ziemlich große Probleme. Pass bitte auf dich auf."
Nikitas mahnende Worte hallten in meinem Kopf, während ich vorsichtig das Terrain sondierte. Der gepflegte Geschäftsmann in den besten Jahren, der einen erfolgreichen Abschluss an der Bar feierte, hatte Geld. Viel Geld. Ich konnte es riechen. Im Laufe der letzten Jahre hatte ich ein unfehlbares Gespür für Reichtum entwickelt. Als ich die teure Uhr an seinem Handgelenk aufblitzen sah, wusste ich, dass ich mich nicht getäuscht hatte. Ein Mann seines Kalibers hätte sich niemals für eine prollige Rolex entschieden, die sich in halbseidenen Kreisen großer Beliebtheit erfreute. Mein Gegenüber hatte einen guten Geschmack. Seine Uhr war teuer, aber dezent. Sie stammte aus einer angesehenen Schweizer Uhrenmanufaktur und ging auf die Sekunde genau.

Ich wusste, was die Stunde geschlagen hatte. Er glücklicherweise nicht. Selbstsicher nahm ich an der Bar Platz, bestellte einen Cocktail, fuhr mir mit einer nachlässigen Geste durch meine langen Haare und sendete die ersten subtilen Signale. Er reagierte so, wie ich es mir erhofft hatte. Aus den Augenwinkeln warf er mir einen interessierten Blick zu und rückte etwas näher an mich heran. Er trug keinen Ring, was die Angelegenheit wesentlich einfacher machte. Ich schenkte ihm mein schönstes Lächeln und verwickelte ihn in eine höfliche Konversation. Russische Frauen verstanden die Kunst des Flirtens. Sie konnten jeden Mann um den kleinen Finger wickeln, wenn sie es wollten. Ich wollte ihn um jeden Preis. Höflich fragte er mich nach meinem Namen. Ich heiße Oxana. Ich liebe meinen Namen, denn er bedeutet: die Gastfreundliche. *Gast sein ist schön, aber zu Hause sein ist schöner,* wie man in meiner geliebten Heimat zu sagen pflegt.
Wir verstanden uns blendend.
Entschlossen griff er nach meiner Hand, zog mich zur Tanzfläche und verwickelte mich zu den Klängen von Helene Fischer in komplizierte Disco-Fox-Figuren. Ich tanzte um mein Leben und brachte ihn zum Schwitzen. Wir sahen uns tief in die Augen, gingen zurück zur Bar und tranken mehrere Cocktails. Der Alkohol stieg ihm zu Kopf, machte mir aber nichts aus. Russische Frauen waren hart im Nehmen und konnten jeden Mann unter den Tisch trinken, wenn sie es wollten. Wie erwartet wurde er anhänglich, legte seinen Arm um meine Taille und suchte meine Nähe. Zärtlich wandte ich ihm mein Gesicht zu, öffnete meine rot geschminkten Lippen für ihn und küsste ihn voller Leidenschaft. Ein russisches Sprichwort sagt: Die großen Frauen sind für die Arbeit geschaffen worden, die kleinen für die Liebe. Ich war ein sehr zierliches Mädchen. Er las das wortlose Versprechen. Zielstrebig kaufte er eine große Flasche Champagner und bestellte ein Taxi, das uns zu seiner Penthouse-Wohnung bringen sollte.
Es ging schneller, als ich gedacht hatte. Besinnungslos und halbnackt lag mein

Gastgeber auf seinem geschmackvollen Ledersofa von Rolf Benz, das mir gleich ins Auge gefallen war, als er mich über die Schwelle seiner Wohnung in sein Wohnzimmer getragen hatte. Die auffallende Farbe und die solide Verarbeitung gefielen mir ausgezeichnet. Leider konnte ich die Couch meines Gastgebers nicht mitnehmen. Aber ich hatte mich an dem Inhalt seines Portemonnaies, seiner Armbanduhr und weiteren Schmuckstücken, die ich in seiner Wohnung gefunden hatte, sowie einem hochwertigen Fotoapparat schadlos gehalten. Der Abend hatte sich gelohnt. Nicht für ihn, aber für mich. Das war das Einzige, was im Kapitalismus zählte. Jeder war sich selbst der Nächste. Fürsorglich bettete ich seinen Kopf in eine bequeme Lage, kontrollierte gewissenhaft seine Atmung, strich ihm sanft über das Haar, hauchte ihm *„Leben Sie wohl. Ich bin Ihnen zu Dank verpflichtet“* ins Ohr und verließ auf leisen Sohlen seine geschmackvoll eingerichtete Wohnung.

Während ich mich auf den langen Weg nach Hause machte, dachte ich an die zurückliegenden Stunden. Ich schätzte die deutschen Männer. Sie waren wohlerzogene Gentlemen, schauten nicht aufs Geld und waren bereit, einer attraktiven jungen Frau einen Drink an der Bar zu spendieren und einen einsamen langweiligen Abend zu versüßen. Ich war nicht aufdringlich, aber ich nahm selbstverständlich ihre Gastfreundschaft an, wenn meine Verehrer mich zu sich nach Hause einladen wollten. Ich schätzte liebenswürdige Gesten. Man sollte Männer niemals vor den Kopf stoßen. In meinem bewegten Leben hatte ich die Erfahrung gemacht, dass es wesentlich besser war, mich ihrem Willen zu beugen. Dann waren sie glücklich, streichelten meine Kurven, spielten mit meinen Haaren, verloren sich in meinen unergründlichen Augen und bemerkten die zerbröselten Tabletten nicht, die ich unbemerkt in den gefüllten Champagnerkelchen verschwinden ließ. Wenige Minuten später sanken sie in einen tiefen, traumlosen Schlaf und konnten sich viele Stunden später an nichts mehr erinnern.

Das Erwachen machte ich meinen Gastgebern so angenehm wie möglich. Meine Eltern hatten mich streng erzogen. Ich war ein ordentliches Mädchen, das großen Wert auf gutes Benehmen legte. Ich war aufmerksam und zuvorkommend, wischte die Möbel ab und spülte alle benutzten Gläser mit der Hand. Dann räumte ich sie in die Spülmaschine und schaltete das Gerät ein, bevor ich die Wohnung verließ. Meine Gastgeber konnten mit mir zufrieden sein. Ich behandelte ihr Eigentum pfleglich, prüfte kritisch ihre Vermögensgegenstände, traf eine kluge Wahl und hinterließ keine Spuren der Verwüstung. Mein Wahlspruch war: Чувствуй себя как дома, но не забывай, что ты в гостях. *Fühle dich wie zu Hause, aber vergiss nicht, dass du zu Gast bist.*

In Russland hatte ich Medizin studiert. Leider wurde mein Examen in Deutschland nicht anerkannt. Ich hätte problemlos als Krankenschwester arbeiten können, aber dieser Beruf war nicht nach meinem Geschmack. Ich schätzte keine mies bezahlte Knochenarbeit mit unregelmäßigen Arbeitszeiten. Lieber wollte ich

Henri T.: Tänzerinnen

Laura

die deutsche Gastfreundschaft zu schätzen wusste.

„Wie lange willst du das noch durchziehen, Oxana?"
Wie nach jedem Beutezug hatte Nikita auf mich gewartet. Missbilligend schüttelte er den Kopf und reichte mir eine Tasse Tee aus seinem Samowar. „Умел начать, умей и кончать. *Wenn du es anfangen konntest, sei auch fähig, es zu beenden.*"
„Solange es nötig ist."
Liebevoll küsste ich meinen besten Freund, den ich vor drei Jahren beim Christopher Street Day in Frankfurt kennengelernt hatte, auf die Wange. Nikita war ein kluger Kopf, studierte tagsüber Wirtschaftswissenschaften, fuhr nachts Taxi und übernahm den schwierigen Teil des Geschäfts. Dank seiner guten Kontakte zahlte sich mein Einsatz für uns in klingender Münze aus. Wir waren ein perfektes Paar. Unsere Verbindung war sowohl geschäftlich als auch privat sehr harmonisch, weil sich unsere sexuellen Präferenzen perfekt ergänzten. Er war schwul und ich lesbisch, was uns das tägliche Leben in unserer geliebten Heimat Russland nicht gerade leicht gemacht hatte.
„Ich bin vorsichtig, Nikita. Ich werde eine Pause einlegen und verspreche dir, mein Revier zu wechseln. Man darf die Gastfreundschaft der deutschen Männer nicht überstrapazieren."

als Fachärztin für Augenheilkunde arbeiten und eine eigene Praxis auf dem Land führen. Meinen absoluten Durchblick hatte ich bei allen vergangenen nächtlichen Abenteuern in den Großstädten des Ruhrgebiets unter Beweis gestellt. Deshalb hatte ich mich an der Universität eingeschrieben, um die fehlenden Prüfungen nachzuholen. Es würde nicht mehr lange dauern, bis ich mein erklärtes Ziel erreicht hatte. Ich war ein fleißiges und intelligentes Mädchen und sicherte mir die besten Noten, aber leider war das Leben teuer für eine mittellose Studentin. Man musste einen geeigneten Weg für sich finden, um in der Welt bestehen zu können. Ich hatte ihn gefunden, weil ich

à la recherche de soi-même

Claudia Reiche: *Viele deiner Arbeiten sind betonte Studiofotografie, in Abgrenzung zum Dokumentarischen. Wo machst du den Unterschied zwischen künstlerischer Umsetzung und persönlichem Erinnerungsbuch?*
Krista Beinstein: Ich habe einen hohen künstlerischen Anspruch. *[Amsel ruft]* In der Fotografie geht es mir darum, etwas sehr Persönliches für die Öffentlichkeit so umzusetzen, dass es stimmig ist. Ein bewusst privater Stil ist auch interessant. Im Sex einfach die Kamera reinzuhalten, ohne Beleuchtung und ohne die Situation ganz zu kontrollieren. Es ist eine Inszenierung der Nicht-Inszenierung. Du musst es dir so vorstellen: es ist sehr aufregend, die Kamera auf Armeslänge beim Sex fotografieren zu lassen und diese Energie einzufangen. Es gibt aber natürlich auch meinen Narzissmus. Wenn ich auf einem Bild ganz unvorteilhaft aussehe, wähle ich es nicht für ein Buch aus. Trotzdem ist es mir wichtig, dass ich meinen Rausch, mein Begehren, meine Geilheit sehe und das auch bei der Frau. Authentisch sein hieß für mich noch nie, dass es keine Inszenierung wäre. Ich stelle mich dar, ich habe meinen Fetisch an, beachte das Licht. Authentisch ist das Begehren: das Begehren der Frau, ganz im gegenseitigen Reagieren in dieser Foto-Inszenierung. Entrücktheit oder Verfremdung, im Rausch fotografiert. Es ist nicht eins zu eins übernommen: Ich bearbeite es. Aber der Gesichtsausdruck, das ist schon sehr, sehr intim … Solche Bilder finden sich in im aktuellen Buch ‚Sinfonie des Lebens' in der Serie ‚Momente der Ewigkeit'.

Momente der Ewigkeit

Gabi B.

Um als Lesbe zu leben, braucht es ein ganzes Dorf

Mein Beitrag dreht sich um diese Themenvorschläge der Auge-Redaktion: „Früh lesbisch? Erst spät lesbisch? Zwischendurch auch mal hetero?" und „Wie ging meine Familie damit um? Berichte von Lesben unterschiedlichen Alters".
Für meinen Titel habe ich das afrikanischen Sprichwort „Um ein Kind zu erziehen, braucht es ein ganzes Dorf" abgewandelt. Anders geht es nicht, denn der Subtext enthält zu viele Vorstellungen, wie Lebenslauf/Lesbe und was eine Lesbe überhaupt ist. Wie wir leben, steht im Zusammenhang mit unseren Lebensmöglichkeiten – das sind einerseits unsere selbstgeschaffenen wie Freunde und Beruf und andererseits aufgezwängte wie Gesetze und wie die Kultur, in der wir leben.
Obige Fragen implizieren eine Freiheit, eine Unabhängigkeit von anderem und eine Eindeutigkeit, die es in dieser Form gar nicht gibt.
Zuerst werde ich erklären, warum ich mich als Lesbe definiere, und bin mir sicher, dass mir einige widersprechen werden. Ich bin Lesbe, weil ich eine Nähe zu Lesben habe. Ich sage nicht „zu Frauen", weil ich nur auf Menschen neugierig bin, die als Lesbe leben. Ich sehe darin nicht eine sexuelle Orientierung oder Identität, weil es mir dabei nicht wirklich um Sexualität geht. Wenn mir irgendwo eine Lesbe begegnet, interessiert mich automatisch, was sie denkt, fühlt und wie sie ihr Leben organisiert. Ich kann mir ihr Gesicht und ihr Lebensgefühl besser merken als bei einer männlichen Hete oder auch einem Schwulen.
Ich bin auch dann Lesbe, wenn ich gar keinen Sex mit einer Frau haben will. Und ich muss dafür noch nicht einmal eine Frau sein – bei manchen Forschungsreisen lebe ich mehrere Monate als Mann, also als Mann nur unter Männern. Nicht, weil ich das besser finde, sondern, weil so ein besserer Kontakt zum Forschungsobjekt möglich ist. Währenddessen begehre ich theoretisch weiterhin Lesben (praktisch nicht, weil ich dann so beansprucht und fasziniert bin, dass ich keinerlei sexuelle Empfindungen habe), aber ich bin dann noch lange kein Hetero.
Die Frage nach dem Coming-out ist auch problematisch, weil damit meine Lebenssituation nicht sinnvoll erfasst werden kann. In meiner Jugend hatte ich keine sexuellen Wünsche oder konkreten Vorstellungen und war daher weder Homo noch Hete. Rein theoretisch war mein Coming-out kein Problem, sondern das (Über-)Leben überhaupt. Ich bin in einer üblen evangelikalen Familie groß geworden, und mir war schnell klar, dass Sexualität etwas ist, das in meiner Situation gefährlich ist. Meine Pflegemutter wollte mich als gottlose Schlampe darstellen können, um damit ihre Gewaltexzesse und das Ausbeuten meiner Arbeitskraft legitimieren zu können.
Natürlich bin auch ich in einem heteronormativen Klima groß geworden, aber es hat mich nicht wesentlich beeinflusst. Das hat mich nur sehr wenig unbewusst manipuliert, weil ich meine komplette Umwelt als dekadent, korrupt und nicht lebenswert erlebt habe und immer schon

viel über andere Kulturen gelesen habe. Ich habe zwar unter massivem Mobbing in der Schule gelitten, aber das war nur wenig geschlechtsspezifisch. Bei meinem Coming-out war ich bereits volljährig, und da ich in einer selbstgewählten, progressiven Umgebung lebte, war es kein einschneidendes Ereignis. Und ein „Wie sag ich's meinen Eltern?" kann es daher logischerweise nicht gegeben haben, weil damals lange schon keinerlei Kontakt mehr zum Umfeld meiner Kindheit und Jugend bestand. Auf einen Fragebogen müsste ich bei „Gab es Konflikte mit der Familie?" das Nein-Kästchen ankreuzen, was im Grunde aber falsch ist.
Und mein jetziges Leben ist auch nicht so, wie es sich für eine Lesbe gehört. Es ist so, dass mein Beziehungs- und Sexleben nur funktioniert, weil ich Maxi habe. Ihm kann ich alles so erzählen, dass mir währenddessen selbst klar wird, was ich warum denke und empfinde. Ich kann keine übliche feste Beziehung mit nur einem Menschen pflegen, weil ich so viel ungeplant unterwegs bin.
Maxi ist stockschwul, vielleicht auch asexuell, so genau weiß ich das nicht. Er war Einzelkind und hatte einen Nazi-Vater und verabscheut daher jegliche Form von Männlichkeit, und weil seine Mutter ein depressiver Messie mit Kaufsucht war, ekelt er sich vor Weiblichem, Konsum und Besitz. In meiner Jugend haben wir uns gut verstanden, weil wir uns gegenseitig in Ruhe gelassen haben und nur über unsere Bücher geredet haben. Außerdem verband uns, dass bei uns die Sozialisation in die Geschlechterrollen nicht funktioniert hat, weil unser soziales Umfeld nicht überzeugend war, und wir wollten nur schnell weg von allem. Maxi wurde von den Mitschülern nie in die Jungen-Rolle (also entweder in der Opferrolle verprügelt oder gehänselt werden oder mitmachen) reingezwängt, weil er immer schon ein Hüne war – daher der Spitzname Maxi. In Konfliktfällen hat er sich nur gerade hingestellt und gesagt: „Ruhe da unten" oder „Was ist das denn für ein Zwergenaufstand?". Das Einzige, was ihn wirklich interessiert, sind Insekten, und er ist ein naturwissenschaftlicher Nomade geworden, der von einer Exkursion zur nächsten zieht.
Im Winter oder wenn er krank ist, lebt er für ein paar Wochen bei mir, und dann erzähle ich ihm von meinen emotionalen Erlebnissen. Das kann ich nur mit ihm, weil er nie Frauen begehrt hat. Wie ein richtiger Therapeut hört er sich alles stoisch an, vergleicht Konstellationen z.B. mit Bienen oder der Brutpflege der männlichen Stichlinge, und so kriege ich für mich mein Liebesleben sortiert, und ich fühle mich nicht zerrissen. Auf den Punkt gebracht: ich brauche einen Schwulen (der kein Mann sein will und keine Männer mag), um Lesbe zu sein.
Ich habe Freundinnen rund um die Welt, mit denen ich eine Beziehung habe, wenn ich dort bin. Ich bin dann in unterschiedlichen Rollen und verhalte mich entsprechend anders. So gesehen bin ich viele Lesben, weil ich mehrere Identitäten habe, wenn man es eng sieht.
All diese Menschen und all diese Konstellationen sind mein Dorf und ermöglichen es mir, Lesbe zu sein.

Where love is still illegal.

How many have you loved before me?
None.
And after me?
None.

Wir schreiben das 12. Jahrhundert –Tristan und Isolde, ein Liebespaar zweier verfeindeter Königreiche: Irland und Großbritanien. Zudem wird Isolde, den gesellschaftlichen Ständen verpflichtend, an einen Herrscher verheiratet, dem Tristan unterlegen ist. So können Treffen zwischen dem Liebespaar nur im Geheimen stattfinden, bis die beiden entdeckt werden und ihre Liebe ihren Tribut fordert: den Tod.

Wir schreiben das 21. Jahrhundert. Immer noch können Paare aufgrund gesellschaftlicher Zwänge nicht offiziell zusammen sein. „Verbotene Liebe" bleibt nach wie vor aktuell. Wenn damals noch zwei bekriegende Völker eine Liebe zwischen zwei Menschen unmöglich machte, besteht heute noch in vielen Kulturen die Unmöglichkeit einer Liebe zwischen gleichgeschlechtlichen Menschen, darin, dass sie häufig gesellschaftlich nicht anerkannt wird. Wir wachsen, bestärkt durch die klassische Literatur, in einer heteronormativen Welt auf, die das „Anderssein" gar nicht oder nicht ausreichend thematisiert, sodass Homosexualität immer noch als Andersartigkeit angesehen und häufig nicht geduldet wird. Tristana und Isolde – eine Reinterpretation eines klassischen Dramas.

Jo Swarzynska

Jo Swarzynska
Tristan & Isolde

Weeping Willow

Tori Hecht
Und die Birken waren auch da

Wegen eines Zahnarzttermins ging Silke heute früher. Die Polyklinik befand sich gleich vorn neben der Wache an Tor 1. Staubig und langgestreckt klappte sich die Kraftwerksstraße vor ihr auf, Platte für Platte gepolstert von warmem Teer, den man riechen konnte; weiter hinten tanzte ein heißer Mai wie Prärieluft über dem Beton. Aber in den vielen Schlaglöchern stand noch immer tief und rötlich das Wasser des letzten Regens und hatte Verdunstungsmarken wie Jahresscheiben in die Pfützenränder gemalt. Sie wusste, dass sie genau zwölf Minuten stramm ausschreiten musste, um vorn am Kontrollhaus anzukommen. Trotzdem hatte sie ein Auge für die spärlichen Reste Wegerich, Schafgarbe und Löwenzahn, die am Pistenrand ein kümmerliches Dasein führten. Kraftwerkstristesse. In den Blättern klebte derselbe Aschen- und Kohlenstaub, den sie täglich in der Waschkaue aus ihren Ohren, der Nase und anderen Körperkuhlen wusch. Auch der Regen hatte nichts dagegen vermocht, fest hatte die Kraftwerksluft ihre Partikel in die noch jungen Blattstrukturen gebeizt. Auf der Höhe der Parteibaracke … und dass es auf der Höhe der ehemaligen Parteibaracke gewesen war, wusste sie, weil sie sich das beide später immer wieder in Erinnerung rufen würden, in den langen Abenden bei Kerzenlicht und Wein und Liedern von Herbert, Herman und Konstantin. Oder auch Grönemeyer, van Veen und Wecker. Die Titel waren Tanias Wahl, sie selbst hing mit wenigen Ausnahmen bei Ostschlagern fest, und das war schon irgendwie krank.
Auf der Höhe der Parteibaracke jedenfalls war es ihr schließlich gelungen, die junge Frau zu identifizieren, die sich ihr schon länger in der Gegenrichtung genähert hatte, ein Schwung in den Hüften, den sie zu kennen glaubte, Tania, bist du das. In dem Moment setzte ein ohrenbetäubender Lärm ein, fast so, als hätte jemand einen Riesen rüde aus dem Schlaf gerüttelt. Oder als würde sich die große Katastrophe wiederholen. Simultan hatten sie sich die Finger in die Ohren gestopft und gelacht, als das Werk minutenlang überschüssigen Prozessdampf in die Atmosphäre stieß. Glückselige Minuten waren das. Und wenn es nach Silke gegangen wäre, hätte das Werk nie aufhören mögen, seine Hitze *abzublasen*, wie es im Kraftwerksjargon hieß. Wenige Jahre war es her, dass ein neu errichteter Kraftwerksschlot erst ganz leise und dann mit lautem Getöse einfach in sich zusammengesunken war. Seine Krone stürzte ganze einhundertfünfzig Meter in die Tiefe, sie hatte sich die Mittagspause ausgewählt dafür. Und so gab es weder Tote noch Verletzte, was an ein Wunder grenzte, doch es war beileibe nicht die schlimmste Katastrophe an diesem Energiestandort, dessen uralte Heidegeister sich auf vielfältige Weisen zu wehren schienen.

*

Nie zuvor hatte Silke ein Mädchen *faszinierend* gefunden. Mädchen interessierten sie genau genommen gar nicht, und die Jungs auf dem Bolzplatz wollten schon länger nichts mehr von ihr wissen. So war sie meist für sich allein, und das war auch gut so, sie las eben viel. Kennengelernt hatten sie sich mit sechzehn in dem Kinderferienlager, in dessen Küche sie beide für ein bisschen Kohle jobbten (nur nannte das damals noch keiner so), bevor gesamte Personal wurde nach Entdecken der Tat Einzelverhören unterzogen. Die Küchenarbeit machte Silke wirklich Spaß, weit über einhundert perfekte Spiegeleier hatte sie schon gebraten, als sie von Volkspolizist Stolpe persönlich an der Küchenrampe abgeholt wurde, nun sei

Jo Swarzynska: Tristan & Isolde, Awakening

im September das letzte Schuljahr begann. Das Lager hockte zwischen Kiefern an einem Stausee und bot jeden Sommer Platz für tausend Kraftwerkskinder. Genau sieben Jahre war das jetzt her, rechnete Silke geschwind aus, sieben Jahre, wie lang das war. Ein nagelneuer Stern-Radio-Kassettenrecorder der neusten Baureihe war abhanden gekommen. Das Ding hatte tausendeinhundert Mark gekostet, was viel war, aber schwerwiegender noch, dass er dem Sohn des Lagerleiters gehörte. Das *sie* an der Reihe. Einige Minuten später saß sie mit dem VP in dem Bungalow – der etwas zurückgesetzt außerhalb der Schranke stand und Silke zuvor gar nicht aufgefallen war – keineswegs allein. Sie kannte den VP inzwischen gut, denn er holte sich immer irgendetwas bei ihnen aus der Großküche ab – eine Melone, Pakete mit Eingewickeltem, einen Karton Wein ... Rechts und links neben ihm saßen jetzt zwei Männer, die sie hier noch nicht gesehen hatte. An den einen würde sie sich später nicht erinnern, aber der andere hatte etwas extrem Fokussiertes an sich, verschiedenfarbige Augen waren getrennt durch eine zu hoch angesetzte und scharfe Nase, die Haare akkurat gekämmt, war das vielleicht sogar Pomade. Er stellte ihr Fragen, und dabei strahlte er eine Ruhe aus und Wachheit, und Silke fühlte sich spontan hingezogen von einer wärmenden Präsenz, zugleich wusste sie ja, dass sie mit der Sache nichts zu tun hatte, dass sie ihm also gar nicht würde helfen können. Fast bedauerte sie das. Trotzdem dauerte das Verhör zwei Stunden, in denen er ihr immer wieder dieselben Fragen stellte. Sie betrachtete es irgendwann als ein Spiel, war belustigt und brachte das zum Ausdruck. Wie konnte es denn sein, dass sich erwachsene Leute derart zeitraubend und intensiv mit – ja, *nichts* aufhielten. Wie sie gemeint hatte, doch der Polizist in Zivil hatte auch anders gekonnt. Mit nur einer Geste seiner Augenbrauen und einem kleinen Zischen wischte er ihr das Lächeln von den Lippen, der Bungalow wurde plötzlich sehr klein, und erst jetzt nahm Silke wahr, dass einer der drei Männer üblen Magengeruch im Raum verteilte. Sie tippte auf den VP. Später würde sie noch etliche Male in eine ähnliche Situation geraten, von denen die vielleicht unangenehmste ein Vier-Augen-Gespräch war, das ihr späterer Abteilungsleiter Alfred Hintze mit ihr führen sollte ...

Beim Lager-Appell am nächsten Morgen hatte das Mädchen plötzlich ganz nah neben ihr gestanden und sie mandelförmig angelächelt. Sie waren in verschiedene Schichten eingeteilt und sich bislang kaum begegnet. Tania hatte ungefähr ihre Größe und glatte dunkle Haare, die auf der Höhe ihres Halses so geschnitten waren, dass die vorderen Spitzen auf eine imaginäre Stelle unter ihrem runden Kinn zu zeigen schienen; ihr Gesicht aber war hell, fast weiß, die Augen lächelten ein offenes Braun, das sich von einer Sommersprossenwiese umrahmen ließ, und diese wiederum von einem Kirschbaum voller Mund. Sie selbst hatte einen fast südlichen Hautton, und zwar ebenmäßige, aber ihrer Meinung nach lange nicht so weibliche Züge, Tania aber war schön. Und diese wich ihr nicht mehr von der Seite, als hätte es hierzu nicht eigentlich irgendeines Anlasses oder zumindest einer schrittweisen Annäherung bedurft.

Einmal gingen sie abends mit einer Flasche Wein, die sie aus der Küche mitgehen ließen, an den mit Kies aufgeschütteten Strand. Der Stausee lag dunkel und glatt vor ihnen, und er ließ sich weder von der anmutig klingenden Balz der Heuschrecken noch von dem penetranten Getöse liebestrunkener Froschmännchen zu einem allerleichtesten Kräuseln verführen. Weil es eine Augustnacht war, konnten sie die Sternschnuppen irgendwann an zwei Händen abzählen. Sie kamen daher auf die Idee, dass jede vorher ein Zeichen geben solle, wenn sie wieder im Begriff war zu blinzeln. Einzig, damit ihnen keine Schnuppe entging – und damit die Gelegenheit, sich etwas zu wünschen, und das nur, weil sie beide zur gleichen Zeit die Augen geschlossen hatten. Es klappte natürlich nicht, und sie wurden von immer neuen Lachsalven darüber ergriffen, die erst abebbten, als ihre Zwerchfelle es nicht mehr aushielten. Die Wünsche freilich mussten geheim bleiben.

In Silke wurde es neben Tania allmählich weit, so weit, dass sie meinte, der Himmel mit allen Sternen würde sich plötzlich in ihrem Brustraum auffalten und ihn dazu in eine leicht vibrierende Schwingung versetzen. Zugleich wurde etwas in ihrem Inneren ruhig. Ein ganzes wie er steif über den zentralen Lagerplatz stolzierte und dabei auch dann unbeirrt dem Plattenweg folgte, der in einem großzügigen Karree ausgelegt worden war, wenn das keinen Sinn machte, weil sein Ziel vielleicht schräg gegenüberlag – na ja, und fettige Haare hat er auch, verrätst

Jo Swarzynska: Tristan & Isolde, The Name

Leben liegt vor uns, flüsterte Tania. Wie wir wohl einmal sein werden, antwortete Silke. Den Recorder habe ich geklaut, erwiderte Tania. Wieso, fragte Silke, als ginge es noch immer um etwas rein hypothetisch auf die Zukunft Bezogenes. Erst nach einer kleinen Weile spürte sie, wie der Himmel in ihr allmählich zusammenschrumpfte und eine verstörende Leere zurückließ. Tania aber winkte ab, ach, der Sohn vom Lagerleiter ist doch doof … Und dann äffte sie den 14-Jährigen nach, du mich, fragte Tania in einem Ton, der offenlegte, dass sie nicht entfernt damit rechnete, es war bloß eine rhetorische Frage, und sie war auch ein bisschen kokett. Plötzlich ergriff Tania Silkes Hand, erzähl mir noch mehr von den Sternen, du weißt so viel.

Bei ihrer zweiten Begegnung – nach jenem Wiedersehen auf der Kraftwerksstraße – regnete es. Und diesmal schoben sie durch den dicken Schlick, der sich auf den Brachflächen zwischen den Neubaublocks gebildet hatte, zwei Stockkinderwagen wie Eingeständnisse verpatzter Träume aufeinander zu. Die Jungs, ihrer beider Söhne, verstanden sich vom ersten Augenblick – so als hätten sie mit ihren jeweils vier Jahren schnell erfasst, dass sie keine andere Wahl haben würden. Was machst du, fragte Tania und ignorierte geflissentlich, dass die Kinder sich gegenseitig den Inhalt ihrer *Pittiplatsch*-Eisbecher entgegenspien, wobei sie die Strohhalme als Blasrohre zweckentfremdeten. Ich bin BMSR-Mechanikerin und arbeite in der Instandhaltung, also Betriebsmess-, Steuerungs- und Regelungstechnik, hab grad meinen Ingenieur gemacht – Fernstudium, sagte Silke schnell, denn sie hatte es eilig, alles über Tania zu erfahren, die die Gewohnheit hatte, ganz plötzlich aus ihrem Leben zu verschwinden. Aber was machst *du*, im Kraftwerk meine ich, ich habe dich so lange nicht gesehen, Jahre müssen das sein ... Und vermisst habe ich dich auch, das Letzte sagte sie nicht laut, sie wollte Tania nicht gleich wieder verlieren, vielleicht hätte es vorwurfsvoll geklungen. Rate mal ... Tania war von ähnlicher Ungeduld getrieben und gab die Antwort selbst, wobei sie die Augen verdrehte und den Kopf aus den Schultern schob: Groß-geräte-maschinistin! Ich kann eine F60-Förderbrücke fahren, du weißt schon, so einen riesen Braunkohlenbagger, natürlich nicht allein, aber. Jetzt fiel sie sichtbar in sich zusammen, ganz ehrlich, nur theoretisch, Technik interessiert mich nämlich nicht die Bohne, und ich kapiere das auch nicht wirklich – doch ich komme klar, du musst dir nur einen der alten Säcke da um den Finger wickeln, und dann läuft die Kiste, Mensch Silke, die Schweine könnten alle meine Väter sein. Jetzt klatschte sie Benny eine, aber es war mehr, als ob sie ihm am Hinterkopf die Haare von unten nach oben strich. Das Kind kicherte nur und stopfte aufgedreht den Strohhalm in sich hinein, und ihr eigener Sohn Basti – eigentlich Sebastian – stimmte fröhlich in das Geblödel ein. Tania versuchte, die Kinder zu übertönen: Im Kraftwerk bin ich seit drei Tagen eingestellt ... Du, ich bin jetzt zurück ... Wolfen war Scheiße ... Jetzt eben Block 8, Vierschichtsystem ... Benny geht in den Schichtkindergarten ... Am Ende mussten sie bezahlen und die kleinen Quälgeister jeweils in der einen, die Stockwagen in der anderen Hand, durch den Schlamm nach Hause ziehen. Gerade mal sieben Minuten von Silkes Wohnung entfernt war Tania am letzten Wochenende eingezogen, in den neuen Plattenbauten am östlichen Rand der Stadt wurden jetzt Wohnungen frei. Der Regen hatte den Bränden, die seit Tagen große Teile des ausgedehnten Kiefernwalds der Umgebung niedermachten, ein wenig Einhalt geboten, und die Luft war wieder etwas besser. Morgen wollten sie gemeinsam baden fahren, raus ans *Hammerloch*, nach Westen aus der Stadt hinaus würde es sicher sein. Es brannte hier ja öfter.

Silke hatte damals ihre Zuweisung für die neue Wohnung noch im Entbindungsheim überstellt bekommen. Eine Reporterin der Kreiszeitung wollte einen Artikel über eine Jungfamilie schreiben, die vom ambitionierten Wohnungsbauprogramm der DDR profitierte. Gemeinsam hatte sie mit Silke auf dem neuen Balkon gestanden. Die Schreibtante trug einen jener selbst genähten, hellblau eingefärbten Blazer aus Bettlaken, dessen Schul-

Jo Swarzynska: Tristan & Isolde, Below

terpartie Silke Respekt einflößte, an ein Gesicht konnte sie sich nicht erinnern. Vom dritten Stock aus guckten sie in ein paar Birken, die im Hof stehen gelassen worden waren und welche die Frau zum Anlass nahm, Silke einen Satz über die sozialistische Umweltpolitik aus der Nase zu ziehen. Weil sie irgendetwas Kluges gesagt haben musste, hatte die Reporterin die Frage hinterhergeschoben, was sie denn nun ganz alleingemein von *unserem Land*, der DDR, hielte. Hatte sich Silke getäuscht, oder schwang da ein entschuldigender Ton mit. Auf jeden Fall hatte die Frage etwas Komplizenhaftes gehabt, was gar nicht nötig gewesen wäre, denn Silkes Herz war ja vollkommen rein: Die DDR, die täte ihr schon irgendwie leid, sagte sie zu der Reporterin, die unmerklich abrückte von ihr und ein alarmiertes *Ach, und warum* aussendete. Silke blieb unbeirrt, denn sie wähnte sich auf der richtigen Seite – nämlich der einzigen, über die sie überhaupt etwas wusste. Alle würden immerzu auf die DDR schimpfen, antwortete sie daher, aber es wäre doch ihrer aller Heimat, und sie hätten nun mal nichts anderes. Damit war das Gespräch schnell zu Ende gegangen, die Reporterin hatte kurz genickt und sich ein wenig abrupt verabschiedet, sodass Silke meinte, es würde wohl doch keinen Beitrag über sie geben. Die DDR gab es jetzt schon fast zwei Jahre nicht mehr. Der Artikel hatte den Titel getragen *Und die Birken sind auch da*. Was für ein banaler Titel, hatte Silke gefunden.

Warum hast du geheiratet. Tania hatte den letzten Abend mit Benny bei ihr verbracht, wie so oft hatten sie sich eine Flasche Rotwein geteilt, dann noch eine aufgemacht und waren schließlich in Löffelchen-Stellung auf Silkes schmaler Liege eingeschlafen, als die Zungen zu schwer wurden, um noch weiterzureden. Am Morgen packten sie die Kinder und etwas zu essen auf die Fahrräder und fuhren aus der Stadt hinaus, wo es einige Waldseen gab, die erst am Anfang des Jahrhunderts im Zuge der Glasindustrie entstanden waren. Warum ich geheiratet habe ... überlegte Silke laut und lag mit Tania gemeinsam auf einer Decke am *Hammerloch*. Sie konzentrierte sich gerade auf ihren Zeigefinger, der versonnen über Tanias Bauch strich. Es fühlt sich an wie ... Es fühlt sich an wie ... wie die Oberfläche eines Schmetterlingsflügels, überlegte sie, Vorsicht, wenn du ihn streichelst, verliert er seine wundervolle Zeichnung, und dann muss er sterben, ob das stimmte. Lapidar gab sie schließlich zurück, *Wohnung*, und du. *Ehekredit*, Tania wandte den Kopf und zeigte verschmitzt lächelnd ihr ebenmäßiges Gebiss unter der sommersprossigen Stupsnase. Wie *Ehekredit*, entgegnete Silke und bemühte sich um einen rügenden Ton. Wie *Wohnung*, gab Tania schlagfertig zurück und stimmte ein Lachen an. – Du-hu, ja ... guck mal, wir sind doch beide geschieden, du hast einen Sohn und ich auch, hm ja, lass uns doch einfach zusammen sein, mit *wem* fickst du gerade. Silke war begeistert, ihr gefiel die Idee sofort, warm breitete sie sich in ihrem Brustraum aus. Aber dennoch, sie fickte nicht und sie bumste auch nicht. Seit dem Fehlgriff mit Bastis Papa hatte sie ohnehin erst einmal genug von Männern. Das Wort Bumsen hatte Tania neuerdings durch das Wort Ficken ersetzt. Daran war der Westkontakt schuld, und der bot sich reichlich, Berlin war ja nur ganze zweihundert Kilometer entfernt.

Der erste *Lover*, den sich Tania aus dem Anzeigenblatt *Der Heiße Draht* an Land gezogen hatte, sei ein Griff ins Klo gewesen, so hatte es Tania formuliert. Zuerst hätte sie einem Wahlwestberliner geschrieben, einem Westfalen, dem sie etwas über Bücher vorschwärmte, die sie nicht gelesen hatte, und von einer neuen Waschmaschine, welche ihre kaputte ersetzen konnte und für die sie kein Geld übrighatte. Ihr werdet eurem Micky-Maus-Geld noch hinterherweinen, schrieb er zurück und lud sie statt Waschmaschine auf eine kleine Urlaubsreise nach Mallorca ein ... *Sag mal, bist du bekloppt oder naiv oder was ist mit dir los. Denkst du, bei mir wächst die* Puseratze *aufm Baum? Ich füttere dich und deinen komplett verzogenen Sohn hier die ganze Zeit durch, da werd ich dich wohl auch ficken können. Ick-glob-es-hackt.* Tania stand jetzt in ihrem farbenfrohen Fähnchen-Kleid und im Gegenlicht vor der Decke, schob die Hüfte vor und stemmte die Arme in die Seiten. Sie äffte ihre dreiste Bekanntschaft nach und pustete sich dabei immer wieder Haarsträhnen aus dem Gesicht. Bloß weil ich mich da geschämt habe, habe ich den Idioten rangelassen, konstatierte sie gespielt trübsinnig, aber ick habe mir jerächt, berlinerte sie hinterher. Als es vorbei war, habe sie ihm mit naiver Miene gesagt (und es mehr wie eine Frage klingen lassen), dass sein Pimmel *schon* ziemlich klein sei, und ob das bei Westmännern ganz allgemein der Fall wäre. *Klein-aber-oho*, habe der Macker jedoch völlig ungerührt geantwortet und dabei einen neuen Haschischpopel unter dem Glas angezündet, das er zuvor in einem Restaurant samt Bierdeckel mitgehen ließ. Aber ich hab was Neues gefunden, machte Tania weiter, ich ficke jetzt mit einem superreichen Typen aus Berlin-Dahlem, und stell dir vor, der heißt mit Nachnamen tatsächlich Hollywood. *Hollywood*, trag dir das mal ein, und der Hollywood ...

Du, Tania ...

... der bringt es echt, der macht das irgendwie richtig, stell dir mal vor, bei dem bekomme ich sogar einen Orgasmus, mehrere am Stück ... du, der hat 'ne Technik, der macht so ...

Ich weiß nicht, wie ich leben kann.

Pfff ... kurze Stöße und dann lange ...

Tania sank resigniert neben ihr auf die Decke. Wie, du weißt nicht, wie du leben kannst, du lebst doch, nimm das einfach nicht so genau, das musst du doch nicht so genau nehmen, ach ich weiß schon, du bist eben viel tiefgründiger als ich, aber das ist dumm, weil du außerdem so viel intelligenter und hübscher bist, mach es doch so wie ich ... Dabei ließ sie sich nachlässig rückwärts an eine Kiefer fallen, in deren Schatten sie lagerten, und spreizte nachlässig die Beine. Sie steckte sich eine Zigarette aus einer *Benson & Hedges*-Schachtel in den Mundwinkel und nahm einen demonstrativen Zug, während sie die Kippe in Handwerker-Manier zwischen Daumen und Zeigefinger klemmte. (Tania rauchte jetzt nur noch *Benson & Hedges*.) Mit dem rechten Auge zwinkerte sie Silke zu, bis diese widerstrebend in ein neues Lachen einstimmte. Dann zog sie Silke von der Decke, und ohne Kommando sprangen sie von der steilen Böschung direkt in den See. Arschbomb-e-e-e, rief Tania, bevor sie mit angezogenen Knien auf das Wasser platschte. Die Kinder, die in einer Sandkuhle gebuddelt hatten, klatschten begeistert in die Hände und wollten jetzt auch ins Wasser.

Und wie ist dein *Hollywood* nun so, fragte

Silke, als sie wenig später erschöpft und nass zurück auf die Decke sanken. Wie ich schon sagte, fickt gut, du, da muss erst ein Wessi kommen, aber zuhör'n darfste dem nicht, das sag ich dir, redet nur so Scheiß, was redet er denn. Also, holte Tania Luft, wusstest du, dass wir uns mit unseren Gedanken das eigene Schicksal schaufeln. Wie meinst du das, nein er, verbesserte sich Silke. Tania atmete aus ... ein Beispiel, du sagst doch immer, du hättest Angst, dass du wegen deines geringen Alters bald auf den Entlassungslisten auftauchst und dass du dann nicht weißt, wie es mit dir und Basti weitergehen soll, Silke nickte. Hör bloß uff damit, sonst passiert das wirklich, echauffierte sich Tania jetzt künstlich. Und wer hat dann schuld daran, ich, genau, stampfte sie das Satzzeichen mit der Faust in den Kiefernboden ... und prustete wieder drauflos, diesmal allein.

Silke aber musste an den gestrigen Freitag denken. Da hatte es in ihrem Bereich eine außerordentliche Versammlung für Ingenieure gegeben, die vom Personalleiter moderiert worden war. Ihr Vorgesetzter, Alfred Hintze, und ein paar andere Abteilungsleiter hatten sich in die Seitenwände der Kantine gedrückt, die zum Saal umfunktioniert worden war. Sie selbst saß weit vorn zusammen mit weiteren vierzig, fünfzig Kolleginnen – es sollte eine reine Frauenveranstaltung sein. Der Personalleiter, ein Wessi, produzierte sich vorn. *Diesem Kraftwerk steht allen Unkenrufen zum Trotz eine goldene Zukunft bevor, aber,* Pause, *die Anlagen sind alt, entsprechen nicht mehr dem Stand der Technik und schon gar nicht den technischen Bestimmungen der Umweltgesetzgebung. Wir müssen daher massiv in die Erneuerung und Modernisierung investieren, Rauchgasentschwefelungsanlagen, alte Kraftwerksblöcke stilllegen, Wartung und Instandhaltung deutlich effizienter gestalten, etc. etc. pp. Sie kennen die Details bereits aus der Betriebsversammlung von vor einer Woche.* Pause. Noch eine Pause. *Es wäre daher jedoch eine Lüge zu behaupten, dass diese goldene Zukunft* für alle *Mitarbeiter so eintreten kann und wird.* Pause. Hüsteln. Hemdmanschette unter dem Anzugärmel hervorziehen und in Position schieben, einen Zentimeter, nicht mehr und nicht weniger, Manschettenknöpfe zeigen. *Um es kurz zu machen, denn ich bin ein Mann der klaren Worte, und das bin ich Ihnen schließlich schuldig.* Pause. *Wir werden Sie, wie Sie jetzt hier in diesem Raum sitzen, nicht in alle Ewigkeit weiterbeschäftigen können.* Pause. Der ersten Reihe in die Augen schauen, einzeln, ist er Schlagersänger. *Wie Sie wissen, steht Ihnen jederzeit der Weg eines Aufhebungsvertrags mit Abfindung offen.* Wieder Pause, niemand sagte etwas. *Es gibt darüber hinaus aber eine andere Möglichkeit, weiter in Beschäftigung zu bleiben, und darum habe ich sie heute hier zusammengetr... äh, gebeten. Unsere Servicesparte*, und hier blickte er verschwörerisch zu deren Geschäftsführer hinüber, von dessen Anwesenheit Silke bislang keine Notiz genommen hatte. Der verpasste seinen Einsatz nicht. *Unsere Servicesparte sucht noch Arbeitskräfte im Bereich der Mitarbeiterversorgung. Wer von Ihnen in diesem wichtigen Bereich seine Zukunft sieht, darf sich am Montag gern in der Küche melden. Die anderen müssen letztendlich hoffen, in der Sozialauswahl einen vorderen Platz zu belegen. Sie wissen ja selbst, ob es in Ihren Familien bereits einen Hauptverdiener gibt, wie viele Kinder*

Sie haben, wie alt Sie bereits sind, übernahm der Personalleiter wieder das Wort. Was soll denn bloß ein *Hauptverdiener* sein, überlegte Silke, immer diese neuen Begriffe, die das Gefühl in ihr erzeugten, blöd zu sein. *Am Wochenende haben Sie Zeit* ... Silke hörte nicht mehr zu, ihr war schlecht geworden – vor Angst, vor allem aber aus Wut, und sie hatte dem Impuls nicht widerstehen können, unter den tadelnden Blicken ihres Abteilungsleiters einfach die Kantine zu verlassen. Aber das bereute sie nun, als sie neben Tania auf der Decke am *Hammerloch* lag, heftig.

Ich habe mich verknallt, sagte Tania im Oktober – in den Leiter von *Block 7*. Da hatten sie gemeinsam am Beckenrand des städtischen Schwimmbads gesessen, die Kinder standen im knietiefen Planschbecken und spritzen sich gegenseitig mit neuen Wasserpistolen voll, die leckten. Silke hatte die Aufgabe übernommen, die nagelneuen *Pumpguns* aufzufüllen. Du musst mir helfen, ich weiß nicht, wie ich an ihn rankommen soll, wie stellst du dir das vor, hatte Silke schwach gefragt. – Als sie nun, einige Wochen später, gemeinsam in Silkes Badewanne saßen, welche die gesamte Seite der fensterlosen Waschzelle einnahm, schaufelte Tania Schaum in Silkes Richtung, die ein halbleeres Weinglas in die Höhe hielt. Die Kinder lagen im Bett ... *Hab Flugzeuge in meinem Bauch* ... kam es ungelenk aus dem tragbaren Recorder, den der Ottoversand geschickt hatte, das Ding hatte nur neunundneunzig Mark gekostet und

Jo Swarzynska: Tristan & Isolde, Someone Else

sogar einen Minischwarzweißfernseher an seiner Frontseite. Da wollte Silke wissen, wie es denn mit dem Blockleiter so liefe. Tania winkte sofort ab, Schaum spritzte herum, kommt exakt zwei Mal die Woche über den Balkon in meine Bude geklettert, im Bademantel, das solle sie sich mal bildlich vorstellen, dabei hatte es bereits geschneit, und seine Frau, keine Ahnung. Magst du ihn, was ist mit seinen stahlblauen Augen und seinem markanten Gesicht, die dir anfangs so gefallen haben. Silke hatte sich für Tania ins Zeug gelegt, obwohl ihr bei der Sache nicht wohl gewesen war, aber Tania hatte sie wie so oft überredet, das sei doch ein toller Jux, Mann, wir sind doch nur einmal jung.
Als Silke dann tatsächlich von ihrem kleinen Büro aus auf der *Blockwarte* anrief, hatte deren Leiter sofort abgenommen. Sie aber hatte sich vorher eingeredet, dass es sich um ein ganz normales Arbeitsgespräch handele, das sollte sie durch das Groteske der Situation tragen. Und aus einer mehr naturwissenschaftlichen Perspektive heraus war sie durchaus neugierig, was passieren würde, außerdem konnte er den Anruf nicht zurückverfolgen, Wählscheibentelefon. Sie stellte sich nicht vor, sondern fiel mit der Tür ins Haus, sie rufe im Auftrag einer Freundin an, die Sache sei ein wenig heikel, oder hatte sie das Wort delikat benutzt. Merkwürdigerweise war der Blockleiter, obwohl anfangs sichtlich perplex, ohne weitere Informationen zu verlangen, an dem Treffen interessiert gewesen, das Silke mit diesem dreisten Anruf einfädeln sollte.
Tania hatte sich ein rotes Frottee-Stirnband gekauft, Silkes Trainingsanzug ausgeliehen und war zum Treffpunkt gejoggt, obwohl sie eigentlich nicht besonders sportlich war, *ich bin die Joggingbiene*, tänzelte sie vor Silkes Nase herum und wackelte gehörig mit dem Po dabei. Der Blockleiter erwies sich in jeder Hinsicht als ein Schlag ins Wasser, hinter dem Gesicht steckt nix, sagte Tania, ich werde ihn wahrscheinlich in ein paar Wochen abschießen, arme Frau. Und *Hollywood*, wollte Silke wissen, und zwar nur so, fickt weiter gut, lachte Tania, aber ehrlich, mehr wollen wir auch nicht voneinander ... Die Flammen der Teelichter auf dem Wannenrand (die man jetzt in rauen Mengen kaufen konnte) schwammen inzwischen ausnahmslos im Wachs, aus irgendeinem Grund musste Silke gerade jetzt an ihren Vorgesetzten denken.
Vier-Augen-Gespräch. Dass sie nicht lachte, und es war genaugenommen auch nicht korrekt, wenn sie sein Glasauge wegrechnete, hatten sie zusammen nur drei. Abteilungsleiter Hintze hielt ihr einmal eine einstündige Standpauke, weil sie sich *einfach* hatte scheiden lassen. Er wurde laut dabei, wie oft im Kontakt mit Untergebenen, allerdings war sie das bereits gewöhnt. Kurz vor Mauerfall war das gewesen. Ob sie sich etwa zu schade sei, die Socken ihres Mannes zu waschen, stierte er ihr entgegen und hatte seine Tirade für einen Moment unterbrochen, in dem sie glaubte, das Glasauge sei in Wirklichkeit ein Geschoss und würde gleich wie eine Revolverkugel auf sie zugeflogen kommen. So erregt hatte sich der Mann, aber das war nur eine ihrer theoretischen Überlegungen gewesen. Seine Ekstase konnte nicht den leisesten Widerhall in ihr finden, denn sie befand sich genau genommen nicht mehr in diesem Raum. Zwei Wochen später – eine Sommerfete für die Abteilungsspitzen,

Hintze hatte in seinen Garten am Stadtrand eingeladen. Vorzuführen und ausführlich zu besprechen waren eine neue Pergola aus Bauholz, ein Gartenzaun mit Feldern aus Bewährungsrundstahl – musste noch gestrichen werden –, aber die Krönung stellte der neue Partyraum dar, dessen Deckenisolierung aus bunt gespritzten Eierkartons sich ganz wunderbar in der Oberfläche eines *Sprelakart*-Tresens spiegelte, Prost, machte Hintze aufgeräumt. Sichtlich angetrunken, aber nichtsdestoweniger zielstrebig drängte er sie wenig später unter Einsatz seines dicken Leibes zurück in die Toilettenkabine seiner Datsche, gerade als sie aus der Tür hatte treten wollen. Es war schlagartig zu eng in dem Raum gewesen, und sie musste spontan einen Unterschenkel auf dem Klodeckel ablegen, damit ihr Vorgesetzter die Tür von innen schließen konnte. Was dann passierte, hatte Folgen für sie, aber nicht für ihn ...

Was findest du an Männern eigentlich so toll, wollte Silke nun von Tania wissen. Tania riss die Augen auf. Na, du kannst mal wieder Fragen stellen, kennste denn was Besseres, nein, kannte sie nicht. Tania tauchte schweigsam ihren Zeigefinger in Kerzenwachs und reihte kleine Wachshütchen, die ihren Fingerabdruck enthielten, auf dem Wannenrand auf. Wir können es ja mal mit *Lesbensex* versuchen, überlegte sie laut, du, vorstellen kann ich mir das schon ... *Frauenbrüste*, verdrehte Tania schwärmerisch die Augen. Silke hatte plötzlich Bilder im Kopf, die ihr Schwindelgefühle erzeugten, schnell wischte sie

Jo Swarzynska: Tristan & Isolde, How Many Have You Loved Before Me

das fort. (Lesben, das seien bloß Weiber, die sich gegenseitig den Urin wegleckten, Pissnelken seien das alle, hatte ihr Vater geschmäht, und Mutter hatte gesagt, also weßte, Rolf.)
Silvester stand vor der Tür, im Fernsehen konnte man sich jetzt Kriege in real ansehen. Es hatte was von Feuerwerk.
Silke erwachte von einem beißenden Geruch in ihrer Nase. Sie lag nackt auf dem Küchenfußboden. Am liebsten wäre sie da liegengeblieben, aber dieser Geruch ging nicht fort. So raffte sie sich halb auf und schob mit einer schweren Geste den Topf vom Elektroherd, in dem verkohlte Spaghetti eine untrennbare Verbindung mit dem Topfboden eingegangen waren. Sie schlief in dem Bewusstsein ein, dass sie auch noch das Fenster öffnen musste – in dieser Silvesternacht, in der sie viel getrunken hatte ...
Ihr Alarmsystem machte schließlich doch noch seine Arbeit. Sie schleppte sich zuerst ans Fenster und dann ins Bad. Sie umarmte das Toilettenbecken und steckte ihren Finger ganz weit in den Hals. Am nächsten Morgen, als sie Basti in ihrem alten Trabant von seinen Großeltern abholte, wurde ihr klar, dass sie diese Nacht vielleicht nur knapp überlebt hatte.
Tania war über die Feiertage einfach nach Wolfen abgedüst. Und Silke war einer Eingebung folgend, denselben Spaß erleben zu wollen, den alle anderen offenbar immer haben konnten (und obwohl sie das noch nie gemacht hatte), allein zur Silvesterparty ins Kulturhaus gegangen. Dort fühlte sie sich unter all den Menschen noch einsamer. Es war, als befände sie sich unter einer Glocke aus Glas, über dessen opaken Himmel sich als verzerrte Projektion eine fröhlich feiernde Silvestergesellschaft schob, eine Polonaise voll von Hohn. Ein Kollege, den sie entfernt aus dem Kraftwerk kannte, drückte irgendwann seine Nase an ihrer Glaswand platt, ob sie nicht ein Gläschen Sekt ... Als er endlich den Mut fand und zu fummeln begann, war es schon spät. Sie ließ sich gegen zwei in der Früh zusammen mit einer Gruppe weiterer Trinkopfer aus dem Drehkreuz des ehemaligen *Hauses des Kraftwerkers* speien. Hinein in eine sternenklare minus 17 Grad kalte Nacht. Nachdem sie zu ihrem Auto getorkelt und auf der vereisten Straße mehr oder weniger gut nach Hause gerutscht war – fast war es, als kannte das Gefährt von selbst den Weg, denn sie nickte immer wieder über dem Lenkrad ein –, da blieben am Ende keine Kräfte mehr übrig, um aus dem Auto und hoch in ihre Wohnung zu klettern. *Ein Dosenfisch stürzt sich lachend ins offene Meer* ... schepperte es aus dem Kassettenradio, dann legte sie Kopf und Oberkörper auf dem Soziussitz ab und schlief ein. Eigentlich war es nur der überholten Technik zu verdanken, dass sie nicht erfror. Sie drückte Basti ganz fest an sich, so weit darf es nie wieder kommen, nie wieder ... Mit einem lauten Krachen war die Kassette schließlich aus dem Fach gesprungen und hatte den Rauschengel bei seiner Arbeit gestört. Wenn sie sich oben einen Topf Nudeln kochte, würde sie vielleicht etwas nüchterner werden, hatte sie gedacht ... Mann, warum machst'n so was, Mensch Silke, wir sind doch Mütter – woll'n wa nicht nach Amerika ... Auswandern, meine ich. Tania war wieder da. Ich fang ganz von vorn an, Silke, den *Bademantel* und den *Hollywood* schieß ich ab, gleich morgen, du bist doch so klug, recherchier doch

mal, wie wir nach Amerika kommen können, *dem Inschenör is nüscht zu schwör*, Kleene, hier hält uns doch nix, wa. Es war spät. Sie rauchten auf Silkes Balkon und guckten in die kahlen Birken hinein, irgendwo im Karree rollte eine Flasche über den Asphalt, Absatzschuhe klackerten, jemand kicherte, eine beschwipste Frau vielleicht. Silke fühlte sich neben Tania plötzlich wieder leicht. Nie wieder, dachte sie.

Am Dienstag nach Neujahr fuhr sie mit genau diesem Gefühl morgens, nachdem sie Basti im Kindergarten (der jetzt zwar *Kita*, aber immer noch *Bummi* hieß) abgeben hatte, um Viertel nach sechs in einem Konvoi mit drei weiteren proppenvollen Schwenkbussen ins Kraftwerk zur Arbeit. In der Mittagspause lehnte Hintze plötzlich im Türrahmen ihres Büros, er straffte sich aber, als sie sich zu ihm drehte. Das Drei-Augen-Gespräch hieß jetzt *Feedback*, er winkte kurz mit seinem dicken Zeigefinger. Dann lobte er ihre Arbeit, wie gut sie sich in das Tätigkeitsfeld eines Ingenieurs eingearbeitet habe, dass er beeindruckt sei von ihrer Denkschärfe, die er bei einer Frau ja eigentlich nicht verortet hätte (*verorten* war auch so ein neues Wort). – Und *Denkschärfe*, solcherlei Gerede war sie gewöhnt. Die männlichen Kollegen taten oft so, als wäre ihnen selbst die Idee eingefallen, die Silke erst kurz zuvor geäußert hatte; ein Vertriebsingenieur von ABB (West) lud sie zum Essen ein und fragte vertraulich, ob sie bei dem rauen Ton, der in der Branche nun mal notgedrungen herrsche, nicht ab und zu die Nerven verlöre und in Tränen ausbräche; und ihr Gehalt wollte einfach keine Fortschritte machen. Bis jetzt vielleicht, mehr Geld, dachte Silke, endlich mehr Geld ... Hintze hatte weitergeredet. Und sie musste plötzlich sehr genau an die Situation in der Toilette seiner Gartendatsche denken, und wie sie ausgegangen war. Später, in seinem Büro, hatte ihr Hintze väterlich die Schulter getätschelt, skrupellos hatte er sie zuvor abgeschossen. Aufgrund ihrer geringen Anzahl an *Sozialpunkten* wäre sie ohnehin schlecht platziert, weshalb er ihr nahe lege, sich nach einer neuen Arbeit umzusehen. In diesem neuen Leben schien jeder jeden abzuschießen, dachte Silke. Aber das war ihr inzwischen auch egal. Sie musste an Basti denken. Nie wieder ... Und das dicke Kohle-Flötz hat dir tatsächlich seinen runzligen Truthahnhals in die Hand gedrückt, Tania riss die Augen auf, und dann hast du was ... *hyperventiliert*. Das *Ungestüm* konnte den rostigen Schürhaken nicht schnell genug wieder einpacken, um einen Krankenwagen zu rufen, ha, Mann, Silke, wie abgefahren ist das denn, *den* muss ich mir merken. Auch *abgefahren* sagte Tania jetzt öfter.

Es war ein knacke-kalter und sonniger Samstag gewesen, den sie genutzt hatten, um mit den Kindern in den alten Panzerbergen rodeln zu gehen. Die Kleinen waren erledigt und schliefen schon lange, und auch sie hatten sich, wie es inzwischen Gewohnheit geworden war, aneinandergekuschelt. Silke atmete tief in Tanias nackten Rücken hinein ...
Als sie nach dem Gespräch bei Hintze zum Feierabend das Gebäude verließ, war ihr Blick zum ersten Mal auf das Schwarze Brett am Betriebsratsbüro gefallen, auf dem konzernweite Stellenausschreibungen publik gemacht waren. In der

Hauptverwaltung in Berlin wurde ein Betriebsjournalist oder eine Journalistin gesucht, Quereinsteiger mit Studium willkommen. Sie war plötzlich sicher, dass sie sich bewerben würde. Und Tania … diese verrückte Nudel, dieser Irrwisch, der durch ihr Leben fegte, der ihr trotz allem so viel Mut machte. Tania, die Skrupellose, Tania die Frivole, Tania, die … überaus Anziehende. Tania, die heute so ungewohnt ruhig neben ihr lag.
Seit geraumer Zeit tätschelte Silke Tanias Rücken, so wie sich das die Freundin vor dem Einschlafen öfter von ihr wünschte. Sie hatten länger nichts geredet, eine Stille hatte sich vollkommen unbemerkt einen schmalen Spalt geschaffen, durch den sie sich nun zu ihnen zwängte. Groß und größer werdend saugte sie nach und nach alles in sich hinein – die vagen Umrisse der spärlichen Einrichtung, den leisen Chemiegeruch des Teppichbodens, das grauweiße Straßenlicht jenseits des Fensterrahmens. Und plötzlich fand auch kein Gedanke mehr Halt in diesem Nichts an Tönen. Nicht einmal Silkes Hände wussten noch, wo hier Grenzen verliefen – stahlen sich fort, gruben sich in Tanias Haut in neuer, unerhörter Weise, bestimmter, fester, was war das, ein Kuss aufs Schulterblatt, ein Zerzausen von Haar, ein reg und reger werdendes Kommen und Gehen in ihrer beider Schenkel … – Furios durchstieß Silke schließlich die kompakte Oberfläche dieser Stille und tat einen ersten, einen allerersten Atemzug.
Oder anders gesprochen, der Sternenhimmel jener Sommernacht von vor sieben Jahren spannte sich zum zweiten Mal in ihrem Brustraum auf. Und er expandierte noch … Tania hingegen schrumpfte.
Klein, ein Häufchen, saß sie am Morgen am Küchentisch und antwortete auf nicht eine Frage, die ihr Sohn, der eiverschmierte Benny, auf sie abschoss. Obwohl ihr das sonst gleichgültig war, wischte sie dem Kleinen mit einem *Tempo* im Gesicht herum, eine Aktion, die sich zu dehnen begann. Basti beobachtete die Szene aufmerksam, und Silke ebenfalls. Sie hat doch verstehen müssen, dass ihre wertvolle, wahnsinnig innige, ja eigentlich familiäre Freundschaft nicht für so etwas Vages, Instabiles, Zukunftsloses wie eine Liebesaffäre aufs Spiel gesetzt werden dürfe, solle. Silke wollte … etwas entgegnen, wusste freilich nicht, was, gegen Tanias Argument hatte ihr am Ende jeder Einwand gefehlt. Vielleicht hatte Tania aber auch bloß die Veränderung gespürt, die seit gestern in der Luft lag. Schon bald würde Silke mit Basti fortgehen, und es konnte gut sein, dass sie das allein tun musste.

Jo Swarzynska: Tristan & Isolde, Walk Away

Camilla Storgaard

Seen as Unseen

Sanne Hipp

Zu heiß

Eine finnische Rauchsauna: Ein absolutes Muss. Mindestens einmal im Leben sollte frau sie genießen. Was Sauna, Teer und Schnaps nicht schaffen, kriegt auch die Ärztin nicht mehr hin, wissen die Einheimischen. Recht haben sie.

Nach zwanzig Kilometern Langlaufloipe in glitzerndem, harschen Schnee bei minus zwanzig Grad sind wir gewiss, in einem Märchenland zu sein. Wenn da nicht das Ziehen der Muskeln wären und die Schmerzen am Po, vom letzten Sturz. Der perfekte Moment, eine Rauchsauna zu besuchen.
Wir mieten eine massive Holzblockhütte, von innen geschwärzt durch den Qualm des Feuers, das einen halben Tag lang am Brennen gehalten wird. Nun ist die Luft wieder klar, durch reinigende Aufgüsse, und es riecht nach Rauch und Holz. Der typische Geruch der grauen Stämme, jene toten Bäume, von Wind und Wetter konserviert, die im Wald unter den Lebenden stehen. Hart und dauerhaft und mit ganz eigenem Duft. Es riecht nach der Freiheit und Grenzenlosigkeit Finnlands. Nach unendlichen Wäldern, Seen und klarem Wasser.
Seufzend nehme ich Platz auf einer der Holzbänke, staune über den mächtigen Ofen in der Mitte, dessen Asche nun nicht mehr glimmt, nehme die Schöpfkelle und leere sie über den aufgeschütteten Steinen. Es dauert länger als sonst. Länger, bis ich ihn fühlen kann: Löyly! Der heiße Saunawind, der sich auf mich niederschlägt. Endlich. Meine ausgekühlten Knochen und Muskeln wärmt, mich in Wohlbehagen schwelgen lässt. Und ich sehe hinüber zu dir. Du sitzt nicht, du liegst. Ganz oben, wo es am heißesten ist. Du kannst es aushalten. Du bist Finnin. Ich lächle darüber und mache noch einen Aufguss.

Nachdem tausende Schweißperlen Rinnsale bilden, die unsere Haut hinunterlaufen, fragst du: „Gehen wir raus?“
Wir ducken uns durch die niedrige Holztür und treten nach draußen. Unsere Körper dampfen. Das Eisloch habe ich vorhin schon gesehen, nun gehe ich hin. Nackte Füße auf festgetretenem Schnee. Ich steige hinein. Stolz darauf, es im Laufe der Jahre gelernt zu haben. Und wieder wundere ich mich anschließend darüber, wie warm sich der Schnee anfühlt, wenn ich mich damit einreibe. Auch du tust es. Nie sieht Haut frischer und appetitlicher aus. Du spürst meinen Blick und lächelst. Bevor mir kalt wird, gehe ich zurück.
Du kommst hinterher, legst dich nicht mehr nach oben, bleibst bei mir. Meine Hände finden zu dir. Du frisch Geborene im Schnee. Du fühlst dich gut an. Auch deine Lippen schmecken nach Rauch und Hitze und Leben. Wir sind allein, fällt mir ein. Entschließe mich, es auszunützen, werde konkreter. Du lachst. Ich weiß noch nicht, warum, mache weiter. Bin bald einem Herzinfarkt näher als du einem Höhepunkt und breche keuchend ab. Du lachst wieder. Du weißt es wohl schon. Es ist zu heiß in der Sauna. Es geht nicht.

Pia Voss-Höge

Wie machen das eigentlich meine schwulen Kollegen? Es gibt doch etliche Schwulensaunen mit intimer Zweierkabine. Ich nehme mir vor, sie bei unserem nächsten Treffen zu fragen.
„Lass und noch mal rausgehen", hauchst du in mein Ohr.
Das tun wir. Nach dem Eisloch nehmen wir uns eine von den dicken Strickmützen und versenken uns im warmen Whirlpool. Du siehst süß aus. Wir hängen uns an den Rand des Holzzubers, bleiben so. Genießen die verschneite Landschaft um uns.
Als wir wieder über die Terrasse zur Blocksauna gehen, schaue ich durchs Fenster hinein. Da gibt es noch einen Raum. Zum Ausruhen. Grob gezimmerte Stühle, ein Tisch. Klares Wasser und Preiselbeersaft stehen darauf. Ein Holzfeuer prasselt im Kamin. Der perfekte Ort. Mein Blick streicht über deinen drallen Körper, deine Hüften, die im Laufe der Jahre breiter geworden sind, deine Brüste. Und du erwiderst mein Lächeln, als ich dich frage: „Wollen wir da mal reingehen?"

Sara Reichelt

Ohne Worte

Das Wasser der Dusche vermischte sich mit meinen Flüssigkeiten, als ich kam. Ich geriet ins Wanken, klammerte mich an ihr fest, und beinahe wären wir gemeinsam ausgerutscht. Sie sah ohne Brille und mit nassem Haar verändert aus, ihre blauen Augen wirkten größer, und ihre vom Haarpony befreite Stirn gab ihrem Gesicht eine Strenge, die sie älter und markanter machte und die mich anzog. Dann wusch sie sich selbst, und ich flüchtete vor dem kühler werdenden Wasser, trocknete mich ab und warf mich nackt auf unser Grand Lit. Als sie aus dem Bad kam, legte sie sich auf mich, ihren Rücken auf meine Brüste, ihre Pobacken auf meinen Schamhügel, ihre Muskeln auf die meinen. Und ich streichelte ihre Klitoris, als ob sie meine wäre, als ob wir ein und denselben Körper hätten. Ich streichelte sie und streichelte sie, bis sie sich zum Orgasmus hochschwang und mit meiner Lunge keuchte. War es ihre Hand oder meine, die in mich eindrang, um mich auf dieselbe Hochebene zu heben, auf der meine Freundin ohne Eile ausharrte. Danach drehte sie sich um, und wir küssten aneinander herum, ohne eine einzige Stelle auszulassen, wir küssten unsere Zehen, den Schweiß in den Kniekehlen, die Rückenmuskeln, den Hals, die Höhlungen der Schlüsselbeine, das Kinn, jedes einzelne Körperhaar, die unzähligen Falten der Handflächen, die Klaviatur der Rippen …

Alexandra Dombrowka: Madeira

Sara Reichelt

Ausgeschüttet

Ein ausgeschüttetes Aquarium, Zierfische verteilt auf meinem Teppich und mein vergebliches Bemühen, die zappelnden Fische einzufangen und in neues Wasser zu werfen. Zwei von ihnen konnten von mir gerettet werden. Die anderen vertrockneten und wurden durch den Staubsauger entsorgt.

Mit diesen Traumbildern erwachte ich und sah ihre Hände vor mir, die in meinen lagen, warm und ruhig, und die wenig mit den sich verzweifelt windenden wasserlosen Fischen gemeinsam hatten. Ähnlich wie meine Wohnung hatte ich selbst unter Wasser gestanden, war überflutet gewesen und trocknete in den Tagen danach langsam vor mich hin. Sie hatte mich ausgeschüttet, meine Begierde weggeschüttet, und die beiden Fische, die überleben durften, waren mein Traum von ihr und meine Erinnerung an sie.

Ich hatte mich für einen Augenblick ganz in ihr verloren und über sie die Liebe ausgeschüttet, die ich lange in mir angesammelt hatte. In diesem kurzen Moment hätte sie alles von mir haben können, was ich einer geben kann, und wenn sie mich gefragt hätte, ob ich für immer bei ihr bleiben wolle, hätte ich bedenkenlos zugestimmt. Stattdessen redete sie von verwandten Seelen und dass ich ihrer verstorbenen Schwester ähnlich sei, was ich ungern hörte, denn ich wollte kein schwesterliches Händchenhalten, sondern in ihren Flüssigkeiten untertauchen oder hinausschwimmen mit ihr ins offene Meer, ganz weit hinaus und mit dem Gefühl, nie wieder das Ufer zu erreichen.

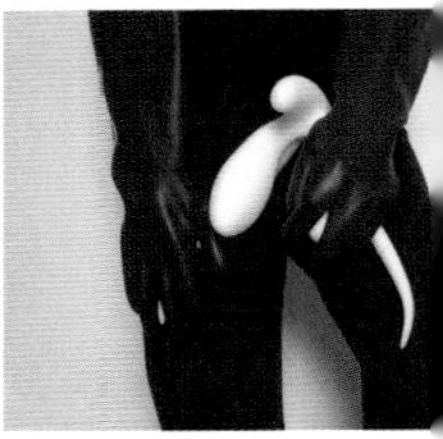

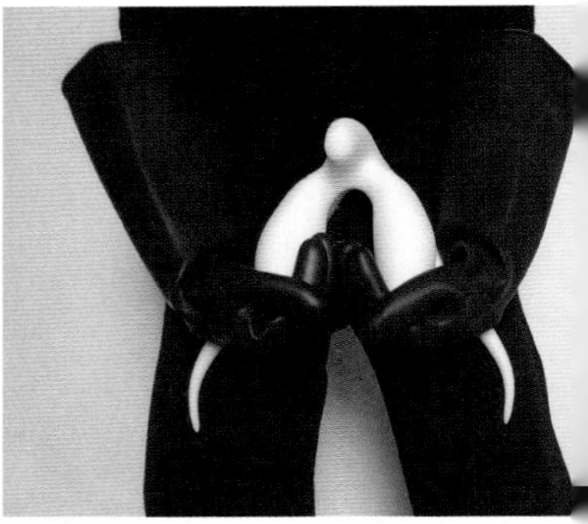

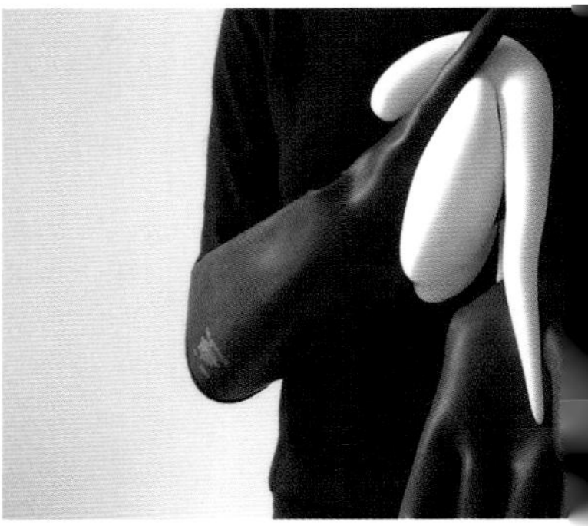

Christina Goestl aka Clitoressa
featuring Clitonics

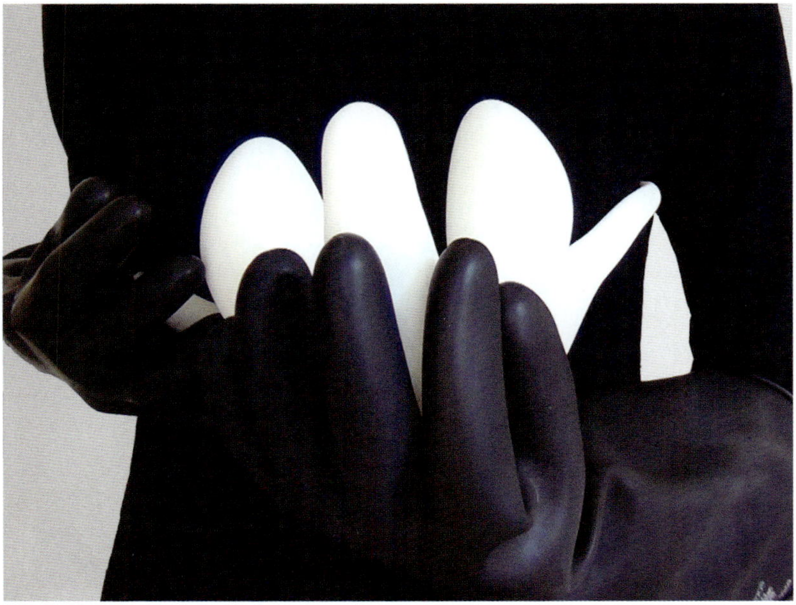

Masturbation.

Heute haben wir Masturbation als Gesprächsthema. Ich würde gerne etwas zu dem Wort von euch hören. Was verbindet ihr mit dem Wort ‚Masturbation'? Benutzt ihr es? Wie sagt ihr dazu? Welche Wörter verwendet ihr für Selbstliebe?

‚Wichsen'. Was das für Konnotationen hat? Es ist eher männerbezogen in der deutschen Sprache. Können alle wichsen, Männer, Frauen und alle anderen Geschlechter? Oder können nur Männer wichsen?

Ich vermute, dass ‚wichsen' vom Schuheputzen kommt, diese Art von Bewegung.

Dann gibt es ja auch noch die Wichse, als Produkt sozusagen. Das finde ich deutlich männlich konnotiert.

Die Konnotation kann sich ändern, über Generationen hinweg. Wie ist es nun mit dem Wichsen? Ist das wirklich männlich?

Wenn ich mir einen runterhole, bin ich eher männlich drauf. Aber es kommt ja immer drauf an, wie man es macht. Gehst du so richtig mit dem Finger rein oder machst du eher etwas Rubbelndes?

Ich komme aus Polen und benutze Wörter, die mit Sexualität zu tun haben, auf Deutsch. Zum Beispiel Fotze. Ich spreche das ganz ohne Scham aus, bei polnischen Wörtern könnte ich das nie. Da könnte ich so was nicht sagen, da schäme ich mich. Aber auf Deutsch ist es kein Problem für mich, wenn ich über Ficken, Wichsen oder Fotze rede, all das, was ich hier gelernt habe.

Es ist oft so, dass es in einer anderen Sprache einfacher fällt. Mir geht es auch so mit englischen Ausdrücken, die mit Sexualität oder Emotion zu tun haben. Ich weiß nicht, warum, es ist einfach so. Das ist auf Englisch einfacher für mich auszudrücken als auf Deutsch, obwohl ich ja eigentlich deutsch spreche.

Vielleicht liegt es an der Distanz zur Sprache, vielleicht an den Konnotationen der eigenen Kultur. Daran, wie man erzogen wurde. Auch Konnotationen sind ja anerzogen.

Aber es gibt doch inzwischen schon viele Kinder von Alt-68ern, die sexpositiv ins Vokabular eingeführt wurden. So ändern sich Konnotationen. Ihr könnt auch selbst positive Besetzungen der Wörter nehmen. Das ist das, was wir mit ‚sexpositiv' machen wollen.

Also, welche Wörter benutzt ihr? Wichsen und Wichse ist für die meisten doch eher männlich konnotiert.

Ich sage Masturbation.

Aber das klingt so wissenschaftlich oder wie beim Arzt. „Ich hatte eine Masturbation."

Ich mach's mir selbst.

Einen runterholen.

Selbstliebe.

Für mich sage ich in Gedanken eher: Ich hab Bock auf 'nen Porno, das beschreibt also gar nicht die Sache direkt.

Shilo McCabe: I masturbate.

Für mich in Gedanken: Getting off.

Wir benutzen Wörter auch situationell. Mal fühlst du dich mehr männlich, dann benutzt du z.B. diese Wörter, mal mehr weiblich, dann eben jene Wörter. Abheben, taking off, getting off. Jerk off ist eher männlich. Die weibliche Form ist: Jill off.

Ich habe aber mal eine Frau gehört, die gesagt hat, dass sie gejerkt hat.

Die Frauenbewegung hat sich natürlich früh Gedanken darüber gemacht, wie können wir männlich konnotierten Wörtern etwas entgegensetzen oder sie zurückerobern oder welche Alternativen haben wir? Jerk off ist so ein spezielles Wort. Die Ami-Sisters haben gleich gesagt: Jill off, das ist eindeutig weiblich konnotiert.

Oder etwas mit Entspannung. Zum Beispiel: Chill.

Dieses Abheben, jerk off, jill off usw., das ist ja schon Abspritzen. Aber das Es-sich-selbst-Machen, den Grund holen, sich rauf- oder runterholen, das ist ja ein Prozess, eine Aktivität.

Wie wäre es mit Telefonieren nach Haus? Calling home. Sich mit sich selbst verbinden.

Es kommt darauf an, mit wem man redet. Es ist so wie bei pinkeln, pissen und aufs Klo gehen. Wenn man sich wohl fühlt, sagt man: Ich geh mal pissen, in der Öffentlichkeit zum Beispiel sagt man das aber eher nicht.

Ich kann übrigens den Begriff Selbstliebe immer noch nicht verwenden, das fühlt sich nicht ganz richtig an, ist nicht ganz meins.

Selbstbefriedigung muss übrigens gar nichts mit Befriedigung zu tun haben, sie muss ja nicht aus Unzufriedenheit hervorgehen. Selbstliebe ist auch was anderes als das schnelle getting off, das würde ich nicht Selbstliebe nennen. Selbstliebe wäre für mich, wenn man eine Kerze dazu anmacht, sich Zeit nimmt.

Eigentlich finde ich, dass Selbstliebe auch im Quickie geht. Selbstquickie, Selbstentspannung. Warum nicht?

Wortwörtlich gesehen bin ich weit entfernt von Selbstvergewaltigung. So sagen es ja zum Beispiel Priester, die sprechen von Selbstvergewaltigung, sich mit der Hand schänden. Ich habe amerikanische Plakate gesehen im Internet: Die Klitoris ist der Knopf in die Hölle, fass dich da nicht an.

Es gibt etymologische Erklärungen des Begriffs. De Wortherkunft ist nicht sicher geklärt, heißt es in der deutschen Wikipe-

Shilo McCabe: I masturbate.

dia. Eine Ableitung wäre aus der Vorsilbe mas (männlich) und dem Stammwort turbare (stören, heftig bewegen). Aber heißt mas hier wirklich männlich? Eine andere Erklärung ist stark kirchennah. Ergibt sich aus dem Mittellatein: manustupratio, mit der Hand Unzucht treiben, sich beflecken.

Eine weitere Herkunftserklärung: Onan, Onanie. Das ist sicher nicht mehr ganz zeitgemäß. Woher kommt das? Die biblische Geschichte von Onan, mit der Verhütungsmethode Schwanz raus. Samenvergeudung. Betrog die Frau um ihr Kind, um ihre Nachkommenschaft. Onan verschleudert seinen Samen und stellt ihn nicht in die Zeugungskette. Onanie sagt doch aber wirklich kaum noch jemand.

Wichsen ist bei Männern verbreitet, sich einen runterholen ist männlich, steht in Wikipedia. Das könnte man mal überarbeiten.

Masturbation, Unzucht treiben, mit der Hand schänden, das hat natürlich eine sehr negative Konnotation. Es gibt ja viele lateinische Fremdwörter im Bereich der Sexualität im Deutschen: Fellatio, Koitus. Da denkt man doch, das benutzt keine Sau, aber bei Masturbation anscheinend schon noch.

Wichsen ist umgangssprachlich, männlich derb. In neutralen Situationen spreche ich tatsächlich eher von Masturbieren.

Es gibt die amerikanischen Schwestern von der sexspositiven Bewegung, die haben den Mai als Masturbationsmonat ausgerufen. Es gab mal eine Gesundheitsministerin in den USA, unter Clinton, die sich offen für Masturbation aussprach. Die wurde dann sofort entlassen. Daraufhin entschlossen sich die Frauen aus der sexpositiven Bewegung, diese tolle Ministerin zu unterstützen. Die machen nicht nur den Monat, sondern auch Masturbathons, wie Marathons. Aber nicht kompetitiv wie bei Männern, die nebeneinander stehen und gucken, wer als Erster fertig ist, sondern um zu spielen. Im lesbischen Auge Nummer 11 erschien eine Serie mit Fotos und Statements von diesen Frauen.

Spritzen, Ejakulation war früher ja auch männlich besetzt. Seit wir die Kampagnen über weibliche Ejakulation machen, über die weibliche Prostata, kommt das Spritzen wieder in den allgemein geschlechtlichen Sprachgebrauch. Freudenfluss. Liebessaft. Die Fontäne. Wunderschöne Sachen, überlegt euch selber weitere Wörter. So wandelt es sich auch mit dem Wichsen. Noch vor zwanzig, dreißig Jahren fand ich Spritzen unmöglich. Genauso wie zum Beispiel Möse, die hat sich als Wort auch längst etabliert.

Als ich in die Lesbenszene gekommen bin, habe ich noch Fotze gesagt, das habe ich mir dann aber schnell abgewöhnt und mir Möse angewöhnt. Ich habe gelernt, dass Möse das Gängige ist, das, was man sagen darf.

Möse ist einfach durch, akzeptiert; Fotze ist immer noch schwierig. So wie das Wort Cis viele noch nicht kennen, irgendwann wird es aber allgemeinsprachlich sein. Sprache ist ein Spiegel. Bei unseren Interviews zu den Pussy-Profilen sind Scheide und Vagina noch Nummer eins der benutzten Wörter, dann kommt aber schon

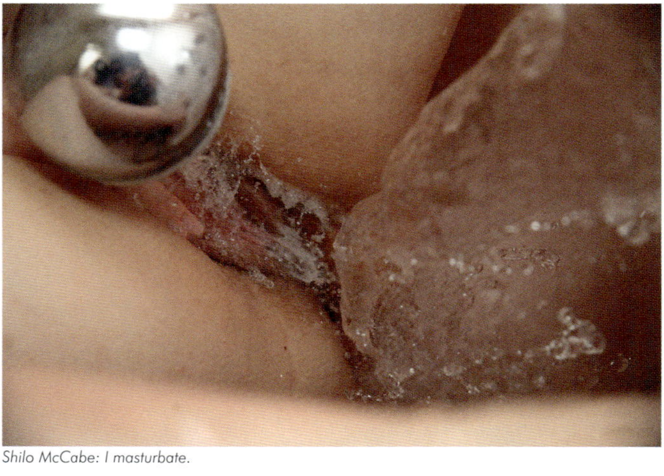

Shilo McCabe: I masturbate.

Möse. Und nicht Kätzchen oder Muschi oder so was Weiches, Flauschiges. Möse ist schon etwas offensiver, Fotze noch mehr, allein von den Vokalen her.

Jetzt haben wir die Wörter, nun können wir über die Praxis reden. Welche Arten praktiziert ihr? Was ist die beliebteste Praxis? Hat sich das verändert? Welche Situationen gibt es?

Ist Wichsen etwas, das ihr alleine macht? Sind andere dabei?

Ich habe gerade eine Beziehung mit einem Mann, mit dem ich kaum Sex habe, wir kuscheln viel. Ich wichse im Moment so wenig wie nie zuvor, weil ich in Kuschelstimmung einschlafe, in Löffelchenstellung. Wichsen kann einen runterbringen, und Kuscheln kann einen auch runterbringen. Früher war's wichsen kurz vorm Einschlafen, jetzt ist es eben kuscheln. Es würde in die Situation gar nicht reinpassen, da dann plötzlich zu wichsen. Dann wackelt ja auch alles, das wäre zu unruhig.

Für mich gehört es zur Morgenroutine, bevor der Tag startet. Frühstück, Kaffee, Masturbieren. Abends komme ich erst spät nach Hause, dann lieber morgens, nach dem Aufstehen.

Ich hab morgens meine Pflichten, die abgearbeitet werden müssen; da geht es also nicht. Eher abends zum Entspannen.

Für mich ist es meine primäre sexuelle Tätigkeit, seit ein paar Jahren mache ich es sehr explorativ, um mich selbst kennenzulernen und weiterzuentwickeln. Ich mache manchmal Sessions mit Doppelpenetration, zehn Orgasmen nacheinander. Mit dem Vibrator. Ich muss wirklich in einer bestimmten Stimmung sein, um es manuell zu machen. Vintage-Wichsen. Das sind dann Selbstliebe-Sessions, dafür muss ich echt in guter Stimmung sein. Zum Beispiel nach dem Baden oder nach dem Massieren. Aber es dauert dann manchmal so lange, dann nehme ich doch wieder den Vibrator. Wichs-Quickies.

Dass es zu lange dauert, geht mir auch so mit anderen Personen. Kriegt sie es noch auf die Reihe? Knapp daneben ist auch vorbei usw.

Einer der Gründe, warum Masturbation für mich die primäre sexuelle Betätigung ist, dass ich selten befriedigt war mit anderen Leuten. Dass ich viel erklären musste, dass ich nicht wollte, dass die Hand dazugenommen wird usw. Wenn man zu doll drückt, ist bei mir alles weg. Das immer zu erklären, war für mich zu anstrengend.

Das Darüberreden sollte ja eigentlich sexy sein, aber es kommt auf die Stimmung an, ob man es selber heiß findet, es zu beschreiben, oder ob es sich wie eine Betriebsanleitung anfühlt.

Es gäbe ja noch die Möglichkeit, dass ich mich vor den Augen der Partnerin selbst befriedige, um es ihr zu zeigen, ohne darüber reden zu müssen. Oder ihre Hand

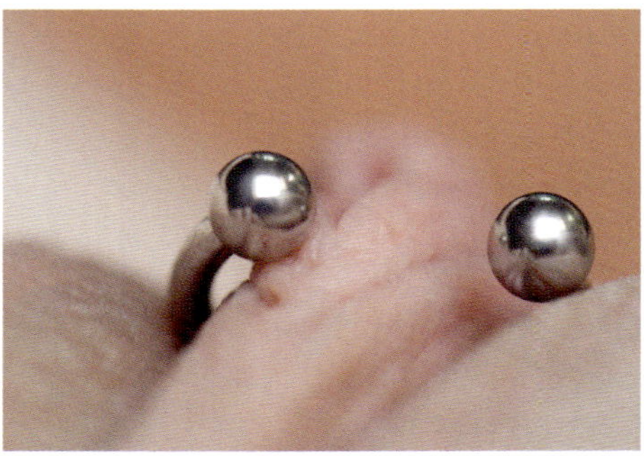

Inga van Ginneken

nehme und führe. Es gibt ja nonverbale Möglichkeiten.

Aber das ist ja auch gerade das Spannende daran, mit jemand anderen Sex zu haben, dass es nicht so ist wie immer. Zu genaue Betriebsanleitungen können auch nerven.

Was ich mir vorstellen könnte, wäre eine Dirtytalk-Session. Am Telefon oder in der Öffentlichkeit. Einfach erzählen, was ich gerne haben möchte von der Person. Du kommst und machst das und das, dann fühle ich das und das. Da kommt's natürlich auf das Gegenüber an.

Oder Rollenspiele, das ist auch eine Option.

Vorher drüber reden, was man mag, da macht man sich schon etwas nackig, das ist also auch schon was Sexuelles. Das ist ja kein Gespräch übers Kuchenbacken.

Was erzähle ich, was lasse ich weg? Muss ich überhaupt kommen, wenn ich mit einer zusammen bin? Oder mache ich es mir einfach später zu Hause dann selbst? Wie viel Neues will ich aufnehmen? Oder will ich nur kommen? Ist ja alles okay, aber das sind eben Fragen.

Eine Sache, die viele nicht gut hinkriegen, ist: Man will kommen und will, dass die andere Person auch kommt, das gemeinsame Kommen ist gar nicht mehr so in, vielleicht noch bei den Heten. Das ist längst nicht mehr das Nonplusultra. Aber klarzumachen, erst macht die Partnerin, und dann machst du selbst weiter, das hat sich noch nicht durchgesetzt. Ich kenne Geschichten von früher, dass Frauen es sich nicht getraut haben, weil es schamvoll für sich und die andere Person war, nicht auf die „normale" Art und Weise gekommen zu sein. Dass Frauen heimlich aufs Klo gehen oder später, wenn die andere Person gegangen ist, selbst weitermachen.

Wenn ich jemand Neuen habe, weiß ich nicht, wie er oder sie reagiert. Es geht auch um Körpersprache, Kommunikation. Die Körpersprache ist unterschiedlich, und viele sprechen es eben nicht deutlich aus, was sie wollen oder erwarten.

Ich hatte eine Freundin, die ist immer auf der Arbeit aufs Klo gegangen, um zu masturbieren.

Ich gehe manchmal im Zug aufs Klo. Ich habe oft im Zug gewichst, wenn ich sechs oder sieben Stunden im Zug saß. Auch aus Langeweile.

Das ist für mich Stresswichsen.

Wichsen ist auch eine Zeitfrage. Als Studentin habe ich viel mehr gewichst, weil der Tag weniger Struktur hatte.

Ich würde gar nicht auf die Idee kommen, das in einem öffentlichen Raum, so einem un-intimen Raum zu tun. Ich würde das nur zu Hause machen. Auch auf Lesbensex-Partys nicht gerne. Da hätte ich Angst, dass dann ein Pärchen zu mir kommt und sagt: Hey, du sitzt da nur alleine, geh woanders hin, mach mal Platz für uns.

Ich wichse am liebsten am Schreibtisch oder im Bett. Neben dem Bett steht mein Kleiderschrank mit dem Spiegel, dann kann ich dabei meine Muschi angucken, das finde ich heiß. Nicht mich selbst, aber meine Muschi. Deswegen kann ich übrigens auch mit Selbstliebe nicht so viel anfangen, eher Muschiliebe.

Na ja, man könnte ja pars pro toto sagen: Die Muschi bin ich.

Ich würde gerne mal einen Masturbationsworkshop besuchen. Kann ich meine eigene Scham überwinden, die Scham, die mir beigebracht wurde? Dafür muss man einen besonderen Rahmen schaffen. Und je mehr mitmachen, umso mehr wird es angenommen. Ich sehe sehr gerne Leuten zu. Ich stehe oder liege auf Sexpartys oft alleine da. Kenne das nicht, dass ich da weggestoßen werde, eher, dass sich jemand dazulegen will. Und da musste ich dann sagen: Gern, aber fass mich nicht an. Das muss man lernen: jemanden dazu einladen, jemandem einen Korb geben. Das ist alles working in progress. An manchen Tagen bin ich ein Mimöschen, an anderen Tagen eine Toughe, die genau weiß, was sie will.

Ich habe schon an Masturbationsworkshops und angeleiteten Wichsrunden teilgenommen, mit hundert Leuten.

Es gibt ja diese amerikanische „Mother of Masturbation", Betty Dodson. Gibt inzwischen bestimmt noch mehr Frauen, die anleiten. Dodson hatte erst mit vierzig ihren ersten Orgasmus erlebt und sich dann gesagt: Das bringe ich jetzt allen bei. Und sie ist inzwischen über achtzig Jahre alt und gibt immer noch diese Workshops, gibt Anregungen. Das geht aber natürlich nicht in einem Raum mit hundert Leuten.

Schön ist es trotzdem, wenn ihr mehrere seid, dann habt ihr eine ganz andere Kraft im Raum.

Ach, ich bin jetzt auf dem Trip, wo ich es intimer mag, lieber allein oder zu zweit. Ich bin bei großen Gruppen, wo sich so viele Energien mischen, empfindlicher geworden über die Jahre.

Ich merke manchmal, wenn mich viel beschäftigt, dass ich beim Wichsen abdrifte und den Faden verliere. Das hat sich durch den Hormonhaushalt verändert, früher war es rein mechanisch, hat immer funktioniert. Vielleicht liegt es auch am Alter.

Ich entdecke manchmal neue erogene Punkte an mir. Ich habe inzwischen drei erogene Zonen: Anal, den Penis und im Schritt am Damm. Da spielt mir mein Gehirn wahrscheinlich einen Streich, weil es sich eine Vulva wünscht. Aber nur einen Finger dort an dieser Position zu haben, flasht mich total. Bei der Masturbation brauche ich inzwischen auch manchmal schon beide Hände, eine im Schritt und eine vorne am Penis. Ich habe es für mich Pseudo-Vulva getauft.

Vielleicht kannst du da noch einen Schritt weitergehen und „Pseudo" einfach weglassen.

Nee, nee, ich mag den Begriff schon.

Ich denke auch manchmal, dass mir einfach die Hände fehlen, dass ich viel mehr Hände brauchen würde.

Diese indische Göttin mit den acht Händen, das wär's! Die Masturbationsgöttin. Aber da bräuchten wir doch noch einen anderen Namen, den müssten wir uns noch überlegen. Warum nicht: Die große Wichse. Das ist doch super: O du große Wichse.

Shilo McCabe: I masturbate.

Wie alt bist du?
31

Wie würdest du dich bezeichnen, wo siehst du deine Identität?
Ich mag den Begriff queer für mich, weil er mich in keine Schublade presst.

Hast du Sex? Wie oft etwa? In fester Beziehung oder mit Bekanntschaften, Kurzzeitaffären, One-Night-Stands?
Ich bin Single und habe daher seit Längerem keinen Sex mehr mit einer anderen Frau gehabt, weil sich auch keine One-Night-Stands oder freundschaftliche Affären ergeben. Gelegentlich habe ich Sex mit einem Freund, solange wir beide niemanden haben.

Wofür gibst du Geld (wenn du welches übrig hast) aus – und wofür eher nicht?
Unternehmungen mit Freunden (ausgehen, Essen gehen, wegfahren), Unterhaltungsmedien (Bücher, CDs, DVDs), Klamotten, Kosmetik … aber alles in Maßen – ich brauche weder den monatlichen Alkoholexzess noch den Shoppingtrip. Ich würde mein Geld nicht für Adrenalinkicks (Bungeejumping o.Ä.) oder Eingriffe in meinen Körper (Schönheits-OPs, Tattoos, Piercings) ausgeben. Auch Luxusgüter wie Designerklamotten brauche ich nicht. Lust hätte ich auf eine Eigentumsimmobilie, aber das hat sich bisher noch nicht ergeben.

Gibt es den typischen Lesbensport? Fußball? Handball? Welcher Sport wäre das für dich, warum?
Vermutlich ist das tatsächlich Fußball, aber ich selbst bin weder aktiv noch passiv-zuschauend an diesem Sport interessiert. Sowieso bin ich überhaupt nicht sportlich, fahre lediglich ein bisschen Fahrrad oder gehe hin und wieder zum Aerobic-Kurs.

Was denkst du über lesbische Frauen in der AfD?
Diese Parteizugehörigkeit finde ich absolut abtörnend.

DIMBENG

CLIT REVOwLUTION

Clit Clit as a magical click
Clit Clit as a poetical click
Clit Clit ready for sapphist pleasure
Clit Clit erected, tight like the sting of a mosquito
Clit Clit you shiver, fanatic,
Clit Clit orgasmic apotheosis
G.M.

CLIT REVOwLUTION fordert uns auf, uns mit dem weiblichen Geschlecht, dem weiblichen Körper, der Klitoris, diesem verborgenen, komplexen, verkannten, begehrten und misshandelten Körperteil auseinanderzusetzen – ist doch die Klitoris das einzige menschliche Organ, dessen ausschließliche Funktion die Lust ist.

Was ist weibliche Lust? Das Recht auf Selbstbestimmung, das uns erlaubt, uns von den intellektuellen und psychologischen Fesseln der Gesellschaft, Religion und Erziehung zu befreien; das Recht, den weiblichen Körper eingehender zu erforschen, ihn in seiner ganzen Vielfalt zu akzeptieren, als Ausdruck der Selbstachtung und Selbstliebe, die uns erlauben, unser inneres Ich, unsere Intimität und dadurch andere zu erfahren.

DIMBENG

Wörter für „sie“.

Ich fand es befreiend, dass die Frage lautete, wie „sie“ heute heißt. Denn die Namen ändern sich manchmal, und es tut gut, sich einfach auf heute zu konzentrieren. Das hat mir das Nachdenken leichter gemacht, es hat sich befreiend angefühlt.

Ich habe mich zuerst gefragt: Wie geht es mir gerade selbst? Dann habe mich gefragt: Was habe ich denn heute alles mit der Vulva angestellt? Und ich mag Alliterationen, Klangspiele. So habe ich mir dann mein eigenes Wort dafür gebaut.

Ich habe für einen Teil meines „Apfelbaums“ ein neues Wort gefunden: „Mirabelle“, das finde ich sehr passend. Es ist essbar, fruchtig. Das war mir wichtig.

Ich habe oft ein Bewusstsein dafür, doch gerade heute hatte ich das Gefühl, sie wäre gar nicht vorhanden. Ich habe den ganzen Tag am Rechner verbracht, da rutscht einem so was schon mal irgendwie weg. Das merke ich erst jetzt, durch das Aussprechen. Deswegen habe ich mich auch jetzt gerade extra anders hingesetzt, damit es sich wieder entfalten kann. Kein Kissen, da gehört jetzt gerade einfach mal gar nichts zwischen die Beine. Man fragt sich in der Runde ja auch, wie opportun es ist, dies oder jenes zu sagen. Ist das versaut? Kann ich das aussprechen? Das hängt ja auch davon ab, was die anderen sagen. Wenn jetzt alle nur von Blümchen und so sprechen, wäre das für mich peinlich. Wie sehr gehe ich ins Detail? Mit einem Namen, der cool klingt, aber doch noch erklärungsbedürftig ist. Wie viel will man von sich preisgeben? Wie viel wollen die anderen überhaupt hören?

Ja, ich überfordere andere Menschen oft, weil ich zu viel erzähle, auch so Ekelgeschichten manchmal. „Das wollte ich alles gar nicht wissen!“, höre ich dann oft. Und beim Sprechen über Sex ist das noch mal was Besonderes.

Ja, es gibt ja nicht gerade einen übermäßigen Austausch über real bestehende Sexualität.

Es gibt auch einen Unterscheid. Erstens: Wie nenne ich meine Möse, wie fühle ich mich? Zweitens: Wie teile ich es mit? Mit wem rede ich wie? Wie und wodurch hat sich das Reden darüber verändert?

Schön finde ich das Wort „Flunder“, auch „Schmetterling“ finde ich treffend. Das macht das Flatternde, Bewegliche deutlich. Das Ausgefranste. Es muss da doch nicht immer alles knüppelhart und superknackig sein, wie es oft als Muschi-Norm suggeriert wird.

Welche Wörter würdet ihr in der Öffentlichkeit benutzen? Wie redet ihr mit euren Kindern oder Eltern darüber? Es geht jetzt tatsächlich nicht um Sex im Allgemeinen, nur um die Wörter. Möse, Fotze usw.

Ich sage „Yoni“. Das kommt aus dem Sanskrit, das verstehen natürlich nicht viele. Dann muss ich es wieder mit anderen Wörtern erklären. „Vagina“, „das

Laura Méritt: Beide Gesprächsrunden fanden im Freuden-Salon statt. Transkription: konkursbuch Verlag. Mehr zum Thema und viele Bilder stellen wir für das Buch „Clitoral Rising“ zusammen (Hg. Laura Méritt, Frühjahr 2018, konkursbuch)

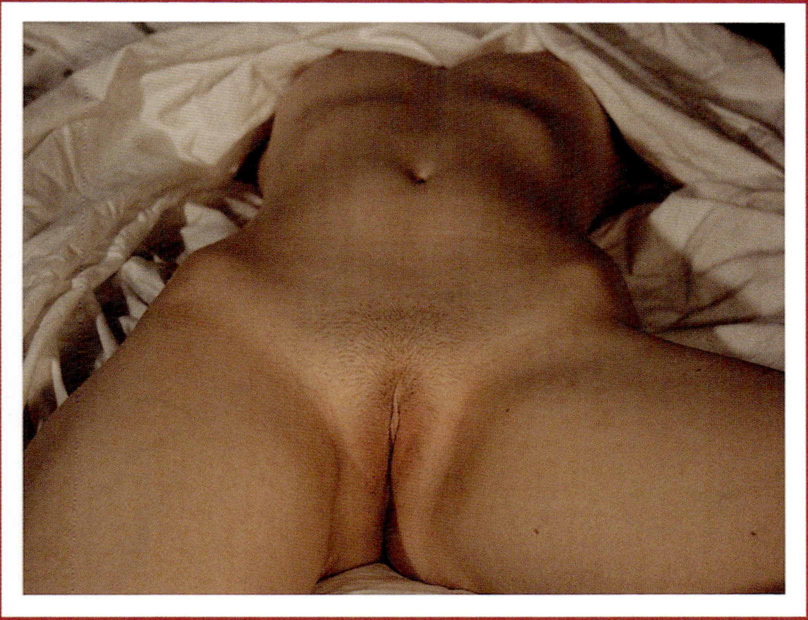

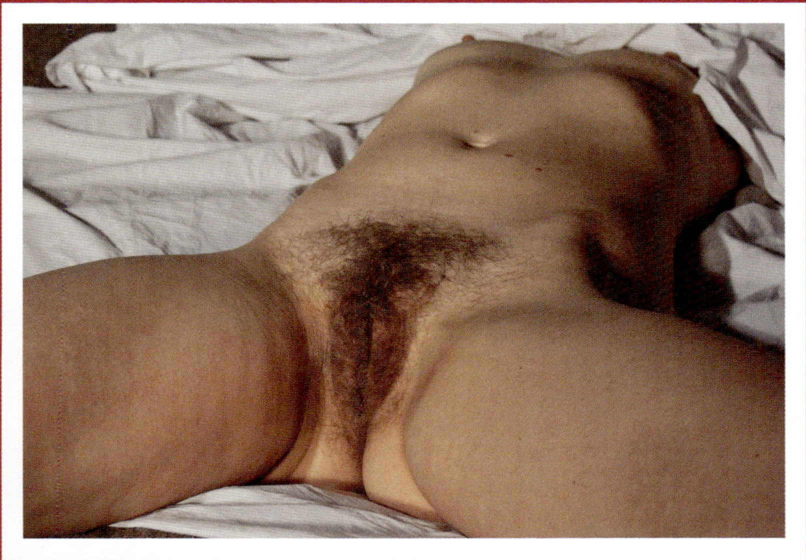

Dellfina (Polen): nach Courbet, Ursprung der Welt

weibliche Geschlecht". Vielleicht sage ich auch irgendwann mal „Fotze".

Ich finde „Vulva" für mich am angenehmsten. Aber wenn ich so darüber nachdenke, vermeide ich das Wort eher. Auch in Gesprächen mit Freundinnen. Da heißt es dann eher „hier, da so untenrum" usw. Obwohl ich mich so viel damit beschäftige. Das ist schon ein bisschen merkwürdig, diese Sprachschwierigkeiten.

Das ist echt der Hammer. Ich arbeite gerade mit einem Freund an einem Pimmel-Modell. Eine Pimmellette, mit der man pullern kann. Da lerne ich gerade viel über männliche Sozialisation. Zum Beispiel, wenn sie im Winter irgendwohin fahren, dann machen sie, wenn sie pinkeln müssen, alle unterschiedliche Muster in den Schnee. Oder probieren einfach mal aus, ob man, wenn man an der Vorhaut zieht, andere Muster sprühen kann usw. Das probieren sie, erst als Kinder und später dann auch noch als Männer. Es ist eine kluge Runde, mit der ich es zu tun habe, Grafikdesigner usw. Also kein Fußballfanclub. Sehr kreativ. Es scheint also eine Öffentlichkeit unter Männern zu geben. Und eine solche Öffentlichkeit scheint mir unter Frauen weniger gegeben zu sein.

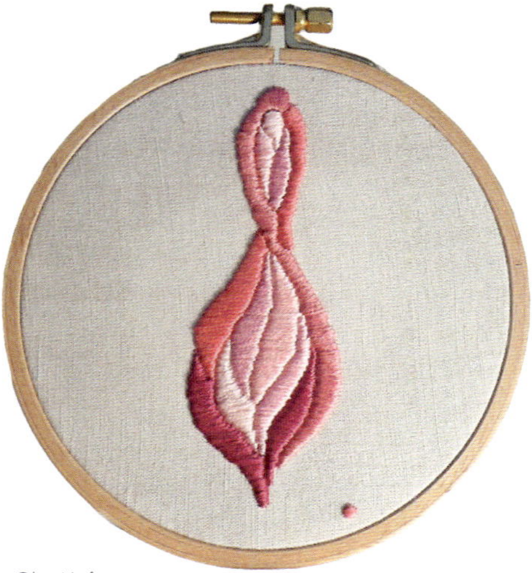

Olga Neifer

Ich rede mit Freundinnen superviel über Sex. Aber die Wörter „Möse" oder „Vulva" fallen dabei eigentlich kaum. Wir reden mehr über Praktiken, aber ohne die Vulva zu erwähnen. Irgendwie schaffen wir das. „Und sie oder er hat mich dann halt unten …", so in der Art.

Bei Menschen, mit denen ich vertraut bin, oder in Frauenrunden, da nenne ich es meist „Muschi" oder „meine Vagina". Aber wenn Männer dabei sind, bin ich verunsichert, dann nenne ich es „Mumu". Wahrscheinlich auch durch meinen Sohn, dem

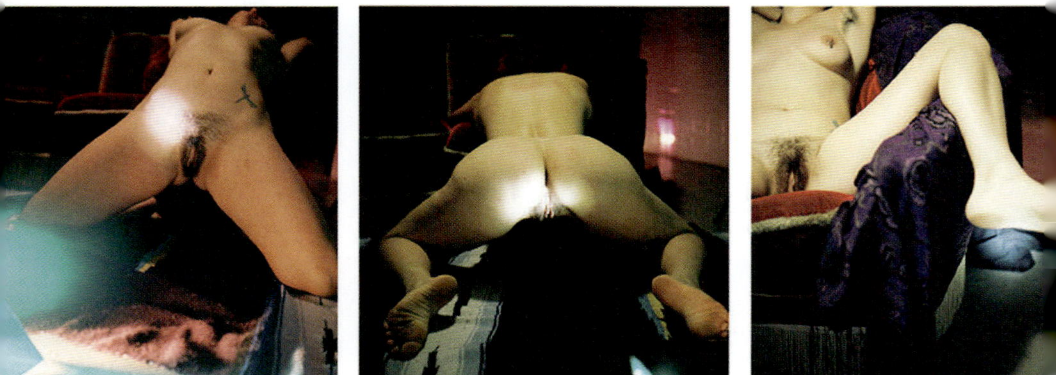

Goodyn Grenn

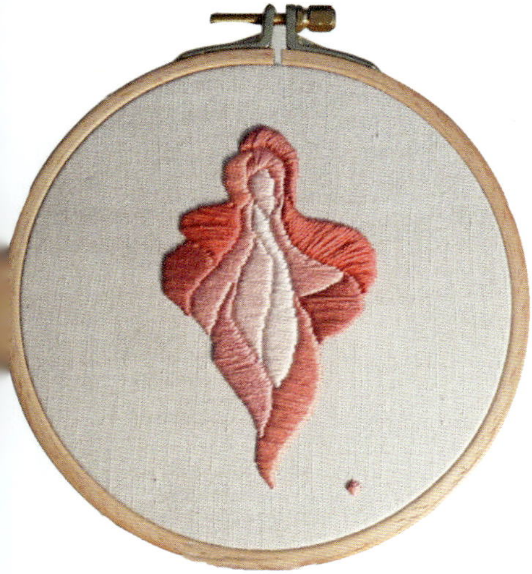

ich es früher so erklärt habe, als er mich gefragt hat: „Mama, was ist denn das?“. Und das sage ich heute auch noch zum Beispiel bei der Ärztin, „meine Mumu“.

Man kann Spielchen daraus machen. Heute zählen wir mal: Wie oft haben wir an diesem Tag das Wort „Mumu“ oder „Muschi“ gesagt? Es schärft das Bewusstsein. Man kann üben, es mehr zu sagen.

Ich weiß noch, als Kind bin ich mit dem Wort „Muschi“ aufgewachsen. Als kleines Kind hatte ich damit kein Problem, später dann schon. Heute habe ich das Gefühl, es ist eigentlich keine „Muschi“ mehr, das Wort kommt mir nämlich so kindlich vor. Aber was ist es dann?

Es gibt kaum richtig griffige Begriffe. „Muschi“ vielleicht noch am ehesten, das geht in Richtung „Pimmel“. Aber das ist natürlich eine relative Sprachlosigkeit. Bei Männern ist immer klar, was damit gemeint ist, wenn von „Pimmel“, „Puller“, „Peterle“ die Rede ist. Da ist ja alles klar, es hängt auch einfach so da rum. Bei Frauen scheint das nicht so natürlich, nicht so selbstverständlich zu sein. Und „Scheide“ oder „Vagina“ geht bei mir gar nicht mehr. „Scheide“ ist ja aus dem Mittelalter, das Komplementärstück zum Schwert. Was ist eine Scheide ohne Schwert? Und „Vagina“ ist der gleiche Mist auf Latein. Da drückt sich die nicht eigenständig vorhandene weibliche Sexualität aus. Das will ich nicht aussprechen, die beiden Wörter sind aus meinem Wortschatz gestrichen. Dafür gibt es aber haufenweise Schimpfworte, die jeder gleich versteht, die sich auch gegen Männer einsetzen lassen. So dachte ich irgendwann, diese Wörter müssen zurückerobert werden. Seither habe ich auch eher eine „Fotze“, keine „Scheide“ oder „Vagina“ mehr. Ganz klar. Jetzt kann ich darüber auch schon besser reden, früher war das schwierig für mich. Und auch jetzt merke ich noch, dass es viele Leute abschreckt, wenn ich von „Fotze“ spreche. Dabei geht es mir darum, einen starken, eigenständigen Ausdruck zu finden und zu besetzen.

Ich bin als Teenager mal auf eine Synonym-Liste für Masturbation gestoßen. Aber es ging fast immer nur um Pimmel. Das gibt's die besten Sachen: „Sich einen von der Palme schütteln" usw. Aber eigentlich alles männlich.

Wir könnten sagen: Ich schüttel mir meine Mirabelle. Oder: Ich schüttel mir was aus dem Mirabellenstrauch.

Darüber macht sich die Frauenbewegung ja schon seit den 1970ern Gedanken. Welche neuen Begriffe können wir finden? Manche sagen: Ich hole mir eine rund.

Das habe ich noch nie gehört, ehrlich gesagt.

Man muss diese Ausdrücke einüben, für sich wiederholen, aktiv in Gesprächen verwenden. Dann setzen sie sich durch. Und wir sind ja kreativ, wir können uns immer neue Wörter überlegen. Für Ejakulation hat man am Anfang „Freudenfluss" gesagt, inzwischen versuchen wir auch den Begriff „Ejakulation" für uns zu reklamieren, es gibt ja auch die weibliche Ejakulation. Wir brauchen keine blumigen Umschreibungen, obwohl es beliebt ist, Ausdrücke zu nutzen, die mit Blumen, Früchten, Säften zu tun haben. Es gibt also für all die männlich gepolten Wörter schon weibliche Alternativen. Auch aus anderen Sprachen natürlich. Pussy zum Beispiel, oder Yoni. Das kommt aus dem Bestreben, sich Wörter von anderswo zu holen, Wörter, die auf den ersten Blick nicht männlich konnotiert sind. Es klingt auch ganz anders, poetischer, schön in fremden Sprachen, zum Beispiel französische Ausdrücke. „Mon trésor" oder „la chatte". Aber häufig sind diese Wörter im anderen sprachlichen Kontext genauso sexistisch konnotiert.

Olga Neifer: Stickeraktion „Vulva für alle". Inzwischen sind ca. 16000 Sticker im Umlauf.

Ich sehe „Fotze“ im engen, vertrauten Kreis auch nicht als Schimpfwort. Aber in großen Runden, gerade mit Hetero-Männern, die sehr von sich selbst überzeugt sind, nach dem dritten Bier, wenn sie damit anfangen, „Fotze“ als Beleidigung zu verwenden, dann fühle ich mich hilflos. Die Wörter werden mir weggenommen und abwertend verwendet. Da bleibe ich dann lieber bei „Mumu“, oder ich bemühe mich, es gar nicht anzusprechen. Weil ich nicht will, dass die Wörter gleich negativ verwendet werden. Da habe ich echt Schwierigkeiten.

In Australien ist zum Beispiel „bloody cunt“ geläufig. Und zwar gar nicht als Schimpfwort, sondern eher anerkennend. Um jemandem zu sagen, wie cool er ist. „Hey, bloody cunt, how are you?“ Als ich das zum ersten Mal gehört habe, war ich schockiert, dann fand ich diese Verwendung interessant.

Es macht etwas mit den Wörtern, wenn man sie selbst benutzt, sie nicht als Beleidigung akzeptiert. Sie positiv besetzt. Und es macht auch etwas mit mir, ich fühle mich dann nicht mehr so hilflos und ausgeliefert. Sozusagen: „Ich hab eine Fotze und bin stolz drauf.“

Oder auch, bei Auseinandersetzungen mit Männern: „Pass mal auf, über meine Fotze redet hier niemand anderes als ich.“ Es ist ja wichtig, sprachlich selbst präsent zu sein. Das ist Teil der sexuellen Selbstbestimmung. Zu zeigen: Hier bin ich.

Wir haben jahrhundertelang drum herum geredet. Nur die Typen haben geredet, über Ficken und Fotzen. Diese Sprachlosigkeit, diese Fremdbestimmung ist schlimm.

Ich arbeite mit Jungs, die gerne andere Jungs als „Fotze“ beleidigen. Da schreite ich dann ein. Dann sage ich: „Was, der soll eine Fotze sein? Überleg doch mal, eine Fotze ist so was Geiles. Der Idiot ist doch nie im Leben eine Fotze.“ Oder wenn mich jemand als Fotze bezeichnet, sage ich: Danke, das ist ein Kompliment. Aber so schlagfertig bin ich auch nicht immer.

Clitorissima: Mirror, Italien

Ist doch Wahnsinn, was für eine tolle Potenz, eine tolle Sexualität das ist. Was für eine Feuchtigkeitsgrotte. Auch mit Blick auf die Reproduktion einfach fantastisch: Ich habe einen Apparat, mit dem ein neuer Mensch auf die Welt kommen kann. Wann hat nur diese Umwertung begonnen, dass Menschen, deren Schwellkörper anders angeordnet sind, so abwertend darüber sprechen?

Männern fehlt ja eben nicht nur ein Loch, sondern auch die Fähigkeit zu gebären. Das ist eben der Ödipussy-Komplex; Männer sind neidisch auf unsere Pussys. Ich habe dazu was in meinem Wörterbuch „Lauras Animösitäten“ geschrieben.

Das hat natürlich alles etwas mit Machtpolitik zu tun, deshalb ist es so wichtig, um Begriffe zu kämpfen, sich Begriffe anzueignen. Sprache ist so ein tolles Mittel. Wenn du das erste Mal sagst: „Ich bin eine Fotze“, gucken natürlich alle komisch, da musst du dann stark sein und dazu stehen. Das geht aber nicht immer, manchmal bist du halt ein Mimöschen, bleibst lieber zu Hause und ziehst die Lippen dicht.

Ich habe mal mitbekommen, auf der Arbeit, dass jemand über mich gezischelt hat: „Die kriegt bald ihre Tage.“ Da habe ich richtig zurückgeschrien, dass es alle gehört haben: „JA, ICH KRIEGE BALD MEINE TAGE!“ Und das war gar nicht so schlecht, diese Reaktion, danach war es nämlich ruhig, das hat geholfen. Aber sich so direkt zu wehren, so laut zu sein, das kann ich auch nicht jeden Tag.

Dieses Reden ist auch eine kulturelle Sache. In meiner Heimat kann ich gar nicht so reden, wie ich es hier in Berlin mache. Auch mit meiner Mutter könnte ich nie so reden. Und die Art des Redens beeinflusst auch meine Persönlichkeit, ich fühle mich in meiner Heimat viel verklemmter, unfreier als hier in Berlin bei meinen Freundinnen.

Trotzdem, wenn du in deiner Heimat zu reden beginnst, wie in Berlin, veränderst

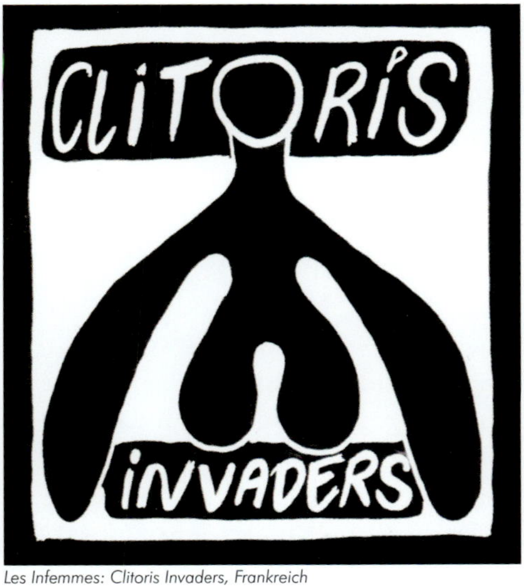

Les Infemmes: Clitoris Invaders, Frankreich

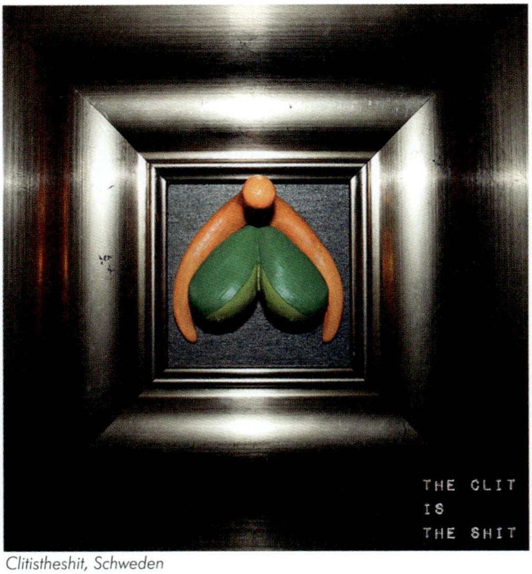

Clitistheshit, Schweden

du auch ein bisschen was in der Heimat. Die Leute kriegen dann immerhin schon mal mit, dass es eine andere Sprache, eine andere Art des Redens gibt. Es verändert sich also etwas schon durchs Reden.

Was ich sehr belastend finde, ist, dass dieses Tabu nur bestimmte Menschen betrifft. Während die Frauen in ihrem Schweigen sitzen, reißen die Männer ihre Zoten. Ich will natürlich nicht dahin, dass nun auch die Männer nicht mehr darüber reden dürfen, aber diese Ungerechtigkeit ist doch auffällig. Das geht mir auf den Keks. Schweigen auf der einen Seite, aber sozusagen akzeptierte Beschimpfungen auf der anderen Seite. Wie kann das denn sein? Was ist das denn für ein Scheiß?

Es gibt dieses Hure-Heilige-Ding. Früher war es noch schlimmer, sobald eine Frau über Sex geredet hat, war sie eine Hure. Also: Loch zu! Das ist eine Kontrolltechnik. Und dieses Hure-Heilige-Ding hängt auch uns noch immer im Nacken und im Schritt. Das merken wir, sobald wir anfangen zu sprechen. Und sind wir stark und selbstbewusst genug, das auszuhalten, die Beschimpfungen, die auf uns zukommen, wenn wir öffentlich über Sex reden?

Diese verschiedenen Kontexte und die verschiedenen Sprachen, die du wählst, das ist alles ein Teil von dir selbst. Und es ist nicht ungefährlich als Frau. Es ist eine zu erlernende Fähigkeit, sich linguistisch unterschiedlich positionieren zu können. Widerstand heißt nicht immer, jemandem eins auf die Glocke zu hauen, sondern auch, sich einer akademischen Sprache bedienen zu können oder jemanden mit Humor auseinandernehmen zu können.

Ich erlebe es oft, dass man mir auf der Straße „Fotze“ hinterherbrüllt, nicht immer schaffe ich es dann, schlagfertig zu reagieren. Diese Beschämung, die der Spruch rüberbringen soll, kommt dann tatsächlich bei mir an. Auch da ist Widerstand nötig, nämlich sich nicht beschämen zu lassen. Zu erkennen: Ich kann nicht immer einen flotten Spruch zurückschießen. Anzuerkennen, dass ich mich in einer extrem feindlichen Umgebung bewege und solche Sprüche einfach nicht so nah an mich heranzulassen.

Zu einem Ohr rein, zum andern wieder aus. Und sich Leute suchen, mit denen man offen reden kann, sich seine Community suchen.

Sich Unterstützung zu holen, ist wichtig. Alleine schaffst du es nicht. Da muss gelacht werden, da muss zurückgeschissen werden. Das geht nicht alleine.

Das geht mir in Berlin so, weil ich hier meine Schutzräume kenne, fühle ich mich hier trotz allem relativ sicher und frei. Aber in anderen Ländern kenne ich diese Schutzräume nicht und fühle mich dann unsicherer. Fürchte mich davor, dass Situationen eskalieren können.

Man kann versuchen, sich ein Repertoire an Reaktionsmöglichkeiten aufzubauen, auf das man dann im Fall der Fälle zurückgreifen kann. Ignorieren, zurückschreien, auslachen …

Wir reden jetzt über konkrete Verteidigungsstrategien, wie reagieren wir auf Beschimpfungen? Aber wir müssen auch darüber reden, wo wir Kraft tanken können.

Mir helfen Assoziationsketten sehr. Möse reimt sich auf böse, auf Öse. Aber Fotze, das fand ich lange schwierig. Denn Fotze reimt sich auf Rotze und Kotze. Das ist nicht schön. Aber was Fotzen auch tun: Fotzen motzen. Das ist super! Das geht total gut. Sprachspiele, Alliterationen, Reime helfen mir, einen positiven Zugang zu finden. Stolz lässt sich nicht auf Knopfdruck herstellen, aber diese Sprachspiele und Reime, die geben mir einen spielerischen, positiven Zugang.

Im öffentlichen Diskurs ist das Reden über Geschlechter, Sex, Geschlechtsteile überhaupt nicht neutral. Penisse werden überhöht, Pussys werden fertiggemacht. Über Arme oder Haare reden wir nicht

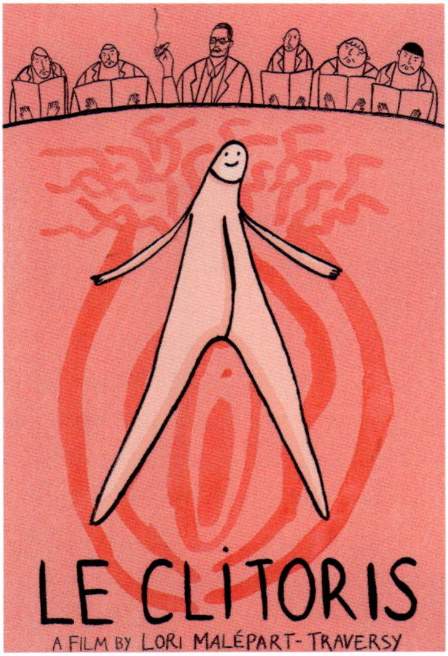

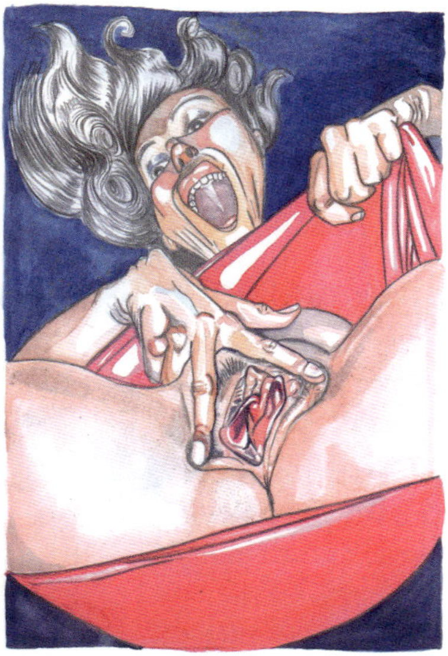

Le Clitoris, Film, Kanada (oben links), BauBô, Frankreich (oben rechts und unten).

so, aber alles, was zwischen den Beinen ist, wird überhöht verhandelt. Wenn du einen Typen kennenlernst und ihm eine Frage nach seinem Penis stellst, wird er wahrscheinlich rot und sagt dir vielleicht noch, dass er sehr groß ist. Aber mehr kann er dann auch nicht sagen.

Es heißt aber ja auch Intimbereich, das ist eben sehr persönlich.

Andererseits kommt dieses Wort aus einer Zeit, als man auch von „Ehehygiene“ gesprochen hat. Oder „Schambereich“. Das ist doch auch konstruiert, dass es quasi einen natürlichen Intimbereich geben soll.

Es gibt keinen Zwischenraum, entweder das medizinische Vokabular oder das abwertende (Fotze) oder das supergeile (Schwanz). Keine neutrale Sprache.

Wir müssen in den Zwischenraum. Mit sexpositiver Sprache, die wir ganz selbstverständlich benutzen müssen, dann kriegen es die anderen auch mit. So funktioniert Sprachwandel. So wie sich die Gender-Formen durchgesetzt haben, können sich auch die neuen Wörter durchsetzen.

Ich merke, dass es hier schon etwas macht, dass wir in dieser Runde so oft das Wort „Fotze“ benutzt haben. Dadurch fühlt es sich schon gleich ein bisschen normaler an.

„Fötzchen“ finde ich auch gut.

Ich finde „V“ toll, weil es auch für Victory steht. Aber schreibt man Fotze überhaupt mit V oder mit F?

Mit „V“ sieht es irgendwie aus wie vegan.

Ich versuche jetzt, nicht mehr „Mumu“ zu sagen, sondern „Fötzchen“. Und dann arbeite ich mich von da vielleicht weiter hoch zu „Fotze“.

Bei Facebook wird man gesperrt, wenn man „Fotze“ schreibt. Das ist doch Zensur.

Guter Punkt, wie erreicht man die Öffentlichkeit, wenn man zensiert wird? Einfach ein anderes Wort benutzen? Aber in anderen Ländern wird ja genau das gemacht, dass man mit Umschreibungen arbeitet. Zum Beispiel „blumiger Apfelbaum“ usw.

In Indien gibt es kleine und große Statuen, die müssen dauernd gegossen werden, damit alles feucht ist. Yoni und Lingam, Lingam ist etwas Phallisches. Das hat aber die Verbindung zu Sexualität völlig verloren, die können darüber auch nicht sprechen. Das würde dann die Heiligkeit beschmutzen. Da hat es sich völlig von der Sexualität gelöst. Interessant fand ich noch, dass in manchen Tempeln, wo die Statuen der Göttinnen in greifbarer Nähe standen, die Brüste der Göttinnen ganz abgegriffen waren. Das war schon fast berührend, diese Vorstellungen, dass sie sich mit der Göttin vergnügen.

In Verona gibt's diese Julia-Statue, der man auch an die eine Brust fassen kann, das soll Glück bringen. Aber man kann da auch Liebesbriefe mit Kaugummi ankleben.

Also, nehmen wir die Fotze oder Fötzchen mehr in den Alltag. Fotzt's rüber!

Anna-Stina Treumund

M's Wet Dream

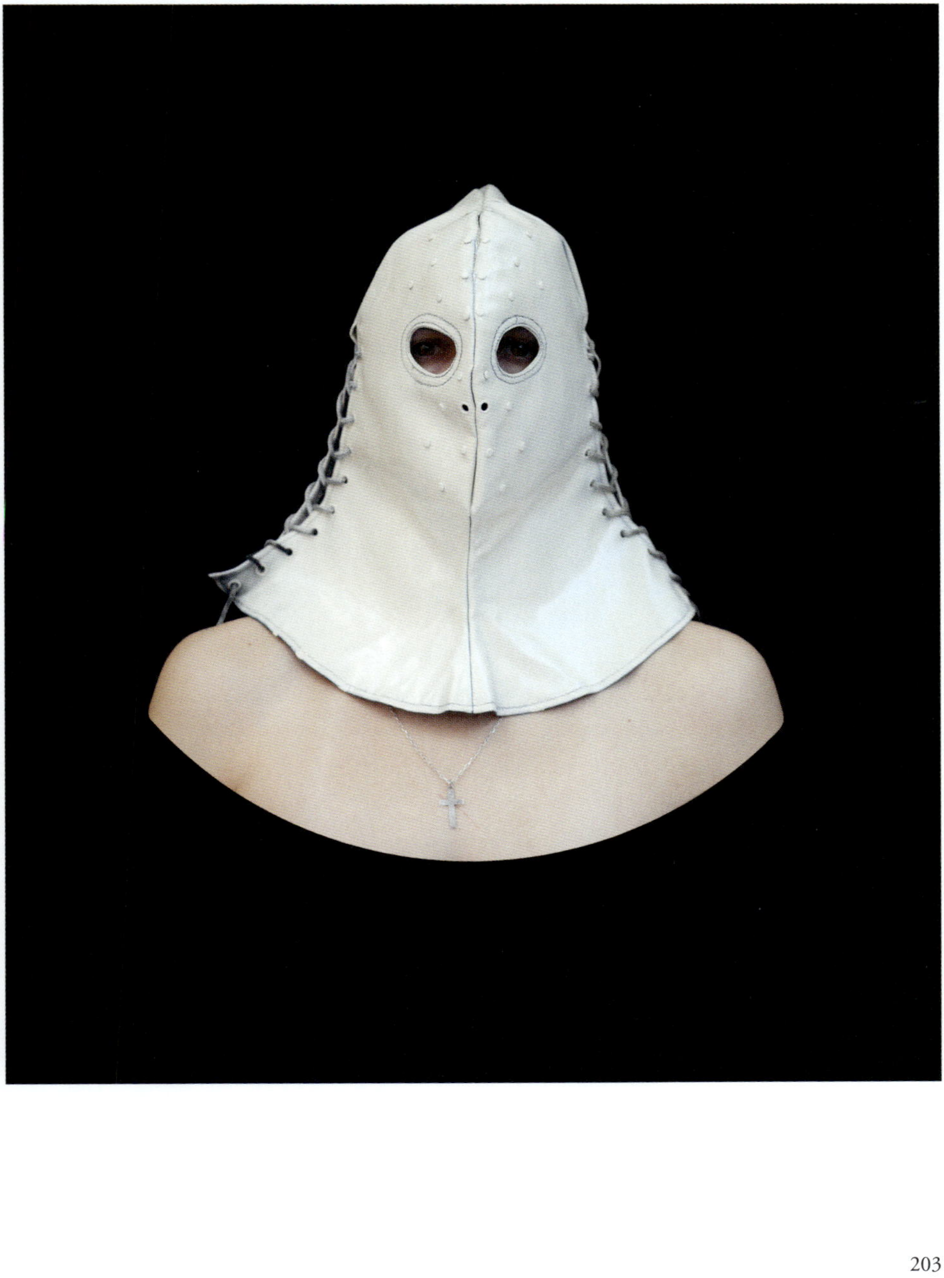

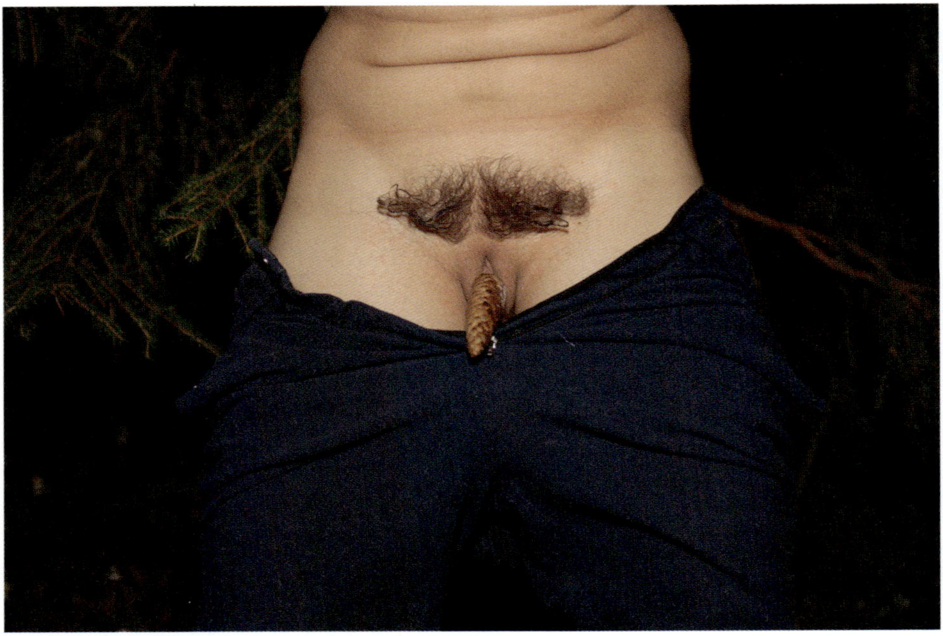

Anna-Stina Treumund: The Cone

Mit der Serie *M's Wet Dream* (Fotografien, Objekte und eine Ausstellung, 2017) habe ich mir die Freiheit herausgenommen, phallozentrische Mentalität und die Kultur, die sich daraus entwickelt hat und uns immer noch umgibt, zu kritisieren. Ich möchte „fuck-off" zu einer männlich-zentrierten Weltsicht sagen, die Frauen entweder als Sex-Objekte oder als Mütter wahrnimmt und einem selbstbewussten Auftreten von

Frauen im öffentlichen Raum scheinheilige Grenzen setzt. Wenn wir uns individuelle Fälle ansehen, findet die öffentliche Meinung immer noch Argumente dafür, die gleichen Dinge bei Frauen/Lesben nicht genauso zu akzeptieren wie bei Männern. Die Serie *M's Wet Dream* untersucht und durchbricht die Grenzen, die von der Gesellschaft für die Sichtbarkeit weiblicher Sexualität gesetzt werden.

Anna-Stina Treumund, Estland

Anna-Stina Treumund

Anna-Stina Treumund: Die Hard (right)

Die Hard (left)

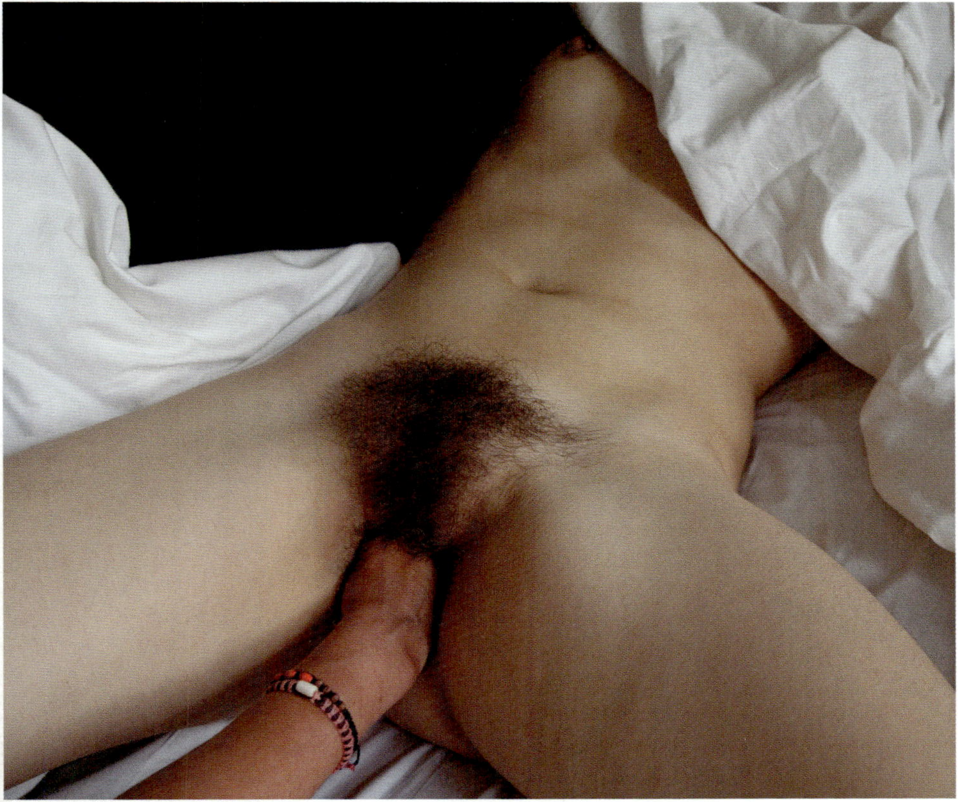

Anna-Sting Treumund: Origin of One Possible Orgasm

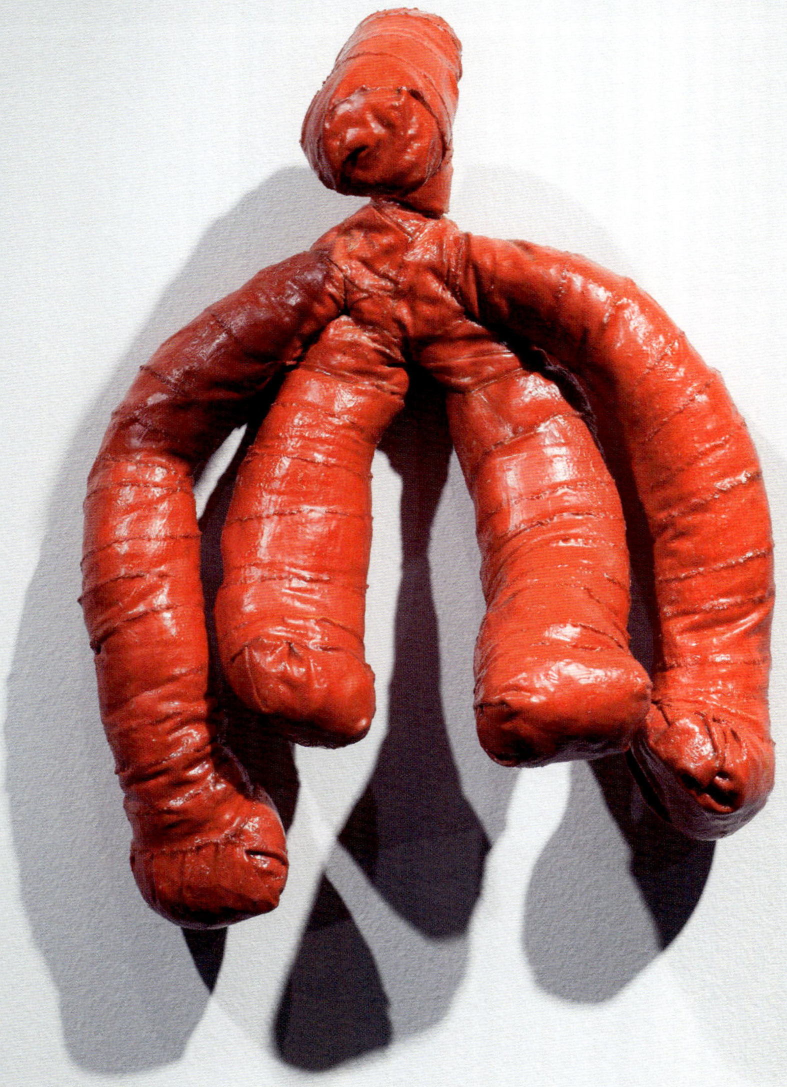

Anna-Stina Treumund: The Clit

Friederike K. Moorin

Androgynität

Neulich habe ich einen Umschnall-Dildo bei Amazon erworben. Er ist schlank und fein geädert – eine Eichel hat er auch. Wir haben inzwischen ein paar angenehme Minuten miteinander verbracht. Nicht Stunden – denn es muss auch gearbeitet werden am Schreibtisch – mit sortiertem Kopf und den Händen auf der Tastatur. Mein Büro ist tiny but I love it. Es liegt romantisch mitten in der Bibliothek. Bücher griffbereit – während eines kleinen Spaziergangs.

Auf die Idee, mir den Umschnall-Dildo zuzulegen, hat mich meine amerikanische (Ex-)Loverin gebracht. Sie besitzt nämlich den gleichen Umschnall-Dildo. In Umschnall-Pose hat sie mich einst zeichnen wollen. Hälfte-Hälfte, das war unser Plan, falls sich Zeichnungen und Reproduktionen gut verkaufen würden. Ihr Umschnall-Dildo hat zu einem neuen Lebensgefühl geführt. Er sitzt fest verankert in einem Scharnier, das um die Hüften geschnallt wird – und steht ausgezeichnet androgyn.

Das erste Mal sind wir uns in einem E-Mail-Wechsel begegnet. Sie hatte eine Annonce für ein Zimmer aufgegeben, und ich habe darauf geantwortet. Ein Skype-Date wurde vereinbart. Und dabei gab es Funken. Sie wollte mir den Two-Step beibringen, wenn ich vor Ort wäre – in den USA. Herrlich, habe ich gedacht, denn Tanzen ist eine große Leidenschaft. Doch weder meine amerikanische (Ex-) Loverin noch ich waren eindeutige Singles. Sie ganz frisch in einer (offenen) Beziehung mit einer Partnerin, die drei Stunden Luftlinie entfernt lebte, zu der aber in fünf Monaten umgezogen werden sollte. Und ich in einer (offenen) Beziehung mit einer Partnerin, die ein Jahr lang nicht wirklich gesehen werden könnte (die Entfernung – aber das Ausland war mein Traum, und sie hat ihn unterstützt).

Als ich vor Ort war, hat meine amerikanische (Ex-)Loverin mir den Two-Step beigebracht. Beim Yoga waren wir auch. Pizza haben wir gegessen, Wein getrunken, Zigaretten geraucht, mit dem Rauchen aufgehört, schwimmen waren wir im Mondenschein, stundenlange Gespräche verbaler und non-verbaler Art haben wir geführt. Herrlich – genau das habe ich gebraucht – und sie auch.

Doch die Partnerin meiner amerikanischen (Ex-)Loverin hat das nicht gebraucht. Und eines Tages war Schluss mit dem Spaß! Sie oder ich, hat die Partnerin meiner amerikanischen (Ex-)Loverin gesagt, sie könne jetzt noch keine offene Beziehung leben. Das war hart. Denn in den Gesprächen meiner amerikanischen (Ex-)Loverin und mir drehte sich alles um Polyamorie. Es stellte sich heraus, dass meine Partnerin konstruktiv mit dem Gedanken der Polyamorie umgehen konnte, während die Partnerin meiner amerikanischen (Ex-)Loverin das nicht konnte – konstruktiv damit umgehen.

Es scheint sehr schwierig, einen Menschen zu teilen. Oder zu wissen, dass es der Partnerin gut geht, während man selbst nicht so gut klarkommt. Die Versuchung, die Spaß habende Partnerin für das eigene Dilemma verantwortlich zu

Anna-Stina Treumund: Exhibitionist Installation

machen, stellte sich als sehr groß heraus. Und so erreichten wir nach vier amüsanten Monaten das Ende unserer Romanze. Knall auf Fall. Leider. Wir sattelten um auf Freundinnen. Was auch dazu führte, dass wir nicht reich werden konnten – mit den Zeichnungen vom Umschnall-Dildo an mir in ihrem Apartment. Leider. Hach! Das Leben ist ungerecht.
Wir führten dann ein langes Gespräch zu dritt: Meine amerikanische (Ex-)Loverin, ihre Partnerin und ich. Es schien konstruktiv. (Ex-)Loverin und ich versicherten der Partnerin, dass wir keine Partnerschaft im Sinn hätten, sondern nur befreundete Ex-Loverinnen mit der Aussicht auf Loverinnen-Status sein wollten – wenn sie, die Partnerin, damit umgehen könne. Das funktionierte für uns, meine amerikanische (Ex-)Loverin und mich, weil wir uns sehr mochten, liebten – aber auf Loverinnen-, nicht auf Partnerinnen-Art. Auch wenn es zunächst grünes Licht für eine Freundschaft gab von Seiten der Partnerin meiner amerikanischen (Ex-) Loverin, wurde innerhalb des nächsten Monats auf Rot umgeschaltet.
„Sending love always" hat mir meine amerikanische (Ex-)Loverin neulich geschrieben – und dass ihre Partnerin mehr Zeit brauche, sich damit zu arrangieren, dass es mich gibt. Ich sei in den Augen ihrer Partnerin Symbol für das Übel schlechthin in ihrer Beziehung geworden. Seriously?, habe ich gefragt und too bad gedacht. Dann bleibt nur eine Möglichkeit. Es muss Schluss sein – mit der Freundschaft. Und so sind meine amerikanische (Ex-)Loverin und ich auch virtuell auseinandergegangen.
Nun besitze ich einen Umschnall-Dildo, aber keine Künstlerin mehr, die mich im

Anna-Stina Treumund: Hammock

Rendez-Vous zeichnen möchte. Arrrrrgh! Der Umschnall-Dildo gibt mir ein Machtgefühl. Ich sehe ihn an und denke: Yes! Du bist ein Teil von mir, der – Glück – nicht mit mir verwachsen, aber stets griffbereit ist. I love it.
Ich befinde mich auf einem sogenannten Ego-Trip. Meine Partnerschaft ist inzwischen beendet. Nicht wegen meiner amerikanischen (Ex-)Loverin – meinetwegen. Ich brauche Raum, ich brauchte schon seit Langem sehr viel Raum. Aber es war kein Raum für diesen Raum. Denn ein großer Teil von mir brauchte zunächst Sicher- und Geborgenheit. Damals wusste ich nicht, dass es ein „zunächst" sein sollte. Damals dachte ich, dass „zunächst" ein „für immer" sein würde. Aber der Teil, der Raum brauchte, wurde größer und größer, dringender und dringender

– nun darf das Ich sein: Hier mit seinem Raum.
In den USA habe ich mich einer Trauma-Gruppe angeschlossen – es ist leichter, in einer fremden Sprache über die Gewalt zu sprechen. Wir sind drei Frauen. Zwei von uns haben sexualisierte Gewalt in der Kindheit erlebt. Es ist krass, wie ähnlich wir mit dieser Vergangenheit gestrickt sind. Wir beide sind unter Vätern aufgewachsen, die grausame Arschlöcher und feige Schweine sind. Wir beide sind sehr starke und sehr schüchterne Frauen in einem Ich. Sie hat vier Kinder und einen Mann, von dem sie sich gerade trennt. Ich habe keine Kinder und keinen Mann – dafür einen Rucksack mit einer Ladung schöner, schmerzhafter, lehrreicher, wachstumsfördernder und beendeter Partnerschaften.
Wir beide haben festgestellt, dass es schwierig ist, in einer Beziehung zu bleiben, wenn das Bedürfnis nach Raum erwacht und Heilung (vom Trauma) daran gebunden ist. Dann stellt sich die Frage: Ich oder eine Partnerschaft, in der das Bedürfnis meines Ichs nach Raum nicht gestillt werden kann. Es ist hart und schmerzhaft. Für meine Ex-Partnerin und mich. Ohne sie gäbe es das Ich nicht (es konnte nur in unserer Liebe heranwachsen), das seinen Raum brauchte und ihn nun bekommen hat. Meine Liebe bleibt verwoben mit tiefer Dankbarkeit und dem Wunsch, dass Zeit ihr gebrochenes Herz heilen darf und kann.
Manche Menschen halten mich für ein Arschloch. Ich halte mich für eine Heldin. Der Umschnall-Dildo gibt mir ein Machtgefühl. I love it. Eines Tages wird eine Künstlerin mich als Androgyna zeichnen können. I trust.
Bald geht es in die Stadt der Liebe, nächste Lebensstation und Erfüllung eines lang gehegten Traums. Thank you so much, dear love & life!

Finn & Salomé. Foto: Jo Swarzynska, Berlin 2016

Lina Ruske

Finn

Berlin 2015

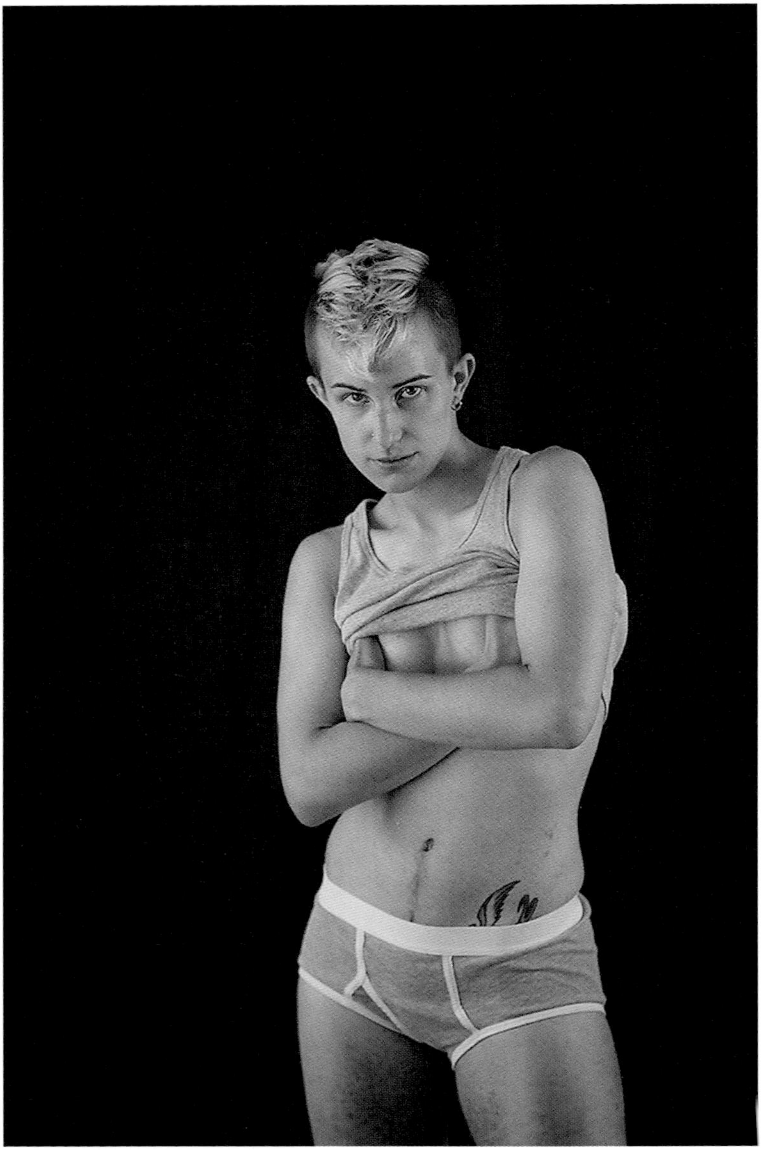

Finn, Berlin 2016. Foto: Andreas Neu

Finn, Berlin 2016. Foto: Andreas Neu

Camilla Storgaard: aus der Serie Kroppens Eget Ansigt

Annette Berr
Mein lieber Schwan

Kennengelernt hatten wir uns in der Kneipe, hier um die Ecke, bei Walter. Ich hatte am Tresen gestanden und Walter bei der Arbeit zugesehen. Das ging bei ihm immer Zackzack, da gab's kein Federlesen, rein ins Glas, voll, rauf auf den Tresen – Walter hat eben Tempo. Einen Tequila! – hatte eine heisere Stimme gerufen, und ich hatte sie angesehen, weil ich Tequila gerne mag und weil die Stimme fremd war. Sie hatte mich auch angesehen, nur kurz, aber lange genug, um zu verstehen, und sie hatte gerufen: Nein, mach zwei. Walter hatte gelacht, hatte mir zugenickt und gesagt, Mensch Räuberbraut, das wird wieder böse enden, was? Ich hatte nur mit den Schultern gezuckt, aber nichts erwidert, und hatte an der Zitrone gelutscht, was ich immer ausgiebigst tue, weil ich Rituale gerne mag, und ich hatte auf die Frau geschaut, und wieder auf Walter, und auf die Frau, und ich hatte dann nur gesagt, mach noch zwei. Walter hatte drei gemacht, wir hatten angestoßen. Auf was? Auf Gott und die Welt. Und ich hatte die Frau angesehen, einfach weil sie so unwahrscheinlich groß und so unwahrscheinlich fett war, dass jeder sie ansehen musste, und Walter hatte gegrinst, und ich hatte gedacht, wow, ein Riesenweib. Sie hatte gelacht, mitten rein in mein Gesicht, und Walter hatte noch drei gemacht und gesagt, Mensch, ich kenn dich doch, die zwei gehen auf meine Rechnung, und denn zieh mal Leine. Ich hatte gegrinst, mitten rein in sein Grinsen, und dann in ihres, denn es war schon klar, dass etwas passieren musste heute Nacht, irgendetwas. Mein Zimmer gefiel ihr auf Anhieb. Ich ging voran, bahnte uns einen Weg, sie folgte mir. Ich habe nur zwei Stühle, und da setzten wir uns dann. Im gelben Licht der Schreibtischlampe wirkte sie leberkrank, wenn sie redete, wackelte ihr Hals. Sie erzählte von Totengräbern und Leichenfledderern, und wie widerlich die sind und wie schwarz ihre Anzüge. Ihre Freundin wäre gestorben, erzählte sie, und deswegen sei sie weggelaufen, weil alle anderen nur stumm waren, und das hätte sie nicht mehr ertragen, weil sie, sie wollte leben, einfach nur leben, weil sie so oder so nicht weinen könnte, das würde irgendwann vielleicht kommen, aber nicht jetzt, und verflucht, OB ICH DAS VERSTÜNDE?

Ich nickte. Ja klar – ich wäre auch weggelaufen. Sie sagte NA PRIMA und warf das Streichholz auf den kahlen Boden, NA PRIMA, mit dem sie die ganze Zeit an ihren Nägeln gepult hatte, und ich sah das Streichholz an, als gäbe es dafür einen Grund, irgendeinen Grund.

Das ausgefranste kleine Streichholz lag auf dem Boden, ich sah es an. Sie lachte nur. Sie lachte, und da war dann schon die Gänsehaut auf meinem Rücken, und SIE WAR DOCH SO RIESIG, und so unglaublich FETT, und sie lachte nur und sagte, NA PRIMA, dann lass uns mal zu Bett gehen.

Ich starrte weiter auf das Streichholz, aber ich sah sie trotzdem, ich sah es ganz genau, denn in meinen Augenwinkeln war genug Platz, ich sah es, alles, und verdammt, es sah schon toll aus, als wäre es ihr Beruf. Sie machte es langsam, so langsam, da musste ich meinen Kopf hochheben, musste sie ansehen, jede Bewegung genau ansehen, musste einfach hinsehen, und ich dachte, ich müsste verrückt werden, weil ich sie SO wollte, weil ich sie so irrsinnig doll wollte, JETZT, SOFORT, weil ich sie so wollte, wie ich noch nie vorher jemanden gewollt hatte, und sie zog sich die ganze Zeit aus, MEIN GOTT, was hatte sie nur alles an. Sogar ihre Perlenkette legte sie ab, und verdammt, das glaubt mir keiner, wie verdammt erotisch sie ihre Perlenkette vom Hals nahm, und O JE, ich hatte wirklich Angst, ich müsste losbrüllen, einfach nur so, weil sie SO war, und ich starrte sie an, starrte ihren weißen Körper an, und sie sah so schön aus, so unglaublich schön. Ich saß auf meinem Stuhl krampfte meine Hände ineinander und starrte sie an. Meine Augen streichelten gierig an ihr hinauf und hinunter, jede Wölbung zerkaute ich in Gedanken, jede Pore eroberte ich, aber bewegen konnte ich keinen Muskel, und meine Hände wussten nichts anzufangen mit Knöpfen oder Reißverschluss, denn eigentlich waren sie doch in ihre Fleischwülste gekrochen, und schließlich half sie mir und, MEIN GOTT, was für ein Geruch.

Und so stand ich dann auf, wimmerte wie ein Kind, wie ein verprügeltes Kind, und taumelte ihr entgegen und, o Herr im Himmel, sooo viel Fleisch, und Fett, und weichweichweich.

Sie seufzte und ich wimmerte, denn ich stand eng bei ihr, meine Arme um sie herum, so weit, wie ich gerade kam, und dieser Geruch, dieser Geruch, wie Pfifferlinge im Grunewald nach dem großen Regen.

Ach, Frau Goliath, das ganze Fleisch, alles für mich, alles meins.

Sie stöhnte, aber es war eigentlich nur diese Situation, glaube ich, denn ich war nass vor lauter Gier, dabei hatte sie mich gar nicht berührt.

Ich lief um sie herum, immer im Kreis, aber ganz eng, ganz dicht. Wie die Katze um die Beine des geliebten Menschen, wenn er die Futterdose öffnet, lief ich um sie, immer im Kreis, rieb mich an ihr, rieb ihren Geruch in meine Haut, leckte und schmeckte und küsste sie überall dort, wo sie in meinen Mund fiel, und so tanzte ich einen absonderlichen Tanz ohne Ende. Plötzlich packte sie mich, griff nach meinem Kopf und hielt ihn ein wenig in die Höhe, so als müsste sie den kleinen fremden Kopf genauer betrachten, und jedenfalls verloren meine Füße den Halt, und so schwebte ich dann für einen Moment, aber dann ging es talwärts, hui, ging es bergab, mitten hinein in die enge Schlucht zwischen den Fleischwogen presste sie meinen Kopf, und ich bekam keine Luft, und ich schlug nach ihr, aber sie hielt mich, sie drückte so stark, dass ich meinte, sie wollte mich einfädeln und ich wäre der sture Faden, der wollte nicht ins Nadelöhr, und sie war die Nadel, nein, sie war die Näherin, und verflixt, der Faden musste doch hinein, und die Haare ziepte sie mir, aber schlimmer noch war der Sauerstoffmangel.

Und die ganze Zeit bebten ihre Brüste an meinen Ohren, sie zitterten und wackelten, und manchmal klatschten sie auf meine Ohren, dass es nur so dröhnte tief im Gehörgang. Meine Trommelfelle mussten glauben, eine Luftpumpe wäre gekommen und wollte ihnen den Garaus machen, und ich wollte schreien, aber es gab keine Luft,

Viola Hügerich

und mir wurde schwindelig, und gerade dachte ich SO, nun wirst du also ersticken – aber dann ließ sie mich los. Ich musste verrückt geworden sein, musste inzwischen vollkommen verrückt geworden sein, nicht wahr?, denn anstatt fortzulaufen, anstatt zu flüchten, stürzte ich auf sie zu, wieder, und griff hinein in ihre Massen, griff in die Düne über den Hüften, wühlte mich in Speckfalten, suchte nach ihrem Nabel, fand ihn, und herrjemine, dort roch sie ganz dumpf, roch nach Höhlen und Kalkfelsen und Meer und Fledermäusen.

Weiter kroch ich, überall hinein in ihre Ritzen und Grotten, hob und wendete die zahllosen Stapelschichten aus Haut und Fett und Fleischhalftern, und so gelangte ich doch wieder ins Nadelöhr, aber diesmal ließ Frau Goliath meinen armen Kopf in Ruh, und oh, sie war ein riesiger Haufen Götterspeise, und sie zitterte unter den bohrenden, trappelnden Händen, sie wackelte, und ihre Brüste waren ganz weiß. Da lag ich im Nadelöhr, aber wie ich mich auch drehte, waren doch überall nur ihre Brüste, und schau an, sie waren gar nicht weiß, sie waren wie ungeschlagene Sahne, oder wie die Eierschalen der Wyandotten, und überall im hellen Grund waren kleine Bäche und Rinnsale, die flossen blau unter ihrer Haut, die hatten scheinbar kein Ziel, die verknoteten sich und lösten sich, aber dann trafen sie sich doch und mündeten alle in einen scharlachroten Ozean, der lag direkt neben meinem Auge. Wie unglaublich! Ich sah auf dieses rote Meer und staunte nur, denn wo bei mir eine kleine braune Rosine thronte, erhob sich bei ihr ein mächtiger violetter Fels. Ich staunte das violette Wunder an. Unter meinen Blicken streckte es sich, und wuchs, und hob sich empor, und ich dachte, gleich würde es anfangen zu glühen, und da wollte ich löschen, und so kroch mein Sumpfmund näher heran, und da schob es sich hinein ins kühlende Nass. Ich nässte es, ich erfrischte es, aber es wuchs weiter, unaufhörlich, und ich hielt es geschmeidig, und es reckte sich tiefer hinein in den Morast, und ACH, es füllte meinen Mund bis in die hinterste Falte zwischen meinen Mandeln, sodass ich ein wenig würgte, und meine offenen Augen ertranken im scharlachroten Ozean, denn es gab kein Ufer mehr. Meine Zähne waren zaghafte Kinderhände. Neugierig tasteten siebenundzwanzig harte, elfenbeinweiße Kinderhände über ein violettes Tier, und die vielen kleinen blinden Schmeckaugen erschmeckten die vielen vergessenen Küsse, und die Schmeckaugen machten auch eine Spur, sie verewigten sich, machten ein Zeichen für alle, die noch folgen würden, und ich trank. Frau Goliath tropfte in meinen Mund, ich schluckte, ich trank sie, ich saugte und ich schluckte, mir wurde schwindelig – was war das nur für eine Droge?

Sie packte mich bei den Haaren, riss meinen Kopf zurück, so unerwartet, dass es einen kleinen Schmatzer gab vor meinem Mund, grad als hätte sie ihren Fuß aus einem Schlammloch befreit. Sie sah mich an, hielt mich an den Haaren, aber ich sah nur auf das violette Tier im scharlachroten Dschungel, und ich wimmerte begehrlich, wollte zurück. Mein Mund öffnete und schloss sich, machte ein stummes haphap hap haphap, doch Frau Goliath zwang unbarmherzig meinen Kopf ins Genick, und so musste ich sie ansehen, denn sie suchte nach meinen Augen, und so sahen wir uns an, lange. Dann lächelte sie und sagte: „Aha, eine kleine Fetischistin, ja? Gut, aber nimm auch die andere.“ Und nach vorn riss sie mich an ihren Sahneleib, manövrierte meinen klappernden nassen Hungermund durch den weiten leeren Raum bis auf den Gipfel des zweiten, des unbekannten Berges, wo meine Lippen schon haphap ganz richtig den Weg fanden, platzierte mich dort auf eine Weise, wie man sonst nur einen Blutegel ansetzt, ließ mein Haar los, endlich, und machte Geräusche wie ein Schwarm satter Tauben. Die Geräusche brummten irgendwie in ihrem Hals, aber auch in meinem, denn ich trank und fraß alles, was sie mir anbot. Unser Orchester bestand aus nur zwei Instrumenten, aber die waren jetzt gestimmt, und ich war also der Grashüpfer auf dem barocken Spinett. Ab ging es also, und nur schade, dass ich nicht noch eine dritte Hand besaß, denn dann läge sie längst zwischen meinen eigenen Schenkeln, denn Frau Goliath war anscheinend sehr faul, und schau an, und o weh, jetzt ging die Reise bergab. Jetzt lagen wir auf dem Bett, das heißt *sie* lag

auf dem Bett, und ich lag auf ihr, aber da blieb ich nicht, denn sie schwankte so, und da rollte ich mich von ihr, und dann holte ich tief Luft: Welcher Anblick!
Ich sprang eilig auf den Boden, lief in die Schneise ihrer offenen Schenkel, denn sie standen auf den Dielen, und dort landete ich in einer Sackgasse, und dort sprang ich auf sie, rutschte breitbeinig mal in die, mal in die andere Richtung, und dann fand ich die geeignete Position für einen Ritt, und dann ritt ich sie, und es glitschte zwischen uns, und sie wogte und stöhnte und pfiff, und ich machte es ihr nach, und meine kleinwinzigen Brüstchen zitterten eifrig bei all dem Radau. Ich behielt die Augen offen, die wanderten über ihren Sahneleib, und alles sah so unglaublich aus, und mitten auf ihren Brüsten prangten diese schockierend roten Kreise, groß wie Suppenteller. Ich ritt sie, und dann wurden meine Beine weich, aber ich ritt sie. Und MAMMAMIA, ich ritt direkt in den Himmel mit meiner Riesin, denn DA ... da sah ich schon die ersten Wolken. HALT, rief Frau Goliath, HALT! Sie stieß mich ein wenig zur Seite, und ich sah sie fragend an, denn vielleicht hatte ich ja einen Fehler gemacht, und MIST – ich hatte doch schon eine Wolke gesehen, und jetzt war wieder alles viel zu spät. „Was ist denn?“, fragte ich sie. Sie antwortete nicht. Sie hatte mich wohl gar nicht gehört. Mit großen runden Augen starrte sie auf eine Stelle von meinem Bauch. Sie starrte so unentwegt, dass ich dachte, sie wäre vielleicht etwas meschugge, und dann sah sie mich doch wieder an und sagte ganz ruhig, ganz bestimmt: „Fick mich!“ Vollkommen meschugge!, dachte ich und kratzte meinen Hinterkopf, aber an ihrer Art, mich anzuschauen, kapierte ich, dass sie es ernst meinte. Vor mich hinschimpfend stieg ich ab. Also gut! Pah! Mir doch egal! Mach doch deine Reise allein. Phh, ich werde wohl immer vergessen! Sicher, Hauptsache, die hat ihr Vergnügen. Grummelnd lief ich um ihr Knie herum und wieder hinein in die Sackgasse ihrer Schenkel. Ich legte meine Hände ineinander, legte sie behutsam *dorthin,* meine Fingerspitzen tauchten in ihren ganzen warmen Saft, meine Augen wurden verlegen, denn alles, alles war so nackt. Ich wartete. Sie sollte sich gefälligst selber bewegen. Sie wollte gefickt werden? Bitte, meine Hände waren bereit, aber den Rest sollte sie mal alleine machen! Ich wartete, aber sie rührte ihren Hintern nicht von der Stelle, und deshalb sah ich in ihr Gesicht, und ich rief trotzig: „Was ist denn?“
„Nicht *so*“, sagte sie nachsichtig.
„Was soll denn das nu heißen“, rief ich noch lauter.
Statt einer Antwort setzte sie sich und winkte mir, ich sollte aufstehen. „Gut“, sagte sie schließlich, „und jetzt warte einfach ab. Und stell keine Fragen.“ Ich stand zwischen ihren Schenkeln, wartete ab, stellte keine Fragen. Sie näherte ihre Hände meinem Bauch, sie streichelte meine Haut, allerdings ohne sie dabei zu berühren. Ihre Hände behielten einen gleichbleibenden Abstand von etwa einem Zentimeter. Sie streichelte mich überall, streichelte die Luft, und ich dachte: „Siehste wohl, ich geh doch wieder leer aus!“ Ihre Finger lagen jetzt beinah über meinem Geschlecht, und Frau Goliath starrte auf ihre Hände, sodass auch ich hinstarrte, aber da war gar nichts, und sie murmelte die ganze Zeit irgendwelche Worte, und ihre Hände bewegte sie

gleichmäßig und sehr behutsam. Wenn ich nicht gewusst hätte, dass da nur Luft war, hätte ich gemeint, sie sähe mehr als ich. Dann schloss ich meine Augen. Ich spürte die Wärme ihrer Fingerspitzen, und diese Nichtberührung war beinah erregender als eine Berührung, und ich spürte ihre Hände ganz genau, und obwohl ich noch immer trotzig war, schoss mir das Blut in die Lenden, und dann jedenfalls begann das Ungeheuerliche! Ihre Hände streichelten die leere Luft vor meinem pochenden Geschlecht. Ich schob mich näher, schob ihr meine Hüften entgegen, legte mich in ihre Hände hinein, legte mich in die prickelnde Wärme ihrer Hände, aber seltsam, ihre Berührungen waren wie durch einen Nebel, waren irgendwie gedämpft. Ich stöhnte leise. Ihre Berührungen wurden deutlicher, wurden intensiver. Sie drückte, sie rieb an mir, sie koste erst leicht, dann immer härter. Eine komische Furcht kam in meinen Kopf, und so öffnete ich meine Augen, und ich sah nach unten, und MEIN GOTT! Ich sah es! Zuerst wollte ich schreien. Dann weglaufen. Dann wollte ich sie schlagen – aber ich tat überhaupt nichts. Ich sah nur fassungslos auf ihre Hände. Was passierte bloß mit mir? Ganz genau spürte ich ihre Berührungen, spürte ganz genau mein Geschlecht, das lag in ihren Händen – aber, was ich SAH, widersprach dem, was ich EMPFAND! Denn ihre Hände rieben noch immer die leere Luft, streichelten die leere Luft, aber ich spürte ganz genau jede ihrer Liebkosungen, aber da war doch gar nichts zu sehen, aber sie, SIE musste es sehen, denn ihre Finger waren ganz sicher, und da wusste ich, dass Frau Goliath das sah, was ich nicht sehen konnte, und ich zitterte vor Erregung, und über meine Wangen rollten die Tränen. Ein Teil, ein unbekannter Teil meines Körpers lag in ihren Händen, und jetzt, jetzt konnte ich mir nichts mehr vormachen, denn ich spürte, wie es wuchs, wie es sich aufrichtete, wie es pochte und bebte, und selbst wenn ich all das noch verleugnet hätte, dann hätte ich doch nur ihre Hände beobachten brauchen, denn die zeichneten schließlich die Umrisse ganz deutlich, und so stand ich also vor ihr, und ich war fassungslos, denn jetzt war ich plötzlich ein Zwischenwesen, war sowohl Frau als auch Mann, und es war einfach nicht zu leugnen, denn ich spürte doch jede Berührung, also lebte ich doch in diesem fremden Auswuchs meines Körpers, lebte dort ebenso, wie ich in meinen Brüsten lebte, und überall floss das gleiche Blut. O je, und jetzt wimmerte ich wieder, aber es war, weil Frau Goliath ihre Hände fortgenommen hatte. Sie lächelte unverschämt zufrieden und legte sich zurück, machte es sich gemütlich auf meiner Daunendecke und bot sich meinen Augen dar, bot sich ganz offen dar, und ich WOLLTE SIE! Unsicher tastete ich nach dem, was ich nicht sehen konnte. Ich fand es, nahm es fest in meine Hände, und ich spürte den Druck meiner Finger, aber ich spürte gleichzeitig unter meinen Händen, wie es puckerte und zitterte. Ich sah auf, suchte ihren Blick und fragte: „War es schon immer da?“ Sie zuckte mit den Schultern. „Keine Ahnung“, erwiderte sie, „jedenfalls ist es da. Als ich dir geholfen hatte, dich auszuziehen, sah ich es.“ Dann wird es wohl bleiben, dachte ich, es wird wohl nie wieder absterben – und dieser Gedanke war so unerträglich groß, dass ich ihn sofort wieder vergaß. „Und jetzt – jetzt fick mich!“ Ich sah sie an, und plötzlich war da ein unbekannter Hass in mir, denn ich war keine Frau mehr wie die anderen, und sie, sie war schuld, und die Grenze war zwischen uns, und ich ahnte, es war unwichtig, wie tief ich in sie dringen würde, ich würde sie niemals wirklich berühren können, und für diese Erkenntnis hasste ich sie. Ganz vorsichtig legte ich die Kuppe meiner unsichtbaren Neuentdeckung zwischen ihre nassen und heißen Lippen, die waren ganz geschwollen von Begierde, und ich bewegte mich behutsam, musste erst lernen, mit mir umzugehen, musste es lernen, wie ich laufen gelernt hatte und radfahren, und plötzlich war da auch diese Furcht, diese Furcht, was mich wohl erwarten könnte in ihren dunklen Tiefen, und obwohl ich es doch ganz genau wusste, was ich finden würde, ging diese Furcht nicht mehr weg, und auch dafür hasste ich Frau Goliath, aber dann bewegte ich mich ein wenig, und sie war so weich und so glatt und so nass, da glitt ich wie von selbst tiefer, und schließlich war da auch noch die ganze Lust der vergangenen Stunden, und da stöhnte ich laut, und Frau Goliath antwortete mir wie ein Echo, und ich glitt tiefer, ich tauchte in flüssige warme Vaseline, ich glitt immer tiefer, ganz langsam, und ich genoss es, wie sie mich Stück um Stück in ihre heiße Umarmung nahm, denn ihre Muskeln waren ganz eng. Irgendwann ging es nicht mehr weiter, ich stieß gegen etwas Festes, und da schob ich mich wieder zurück, verließ den neuen Ort, an dem ich mich schon beinahe zu Hause fühlte, und mit jedem Zentimeter, den ich verließ, wuchs in mir die Sehnsucht, wieder heimzukehren. Kurz bevor ich sie vollständig verlor, drängte ich wieder voran, stieß in ihre Tiefe ohne zu denken, gehorchte nur noch einem Instinkt, hatte mir eigentlich Zeit lassen wollen, aber es gab keine Zeit mehr, und ich bewegte mich schnell, ich fickte sie, und das machte ich wirklich, ich lag auf ihrem schaukelnden Leib und ich fickte sie. Die ganze lange Nacht lag in meinen Lenden, jede einzelne Minute lag dort, und da sah ich schon wieder eine erste Wolke, und meine Lenden gaben ein Konzert, und dann explodierte alles zugleich, ich hörte auf zu existieren, und irgendwann lag ich still auf ihr, und lag in ihr, und tief in ihr zitterte ich wie von Erschöpfung und, als wäre es nicht schon genug für eine einzelne Nacht, bäumte sie sich, und da bäumte ich mich mit ihr, und dann zuckte es in ihrem Innern, und sie riss mich in den Strudel zurück, und sie tanzte einen Tango mit mir, tief in ihrem Bauch, und der Bauch war es, der mich irgendwie umarmte, die ganze Zeit. Dann lagen wir still, alle beide. Ich war erschöpft. Ich weinte. Draußen war noch immer eine Nacht.

Del LaGrace Volcano, Sublime Mutations

Karsten B.
Musste das sein

Es gibt die Erwartung, dass mit einer erfolgten Geschlechtstransition alle Probleme beseitigt wären, die diesen Schritt an einem Punkt im Leben so unausweichlich haben scheinen lassen. Und auch ich habe einmal so gedacht. Aber das ist natürlich eine naive Vorstellung, denn wann im Leben laufen die Dinge denn so – so monokausal und linear?

In diesem Jahr begehe ich meinen zehnten Transgeburtstag, was so viel heißt wie: Vor zehn Jahren habe ich mir das erste Mal Testosteron spritzen lassen. Zehn Jahre – das ist ein Zeitraum, für den sich eine Retrospektive lohnt, besonders für einen so radikalen Schritt, wie ihn eine Geschlechtstransition darstellt. Nun ist aber nicht nur jede Transition anders – das Phänomen Transidentität als solches ist ja seinem Charakter nach nur insofern fest umschrieben, als es etwa medizinisches und gesetzgeberisches Handeln erfordert. Auf individueller Ebene sind seine Ausprägungen, wie wir inzwischen wissen, ausgesprochen heterogen: Wo sich einer als *queer-feministischer Butch-Transboy* bezeichnet und sich Hormone lediglich am Rande des Darstellbaren zuführt, findet sich ein anderer als *androgyner Mensch* am besten interpretiert, ein nächster ruht nicht, bis die geschlechtsbezogene Angleichung keinerlei weiteren Handlungsspielraum mehr zulässt. Dazwischen ist alles möglich, selbst eine Umkehr nach Jahren nicht ausgeschlossen …

Leider begegnen sich die verschiedenen *Geschlechter* gelegentlich mit Unverständnis. Und in diesem Sinne kann und soll meine kleine biografische Note in keiner Weise als repräsentativ gelesen, meine Deutungen nicht als allgemein gültig verstanden werden, und die Fragen, die sich mir nach diesen Jahren heute stellen, sind es ebenfalls nicht. Diese kleine Vorsichtsmaßnahme vorangeschickt zunächst einmal die Feststellung, dass ich zu den Spätbekennern gehöre. Was viele Ursachen hat – nicht zuletzt eine Neigung, Dinge möglichst zu verstehen, sie nachhaltig zu hinterfragen und erst dann verstandesbezogene Entscheidungen treffen zu wollen. (Das funktioniert natürlich kaum bis gar nicht und ist nur eine schlimme Angewohnheit.) Was ich aber festhalten kann, ist, dass mein Entschluss, den Schritt endlich zu wagen, nicht nur mit einer ins Unermessliche gestiegenen inneren Verzweiflung zusammenging, sondern auch wesentlich mit einem einschlägigen Trans*-Forum im Internet. Hier hatte sich nämlich um die Jahrtausendwende enorm viel getan: Bildmaterial über Operationen war verfügbar, und die Ergebnisse wirkten zunehmend akzeptabler, positive Erfahrungsberichte waren in großer Zahl zugänglich, Empfehlungen und Richtlinien für den Prozess halfen bei der Orientierung, und für Probleme mit Behörden, Medizinern, Psychologen oder Arbeitgebern gab es entsprechende Hilfsangebote. Ein Alter von 41 Jahren ist für eine Transition dennoch ein reichlich fortgeschrittenes. Bevor ich nun verschiedene Aspekte meines Weges und deren Konsequenzen genauer ausleuchte, zunächst ein kleiner Exkurs in meine Kindheit und Jugend.

DDR in den frühen Siebzigern, ein Provinznest: Statt der Prinzessinnenkrone wollte ich in einem Indianerkostüm zum Kindergarten-Fasching gehen. Klassisch spielte ich auch Fußball und andere vermeintliche oder tatsächliche Jungenspiele. In ausgedehnten Tagträumen malte ich mir zudem aus, wie es wäre, wenn ich später statt einer Frau ein Mann sein würde. Es gab jede Menge Gewalt in meiner Familie, die neben mir aus meinen Eltern und drei jüngeren Schwestern bestand. Vater redete und verhielt sich stets abfällig gegenüber Frauen. Auf der Arbeit nannte man ihn jedoch einen *Büchsenmacher*, weil er *nur* Mädchen zustande brachte. Er schlug Mutter und auch uns Kinder bereits früh, Alkohol und Frustration waren allgegenwärtig. (Beide Elternteile sehe ich heute freilich als Opfer ihrer eigenen individuellen Geschichten, die viel mit den politischen und sozialen Bedingungen ihrer Zeit zu tun hatten.) Ich weiß noch, dass ich im Alter von ungefähr vier Jahren dachte, ich müsse ein Mann werden, um Mutter später beschützen und rächen zu können. Die Geschlechtsidentität entsteht aber, folgt mensch Psychologen, bereits mit zwei Jahren. So eine Selbstaffirmation muss in ihrem tatsächlichen Ursprung und in ihrer Wirksamkeit für die Herausbildung einer TI daher sicher hinterfragt bleiben.

Mutter warf meine Fußballschuhe in den Müll, und ich bekam ein Buch geschenkt, das von einer jungen Amsel erzählte, die traurig über ihr schwarzes Kleid lieber ein farbenprächtiger Pirol sein wollte. Heute denke ich, sie wollte mir damit etwas mitteilen. Vielleicht überinterpretiere ich es auch, denn meine Eltern waren sehr mit sich selbst beschäftigt. Ich weinte heimlich über die weggeworfenen Schuhe und konnte sie innerlich lange nicht loslassen. Im Kindergarten stellte man mich im Rahmen von Reihenuntersuchungen dem Arzt vor, weil sich in einer meiner großen Labien ein Hohlraum gebildet hatte, den ich hin und her schieben konnte und den ich liebevoll mein *Ei* nannte. Erst nach erfolgter Transition erzählte mir meine Mutter, dass der Arzt damals vage orakelte, das Mädchen könne sich auch noch in eine andere Richtung entwickeln, man müsse das abwarten.

Meine Erzieherin beschwerte sich bei meiner Mutter, dass ich über *Tisch und Bänke* gehe und ein echter Wildfang sei, ich müsse unbedingt mädchenhafter werden. Daran arbeiteten die Erwachsenen in meinem Umfeld mit Emphase und mit Ausnahme meines Vaters, der mich etwa mit in den Wald nahm, mir das Angeln beibrachte oder das Schießen mit dem Luftgewehr. An dem *Ei* war nichts dran, der Hohlraum verwuchs sich, leider. Das Amselproblem meiner Mutter konnte ich nicht nachvollziehen. In der Schule hasste ich Mädchen für all den Plüsch- und Rüschenkram an ihren Kleidern und ihr andauerndes Gekicher. Ich interessierte mich nicht einmal ansatzweise für ihre Themen. Einem Schulkameraden erzählte ich mit sieben, dass ich mir später die Brüste abschneiden ließe. Das kam damals spontan aus mir herausgeschossen, als jener sich über eine vorbeigehende Frau lustig machte, indem er mit beiden Händen vor seiner Brust ein ausladendes U andeutete. Wir hatten heftigen Streit, weil er mir (und sich) klarmachen wollte, dass auf mich eine ganz andere Zukunft wartete als auf ihn. Bei einer anderen Gelegenheit prügelte ich mich mit ihm im

Klassenraum, bis wir uns vor Erschöpfung ineinander verhakt nur noch hin- und herschieben konnten, während die Klasse einen grölenden Kreis um uns gebildet hatte. Aufgeben kam ja gar nicht infrage. In der Pubertät trat der innere Konflikt durch die offensichtlichen Veränderungen meines Körpers klar zutage: Ich sagte meiner Mutter auf dem Höhepunkt meiner Verzweiflung – sie hatte mir einen BH gekauft und festgelegt, ich müsse ihn fortan tragen –, dass ich mir überhaupt nicht vorstellen könne, eine Frau zu sein. Mutter aber gab einen sarkastischen Lacher von sich. Pah! Und sagte zu mir den für mich folgenschweren Satz: *Meinst du denn, ich finde es toll, eine Frau zu sein?* Aha, dachte ich da bei mir, es scheint also normal zu sein, dass das Frau-Werden mit extrem unangenehmen Gefühlen und mit so viel Abneigung einherginge. Ich hatte bloß schlicht die A-Karte gezogen! Ich solle mich jetzt endlich anpassen, insistierte Mutter noch und unterstrich diese Aufforderung mit einem abschließenden *Das ist eben so!* Ich musste an die Schläge und das Gebrüll von Vater denken, an die schier endlose, zermürbende Arbeit im Haus, die sie noch verrichten musste, nachdem sie bereits acht Dreiviertelstunden in einer Kinderkrippe gearbeitet hatte, und die Nacht nicht geschlafen, um meinen alkoholisierten Vater zu beaufsichtigen. Kein Wunder also, dass ich auf die Idee gekommen war, etwas Besseres zu wollen? Aber letztendlich wollten wir ja auch aus diesem Land raus und konnten nicht. Nicht einmal denken konnte ich das. Und wenn doch, so insistierte ich gegen mich selbst. *So darfst du nicht empfinden, halte dich nicht mit Unmöglichem auf!* Ich stellte das Nörgeln ein und fasste den Entschluss, mir nun mehr Mühe zu geben. Schminkte mich, ließ mir auf Mutters Anraten vom Friseur eine Dauerwelle machen, eine Freundin stach mir im Mädchenklo eine Sicherheitsnadel ins Ohr. Es waren die Achtziger, und ich war am Ende der Welt, ahnungslos, umgeben von NVA-Schießplatz und einer Industriekulisse, die das kleine Dorf, in dem wir lebten, gigantisch überragte.

Mit 19 war ich bereits verheiratet und wurde Mutter – durchaus vor dem Hintergrund der diesbezüglichen DDR-Politik, aber auch aufgrund von Naivität und der subtilen Hinführung durch die Familie meines ersten Freundes. Meine Eltern waren sicher nicht unglücklich, dass es so eine Wendung mit mir nahm. Die Entbindung und das Stillen aber waren ein Albtraum für mich, dem ich nur mit Entrückungsgefühlen begegnen konnte. Gleichwohl erlebte ich ein überirdisches Glücksgefühl, als ich mein Baby das erste Mal in den Armen hielt. Zwei Jahre später ließ ich mich wieder scheiden. Das war einfach in der DDR und in mancher Hinsicht ziemlich folgenlos. Ich war sicher, dass ich es mit meinem Kind allein schaffen konnte ...

Dann fiel die Mauer. Und mit ihr der innere Schutzwall, mit dem ich meine Transidentität ummantelt hatte. Es kam einem Erdrutsch gleich, der die ein oder andere selbstmörderische Episode nach sich zog. Allein der Gedanke an mein Kind ließ zuletzt jedes vorzeitige Ausscheiden inakzeptabel erscheinen. Mit Äußerungen über mein Empfinden stieß ich jedenfalls allenthalben auf Unverständnis, Ablehnung, Verurteilung. *Exaltation! Emanzentum! Hyperempfindlich-*

keit! – das waren die Bordgeschütze, die Familie, Freunde und Kollegen auf mich abfeuerten. Ich trank reichlich, hatte viel Sex und überzeichnete meine weibliche Erscheinung stark, und ich ließ zu, dass Männer diesen Körper, der nicht zu mir zu gehören schien, benutzten. Erst mit 30 fand ich den Mut, mit meinem Kind wegzuziehen – in die Großstadt Berlin. Der Ortswechsel ließ die verwirrten Gefühle über meine Geschlechtsidentität um ein weiteres Mal stark aufflammen. Darum suchte ich zum ersten Mal einen Therapeuten auf. Ein Schuss in den Ofen war die (klassische) Psychoanalyse vor allem deshalb, weil mein Therapeut die geheime Agenda verfolgte, mich mit meinem Geschlecht zu versöhnen, womit er sich nahtlos einreihte in die Stimmen meines bisherigen Umfelds. Hätte ich nur mein Problem mit meiner Mutter verarbeitet, zeigte er sich überzeugt, würde alles gut werden. Dabei strich er sich permanent die Krawatte glatt, womit ich ihn schließlich sitzen ließ.
Weitere zwanzig Jahre sollte ich gegen mein inneres Streben ankämpfen. Ich konnte zwar formulieren, dass ich mich nicht wie eine Frau *fühlte*. Aber die Schlussfolgerung daraus, dass ich dann eben *transsexuell* sei, war für lange Zeit schlicht undenkbar für mich. Und dabei handelte es sich ja erst einmal nur um eine Option per Ausschluss-Verfahren: Wenn also keine *Frau*, dann wohl eher ein *Mann*. Woher aber wollte ich so genau wissen, wie sich ein biologischer Mann fühlte? Und als ich eine Transsexualität (den politisch korrekteren Begriff der Transidentität lernte ich erst kennen) schließlich in Betracht zog, überwältigten mich Fantasie und Selbstbezichtigung, ein totaler Psycho-Freak zu sein. Wiederholt machte ich innerliche Rückzieher: *Im nächsten Leben, aber nicht in diesem!* Die Transidentität hingegen mochte sich nie luftdicht verschließen lassen. Vorwitzig steckte sie ab und zu ein schmales Röhrchen aus dem meterdicken Schutt und tat ein paar Atemzüge: Ich verließ meinen Freund. Ich wählte Frauen. Ich kaufte mir zuerst Männerunterhosen, dann Männerschuhe und Herrenanzüge, die Haare raspelkurz stellte ich das Schminken ein. Und jeder kleine Schritt brachte ein klein wenig seelische Entlastung mit sich. Ich sei also eine *Butch*, lernte ich. Ich sollte mal ernsthaft über eine Transition nachdenken, sagte meine neue Therapeutin – Feministin und Aktivistin der Antipsychiatriebewegung – nach zwei Jahren anteilnehmenden Zuhörens. Meine Frau aber sagte dazu, ich verlasse dich ...
Sie heiratete mich. Da waren weitere Jahre vergangen. Die Heirat hatte für mich so etwas Radikales wie einst der Mauerfall. Ihr *Ich liebe dich* bekam durch ihr Ja-Wort in meinem Inneren den Zusatz *so, wie du bist*. Ich hatte keine Zeit mehr zu verlieren, informierte mich im Internet und ließ mir endlich die Hormone spritzen. Mein Kind war da bereits erwachsen, ging *cool* mit der Situation um und merkte erst später, dass etwas verlorenging, das zu betrauern war. Und auch ich realisierte diesen Umstand erst reichlich spät.

Das Procedere einer Transition ist in hohem Maße anfordernd, was zu beschreiben den Rahmen dieses Beitrags sprengte. Mit 41 erlebte ich also eine zweite Pubertät, aber für mich war es in vielerlei Hin-

Del LaGrace Volcano, Sublime Mutations: The 3 Butches

sicht die erste. Meine Frau – fünf Jahre älter als ich – war da mitten in den Wechseljahren mit ihren ganz eigenen Herausforderungen. Sie verließ mich nach vierzehn gemeinsamen Jahren. Wer weiß aber schon genau, wer am Ende einer Partnerschaft wen verlassen hat. Die, welche sagt, jetzt ist es aus? Vielleicht hatte auch ich sie zwischenzeitlich verlassen.

Waren Männer wieder eine Option? War ich ... schwul? Meine *männliche Identität* formte sich unter starker Unterstützung der Hormone weiter aus. Ich schritt auf der Straße in einer Weise aus, die mir zuvor fremd war. Die neue Kraft in mir bewirkte vor allem, dass ich weitaus angst- und sorgloser wurde, Fantasien über immense Kräfte, die mir zur Verfügung stünden und nur auf ihren Einsatz warteten, und ein starkes Empfinden, mir liege die Welt zu Füßen, ließen mich weitaus positiver gestimmt sein, als ich das sonst von mir gewohnt war. Was für eine Entlastung das war! (Welche teilweise gewiss auch auf die befreiende Wirkung meiner Entscheidung zu transitionieren zurückging.) Gelegentlich verspürte ich den Drang, einfach die Straße entlangzusprinten. Im Auto tendierte ich zu halsbrecherischen Manövern, sodass ich beschloss, es für eine Weile stehen zu lassen. Zu Hause machte ich Witze, über die keiner lauter lachte als ich selbst, und meine gute Laune wurde allenthalben mit Augenrollen bedacht. Und natürlich hatte auch ich in den ersten Jahren mit hormonbedingten Stimmungsschwankungen zu kämpfen. Der pubertäre Größenwahn wurde durch die Tatsache getrübt, dass ich das deutliche Gefühl hatte, etwas, hm ... *dümmer* zu werden, so als würde sich mein *Denk- oder auch Empfindungsfeld* in irgendeiner Weise verschlanken, einschränken. Ich kann es nicht besser ausdrücken, aber ich spürte deutlich, dass sich mein Denken veränderte. Aha, dachte ich, Männer sind also wirklich dümmer, habe ich es nicht gewusst? Das bereitete mir natürlich Sorgen, aber zugleich bewirkten die Hormone ja diese schöne Unverzagtheit, sodass ich schließlich akzeptierte, das eine für das andere eingetauscht zu haben. Und wie hätte ich es auch ändern sollen?

Der Prozess männlicher Identitätsbildung – und damit meine ich so etwas Vages wie: Ich bin energiegeladen, zupackend, positiv gestimmt und sexuell viril, ich bin (ergo!) ein Mann. Dieser Prozess ging mit einer unglaublich subtilen, physischen wie auch mentalen Ablehnung des Weiblichen einher. Und das, wo ich nicht zuletzt aufgrund meiner Gewalter-

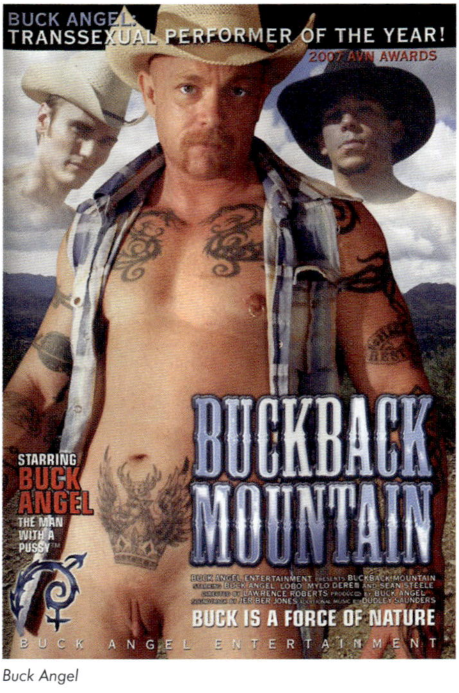

Buck Angel

Buck Angel

fahrung feministisch eingestellt war, was ich dann auch als starken Widerspruch in mir erlebte. Zuerst verstellte sich mein Geruchssinn. Plötzlich mochte ich den Duft meiner Frau nicht mehr, überhaupt monierte mein Nervensystem die Duftnoten etwas älterer Frauen. Auch sah ich nun weibliche Interaktionsmuster aus einem veränderten Blickwinkel, fühlte mich schneller übervorteilt, manipuliert, verwickelt. Dagegen bekam ich in Bus und Bahn Erektionen, wenn mir junge Frauen gegenübersaßen. Schaukelnde Hüften ließen das Blut in meinem Schritt sich stauen wie überhaupt jede typisch weibliche Bewegung. Mein Kopf kam da überhaupt nicht hinterher. Ich stand doch auf gestandene, reifere Persönlichkeiten. Was sollte das? Obgleich ich mich dafür verurteilte, konnte ich es nicht ändern. Glücklicherweise legte sich das nach einer Weile wieder. Banal genug ist damit auch nichts anderes beschrieben als die Auswirkungen einer typischen männlichen Pubertät. Will ich damit ausdrücken, dass Frauenhass hormonell bedingt und darüber hinaus sogar die Grundlage für jede männliche Identitätsbildung sei? Diese These ist nicht neu, vielleicht sogar naheliegend. Aus einer mehr individualpsychologischen Perspektive war es ja möglich, dass die Ablehnung des Weiblichen aus meiner Geschichte herrührte und nun erst klar hervortreten konnte. In dieser Lesart hatte ich jetzt erstmals die Chance, meinen Hass auf mich selbst als weibliches Wesen nun frei auf Individuen außerhalb meiner selbst zu projizieren. Vielleicht verhielt es sich ja auch so?

Meine Frau *transitionierte* ebenfalls. In den ersten beiden Jahren noch an meiner Seite. Sie sagte, sie spüre, wie sich Dinge in ihrer Identität verschieben würden. Sie wisse manchmal nicht mehr so recht, wer sie noch sei. Vor allem störte es sie, dass sie auf der Straße nun als *Hete* gelesen würde, dass ich immer nur mit mir beschäftigt sei, das Bad nicht mehr mit ihr teilen wolle, überhaupt neue räumliche und zeitliche Freiheiten beanspruchte. Da sei niemand, sagte sie öfter, der dieser wunderbaren Frau, die jetzt verschwinden solle, die Stange hielte. Keiner, der um diese Frau trauern würde. Ich wusste nicht, wovon sie sprach. Oder anders: Ich wusste es, aber das war doch überhaupt nicht meine Baustelle! Ich wurde deutlich selbstbewusster, stärker, hatte neue Bedürfnisse nach Autonomie. Unsere akribisch ausgehandelte und eingeübte Paardynamik geriet ins Wanken. Als lesbisches Paar waren wir auf mehr oder weniger symbiotische Weise miteinander verbunden gewesen.

Schließlich hatte meine Frau eine Affäre mit einer anderen, just als ich durch die hormonelle Anpassung hindurch war und die OPs keine einschränkenden Auswirkungen mehr auf meinen Körper hatten. Heute sagt sie, dass sie sich wieder ein Leben mit einer transidenten Person vorstellen könne. Aber diese Zeit habe sie gebraucht und diese Erfahrung auch. Nicht so sehr die TI als vielmehr die Tatsache, dass wir uns zum Zeitpunkt der Transition in sehr unterschiedlichen Entwicklungsphasen befanden, wurde zu einem Verhängnis unserer Beziehung. Eine längere Auszeit hätte uns beiden vielleicht die Chance geboten, irgendwann einen neuen Anfang zu wagen, aber nur vielleicht. Das Ausmaß an Mut, Zuversicht, Vertrauen und auch so etwas wie Schicksalsergebenheit, das die PartnerIn einer transidenten Person für die Dauer eines Transitionsprozesses und darüber hinaus aufbringen muss, kann kaum unterschätzt werden. Und selbstverständlich muss eine PartnerIn einen solchen Schritt nicht mögen. Aber ich bin auch sicher, dass eine begleitende Paarberatung an dieser Stelle sehr viel leisten kann, wenn sie die Probleme auf angemessene Weise thematisiert und geeignete Lösungswege aufzeigt, auf die PartnerInnen im Strudel der Ereignisse vielleicht nicht so ohne weiteres selbst kommen.

Einen schön geformten Schwanz aus Samt und Seide, festgemacht an einem sympathischen jungen Mann, holte ich mir an einem Sommerabend in die Altbauwohnung, die ich inzwischen allein bewohnte. Wir kifften ein klein wenig auf dem Balkon. Worüber wir redeten, habe ich vergessen. Ich zog mich aus und empfand trotz Narben eine unbekannte Unbefangenheit, war frei von jeder Empfindlichkeit, Zurücknahme, Selbstablehnung. Das Testosteron sorgte für das inzwischen so angenehme Gefühl der Unverwundbarkeit und Virilität. Das war natürlich noch immer pubertär, und der Sex, den wir hatten, war gut. Mehr aber auch nicht ...
Allen Fragen nach Motiven für die TI zum Trotz liebe ich meinen neuen Körper. Die schlanke Hüfte, die Muskeln an Armen und Beinen, vor allem mein Gesicht. Nachdem sich aus dem hormonellen Vollmond nach und nach ein richtiges Männergesicht zu stülpen begann, wurde ich nicht müde, es zu knipsen. Und noch heute schaue ich voller Zufriedenheit hinein. Vor allem habe ich dabei das Gefühl, dass es nun *mein* Gesicht ist, in das ich blicke, wohingegen ich mein weibliches Antlitz als zwar hübsch, aber doch zufällig zu mir gehörig erlebt hatte. Und ich liebe es, ein Buch zu lesen und mir dabei gedankenverloren im Bart zu kraulen. Klar, ich wäre gern eins achtzig, aber damit zurechtzukommen, ist eine andere Baustelle, um die ich mich gut kümmern kann.
Hin und wieder treffe ich mich mit anderen Transmännern (TMs), einige von ihnen bezeichnen sich selbst als schwul, weil sie Männer attraktiv finden. *Mein* Motiv, mit Männern Sex haben zu wollen, aber speiste sich zuerst einmal wesentlich aus dem Wunsch nach Anerkennung: Wurde ich von ihnen als vollwertiger Mann angesehen? Was könnte mehr Beweis dafür sein, als wenn mir ein schwuler Mann Begehren entgegenbrachte? In einer Münchner Schwulensauna erlegte ich ein großes, haariges und schweres Cis-Exemplar für

mich und ein Stündchen unverfänglichen Sex. Er bedankte sich später höflich für die gemachte *besondere Erfahrung*, was nur belegte, dass der Test schiefgelaufen war. Hetero-Männer hingegen zeigen ein viel kleineres Problem, mich zweifelsfrei dem männlichen Geschlecht zuzuordnen. (Aber sie wollen ja auch nicht mit mir ins Bett.) Ich musste also lernen, dass schwule Männer oft ein noch größeres Identitätsproblem haben, als ich das in einem früheren Leben bereits bei Hetero-Männern wahrgenommen hatte. Und das führt mich geradewegs zu der Beobachtung, dass sich viele TMs davon nicht ausnehmen. Selbstverständlich nicht und mich inbegriffen. *Galoppierender Narzissmus*, um das Phänomen mal so zu umschreiben, wird mich jedoch nicht vor der Erkenntnis schützen, dass das Bemühen um ein möglichst männliches Aussehen wie jede Illusion, der wir nachjagen, kein natürliches Ende kennt und schlussendlich ins Leere führen muss. Deshalb sind auch unausgesprochene, aber nichtsdestoweniger hart ausgetragene Wettbewerbe unter TMs, wer denn nun der *männlichere* sei (die Indikatoren hierfür althergebracht: vermeintliche Attraktivität, scheinbare Dominanz, beruflicher und materieller Status), überflüssig, energieintensiv, und sie wirken sich desintegrierend aus. Auf der anderen Seite, warum sollten sich TMs anders verhalten als ihre schwulen, bi- und heterosexuellen Kollegen? Na, weil wir es besser wissen müssten?

Wie ich es zu keiner Zeit als Mensch in einem Frauenkörper erlebt hatte, gab es also eine Zeit, in der ich mich ständig fragte, ob ich als Mann vollwertig genug sei. Und da ich ein gutes *Passing* habe (womit gemeint ist, dass ich anhand meines Äußeren als Mann eingeordnet werde), ging es dabei nur zu einem Teil um meine geschlechtliche Ausstattung, sprich einen Penis. Wo genau stehst du in der großen Hackordnung der Männerwelt? Wie ist dein Wert auf einem schnelllebigen, lustorientierten Gay-Fleischmarkt einzuschätzen? Was ist dein Werk als Mann in dieser Welt? Darum drehten sich meine inneren Dialoge in immer schneller werdenden Kreisen, deren Fliehkräfte mich schließlich in weitere Therapiesitzungen trieben, in denen ich freilich erkennen musste, dass es sich um Fragen handelt, für die ich durchaus keine Antworten finden muss.

Unlösbar schien ein anderes Problem zu sein: Als Kind hatte ich mich stark an meinem Vater orientiert. Es ist gut möglich, dass meine Mutter (die sicher ein Opfer patriarchalischer Verhältnisse, aber dennoch weit hinter ihren realen Handlungsmöglichkeiten zurückgeblieben war) als Modell schlicht nicht infrage kam. Und doch holte mich die Vateridentifikation noch einmal ein. Denn als Mann, der ich nun war, empfand ich plötzlich gegenüber seiner Sucht, seinem Jähzorn, seinem ausgeprägten Sadismus eine ganz anders geartete Empörung. In mir tobte eine neue, eine ganz und gar aggressive und nach außen gerichtete Wut, und ich konnte mich nur schwer zurückhalten, meinen inzwischen alt gewordenen Vater damit zu konfrontieren, womöglich sogar körperlich. Als Mensch mit östrogendurchtränktem Körper waren es stille Verachtung und selbstverletzendes Verhalten gewesen. (Womit ich keineswegs sagen will, dass nicht auch Frauen zuschlagen können.) Auf der anderen Seite wurde mir schmerzlich bewusst, wie schwach

Del LaGrace Volcano

mein Vater als Mann und Mensch war. Ich sah ihn nun viel klarer als einen Mann, der sich aus kompensatorischen Gründen und weil er es konnte an seinen kleinen Mädchen und seiner Frau vergriff. Wer also konnte ein männliches Vorbild für mich in meiner neuen Rolle als Mann sein? In diesem Zusammenhang stieß ich auf mein eigenes Ressentiment, diesmal nicht Frauen, sondern Männern gegenüber. Und da soll noch mal einer sagen, eine Transition sei keine Therapie! Ich aber glaube kaum, dass ich die Erkenntnis eines Hasses auf *beide* Geschlechter auf andere Weise hätte gewinnen können. Ein Hass, der sich vielleicht als *Hass auf Geschlecht an sich* maskierte und mir auf diese Weise eine TI gewissermaßen aufgezwungen hatte? Mit Sicherheit kann ich nur eines sagen: Keine konventionelle Therapie unter Zuhilfenahme welches Verfahrens auch immer hätte mir diese Einsicht vermitteln können. Ich musste sie auf der Grundlage einer eigenen Entscheidung von innen heraus erleben. Eine Therapie kann sicher unterstützend sein in diesem Prozess, aber sie kann eine TI nicht verhindern und schon gar nicht kurieren. Das schreibe ich so klar, weil ich aus eigener Erfahrung weiß, dass es da draußen Therapeuten gibt, die das in fragwürdiger Weise heute noch immer versuchen.

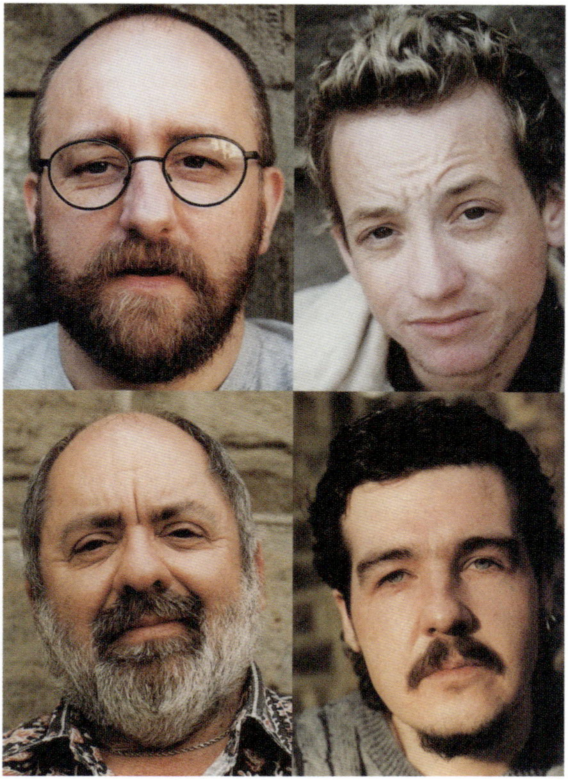

Del LaGrace Volcano, Sublime Mutations: Tranz Porträts

Im Übrigen darf ich nach vielen Jahren, in denen ich auf vielfältige Weise mit Frauenhass konfrontiert gewesen war, nun gelegentlich erleben, wie sich das Thema Geschlechterhass von der anderen Seite anfühlt. Und da finde ich es zwar keineswegs verwunderlich, aber doch erstaunlich, wie viele Frauen Männern auf eine mehr oder weniger subtile Weise ihre Verachtung zeigen. In diesen Momenten möchte ich gern aus mir heraushüpfen und sagen, Schwestern ...! Aber nein, das geht ja nicht mehr, und es würde auch gar nicht funktionieren.
Und überhaupt, Schwestern? Die hat es für mich als Lesbe eigentlich nie wirklich gegeben. Als attestierte *Butch* in einer

Zeit, in der Butch-Outfits durchaus noch kein Ausdruck gesteigerten Modebewusstseins waren, sondern eher die Zugehörigkeit zu einer sozialen Schicht markierten, zu einer Zeit, als das Butch-Sein also derart kompromittiert war, dass es nach und nach förmlich von der Bildfläche verschwand – in dieser Zeit fühlte ich mich unter Schwestern nicht besonders wohl. Und darum bin ich besonders dankbar dafür, dass sich im lesbischen/queeren Umfeld neuerdings auch Räume für Transidentitäten öffnen. Denn wo sind die Räume, in denen ich mich als auch zugehörig empfinden kann? Und dieses kleine *auch* hat große Bedeutung für mich, denn ich habe gelernt, dass, in welchen Kontexten ich auch immer mich bewege – es gibt für mich heute stets dieses: *Ja, aber da ist doch* auch *...!* Unter Heteromännern etwa fühle ich mich wohl und zugehörig für einige Zeit. Aber nach einer Weile fehlt mir etwas, weil *ihnen* etwas zu fehlen scheint: Der Blick aus der weiblichen Perspektive nämlich. Und diese Perspektive habe ich, gewollt oder nicht, vierzig Jahre lang inhaliert – bin auch *weiblich sozialisiert*, wie wir so schön formulieren. Und es ist darüber hinaus auch der Blick von jemandem, der über Grenzen gegangen ist und gesehen hat, dass es eigentlich gar keine Grenzen gibt, dass sie nur in meinem Kopf existiert haben. Und in meinem Fall so sehr existiert haben, dass ich sie mit Gewalt überschreiten musste. Unerhört genug, es so auszudrücken – aber was anderes kann es sein als ein Akt der Gewalt gegen meinen Körper, wenn ich ihn nach meinem Empfinden *modifiziere*? Und was umgekehrt sagt das über die unendliche Imaginationsfähigkeit meiner Seele, Psyche, meines Gehirns (je nachdem, welchen Ideen ich anhänge) aus? Eine Seele, die sich die Freiheit nimmt, in einer vorbestimmten Welt, in einer durchkultivierten Welt, in einer Welt, in der alles so sehr seinen Platz hat und vom Körper ausgehend seinen Platz hat (Körpergestalt, Körperduft, Körperflüssigkeiten), dass sie in ihrer vollen Ausdehnung darin keinen Platz finden kann, ohne sich so zu verbiegen, dass sie nicht mehr zu atmen weiß. Ich aber weiß zu atmen, wenn ich sagen kann: Hier und heute bin ich Mann, wie ihr Mann seid, bin ich Frau, wie ihr Frau seid, bin ich schwul, wie ihr schwul seid, hetero, wie ihr hetero seid, lesbisch, wie ihr lesbisch seid ...

Das sich hierin ausdrückende Bedürfnis einer inneren Integration der bisher gelebten Geschlechter schlägt sich auch in meiner beruflichen Situation nieder. Als Mädchen wählte ich den Elektrikerberuf und als junge Frau das Maschinenbaustudium. Ja, ich war auf eine durchaus männliche Art beruflich erfolgreich und blicke auf eine Karriere in einem Großkonzern zurück. Als Mann arbeite ich heute als Deutschlehrer in der Erwachsenenbildung in einem eher von Frauen dominierten Bereich, was mir große Freude bringt. Das Ganze scheint eine Kreisbewegung zu sein. Ich bin jetzt wieder näher an Frauen dran, auch in der Liebe. Und trotz dieser Durchlässigkeit in Bezug auf Geschlecht und sexueller Orientierung bin ich doch immer *Ich* und bin ich *Ich* genug. Das ist nicht immer leicht, denn auch jetzt gibt es noch dieses so tief internalisierte *Du sollst – solltest so und so sein, dies und das empfinden*. Und dann kann es vorkommen, dass ich morgens aufwache und mir in dem totalen Grauen in den

Schritt greife, dass kein Schwanz da ist. Und ein anderes Mal in einem völlig umgekehrten Grauen – nämlich dem, dass ich die Transition wirklich gemacht habe, obwohl ich das nicht *sollte*, und dass die Zweideutigkeit meines Körpers immer eine Beleg für diese, ja, Unbeugsamkeit sein wird. In solchen Momenten bin ich ein Befreiter, der alle Ängste der Freiheit durchlebt und sich allein fühlt in der Wüste der *Geschlechts-Kosmopoliten*. Und dann logge ich mich nach langer Zeit in jenem Trans*-Forum ein und vergewissere mich, dass wir insgesamt gar nicht so wenige sind. Schöpfe neuen Mut daraus und oute mich manchmal (sonst lebe ich *stealth* – also nicht offen als TI), wenn ich finde, ein geschlechtsbezogenes Verhalten, eine Aussage kann so nicht im Raum stehen bleiben, wenn wir wollen, dass wir uns eines Tages – auch innerlich – nicht mehr rechtfertigen müssen für einen solchen Weg. –

Was ist also gewonnen durch meine Transition?
Ich habe nichts gewonnen. Ich habe nur gelebt (und das ist viel) und meine Entscheidungen getroffen. Es ist gut möglich, dass ich es nicht überlebt hätte, wenn ich diesen drastischen Schritt nicht getan hätte. Jedenfalls gab es einen Punkt in meinem Leben, an dem ich nicht mehr wusste, wie ich überhaupt weiterleben konnte. Ich

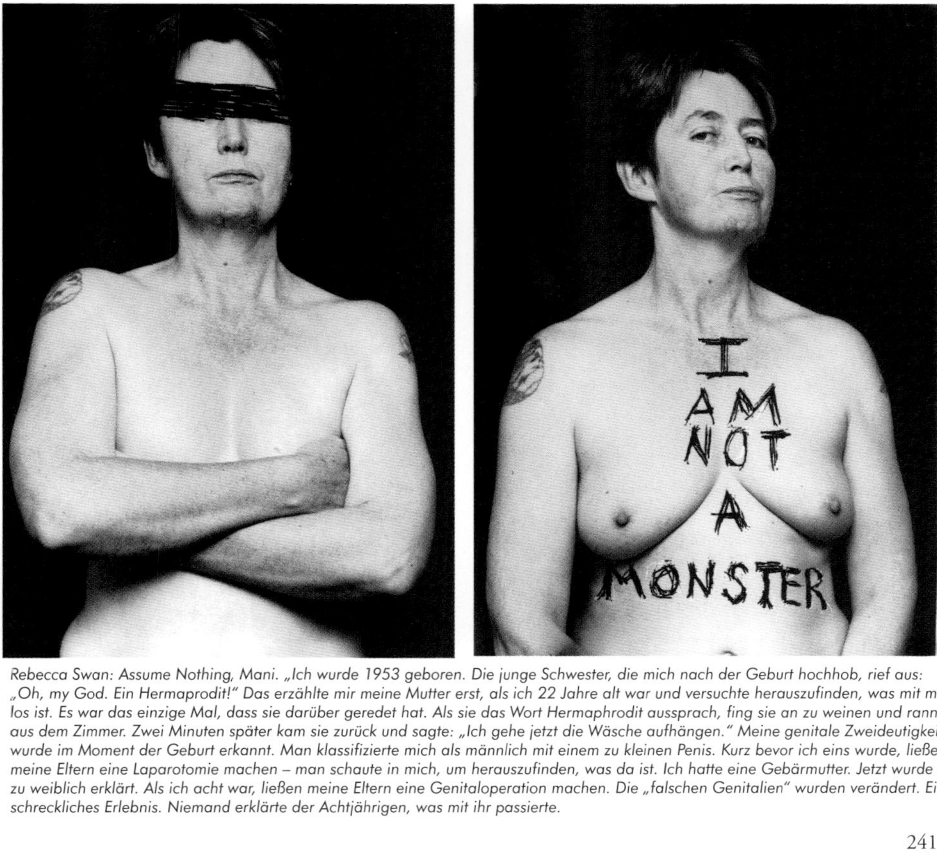

Rebecca Swan: Assume Nothing, Mani. „Ich wurde 1953 geboren. Die junge Schwester, die mich nach der Geburt hochhob, rief aus: „Oh, my God. Ein Hermaprodit!" Das erzählte mir meine Mutter erst, als ich 22 Jahre alt war und versuchte herauszufinden, was mit mir los ist. Es war das einzige Mal, dass sie darüber geredet hat. Als sie das Wort Hermaphrodit aussprach, fing sie an zu weinen und rannte aus dem Zimmer. Zwei Minuten später kam sie zurück und sagte: „Ich gehe jetzt die Wäsche aufhängen." Meine genitale Zweideutigkeit wurde im Moment der Geburt erkannt. Man klassifizierte mich als männlich mit einem zu kleinen Penis. Kurz bevor ich eins wurde, ließen meine Eltern eine Laparotomie machen – man schaute in mich, um herauszufinden, was da ist. Ich hatte eine Gebärmutter. Jetzt wurde ich zu weiblich erklärt. Als ich acht war, ließen meine Eltern eine Genitaloperation machen. Die „falschen Genitalien" wurden verändert. Ein schreckliches Erlebnis. Niemand erklärte der Achtjährigen, was mit ihr passierte.

wurde suizidal, als zum zweiten Mal ein Therapeut in der wohlmeinenden Absicht, mir zu helfen, den Versuch unternahm, mich mit meinem biologischen Geschlecht zu versöhnen. Die schiere Unmöglichkeit, von nur einem einzigen Menschen so gespiegelt zu werden, wie ich mich sehe, mich empfinde, ließ mir den Tod erneut als eine segensreiche Option erscheinen. Heute mag ich mich als Mann, als Mensch sehr gern, innerlich wie äußerlich. Wobei ich es wie gesagt mit den Geschlechtern nicht mehr ganz so genau nehme. Es gelingt mir jetzt mehr, das anderen zu überlassen. Aber es ist gut möglich, dass ich mich nur deshalb entspannen kann, weil ich jetzt im *richtigen* Geschlecht mein Leben leben kann – ich weiß es nicht und werde es wahrscheinlich nie wissen. Und ja, ich mag das Erpresserische meiner Seele nicht besonders, die da gesagt hat, geh diesen Weg, sonst weiß ich nicht mehr weiter. Vielleicht muss ich mit meinem jüngsten Therapeuten anerkennen, dass meine TI einen Lösungsversuch darstellt angesichts so früh erlebter männlicher Gewalt und weiblicher Ohnmacht. So, wie aggressive Promiskuität oder Essstörungen Lösungsversuche für sexuell missbrauchte Menschen darstellen können. Aber das kann mensch auch als eine wilde These von sich weisen, denn sie lässt sich schlechterdings nicht beweisen – und die Welt würde überlaufen vor Transmenschen, wenn es eine solche monokausale Verbindung wirklich gäbe.

Um die Aufgabe der bedingungslosen Selbstannahme komme ich auch jetzt nicht herum! Indem ich meine TI als kreativen seelischen Lösungsversuch sehe, dessen Ur-Motiv Abwehr ist, also Ablehnung der Teile an mir, die von Gewalt bedroht waren und es potenziell immer sind, habe ich ein Erklärungswerkzeug in den Händen. Zugleich ist das eine harte Erkenntnis, denn auf den ersten Blick sieht es so aus, als hätte ich also doch eine Wahl gehabt. Aber nein, die hatte ich nicht. Denn ich bin ja bloß ein Mensch. Und dass ich so gar nichts gewonnen habe, stimmt so auch nicht: Ich kann Frauen besser akzeptieren, aber Männer auch. Ich habe großen Respekt vor innerseelischen Prozessen, die sich auch nicht durch rigides, vermeintlich rationales Denken in die Schranken weisen lassen. Es kehrt Frieden ein in meinem Haus. Ich liebe eine wundervolle Frau, die sich früher als *lesbisch* und heute mit mir als *queer* bezeichnet, und sie liebt mich. Auch wenn ich weiß, dass das TI-Thema immer mehr oder weniger präsent sein wird in meinem Leben, definiere ich heute neue Wachstumsaufgaben für mich: nämlich Annahme, Hingabe und Mitgefühl zu üben – für einen Mann also ein reines Heimspiel (zwinker). Als kleine Teilaufgabe sehe ich es dabei an, meinen Feminismus auf eine andere Basis zu stellen. Eine Grundlage nämlich, die nicht mehr so sehr auf innerer und äußerer Abwehr fußt. Ich akzeptiere jetzt, dass es bezogen auf die TI immer einen kleinen unerklärbaren Rest geben wird. Es ist ja, das Leben insgesamt betrachtet, beileibe nicht der einzige unerklärliche Rest. *Und das ist* – mit einem bekannten Politiker gesprochen – *auch gut so.*

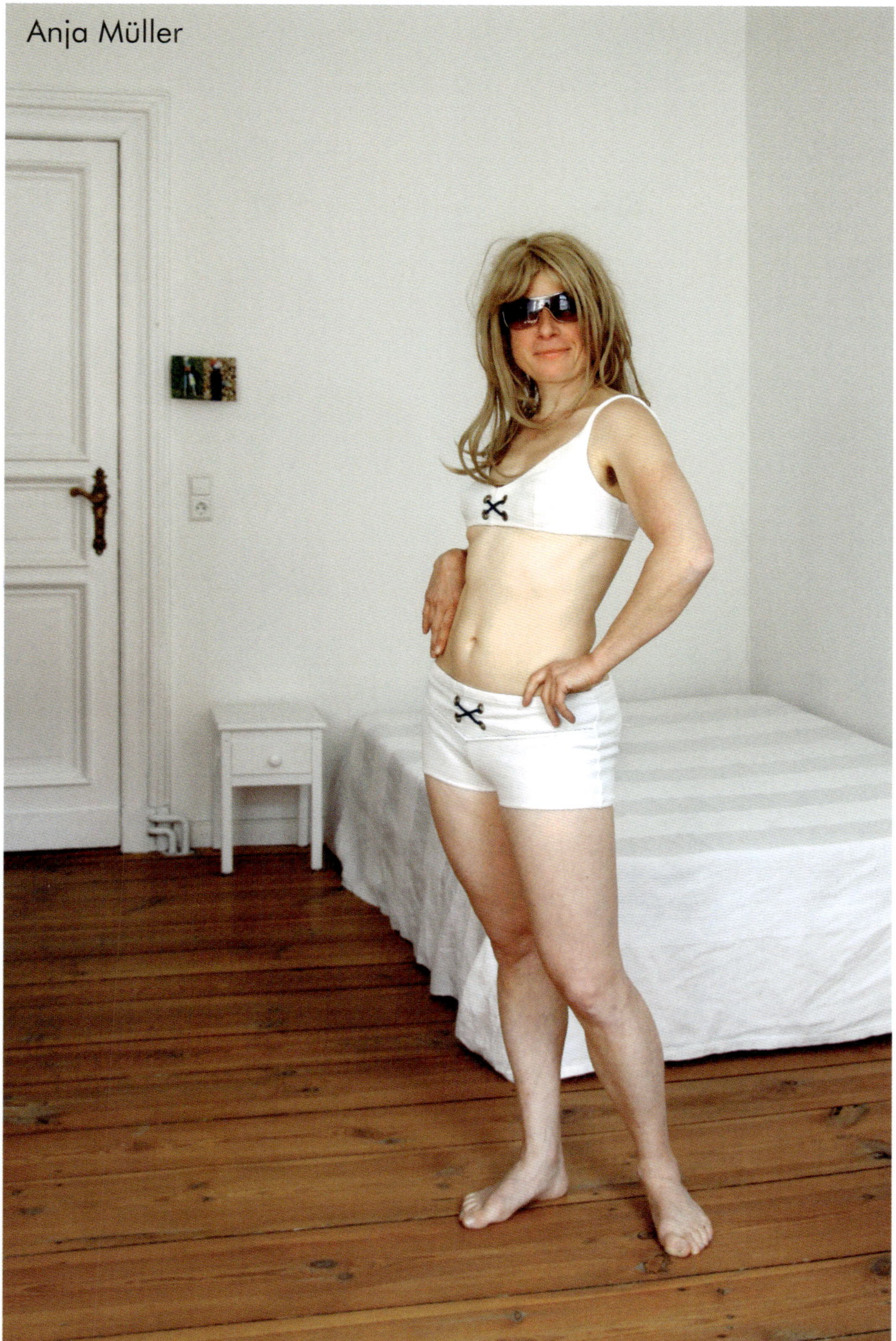
Anja Müller

Anne Bax

Alle elf Minuten

Du stehst noch immer da, mit diesem freundlichen, fragenden Blick, und der Stadtplan in deiner Hand flattert leicht im Wind. Dein Zeigefinger ruht sehr weit weg von deinem Ziel, der ehemaligen Fabrikhalle, in der heute Abend die Party stattfindet. Ich hatte dich schon in der Bahn gesehen und gelächelt, weil der Plan sich deinem Versuch, ihn sinnvoll zu falten, so erfolgreich widersetzte und du deine Beine wiederholt ungeduldig übereinandergeschlagen hast. Ich konnte sehen, dass du zwei schreiend bunte unterschiedliche Socken trugst. Inmitten der grauen Stadt und der neonblassen Bahn waren diese Socken wie wild ausgesäte Sommerblumen, die sich frech aus dem Beton zwängten. Das gefiel mir. Du gefielst mir. Ich konnte in der Scheibe sehen, wie die dunklen Wände des U-Bahntunnels vorbeiflogen und dass dir immer wieder eine Haarsträhne ins Gesicht fiel, wenn du dich über den widerspenstigen Papierplan beugtest.

Eigentlich hatte ich diese Bahn schon um drei Minuten verpasst gehabt, bevor ich überhaupt im Bahnhof war, weil mein Bus sich verspätet hatte und ich die Treppen nicht hinunterrennen wollte. Aber dann stand sie noch da, die Bahn, mit weit offenen Türen, weil irgendein Signal nicht funktioniert hatte. Wäre das rote Licht am Eingang des Tunnels wie immer planmäßig grün geworden, dann hätte ich deine leuchtenden Socken nie blühen sehen. Ich begreife, was Signalwirkung bedeutet, denn schließlich hat ein trotziges Signal entschieden, dass wir uns jetzt hier gemeinsam über die topografische Stadt beugen.

Ich schiebe deinen Finger auf dem Plan an den richtigen Platz und erkläre dir lachend, dass ich auch auf dem Weg zu der Party bin, und du lachst auch, und es klingt erfreut. Wir gehen nebeneinander die dunkle Straße entlang. Du erzählst mir, dass du eigentlich eine viel frühere Bahn nehmen wolltest, aber dann noch eine Freundin getroffen hast, die du schon seit Jahren nicht mehr gesehen hattest.
Was für ein Zufall, schmunzelst du und schaust mich kurz an.
Ja, sage ich, was für ein Zufall.
Eigentlich will ich gar nicht an so was glauben, sagst du nach einem kurzen Schweigen, und dein Ton ist für den Satz zu leicht, und dein Blick ist für den Satz zu tief.
So was? Du meinst den Zufall?, frage ich.
Du nickst.
Wäre dir lieber, es gäbe für alles im Leben einen großen Plan? Ich schaue bedeutungsvoll auf den Stadtplan, den du in deiner rechten Hand zerknüllst.
Ja, sagst du und lächelst die zerknitterten Straßenzüge an, das wäre mir lieber, obwohl ich den wahrscheinlich auch weder richtig lesen noch richtig falten könnte.
Wir lachen beide und gehen ein paar Schritte schweigend.

Pro Sekunde kommen 2,5 Menschen zur Welt.

Alle drei Minuten berichtet ein Mensch, ein Ufo gesehen zu haben.
Alle 15 Minuten wechseln Menschen beim Atmen das Nasenloch.
Alle 30 Sekunden wird bei Ebay ein Handy ohne Vertrag verkauft.

Wahrscheinlich an Menschen, die ein Zweithandy brauchen, um jemanden anzurufen, den sie eigentlich nicht anrufen dürfen und damit langfristig jemand anderen zum Single zu machen, der sich dann in Deutschland alle 11 Minuten bei Parship verliebt.

Du fragst mitten in meine Gedanken, ob ich schon mal bei dieser Party war und ob du mich zu einem Getränk einladen dürftest. Ich atme ungewollt freudig durch beide Nasenlöcher gleichzeitig ein und nicke.

Alle 7 Stunden ging ein Single in den letzten Jahren zum Kühlschrank und fragte sich, warum wieder keiner eingekauft hatte.
Alle 5 Monate googelte ein Single den Namen einer Ex und stellte fest, dass ihr Beziehungsstatus unverändert unkompliziert war.

Valeria & Mizuki, fotografiert von tomboy62

Alle 4 Wochen wurde ein Single von guten Freundinnen zum Essen eingeladen, bei denen zufällig noch eine andere alleinstehende Frau saß, die auch die 11-Minuten-Marke verpasst hatte.
Alle 12 Monate nahm ein Single an einem Gruppenurlaub teil.

Alle 13 Monate löschte ein Single die Kontakte aus dem Gruppenurlaub und beschloss, in Zukunft alleine zu wandern.

Deine Hand streift im Gehen meine Hand, und wir sehen uns kurz und grundlos glücklich an.
Einmal im Leben wird rot nicht grün und alle Zeit wird belanglos.

Valeria & Mizuki, fotografiert von tomboy62

tomboy62
Valeria & Mizuki

Valeria & Mizuki, fotografiert von tomboy62

Martina Minette Dreier

Sanne Hipp
Die Beerdigung meiner Mutter

Deine roten Haare fielen mir auf, als ich aus der Kapelle trat, euch zu holen. Der Pfarrer wollte beginnen. Du standst da in der Gruppe anderer Cousinen, unsere Blicke trafen sich. Ich wusste deinen Namen, erkannte dich an deinem roten Haar. Mehr nicht.
Es war ein gnadenvoller Zeitpunkt, meine Mutter loszulassen. Bevor sie ins Pflegeheim umziehen musste, weil ich mich nicht um sie hätte kümmern können. Ich nahm Abschied und weinte, als ich vorne saß, in der ersten Bank.
Und spürte deinen Blick in meinem Rücken.
Wie kann sie mich so ansehen?, dachte ich mir, *sie ist verheiratet.* Mit einem Mann. Jetzt. Früher war das anders. Ich erinnerte mich daran. Früher hattest du ein, zwei Beziehungen mit Frauen. Deine Mutter hatte sich immer bei meiner Mutter darüber beschwert. Wir sind doch katholisch. Ich weiß noch, wie mir das damals schon imponierte. Dein Leben. Mittlerweile stehe ich selbst dazu.
Und ich spürte deinen Blick später beim Kaffeetrinken.
Die Familie blieb zusammen, noch ganze zwei Tage. Ich verstand dein Holländisch, redete es aber nicht, du verstandest dafür mein Deutsch. Fast alles, was ich sagte. Und da waren zwei Nächte, die ausgerechnet wir beide zusammen auf einem schmalen Bett verbrachten. Dicht nebeneinander.
So eine Nacht kann frau nur ein einziges Mal aushalten. Bei der nächsten berührte ich dich.
Heute sind wir seit einem Jahr zusammen, seit der Beerdigung meiner Mutter. Du und ich. Eigentlich unmöglich. Wir sind Cousinen.
Dein Exmann hat es akzeptiert, deine Kinder sind dabei, es zu tun.
Nur deiner Mutter sagen wir nichts von uns. Sie ist zu alt. Manche Dinge im Leben regeln sich von alleine.

Michaela Regus
Verbrannte Erde

Die letzten Sonnenstrahlen schafften es kaum noch über die Dächer der Nachbarhäuser, bald würden sie hinter dem Dorfrand verschwinden, um dem hellen Frühlingsmond und glitzernden Sternen Platz zu machen. Das Licht des Abends war orange und dunkelrot, die Luft erfüllt vom Summen der letzten emsigen Insekten und dem Brummen der Melkmaschinen in den umliegenden Ställen. Ich saß vor dem Haus auf meiner kleinen Holzbank und blickte auf die verkehrslose Nebenstraße, in der ich wohnte, direkt vor mir ein paar Quadratmeter Garten. Spatzen schüttelten sich im Sand, der sich in den Gehsteigrändern gesammelt hatte. Schläfrig bedienten sich noch ein paar Bienen am Flieder, der erst aufgegangen war und zartlila tapfer die Stellung hielt, umgeben von einem hellgrünen Meer aus Minze. Ich blickte auf, als ihr Auto in meine Straße einbog, und ich blickte wieder auf die verblühenden Tulpen, als sie an mir vorbeifuhr. Ich lauschte dem Knirschen ihrer Reifen auf dem Kies meiner Einfahrt. Der Motor erstarb, und als sie ihre Tür zuschlug, verstummten für einen Augenblick das Zirpen der Vögel in den Bäumen und das Scharren der Kuhhufe. Sie ruckelte an der verzogenen Gartentür, öffnete sie knarzend, schloss sie ruhig wieder und trat neben mich. Ohne sie anzusehen, rutschte ich ein Stück zur Seite und machte ihr Platz. Ab und zu fuhr einer der Bauern auf einem Fahrrad vorbei und grüßte, von weiter her waren das Fauchen und Kreischen zweier Katzen zu hören. Das Holz der Banklehne fühlte sich noch warm vom Tag an, als ich meine Hand haltsuchend darauf legte. Sie lehnte sich neben mir zurück und den Kopf an die Hausmauer. Gleich einem Blitzlichtgewitter zuckten Bilder in mir auf, als ich ihre Bewegungen neben mir spürte. Ihr Körper, der sich unter mir wand, oder ihre Hand, die tief in mich eindrang, bis weit über das Handgelenk hinaus. Ihre Arme, in denen ich ruhig und tief geschlafen hatte. Auch ihre blitzenden Augen, wenn sie mich angeschrien hatte. Und ihr Körper, der sich an mich geschmiegt hatte, beim Tanzen. Statt des Holzes fühlte ich unter meinen Händen ihre Haut, feucht und dampfend nach dem Duschen, duftend nach Sonnenöl im Freibad, aufgerissen nach dem Nacktbaden im Schnee während eines Saunaganges. Das Vorbeirattern eines Traktors holte mich zurück in die Gegenwart. Sie saß neben mir, und ihr Bein rieb sich leicht an meinem. Beide hatten wir noch nichts gesagt. Ich drehte den Kopf, um sie anzusehen, und blickte direkt in ihre hellblauen Augen. Ihre übliche Maske aus Make-up, Hochmut und Kälte stand in krassem Gegensatz zu den zartgelben Sonnenstrahlen, die noch ihr Gesicht erreichten. Dunkel zeichneten sich Augenringe unter der unechten Bräune ab, einzelne Pickel punkteten ihre Stirn. Forschend sah sie mich an, Schweigen war nicht unser Ding, noch nie gewesen. Reden, lachen, stöhnen, streiten, schreien, weinen, aber nicht schweigen. Ich blickte zurück auf die Straße, die Spatzen hatten sich in ihre Nachtruhe begeben, ihr Tschilpen war verstummt. Innerlich war ich so einsam, so staubtrocken, dass ich nicht einmal mehr Genugtuung über ihr Erscheinen in mir finden konnte. Eine Freundin hatte uns beide einmal verglichen. Sie sei so kalt wie die Eisschollen der Arktis, ich so hitzig wie die Wüste, und beides würde keine Oase ergeben können. Die Sonnenstrahlen wandelten sich in dunkles Blau, bald erreichten sie uns nicht mehr, es wurde zunehmend kühler. Ihre Haut neben mir wärmte die Stellen, an denen sich unsere Körper berührten. Ihre Schönheit hat man nicht in Händen, ohne sich daran zu verbrennen, schoss mir ein anderer Vergleich durch den Kopf. Ich konnte nicht klar denken. Ihre Hand tastete zwischen uns nach meiner, und unsere Finger verhakten sich. Eine kleine Katze strich an unseren Knöcheln vorbei, auf der Suche nach einer Abendmahlzeit. Ich blickte dem grazilen Körper des Kätzchens nach und sah aus den Augenwinkeln die Tränen, die ihre Wangen hinabrannen. Flackernd erwachte die Straßenlaterne ein paar Meter weiter zum Leben und schickte kühles künstliches Licht in unsere Richtung. Gleich sammelten sich Insekten um den Lichtkreis, ihre kleinen Körper warfen flüchtige Schatten auf das Pflaster der Straße. Ihre Atmung neben mir war gleichmäßig und tief, mehrmals machte sie den Ansatz, etwas sagen zu wollen, und ließ es dann doch. Wir hatten eine lange Irrfahrt von gegenseitiger Anziehung und Wegstoßen hinter uns, eine Irrfahrt, die sich über Jahre hingezogen hatte. Die Glocken der Kirche schlugen den späten Abend. Ich fasste neben mich und gab ihr eine Flasche Wasser. Sie öffnete zischend den Verschluss und trank. Ich wusste, wie ihre Lippen beim Trinken aussahen, kleine Tröpfchen sammelten sich in ihren Mundwinkeln, und sie würde sie mit einer flinken Bewegung der Zunge ablecken. Sie schloss die Flasche wieder und stellte sie neben sich auf die Erde, Sand knirschte unter dem Flaschenboden, und mit einem leisen Ploppen entwich Luft. Ich beobachtete die Ameisen, die über die Kräuter krochen, einem unsichtbaren Ziel entgegen. „Schon seit wir uns das erste Mal gesehen haben, liebe ich dich.“ Ihre Finger zuckten, und ihr Daumen strich über meine Handfläche. „Und ich werde dich immer lieben“, antwortete sie. „Wir werden es schon schaffen.“ Sie löste ihre Hand, stand auf und beugte sich zu mir herunter. Alle Geräusche verklangen und waren nicht mehr zu hören, als wir uns küssten. Nachdem ihr Auto wieder um die Ecke gebogen war, raschelten die Blätter der Büsche, und auch die Katzen führten ihre Kämpfe fort. Die Ameisen waren nicht mehr zu sehen. Ich roch am Flieder und ging in meine leere Wohnung und betrachtete die gepackten Umzugskisten. Wenn sie das nächste Mal wiederkäme, wäre ich nicht mehr hier. Dann hatte ich das Land verlassen. Dann würde sie vor einem leeren Garten stehen.

Ich kann nicht sagen, dass sie mir nicht gefehlt hätte in den letzten Monaten. Oder fehlen wird. Aber ich rede mir ein, dass ich eines Tages aufwachen werde und es nicht mehr wehtun wird. Dass ich aufwache, nachdem ich eine Nacht durchschlafen konnte, und die Sehnsucht nach ihr mich nicht mehr auffressen wird. Und wenn ich mir das lange genug einrede, werde ich es wahrscheinlich sogar irgendwann glauben.

Wie alt bist du?
29

Wie würdest du dich bezeichnen, wo siehst du deine Identität?
Ich bezeichne mich als gender fluid/queer und auch androgyn. Ich hab mich noch nie speziell weiblich oder männlich gefühlt, und ich würde definitiv sagen, dass queer die lesbische Identität verbessert. Ich glaube einfach nicht an das soziale Geschlecht, und ich möchte meine weibliche Seite und meine männliche Seite frei genießen können und schätze dies auch an meinen Partnern. Ich denke, dass es keine spezielle Lesbe gibt oder eine Frau, die speziell wie eine Lesbe aussieht. Ich denke, wir projizieren das, was wir erotisch finden, sehr schnell auf andere.

Warst du schon früh bzw. schon immer lesbisch? Wie ging deine Familie damit um, als du dich geoutet hast?
Ich war schon immer frei von dem Druck, einem sozialen Geschlecht entsprechen zu müssen oder in irgendeiner Weise fühlen zu müssen. Ich hatte schon immer einen Hang zu Feminität, in Männern und in Frauen. Ich war zum Beispiel wahnsinnig in meine Grundschullehrerin verliebt und fand sie total attraktiv – im Alter von fünf. Von daher habe ich nie so etwas wie ein inneres Outing empfunden, da sich das für mich total natürlich angefühlt hat, und ich war schon immer dankbar, so zu sein. Meine Familie hat eine Weile gebraucht, nachdem ich mich mit 14 geoutet habe. „Wenn es die eigene Familie betrifft, dann ist es ja was anderes", so nach dem Motto.

Hast du erotische Träume? Träumst du von Begegnungen mit einer Frau, die im Wachzustand tabu oder aus anderen Gründen unerreichbar ist? Welche?
Nein, leider habe ich ganz selten erotische Träume! Und wenn, dann träume ich von der Person, mit der ich zusammen bin.

Wie oft etwa hast du Sex? In fester Beziehung oder mit Bekanntschaften, Kurzzeitaffären, One-Night-Stands? Wie ist dein Verhältnis zu deiner Vulva, wie nennst du sie?
Sex ist im Moment in meiner Beziehung nicht so wichtig. Für mich kommt es immer auf die Partnerschaft an und auf die Kompromisse, die man eingeht. Ja, es fehlt mir schon, aber im Moment sind andere Dinge einfach wichtiger. Für mich ist ein Orgasmus überhaupt nicht wichtig, sondern die Nähe, das, was ich die ganze Zeit dabei empfinde, der Genuss des anderen Körpers und Geistes. Und das macht guten Sex für mich aus, wenn mensch dem anderen einfach wahnsinnig nah sein möchte. Ich liebe meinen androgynen Körper und meine Fanny, so wie ich sie im Englischen nenne. Für mich hat sie etwas sehr Spirituelles.

Lesben und Essstörungen, Adipositas, Anorexie, Bulimie: fällt dir zu diesem Thema etwas ein, persönlich, allgemein?
Ist das eine Verbindung? Das habe ich noch nie so gehört. Da Fotografieren mein Beruf ist, komme ich viel mit eigenen Körperwahrnehmungen in Verbindung, und es ist allgemein wahnsinnig traurig, wie sehr wir verdorben sind vom äußeren Druck, etwas entsprechen zu müssen. Das habe ich für mich noch nie so empfunden. Ich mag meinen Körper

und jeden anderen auch, so wie der eben Körper ist, mit allen Makeln.

Wofür gibst du Geld (wenn du welches übrig hast) aus – und wofür eher nicht?
Eigentlich fast nur für meine Fotografie oder meinen Tanzsport und vor allen Dingen für gutes Essen!

Gibt es den typischen Lesbensport? Fußball? Handball? Sicher keine rhythmische Sportgymnastik? Welcher Sport wäre das für dich, warum?
Ich tanze Standard und Latein im gleichgeschlechtlichen Turnierbereich, das ist der beste Sport, den es gibt, ob lesbisch oder nicht!

Lesbisch und schwarz? Lesbisch und türkisch? Lesbisch und nicht-deutsch? Würdest du dich einer Minderheit zuordnen, welcher? Hast du Erfahrungen mit Ausgrenzung? In der Gesellschaft generell oder sogar in der sogenannten „Szene"?
Ich lebe seit Jahren in London, und es ist schön, hier zu sehen, dass Farbe so wenig eine Rolle spielt, auch wenn schwarze Lesben immer noch unterrepräsentiert sind. Da muss sich viel tun. Aber wer bin ich eigentlich, das beurteilen zu können! Das kann sowieso immer nur die Minderheit selbst beurteilen.
Ausgrenzung habe ich nur als Jugendliche in der Schule empfunden, weil ich einfach anders war. Dahin würde ich nie mehr zurückkehren wollen!

Was denkst du über lesbische Frauen in der AfD?
Das ist doch ein absoluter Widerspruch!

Wie geht es los mit einer Neuen? Flirten? Wie geht's los mit Sex in einer langjährigen Beziehung? Kannst du Bespiele für ungewöhnliche Liebeserklärungen und -beweise erzählen, solche, die du gemacht oder die du erhalten hast?
Flirten und Verführung geht für mich mit Lachen los, mich zum Lachen bringen. Das ist auch in meiner langjährigen Beziehung so. Und Sex kann trotz einer langjährigen Beziehung überall losgehen! Ich habe früher Liebesbriefe geschrieben, um auf mich aufmerksam zu machen. Meistens hat das leider Hetero-Frauen betroffen, die absolut geschockt waren. Meine Freundin schreibt mir jeden Tag kleine Liebesbeweise auf Zettel, die sie mir dann hinterlässt, da sie meistens eher als ich raus muss.

Lizzy Faßbinder

Buchstabensuppe oder Vom Verschwinden der Lesben

Ich bin lesbisch und feministisch, beides ist für mich gleich wichtig und untrennbar. Mit queer, so wie es heute benutzt wird, kann ich persönlich nichts anfangen. Damit war anfangs die Zusammenarbeit von Gruppen mit unterschiedlichen Identitäten gemeint, bei denen alle diese Identität behielten. Heute wird es oft als Sammelbegriff benutzt, ohne zu gucken, wer eigentlich gemeint ist, ob diejenigen sich überhaupt als queer verstehen. Der Begriff ist inzwischen völlig verwässert und meint, viel zu viele unterschiedlichen Gruppen umfassen zu müssen, die wenig bis nichts gemeinsam haben. Eine punktuelle Zusammenarbeit kann natürlich gut und wichtig sein. Aber derzeit sieht es eher so aus, dass Inklusion eingefordert wird und z.B. Lesben sich nicht mehr als Lesben treffen „dürfen", immer „alle mitgemeint sein sollen" und denjenigen, die sich als lesbisch bezeichnen, vorgeworfen wird, „nicht offen" zu sein. Nein, ich bin nicht offen für jegliche Art von Beziehung, möchte es auch gar nicht sein. Mein Begehren richtet sich ausschließlich auf Frauen.

Alle nur noch als „queer" zu bezeichnen, sorgt dafür, dass Lesben wieder unsichtbar gemacht werden, wo wir seit Jahrzehnten für Sichtbarkeit kämpfen. Ich halte das für einen Rückschritt. Denn was sagt queer schon darüber aus, wie eine Frau leben will, auf wen sie sich bezieht, mit wem sie leben will, mit wem politische Diskussionen führen? Darf heutzutage wieder nicht mehr offen und deutlich gesagt werden, dass es Frauen gibt, deren Begehren sich auf Frauen richtet? Müssen wir uns heute wieder hinter nichtssagenden Begrifflichkeiten verstecken?

Natürlich reicht Sichtbarkeit alleine nicht aus, wie sich daran zeigt, wenn z.B. eine AfD-Frau offen lesbisch ist. Ich habe allerdings auch nichts mit Schwulen gemeinsam, die Leihmütterschaft befürworten und meinen, dass Frauen zu viele Rechte hätten. Ich habe lange in feministischen Gruppen zu Bevölkerungspolitik gearbeitet und finde nach wie vor, dass Leihmutterschaft eine Form von Ausbeutung ist und es kein Recht auf ein eigenes Kind gibt.

Es scheint derzeit so, dass alles nur dann akzeptabel ist, wenn Männer mit einbezogen werden. Die Frauenbewegung war u.a. mal angetreten, um die Eigenständigkeit von Frauen deutlich zu machen – eben gerade auch ohne Männer. Daher scheint mir diese Queerisierung, die derzeit stattfindet, ein großer Rückschritt. Frauen, die sich ausschließlich mit Frauen treffen wollen, werden angegriffen, genauso wie Lesbengruppen, da müssen mindestens schon Sternchen her, mit denen sich die meisten, die ich kenne, in keinster Weise identifizieren können und wollen. Bei Schwulen sind diese Sternchen bezeichnenderweise kaum je zu finden, bei dem Wort Mann bzw. Männer habe ich persönlich noch nie welche gesehen. Und seit wann müssen wir uns eigentlich vorschreiben lassen, mit wem wir unsere Treffen durchführen „dürfen", mit wem unsere Auseinandersetzung führen? Hatten wir in der Frauenbewegung nicht gerade gelernt, unser Leben in die eigene Hand zu nehmen, selber zu gucken, was wir wollen und mit wem?

Für mich sind Treffen wie die diesjährige Lesbenkonferenz in Wien keine Lesbentreffen. Zu dieser Konferenz sind alle eingeladen, die einen „Bezug zum Wort Lesbe*“ haben, sie wollen eine „breite Vielfalt von Menschen“ ermutigen teilzunehmen. Mein Interesse an solchen Treffen war bislang immer, dass ich mich dort mit anderen Lesben austauschen konnte. Wenn ich mit anderen diskutieren möchte, gibt es genügend andere Orte und Treffen dazu.
Ich kann die Argumentation nicht nachvollziehen, wenn Frauen annehmen, dass es keine Orte für Frauen geben sollte, da sie alles, seien es Frauenkneipen oder Lesbentreffen, gerne mit ihren männlichen Freunden teilen möchten. Dass damit der Charakter und die Intention auf den Kopf gestellt werden und ein Austausch unter Frauen unmöglich gemacht wird, scheint völlig egal, auch dass es zahlreiche andere Möglichkeiten für solche gemischten Treffen gibt.
Queer verhindert ein genaues Hingucken, wer gemeint ist. Schwule und Lesben haben nicht grundsätzlich die gleichen Interessen, ebenso wenig wie Trans, Bi, Genderfluid und Asexuelle, Queer und Inter. Es bringt uns nicht weiter, noch immer mehr Buchstaben zu dieser Reihe hinzuzufügen.
Von Androgynität halte ich hingegen sehr viel, sehe sie aber nicht als Identität an. Ich möchte als Frau alles tun und lassen können, was Männern auch zugestanden wird, möchte, dass es meine Entscheidung ist. Ich möchte weg von diesen Geschlechterzuschreibungen, das heißt aber doch nicht, dass ich mich nicht als Frau sehe, sondern ich möchte mich schlichtweg als Frau nicht einschränken lassen. Ich nehme Lesben als sehr unterschiedlich wahr, sowohl, was ihr Äußerliches betrifft, als auch ihre Herkunft als auch ihr ganzes restliches Leben. Und ich finde Auseinandersetzungen über unsere Unterschiede spannend, möchte auch weiter von anderen lernen. Aber dabei möchte ich mir keine Identität von anderen aufdrücken lassen, sondern meine eigene bestimmen.

Dazu könnte ich noch viel schreiben, wozu jetzt einfach die Zeit nicht mehr ausreicht. Vielleicht schaffe ich dies für die nächste Ausgabe.

Juliette Bensch

Cherry on Top

Love Bites Show

Sie war die Cherry on Top. Das wusste ich vom ersten Moment an, als ich sie sah. „Als kleines Geschenk des Hauses erhalten Sie diese Kochschürze“, durchbrach der Koch meine Gedanken und hielt mir das praktische Souvenir hin, auf dem der Name der Kochschule aufgedruckt war. Meine Freundinnen hatten sich das Ding längst umgebunden, also hatte ich wohl keine Wahl.

Nachdem sich im letzten Jahr die Anekdote von meinem Küchenbrand in unserem Freundeskreis verbreitet hatte, war klar, was sie mir zum Geburtstag schenken würden. In Wirklichkeit war nur der Rauchmelder angesprungen, als das Schnitzel in der Pfanne verkohlt war. Und ich hatte daneben gestanden und war mit meiner damaligen Flamme in einen Handychat vertieft. Dafür war es danach umso geselliger, als sämtliche Nachbarn plötzlich aufgescheucht in meiner Küche standen und versuchten, das lästige Fiepen des Warnmelders abzuschalten.

Die Nachmittagssonne spiegelte sich in den verchromten Küchenarmaturen. Der gesamte Raum strahlte energiegeladen. Wir verteilten uns an den Kochplätzen, die u-förmig in dem riesigen Raum angeordnet waren. Ich war außen. Da sitze ich im Kino auch immer. Aber es machte mir so wenig aus wie dass ich im Kindergarten bei „Vater-Mutter-Kind“ immer den Vater spielen sollte. Als Quotenlesbe in meiner Mädelsclique war ich es gewohnt, nicht mitreden zu können. Ich konnte mir einfach keine Meinung zu Brustbehaarung oder der Entscheidung zwischen Pille oder Diaphragma bilden. Dadurch hatten die anderen mich wenigstens nicht auf dem Schirm und würden nicht darauf achten, dass ich den ganzen Abend über nur das schöne Mädchen anschmachten würde. Sie war natürlich kein Mädchen, sondern eine Frau, aber in ihrem blassroten Petticoat-Kleid wirkte sie ein bisschen wie Baby Spice im Rockabilly-Stil.

Mir setzte der Atem aus, als sie tatsächlich den Platz neben mir ansteuerte.

„Hallo“, sagte ihr Erdbeermund, und ich fühlte mich sprachlos wie eine Comicfigur, der beim Anblick einer Traumfrau der Schlips hochrollte und Herzchen aus den Augen flogen.

Sie war eine richtige Frau. Sie hatte Rundungen, wo Rundungen hingehörten. Sie besaß Galiamelonen, wo andere Frauen kleine Äpfelchen in der Bluse vor sich

hertrugen. Göttin sei Dank waren sowohl Schürze als auch ihr Kleid so geschnitten, dass ich den Vergleich nach eingehender Betrachtung anstellen konnte. Ausladend. Nein, einladend.
„Das A und O beim Kochen ist, sich mit den räumlichen Gegebenheiten vertraut zu machen. Nichts ist schlimmer, als mit klebrigen Händen später jede Schublade zu öffnen, wenn Sie etwas suchen. Also durchstöbern Sie bitte jetzt jeden Winkel Ihres Arbeitsplatzes und merken Sie sich, wo sich die Gerätschaften befinden."
Erst zögerlich, doch dann immer begeisterter wurden rechts und links neben mir sämtliche Schubladen aufgezogen, Türen aufgerissen und Deckel gelüftet. Ich fühlte mich wie Kevin allein zu Haus, der in fremdem Terrain seine Mittel zur Gegenwehr zusammensuchte. Ich öffnete die schmalste Schublade. Pflaster. Perfekt.

Eine blonde Strähne hatte sich aus ihrem Haarknoten gelöst. Meine Hand tat etwas Unerhörtes. Wie magnetisch angezogen schwebte sie zu dem Haaransatz der Schönen und strich sie ihr hinter das Ohr. Mein Herz klopfte, als meine Hand zögernd an der Stelle kurz unterhalb ihres Ohrläppchens verharrte. Jetzt gab es kein Zurück mehr. Ich musste mutig sein. Aber ich war Sporty Spice. Wenn nicht ich mutig war, wer dann?
Ich beugte mich zu ihr und sah noch, wie sie die Augen schloss, kurz bevor unsere Münder sich trafen.
Ich kostete sie voller Ehrfurcht, so wie man die erste Himbeere des Sommers kostete, ängstlich, dass sie sauer sein könnte. Konnte man sich in einem Kuss verlieren? Ich schwamm in dem Gefühl von selbstgemachtem, noch warmem Pudding auf der Zunge. In mir schmolz die Butter in der Vanilleumarmung.
Mein Zeigefinger, der von ihrem Ohrläppchen an ihren Hals gerutscht war, glitt weiter das Tal zwischen ihren Brüsten hinab. Zwischen uns summten die Puddingbutterwonnen.
Wo hörte der Tüll ihrer Unterröcke auf und wo begann die Weichheit ihres Körpers? Nur der Mond beobachtete uns. Nur er wies mir den Weg. Ich löste mich von ihr und blickte ihr in die Augen. Blue Curacao on Ice. Die Farbe rang mit dem Mondlicht, um ihr ganzes Spektrum darzubieten. Meine Finger öffneten langsam den Reißverschluss an der Seite ihres Kleides.

„Garnelen-Avocado-Cocktail", stellte unser Koch die Vorspeise vor und hob ein Glas hoch. Tomatenwürfel unter einer grünen Creme, die von Garnelen und einem Sahnehäubchen gekrönt wurde. Dillspitzen on Top. Ob ich das jemals so hinkriegen würde?
Während ich die Tomaten würfelte, schielte ich auf die weißen Sneaker neben mir. Auch sie war mit ein paar Mädels hier, aber es schien mir nicht sehr wahrscheinlich, dass ausgerechnet sie die Quotenlesbe in ihrer Gruppe war.
„He, Mari", rief eine ihrer Freundinnen, und ich schreckte hoch. Sie prostete ihr mit dem Prosecco zu, der als Aperitif ausgeschenkt worden war. „Wenn das hier *all you can drink* wie bei dem Frauenworkshop im Baumarkt ist, sind wir schneller voll als die Teller hier."
Mari lachte und ließ den Pürierstab kreischen, als sie ihn in das Behältnis für die Avocadocreme tauchte.
Als sie meinen anhaltenden Blick bemerkte, schaute sie mich irritiert an.

„Mari?“
„Marissa.“ Sie lächelte.
Ich hätte ihr die Hand gereicht, wenn ich nicht schon dabei gewesen wäre, die Garnelen aus ihrer Schale zu pulen.
„Berühr mich.“ Der Motor des Pürierstabs surrte noch.
„Wie bitte?“ Mari legte die Stirn in Falten.
„Pürier mich.“
Ihr Blick veränderte sich nicht.
„Ich meine, könntest du vielleicht meine Avocadocremeportion auch gleich pürieren, wo du einmal dabei bist? Wenn ich das selbst mache, hat dein Kleid danach womöglich ein anderes Muster.“
„Halb so wild. Das Auge isst ja bekanntlich mit.“ Trotzdem tauchte sie ganz selbstverständlich das Küchengerät in das Rührgefäß vor mir.
„Ich heiße übrigens *Ari*“, sagte ich betont, „Ariane.“
Sie freute sich, wie wenn man zufällig jemandem aus der eigenen Geburtsstadt begegnete.
Entzückt wendete sie sich ihren Garnelen zu. Ich wollte es ihr gleichtun. Mit etwas zu viel Elan entpellte ich das Meerestier zwischen meinen Fingern. Es glitt nicht nur aus seinem Panzer, sondern auch in einem Bogen durch die Luft. Genau in Marissas Ausschnitt.
Ich hielt die Luft an und beobachtete, wie zwei verstörende Sekunden lang ein Ausdruck von Empörung auf ihr Gesicht trat, bevor sich ihre Züge wieder entspannten und sie schallend zu lachen begann. Die Garnele hing zwischen ihren Brüsten wie ein Liliputaner. Ich beneidete ihn heftig. Marissa ergriff den Ausreißer, und ich sah den Ansatz von Gänsehaut auf ihrem Busen.
„Hier, nimm einen von meinen zum Tausch.“ Sie hielt mir kichernd ihre Schale mit Garnelen hin. Lieber hätte ich den zwischen ihren Fingern zurückgehabt.

Meine Zunge glitt über die Spalte ihres Busens. Ich war längst im Schlaraffenland angekommen. Kuchenberge lagen hinter mir. Käseschluchten waren mir egal. Ich badete bereits in Milch und Honig.
Ich streifte ihr gleichzeitig die Träger von Kleid und BH von den Schultern und spürte, wie sich etwas an ihr veränderte. Ihre Hände waren rastlos, berührten alles um sie herum. Ihr Blick stellte die Frage, die jedes Mädchen stellte, wenn es sich fremden Augen preisgibt.
„Du bist wunderschön“, sagte ich und meinte es genau so. „Wie eine Walnuss, die im Schlaf in ihrer Hülle tanzt“, flüsterte ich.
Ich hatte ihre Schale geknackt.
„Was tanzt sie?“, hauchte sie.
„Twist.“
Sie legte ihre Hände auf meine Hüften und zog mich an sich. Endlich konnte meine Zunge den Pfad zwischen ihren Brüsten weiter erforschen. Ich musste mich hüten, den Weg aus dem Schlaraffenland nicht mehr zurückzufinden. Es war zu dunkel. Ich tauchte in das Rauschen von Champagnerperlen und vergaß, die Brosamen auszustreuen.

„Meine Damen, im nächsten Monat findet wieder einer unserer beliebten Single-Kochkurse statt, zu dem ich Sie ebenfalls herzlich einladen möchte. Da ist dann auch die Männerquote höher“, und hier lachte unser Anleiter etwas, „aber auch heute schon werden Sie erleben, wie viel praktischer das arbeitsteilige Zubereiten der verschiedenen Komponenten des Hauptgangs ist.“

Sandy Beach. Foto: Cherry Muffin

Tatsächlich waren nur Frauen in diesem Kochkurs. Meine Freundinnen fanden das bestimmt enttäuschend. Sicher würden ihre Menüs besser als meins gelingen, weil sie ihre volle Aufmerksamkeit den Lammkarrees widmeten.
„Du hast den Ofen im Blick, ja?“, erinnerte mich Mari.
„Natürlich“, sagte ich und bemühte mich, den Ton von George Clooney zu treffen, wenn er „What else“ sagte, bevor er seinen Espresso trank.
Ich schaute einmal in den Ofen und war so schlau wie vorher. Ich betete, dass mir die nächste Blamage erspart bleiben würde.
Während ich die getrockneten Tomaten für die Füllung klein schnitt, schaute ich kurz zu Marissa, die Nudelteig für die Teigtaschen knetete. Mit einer Hand hielt sie den Rand der Schüssel fest, und die andere drückte kraftvoll in die zähe Masse, abwechselnd mit Handballen und Fingerknöchel.
Ihre Hand verharrte für einen Moment. Unsere Blicke trafen sich. Erwischt. Ich hatte gar nicht mehr die Qualität des Teigs begutachtet.
Ich räusperte mich und wendete mich wieder meinen Tomaten zu. „Gut sieht das aus“, sagte ich und meinte damit den Teig.
„Ich weiß“, kam es von Marissa, und ich war nicht sicher, ob sie den Teig meinte.
„Wenn Sie die Füllung würzen, können Sie sich genau an die Angaben des Rezepts vor Ihnen halten“, erklärte der Vorzeigekoch mit kräftiger Stimme, „müssen es aber nicht. Geschmäcker sind ja verschieden. Hören Sie auch auf Ihr Bauchgefühl. Übung macht den Meister. Wenn Sie aus Zufall eine Geschmacksexplosion kreiert haben, merken Sie sich, was sie miteinander kombiniert haben.“
„Wenn du ein Gewürz wärst“, hörte ich Marissas Stimme leise an meinem Ohr, „welches wärst du?“ Bildete ich mir dieses verheißungsvolle Knistern in ihrer Stimme ein? Ihre Worte klangen wie die getrockneten Blätter einer Physalishülle, die man nach außen kehrte, bevor man sich die Frucht auf die Zunge legen konnte.
„Curry“, sagte ich, ohne je darüber nachgedacht zu haben.
„Masala oder English style?“
Ich stockte. „Das, bei dem dein innerer Rauchmelder anspringt.“
Die Antwort schien mich eine Runde weiter gebracht zu haben, denn sie lächelte zufrieden.
„Und welches Gewürz wärst du?“
„Zimt“, raunte sie. Und ich spürte fast den Zuckerguss der Zimtschnecken auf der Zunge, die ich als Kind immer beim Bäcker in unserer Straße gegessen hatte.
„Vergessen Sie nicht den Rosmarin“, sagte der Koch, der plötzlich vor unserem Arbeitsbereich stand und unser Zwischenergebnis musterte.
Natürlich nicht, dachte ich und begann mit dem Anrichten des Fleisches. Lammkarree mit Teigtaschen an Rotweinsauce. Rosmarinzweig on Top.

Eine feine Schweißperle hatte sich auf ihrer Haut gebildet. Sie zitterte wie der einsame Wassertropfen, der sich auf der heißen Kochplatte rollte. Ich fuhr mit den Fingern über ihre Seite und ließ ihre Brustwarze zwischen meinen Lippen hervorgleiten. Ich umkreiste die winzigen Baiserspitzen, als wollte ich herausschmecken, mit welchem Sirup sie angereichert waren. Haselnuss. Amaretto. Karamell. Ihr Stöhnen kam tief aus ihrem Inneren. Ich wollte diesem Beben nachspüren und legte meine

Lippen auf ihren Bauch, in der Hoffnung, die Vibration mit meinem Mund zu fühlen. Ich lauschte nach dem ersten Knall des heißen Popcorns. Ihre Haut oder die Feuchtigkeit aus ihren Poren schmeckte süß. Da spürte ich es. Meine Hand glitt zwischen ihre Beine, und ich legte meinen Daumen auf ihre Klitoris. Das Beben wurde stärker. Die Maiskörner lieferten sich einen erbitterten Kampf. Ihre Beine umschlangen mich, und ihre Finger wühlten in meinem Haar. Meine Zunge glitt über ihren Bauch, weiter auf der Suche nach dem Zentrum der Erschütterung. Ich ließ meine Finger nach unten gleiten und machte Platz für meinen Mund, der ihre Knospe umschließen wollte. Sie schmeckte so anders als alle Frauen, die ich bisher gehabt hatte. So voll, reich, süß, wie Holundersirup, Milch, Honig, Rum. Der Cocktail stieg mir in den Kopf. Ich krallte mich an ihrer Hüfte fest. Das Beben wurde stärker. Die Vibration unter mir erstarb. Ihr Stöhnen wurde zu einem Schrei.

Während ich noch einmal genüsslich über ihre Schamlippen leckte, dachte ich verschmitzt, dass es wohl das war, was der Gourmet mit der Geschmacksexplosion gemeint hatte.

Laurence Jaugey-Paget

„Crème brûlée!", verkündete unser Koch, als würde er uns mitteilen, er hätte einen Michelin-Stern eigens dafür erhalten.
„Was?", entfuhr es Marissa mit einer Spur Enttäuschung.
„Der Klassiker der Desserts ist am gefragtesten in unseren Kochkursen. Letztlich wollen Sie hier ja mal etwas versuchen, was die meisten von Ihnen zu Hause noch nicht zubereitet haben. Lammkarree, Crème brûlée, die original mit Brenner karamellisiert wird – Sie verstehen." Er lächelte, beseelt von seinem Konzept.
„Ich hatte auf irgendwas mit Kirsche obendrauf gehofft", sinnierte Marissa und sah verträumt zu den Cocktailkirschen, die wohl zur Verzierung der Drinks vorrätig waren. „Vielleicht ein Cupcake mit Buttercreme oder ein Sorbet oder Waffeln …" Ihre Begeisterung kehrte mit jedem Wort zurück.
„Dann sollten wir noch einen weiteren Kochkurs zusammen belegen!", sagte ich spontan und biss mir auf die Zunge. Meine Worte waren schneller gewesen als ich. Sie hatten auf meiner Begeisterung gesurft wie auf einer Welle süßer Schlagsahne.
Sie sah mir tief in die Augen. „Nächsten Monat soll ja hier ein Singlekochkurs stattfinden", sagte sie verschmitzt.
„Keine schlechte Idee." Ich klaubte eine Kirsche aus dem Behälter und steckte sie Marissa in den Mund. „Nur leider zu viele Männer." Ich zwinkerte ihr zu.
Mit ihr war alles so einfach. Sie war die flotte Lotte für meine Flirtsprüche.
„Dann komm mit zu mir, und ich bring dir erst mal die Basics bei. Grundkurs 1: Nichts anbrennen lassen."

Wir küssten uns wieder und wälzten uns im Bett. Ihr Petticoat vor dem Bett war eine leblose Hülle. Das Mondlicht schaffte es nicht, die Farbe herauszukitzeln. Ihre Augen hingegen funkelten wie die einer Katze.
Sie machte es sich auf meinem Schenkel bequem und legte gleichzeitig ihre Hand verlockend auf meinen Venushügel. Ich schwebte in einer Milchschaumwolke und ließ mich vom Kakao kitzeln. Ich konnte mein Gesicht in ihre Brüste betten, sie mit meinen Händen umfangen. Das war weit mehr, als meine Hände überhaupt umfassen konnten. Ich saugte erneut an ihren Nippeln, lockte ihr Stöhnen wieder hervor und grub meine Finger in ihre Brüste. Sie war nicht wie die Hühnchen, die ich sonst im Bett gehabt hatte, an deren Knochen man sich fast wehtat. Sie war eine richtige Frau. Eine tiefrote Kirsche, fast schwarzrot.
Sie rieb ihren Venushügel an meinem Schenkel und vergaß sich erneut dabei. Vergaß, dass ich sie beobachten konnte.
„Cherry on Top", flüsterte ich.
„Was?"
Ich grinste nur und genoss.

Angelina bei den Love Bites

PC
PARIS
2152

Ulrike Kümel

Verinnerlichte Homophobie nach dem Coming-out

Ich habe Endzeitstimmung, und so weiß ich eigentlich nicht, was ich in diesem Jahr 2017 für uns Lesben schreiben soll. Ich empfinde die aktuelle politische Lage als brandgefährlich und befürchte das Schlimmste – wesentlich mehr als noch vor einem Jahr. Ich denke, es geht vielen so, und ich muss das nicht groß begründen. Auch wüsste ich nicht, was ich über Trump, den Klimawandel und die Umweltverschmutzung, die Kriege, den Rechtsruck in so vielen Ländern usw. schreiben sollte, das nicht längst gesagt worden ist – und nichts Relevantes bewirkt hat. Das Einzige, was jetzt noch für mich Sinn macht, ist das Schreiben über die aktuellen Gefahren für uns FrauenLesben. Das will ich durch das „verinnerlichte Homophobie-Überbleibsel" ergänzen; ein Begriff, den ich für bestimmte Beobachtungen in unserer Szene frisch erfunden habe.

Ich will in das Thema ganz dramatisch mit der Erläuterung von Durkheims Selbstmord-Untersuchungen einsteigen. Émile Durkheims Erkenntnis, besonders zum „anomischen Suizid", besagt extrem vereinfacht, dass nicht individuelle Schicksalsschläge oder Notsituationen Menschen scheitern lassen, sondern kaputte soziale Verhältnisse. Er entdeckte vor über hundert Jahren, dass in Zeiten dramatischer sozialer und ökonomischer Veränderungen Individuen vermehrt Selbsttötungen begehen. Er sieht es als Folge moralischer Deregulierung und fehlender Definition legitimer Ziele durch eine soziale Ethik, die dem Bewusstsein

Ingrid Rafael, Terror hat ein Geschlecht

des Einzelnen Sinn und Ordnung vermitteln könnte. In der entsprechenden moralischen Desorientierung kennen die Menschen nicht mehr die Grenzen ihrer Bedürfnisse und befinden sich in einem Dauerzustand der Enttäuschung. Es fehlt ihnen nach Durkheim vor allem eine wirtschaftliche Entwicklung, die soziale Solidarität fördert.
Für mich besteht die Parallele zu uns nicht nur in den desolaten sozialen Gegebenheiten, sondern vor allem darin, dass wir keine neue Ordnung für unsere Szene entwickeln. Ich denke, wir tun noch immer so, als ob die Gesellschaft unserer Kindheit – als wir uns noch nicht fragen mussten, wo denn all unser Reichtum herkommt – irgendwann von selbst wieder existieren würde, und als würde alles rund, wenn an der einen oder anderen Stelle eine homosexuelle Schönheitsreparatur vorgenommen wird.
Nach meiner Beobachtung sind unsere sozialen Verhältnisse völlig absurd geworden, und wer sich daran orientieren will, ist restlos verloren. Ein gutes Beispiel ist die abstruse Beziehung zwischen Krankenkasse und Ehe: Es gibt Studierende über dreißig, die nur dann durch ihren Job genügend Geld zum Fertigstudieren haben, wenn sie verheiratet sind – wenn sie also als mitversicherte Ehepartnerin nicht rund 150 Euro pro Monat für die Krankenkasse erarbeiten müssen. Oder anders herum gibt es einige, die nicht heiraten können, weil der/die Familienverdiener/in selbstständig ist, also privat versichert, und die Beiträge für die gemeinsamen Kinder viel zu hoch wären. In diesem Fall ergibt das Familienmodell „alleinstehende Mutter, deren uneheliche Kinder bei ihr mitversichert sind“ eine höhere soziale Sicherheit. Es grenzt für mich an Wahnvorstellungen, wenn die Homo-Ehe inklusive Ehegatten-Splitting als Zeichen für erkämpfte schwul-

lesbische Akzeptanz gefeiert wird, wenn selbst der ehemalige Bundespräsident Gauck die Vermählung mit seiner langjährigen Lebensgefährtin (aktuell: Daniela Schadt, davor: Helga Hirsch) als nicht notwendig erachtet.
Auch macht es keinen Sinn, sich für die Akzeptanz Homosexueller in der Arbeitswelt zu engagieren, wenn die dazugehörige Arbeitswelt nicht mehr existiert. Der Neoliberalismus – der nun bei uns angekommen ist und unter dem jetzt nicht nur die Menschen im globalen Süden leiden – sorgt für instabile Arbeits- und damit Lebensverhältnisse. Es wird immer weniger Normalarbeitsverhältnisse geben, sondern nur noch Jobs in Form von Teilzeit, mit Befristung auf zwei Jahre, als Vertretung oder als Praktikum und in Form von Leiharbeit. Diese beständigen Wechsel behindern Freundschaften und Solidarität und fördern Konkurrenz. Zusätzlich ermöglichen lockere Arbeitsverträge (besonders durch internationale Konzerne), dass die Gesetze und Richtlinien zur Vereinbarkeit von Kind/Beruf zur Frauenförderung unterwandert werden. Genauso wenig effektiv ist es, durch einen lauten und bunten Rambazamba-CSD für mehr Sichtbarkeit und Akzeptanz im Alltag sorgen zu wollen, wenn durch die Gentrifizierung die Stadt in ein tolles, teures Zentrum einerseits und in marginalisierte Randzonen andererseits untergliedert wird. Auch wird es keine gewachsenen Viertel mehr geben, wenn Menschen aufgrund von Arbeitsplatz- oder Wohnungsverlust immer wieder umziehen müssen.
All dies wirkt sich auf Frauen und Menschen, die Familienarbeit leisten müssen, mehr und in anderer Form aus als den Durchschnittsmann. Ich gehe davon aus, dass wir feministisch darum kämpfen müssen, dass Menschen nicht mehr binär in entweder Frau oder Mann aufgeteilt werden und dass daher jeder für Familienarbeit zuständig wird und alle auf dem Arbeitsmarkt gleich behandelt werden. Das führt zur Aufweichung der Geschlechtergrenzen, und wenn daraufhin die Frau nicht mehr als Ergänzung zum Mann gesehen wird, sondern als eigenes menschliches Wesen, führt das zu einer echten Toleranz für eine freie Partner- bzw. Partnerinnen-Wahl. So herum wird ein Schuh draus, denke ich und nicht, wenn von oben dieses oder jenes progressive Gesetz kommt.
Ich will aber nicht nur über unsere desolate Gesellschaft reden, sondern auch über uns selbst. Ich erlebe, dass dies sich auf das individuelle Verhalten auswirkt, und das möchte ich mit meinem Begriff „verinnerlichte Homophobie-Überbleibsel" vermitteln. Ich meine damit Formen der Gestaltung und der Bewältigung des persönlichen Lebens bei geouteten Lesben und Schwulen, die Teile von homophoben Strukturen beinhalten. Ich sehe in dieser Paradoxie Überreste einer früheren verinnerlichten Homophobie – die als Wunsch, nicht abnormal, sondern heterosexuell zu sein, definiert ist und die Ablehnung der eigenen Homosexualität inklusive der Verleugnung enthält.
Das hört sich vielleicht konstruiert an, aber folgendes Beispiel hat wahrscheinlich jede vor Augen: Da gibt es diese Regenbogen-Eltern, die bei der Erziehung ihrer Sprösslinge völlig verkrampft sind, weil sie alles besonders richtig machen wollen – als müssten sie etwas beweisen. Oder wenn zwei sich verpartnern, womöglich

noch mit Eheringen, und damit ihrer sozialen Umwelt mitteilen: Wir sind auch wie ihr Heteros, nur ein bisschen andersherum! Das kann dafür sorgen, dass sie sich vor lauter Heile Welt gegenseitig strapazieren und es in ihrer Beziehung in der einen oder anderen Form zu Gewalt kommt. Ein Beispiel dafür sind Beziehungen, die zwar offen lesbisch sind, in denen aber rassistisch diskriminiert wird nach dem Motto: Wann lernst du richtig Deutsch? Ich will, dass uns endlich alle unsere Nachbarn grüßen! Oder wenn eine Lesbe unbedingt zu einer coolen Clique gehören will und nicht mehr so ein Mauerblümchen wie in der Hetero-Phase sein will und durch die Bewältigung dieses Stresses ein Alkoholproblem bekommt. Ganz banal heißt das: Hinterfrage dich, wenn du etwas denkst oder machst, was eine Hete nie machen würde. Oder anders herum: wir sind alle in vielfältiger Weise anders, und jeder muss für sich selbst herausfinden, was für ihn richtig ist.
Für mich persönlich ist es mittlerweile so, dass ich in erster Linie mit Menschen Kontakt haben will, die ihre Sozialisation und ihre Lebensweise tiefgehend reflektieren. Das ist für mich entscheidend, weil es zu einem sensiblen und respektvollen Umgang mit sich selbst führt und in Folge auch gegenüber anderen. Die besten Gespräche sind übrigens die, bei denen ich hinterher feststelle, dass ich gar nichts über die sexuelle Identität meines Gesprächspartners weiß. Das bedeutet, dass ich mich so wohl und akzeptiert gefühlt habe, dass ich meinen Gaydar gar nicht aktiviert hatte.

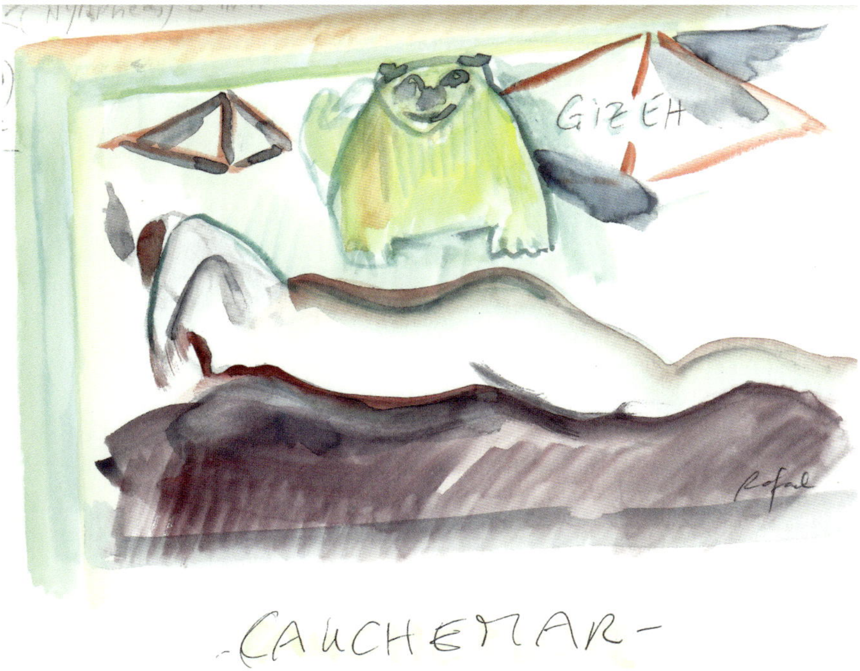

Ingrid Rafael

Identität:
Ich würde mich als queer bezeichnen. Ich halte das nicht für eine Verwässerung, kann aber verstehen, wenn andere das anders sehen. Da meine Vorlieben wechseln, fühle ich mich mit queer gut beschrieben, da es für mich bedeutet, unabhängig von gängigen Normen zu leben. Und das beinhaltet für mich auch gängige lesbische Normen.

Out:
Ich hatte mein Coming-out so mit Mitte 20. Ich hatte auch – oder habe immer mal wieder – Heterobeziehungen, lebe aber offen lesbisch.
Nach dem Coming-out hat meine Mutter ein Jahr lang nicht mit mir gesprochen. Mein Vater hat sich gleich Mühe gegeben, das zu akzeptieren. Mein Bruder hatte kein Problem damit.

Träumst du von Begegnungen mit einer Frau, die im Wachzustand tabu oder aus anderen Gründen unerreichbar ist? Welche?
Ich kann mich an keinen erotischen Traum erinnern.

Körper:
Gibt es unter Lesben einen Körperkult wie bei Schwulen (bzw. Heteras)? Wie zeigt er sich? Auf Partys?
Ich denke, das ist sehr verschieden, aber so ein paar definierte Muskeln schaden sicher nicht. Geht mir zumindest so.

Wie ist dein Verhältnis zu deiner Vulva, zu der deiner Freundin, wie nennst du sie, kannst du sie beschreiben?
Was magst du besonders beim Sex?
Was ist „guter Sex"? Schlechter Sex? Was kommt „nach dem Sex"?
Ich mag meine Vulva, aber einen besonderen Namen habe ich nicht für sie. Vielleicht ist es mehr so ein geheimes Liebhaben, da braucht man dann keinen Namen. Ich muss mal darüber nachdenken, was wir für ein Verhältnis haben.
Guter Sex ist es, wenn man eine Begegnung hat.
Das Schöne und das Beunruhigende am Sex ist das animalische Begehren, das sich der Bewertung entzieht.
Schön ist auch die Selbstentgrenzung. Für den Moment nicht die Last des Selberseins zu haben.

Wofür gibst du Geld (wenn du welches übrig hast) aus – und wofür eher nicht?
Ich gebe Geld aus für Bücher, für Malmaterial, für Werkzeug, für qualitativ hochwertige Klamotten, manchmal auch für etwas, das nur schön ist. Mittlerweile gebe ich auch Geld für gutes Essen aus.

María Gutiérrez
Hypergeruchssinnerei

Lass mich deine Achsel küssen, den Curryduft deiner unentdeckten Haut einatmen.
Die Zimmerdecke erdrückt mich.
Mit jedem Moment scheint sich der Verweilort auf deinen Ingwerduft auszudehnen, und ich erschnüffle kleinste Winkel, Tüll, die noch warmen Laken, wo dein Körper „Königin Luise“ hineindrückte, füllen deine Aromen Flure und Zimmer und kehren zurück zur Kochnische, deine Hände berühren schmetterlingsgleich die kleinen Kelche der Korianderblüten, Hände wie weiche Milchbrötchen, Hügel von Ibrahim, Buttergebäck, das mein Geschmacksparadies bis zum Himmel erhebt.
Erneut erfüllt der Gestank die Luft und erstickt mich, und meine Lungen spucken vergammelte Nelken aus. Ich ringe nach Luft und rieche den geöffneten Granatapfel warmer Lippen, Mund gegen Mund, willenlos unersättlich, ich atme deine langen Schenkel, Parfümduft wie Holz; und ich schaue in deine blaugrünlichen, grünbläulichen Augen, die ins Meergraue zurückkehren, dabei wer weiß, was oder wen suchend, weg von deinen Brüsten, deinen malvenfarbenen Brustwarzen aus Zimt und Honig, die mich in deinen engen Lenden sättigten. Jetzt weicht sie aus, ist abweisend, und ich wische die unmöglichen Küsse fort, salzig von der Asche, die die Kälte mit sich bringt.
Wo dein Sex warmer Wohlgerüche; wo dein Schambein, Essenz aus der Heidekrautblüte; wo du, Sonntag warmen Brotes und Butter. Wo.
Die Landkarte deiner Gerüche aromatisiert meine Welt, Frau, mit Essenzen gepresster Samen: mein parfümierter Balsam, der die schlechten Gerüche erstickt.

Aus dem Spanischen von Hedda Wortmann

Anja Müller

Anja Müller

Laura

Michaela Regus
Um Mitternacht

Anna-Stina Treumund

Es gibt Nächte, da klingelt sie bei mir. Dann steht sie vor meiner Haustür, streift sich die Sneakers ab, schließt die Tür hinter sich und begleitet mich wieder ins Bett. Wir reden nicht viel. Es gab eine Zeit, in der wir zu viel geredet haben. Nun gibt es nichts mehr zu sagen. Manchmal legt sie sich auf mich und ihre Nase an meine Halskuhle. Ich fühle die Schwere ihrer Brüste auf den meinen, meine Hände gleiten über ihren Rücken zu ihrem Po. Ich fühle, wie sie meinen Geruch einsaugt, wie sie sich auf mich sinken lässt, wie sie ankommt. Auch, wie sie sich erinnert. Ich streichle sie, bis ihre Hände zu wandern beginnen, bis sie irgendwann unruhig wird, bis sie mich küsst, beißt, an mir saugt, bis ihre Nässe sich mit meiner vermischt, an uns herabläuft, und wir schlafen miteinander. Manchmal, in anderen Nächten, drängt sie mich gegen eine Wand, vor den Spiegel, legt mich über das Kopfteil des Bettes, dreht mich mit Gewalt auf den Bauch, zwingt mich auf die Knie und fickt mich. Sie greift mir in die Haare und reißt meinen Kopf zurück, sie legt ihre Handfläche an meine Kehle und drückt zu. Sie schiebt ihre Finger in mich, sie dringt mit einem Dildo in mich ein, sie weidet sich an meinem Begehren, an meiner Lust. Sie will mich zum Schreien bringen und mein Wimmern hören. Wenn ich komme, sieht sie mich immer an. Sucht immer meinen Blick. Und hält ihn fest, ich komme, immer und immer wieder, bis ich mich nur noch zusammenrollen kann, meinen Rücken an ihren Bauch geschmiegt, ihren Arm um mich herumgeschlungen. Ich weiß, ihre Augen glänzen, denn mit jedem Orgasmus, den ich habe, mache ich ihr ein Geschenk. Manchmal glänzen ihre Augen auch von ungeweinten Tränen. Ich frage nicht nach dem Grund, denn ich kenne ihn. Ich schlafe gut und ruhig in ihrer Nähe. Wenn sie zur Arbeit geht, könnte ich immer noch ein bis zwei Stunden schlafen. Dann fehlt sie mir.

Es gibt Nächte, da stehe ich vor ihrer Tür. Manchmal macht sie dann unterwegs in ihr Schlafzimmer den Fernseher aus oder sie legt das Buch, in das sie vertieft war, auf das Nachtkästchen. Sie löscht das Licht und entzündet eine Kerze. Sie deckt mich zu, umgibt mich mit ihrer Wärme und sucht meine Lippen. Wir küssen uns, stundenlang, sie legt ihre Lippen auf meine und streicht sanft mit der Zunge darüber, sie saugt an meinem Hals, knabbert an meiner Brust. Manchmal kniet sie sich vor mich und senkt den Kopf, sie empfängt meine Dominanz und meine Schläge. Danach, wenn sie blutet, lächelt sie. Sie lächelt dieses eine Lächeln, das, das sie sonst nie lächeln kann, und schläft in meinem Arm ein. In manchen Nächten nimmt sie meine Hand, ballt sie zu einer Faust, spreizt die Beine und führt sich meine Faust selbst ein. Dabei versinken ihre Augen in meinen. Ihr Innerstes, ihr Verletzlichstes umschließt, umfängt mich, hält mich fest, bis ich zustoße und sie nur noch dunkel stöhnt. Manchmal, danach, möchte ich sie fragen, nach ihrem Leben, nach ihrer Arbeit, nach ihrer Familie. So wie früher. Aber ich schweige. Sie auch. Im Morgengrauen gehe ich. Oft hält sie im Schlaf meine Hand fest, wenn ich aufstehen möchte. Unter meinen Nägeln kleben noch ihre Nässe und ihr Blut. Zwei, drei Mal stand nachts ein anderes Auto auf dem Parkplatz vor ihrem Haus. Wieder zu Hause konnte ich fast nicht mehr atmen vor ungeweinten Tränen.

Und es gibt die anderen Nächte. Nächte, in denen wir vorher telefonieren, bevor eine von uns losfährt. Dann geht es der, die anruft, schlecht. Dann liegen wir aneinander, Arm in Arm, die Beine verschlungen, die andere möglichst nah bei sich, an sich. Dann liegen wir auch engumschlugen aufeinander und fühlen die Wärme und Sorge der anderen. Dann geht es nicht um die Gier, um das Begehren, um die Lust, um den Schmerz, um die Leidenschaft des Körpers. Dann geht es um unsere Seelen. Morgens, wenn eine wieder geht, sind die dunklen Seelenwolken heller. Dann ist der Alltag ein wenig sonniger. Bis die Nacht wieder kommt, weil die andere nicht mehr da ist.

Anna-Stina Treumund

Laura

Henrike Lang

Feierabend

Meine Frau guckt abends oft Tierpornos. Nicht, was Sie jetzt vielleicht denken, sondern irgendwelche WDR-Dokus, in denen sich Schlangen, Fische und andere Kreaturen ausgiebig paaren, Kamera immer voll drauf.
Szenen, die linkischen Artgenossen im Zoo gezeigt werden, um sie zur Nachahmung zu animieren. Judith guckt sie aber nicht animiert, sondern apathisch, einfach weil sie gerade im Fernsehen laufen. Sie schaut sich auch so grützlangweilige Lokalreisen an wie „Wunderschönes Sauerland“ oder „Quer durch Ostwestfalen“.

Heute Abend zeigte der WDR Nilpferde beim Heterosex im schlammigen Wasser. Das brachte mich auf eine Idee. „Schatz“, sagte ich und schob mich kühn ins Bild. „Ich bin genauso süß.“ Man muss mit seinen Pfunden wuchern.
„Bist du“, erklang es matt hinter der Sofalehne.
„Und ebenso willig.“
Es ächzte. Brunftschreie klangen anders.
Na gut, hatte ich es wenigstens einmal versucht. „Liebst du mich?“, fragte ich vorsichtig, um das abgearbeitete Wesen auf der Couch nicht weiter zu bedrängen.
„Na klar.“
„Hauptsache“, antwortete ich und widmete mich wieder dem Abwasch.

Text- und Bildautorinnen

B., Gabi, * 1950, Geografin, Ethnologin, Journalistin.

B., Karsten, Transitions-Vita: 2007 – Profil im FTM-Forum (ftm-portal.net), Testosteron, Mastektomie, Vornamensänderung (VÄ) nach Transsexuellengesetz (TSG); 2009 – Hysterektomie, Personenstandsänderung (PÄ)

Bax, Anne, lebt mit Frau, Stoffschwein und Gleitsichtbrille im Ruhrgebiet. Bücher u.a.: „Wirklich ungeheuer praktisch" (ihr Debüt, inzwischen in 5. Auflage), „Kochen und Küssen", die romantischen Krimis „Herz und Fuß" und „HerzKammerSpiel". Zuletzt: „Love me tinder" (Kurzgeschichten).

Beinstein, Krista, * in Wien, lebt in Hamburg. Künstlerin, Aktionistin, Performerin. Krista Beinstein hat sich in ihren Arbeiten immer wieder aufs Neue unbeirrt mit Grenzüberschreitungen in der weiblichen Sexualität beschäftigt, mit Bildern authentischer Sexualität ebenso wie mit provokanten Inszenierungen symbolischer Anteile des Sexuellen. Sie war nicht die einzige Sexrebellin Anfang der Achtziger, aber eine der ersten Künstlerinnen, die so radikal in Deutschland und Österreich mit ihrer Kunst in die Öffentlichkeit ging und somit angreifbar wurde. Viele Ausstellungen mit Bildern aus ihren ersten Büchern „Obszöne Frauen" (1986) und „Im Rausch der Triebe" (1988) wurden damals zerstört. Bisher zehn Fotobücher, nicht alle sind mehr lieferbar. Ihr zehnter Bildband „Sinfonie des Lebens. Ein Leben für die Lust!" erschien in kleiner Auflage anlässlich ihrer Jubiläumsausstellung im schwulen Museum (2016/2017). Das Zitat zu den Bildern ist dem Gespräch in diesem Buch entnommen.

Bensch, Juliette, * 1986, veröffentlichte ihre erste Kurzgeschichte 2008 in der „Anthologie Lesbisches Jugendbuch". Ihr Debütroman „Last minute Liebe" erschien 2011 (beides im Verlag édition el!es). Mit Kurzgeschichten ist sie in „Mein lesbisches Auge 11" (konkursbuch 2012) und in „Unicorns don't swim" (AvivA 2016) vertreten.

Berr, Annette, * 1963 in Berlin, lebt dort, Veröffentlichung von CDs mit Liedern und Büchern. Ihr erstes Buch „Nachts sind alle Katzen breit" (Geschichten aus Kreuzberg) erschien 1985 und wurde ein Bestseller. Die Erzählung „Mein lieber Schwan" schrieb sie mit Anfang Zwanzig, erstmals gedruckt wurde sie in ihrem ersten Buch. Weitere Bücher u.a. „Orgasmusmaschine" (Erotische Erzählungen, konkursbuch Verlag, z.Z. vergriffen, Softcoverneuausgabe in Vorbereitung), „Die Stille nach dem Mord" (Thriller, Glauserpreis nominiert).

Beyer, Regina, * 1973. Lebt, malt, schreibt und gärtnert in Brandenburg zusammen mit Frau und Hund.

Bührmann, Traude, Schriftstellerin, Fotografin, Stadtführerin, Dichterin: „Ich schreibe in Bildern, in Fotografien erzähle ich Geschichten, rücke den poetischen Blickwinkel in den Mittelpunkt." Nach ihrer ersten Erzählung „Flüge über Moabiter Mauern" (1987) folgten zahlreiche literarische Veröffentlichungen, u.a. „Faltenweise – Lesben und Alter", der Roman „Die Straßensängerin", die Erzählungen um Leben und Tod „Nachtcafé", die Stadtbegleiterinnen „Lesbisches Berlin" und „Lesbisches Paris", zuletzt der Kurzroman „durchatmen" und die Novelle „Cocktailstunde" um ein selbstbestimmtes Lebensende (2014), beide im konkursbuch Verlag Claudia Gehrke. Weiteres unter literaturport.de

Cassaris, Lovis, * 1983 in Süditalien, aufgewachsen in der Schweiz, lebt heute in Fribourg. Aktuell promoviert sie im Forschungsfeld der Gender- und Queerlinguistik in Zürich, arbeitet als (Online-)Kommunikationsexpertin und freie Journalistin. Mit „Ein letztes Mal wir" erschien ihr erster Roman im Querverlag. Twitter: @lovis_cassaris / Facebook: www.facebook.com/cassaris.lovis

Dankers, Julia, Enddreißigerin, lebt mit ihrer Lebensgefährtin und zwei Kindern im beschaulichen Buxtehude und arbeitet hauptberuflich als Hauswirtschaftsleiterin einer großen Kindertagesstätte, nebenberuflich als Autorin. Veröffentlichungen: „Schrei leise", Kurzgeschichten, 2005, „Im Regionalverkehr des Lebens", Kurzgeschichten, 2007 (beide Wiku-Verlag), „Herzkasper", Roman, 2013, „Herztanz", Roman, 2015, „Herztour", Roman, 2015 (alle Ulrike Helmer Verlag), außerdem Veröffentlichungen in „Mein lesbisches Auge" und „Mein heimliches Auge".

Del LaGrace Volcano, gendervariierender Künstler, Fotograf. Im Jahr 2000 erschien das Buch „Sublime Mutations". Die Bilder zeigen das Changieren zwischen verschiedenen Körpern, zwischen Frau und Mann, Intersexuelle, Butches, Femmes, auch Menschen zwischen alt und jung, verletzt und unversehrt, vor und nach einer Brustkrebsoperation. Körper verwandeln sich permanent, nicht allein in der Transition zwischen den Geschlechtern. Diese Bilder sind heute so aktuell wie damals. Die hier abgedruckten sind dem Kapitel Tranz-Porträts entnommen. Das Buch halten wir lieferbar. Zuletzt erschien das Buch „Sex Works", Fotografien über lesbischen und gendervariierenden Sex zwischen ab zwischen 1978 und 2009.

DIMBENG, * 1968 an der Elfenbeinküste. Sie wuchs in Deutschland und Österreich auf und studierte an der *Ecole supérieure des Arts Modernes* in Paris Innenarchitektur. Sie ist Mitglied der von der UNESCO 2015 ins Leben gerufenen *Koalition der Künstler für die Förderung der allgemeinen Geschichte Afrikas*, Begründerin des *MixedArtRelief*, einer

Mischtechnik, die, mittels des *„sfumato“* der Renaissance Materie, Form und Farbe verschmelzen lässt, um so das abstrakte oder figurative Werk stärker ins Relief zu setzen. Frauen sind ein zentrales Thema ihrer Kunst, ein weiteres ist das Verhältnis des Menschen zur Erde. Viele Ausstellungen, u.a. am Quai Branly-Museum in Paris. 2012 vertrat sie die Elfenbeinküste im Hauptsitz der UNESCO. 2013 stellte sie erstmals in ihrem Heimatland aus.

Do, Jane, Pseudonym. Im Schreiben bin ich noch blutige Anfängerin. Ja, ich gestehe: ich habe rote Haare und bin nicht gerade auf den Mund gefallen, auch wenn mir jede kriminelle Energie fehlt. Im wahren Leben habe ich Rechtswissenschaften, Germanistik und Geschichte studiert und mich nach meinem Examen für eine krisensichere Laufbahn im öffentlichen Dienst entschieden. Bücher: „Vor Traumfrauen wird gewarnt“ im AAVAA Verlag 2015, „Tod auf Stelzen“ im Mondschein Corona Verlag 2016.

Dreier, Martina Minette, Künstlerin in Berlin. Ihre Themen: Identität, Macht und Sehnsucht.

Erdmann, Anna und Goralski, Franziska, studieren beide Bildende Kunst an der HfBK Dresden. Seit Anfang 2016 arbeiten sie gemeinsam an künstlerischen Projekten. Ein gemeinsames Arbeitsfeld ist der Entwurf von „strap wear“ – erotische Bekleidung, anhand derer wir Erfahrung im Spannungsfeld „nackt sein“ – „bedecken“ machen können. Einige der ausgewählten Fotos stammen aus der Entwicklungsphase.

Faßbinder, Lizzy, * 1961, offen lesbisch-feministisch lebend, nicht-deutsch, seit über 30 Jahren in der Buchbranche tätig.

Fessel, Karen-Susan, * 1964 in Lübeck, aufgewachsen in Meppen/Ems, lebt in Berlin als Schriftstellerin und Dozentin für Schreibseminare. Seit 1994 gut dreißig Bücher für Erwachsene, Jugendliche und Kinder, von denen einige vielfach übersetzt und ausgezeichnet wurden (u.a. Zürcher Kinderbuchpreis für „Ein Stern namens Mama“; Nominierung dt. Jugendliteraturpreis für „Und wenn schon!“, Taiwan Book Award für „Steingesicht“). Neueste Veröffentlichungen: „Hip-Hop, Hund und Herzgehüpfe“ (Kinderbuch, 2016). Im konkursbuch Verlag sind ihre ersten Bücher erschienen („Und abends mit Beleuchtung“, Roman 1994, „Heuchelmund“, erotische Erzählungen 1995). Im Frühjahr 2018 erscheint „Mutter zieht aus“ (ein Roman über ihre Familie) im konkursbuch Verlag.

Giegold, Alex ,* 1978, freie Fotografin und Künstlerin in Berlin. Ihre Arbeiten hinterfragen die Machtstrukturen von Blickkultur und erschienen in zahlreichen queeren Medien. Einzel- und Gruppenausstellungen.

van Ginneken, Inga, * 17.7.1981 im Schwarzwald, schreibt und fotografiert. Ihre erste Veröffentlichung hatte sie im „multisexuellen“ erotischen Jahrbuch „Mein heimliches Auge 15“ (2000). BoD „Marlene & Me“.

Godard, Jeannette, aufgewachsen in Ostberlin. Bandsängerin zwischen 15. und 20. Lebensjahr. Gesangsstudium/ Bühnenausbildung in Berlin und Weimar. Später Fremdsprachenstudium Wirtschaftssprachen, gelebt in London, Brüssel, München und Berlin. Leidenschaft für Tango Argentino. Derzeit am Bodensee lebend und Ausbildung in Psychologie. Arbeit an einem Roman.

Goestl, Christina aka Clitoressa, Künstlerin und Pionierin klitorider künstlerischer Gestaltung und Forschung. Mit der Arbeit Clitonics hat sie die halbe Welt bereist, Ausstellungen, Konferenzen und Festivals bespielt, mehrere Buchbeiträge veröffentlicht und genüssliches Vergnügen ebenso wie Aufruhr verursacht. Viele ihrer Arbeiten beschäftigen sich mit einer Re-Konfiguration von Körperbildern durch radikale Unterwanderung normativer Codes. www.clitoressa.net, www.cccggg.net. Clitonics, ein visuell konstruiertes, prototypisch konzipiertes Modell einer Klitoris mit Kopf, Körper, Armen und Beinen, ist ein als 3D-Print ausgeführtes Datenmodell – taktil, federleicht, voluminös – eine Inspiration, rückkoppelbar in polymorphe Träume, plastische Chirurgie und biosynthetische Organe, gewidmet gendermodifizierten, transsexuellen und gendermodifizierenden Personen.

Green, Goodyn, * 1979 in Aalborg, Dänemark, seit 2007 in Berlin, 2008 bis 2009 Neue Schule für Fotografie. Porträts, erotische Fotografie und Queer-Porn-Filme, zuletzt „Shutter“.

Gutiérrez, María, Teneriffa, ist Autorin und Dozentin. Sie leitet die Literaturwerkstatt der Frauenbuchhandlung der Kanarischen Inseln, publiziert Romane und Erzählungen und gibt feministische Bücher heraus (zuletzt einen Sammelband mit Texten kanarischer Autorinnen zum Thema Gewalt gegen Frauen). Verschiedene Literaturpreise. Buch in deutscher Übersetzung: „Ein Zittern entwaffnet mich / Un estremecimiento me desarma. Chilajitos / Miniaturgeschichten“ (konkursbuch Verlag 2016).

Hecht, Tori, * 1966, lebt in Berlin und schreibt gelegentlich pseudonymreife Texte. Feedback: tori.hecht@gmx.de

Hemsi, Paula, Schauspielerin und Lichtgestalterin aus Brasilien. In ihrer Arbeit konzentriert sie sich auf Licht und Kompositionen im Raum. Mit der Fotografie fand sie einen, neuen Weg, Empfindungen sichtbar zu machen.

Hipp, Sanne, wohnt seit dem Auszug ihrer Kinder mit Frau und Kater im Stuttgarter Raum. Das Schreiben ist mittlerweile zu ihrer Hauptbeschäftigung geworden. Ihr Genre ist der lesbisch-romantische Liebesroman, je nach Art der Protagonistinnen mit mehr oder weniger erotischen Szenen.

Hügerich, Viola, Ingenieurin, Feministin, Schwarzgurtträgerin, Lesbe, Heilpraktikerin für Psychotherapie, Gestalttherapeutin und inzwischen mit ganzem Herzen Künstlerin. Ich finde in meinen Bildern alle Aspekte meiner Person und meines vielfältigen Lebens wieder. Meine Kunst ist ein Spiegel meiner selbst. Mit meiner Identität als Frau und Lesbe ergibt sich ein besonderes Interesse an der Darstellung von Frauen, dem ich malerisch mit allen möglichen und unmöglichen Kombinationen von Techniken und Malmitteln in meinen Bildern Ausdruck zu verleihen suche. Seit Anfang 2014 studiere ich an der Akademie für Malerei Berlin in der Klasse Ute Wöllmann. Um einen lesbischen Standpunkt in der zeitgenössischen Kunst gesellschaftlich relevant zu machen, suche ich verstärkt den Austausch mit anderen lesbischen Malerinnen und Künstlerinnen. www.viola-huegerich.de

Kümel, Ulrike, * 1957, schreibt seit 2013 politische und genderkritische Texte für das lesbische Auge: 2013: „Wenn Männer nicht bis drei zählen können …", 2014: „Ist Psychoanalyse etwas Gutes für uns FrauenLesben?", 2015: „Das Thema Sex ist langweilig. Es geht dabei immer nur um Politik", 2016: „Dieses Jahr gibt's nichts". Homepage: www.ukarchiv.blogsport.de

Kuntika, Kaja, Pseudonym.

Lang, Henrike, * in Norddeutschland, war lange journalistisch tätig, bevor sie sich auf die Belletristik konzentrierte. Letzte Buchveröffentlichung: „Bettenroulette" (2017, Episodenroman über ein lesbisches Langzeitpaar, Liebe, Erotik, Kinderwunsch, Schwangerschaft, Leben mit Baby und heranwachsendem Kleinkind)

Laura (Peréz Vernetti), studierte und lebt in Barcelona. Sie zeichnet vor allem Comics und Graphic Novels, oft mit Texten von Dichterinnen und Dichtern wie Julia Ochoa, Miriam Reyes, Majakovskij, Pessoa, Rilke u.a. Für das Lesbische Auge fertigt sie immer wieder einmal eine Zeichnung an. Vor 10 Jahren, 2007, erschien im konkursbuch Verlag ihr Buch mit farbigen Aquarellen und Zeichnungen „Sin permiso / Ohne Erlaubnis" (die farbigen Abbildungen sind aus diesem Buch). Als Kind (Mutter aus Italien, Vater aus Spanien) las sie begeistert spanische, italienische und auch französische Comics in beiden Sprachen und zeichnete ihre ersten Comics in Schulhefte, wenn die Lehrer Langweiliges erklärten.

Lioubaskina, Marina, * 1960 in Usbekistan. Sie studierte an den Kunsthochschulen in Kaliningrad und St. Petersburg. Zahlreiche Einzel- und Gruppenausstellungen in Frankreich, Deutschland, Russland, der Schweiz und anderen Ländern. Seit 1998 lebt sie in Berlin und arbeitet als freie Künstlerin (Grafiken, Fotografie, Performances) in Berlin, Moskau und St. Petersburg. Buch mit sexuellen Episoden eines „weiblichen Casanova" zwischen Russland und Deutschland: „Marinotschka, du bist so zärtlich", illustriert mit Kunst der Autorin, 2015 konkursbuch Verlag.

McCabe, Shilo, erotisch-dokumentarische Fotografie, San Francisco. Sie dokumentierte u.a. Aktionen zum „Fisting Day" und zum „Masturbationsmonat Mai".

Méritt, Laura, Feministische Linguistin und Sexpertin in Berlin, Freudenfluss-Netzwerk, PorYes-Award. Jeden Freitag Salon in Berlin. Ihr erstes Buch „Lauras Animösitäten und Sexkapaden. Das lesbische Sexwörterbuch" erschien 1994 (die Infos und Sextipps darin bleiben aktuell). Seit 2007 „Mösenmonat März", mit Programm rund um das weibliche Potenzzentrum – anlässlich des Jubiläums Ausstellung „Clitoral Rising" mit Arbeiten aus vielen Ländern (eine kleine Auswahl davon ist in den Gesprächsbeiträgen abgebildet). Seit 2009 das „Million Pussy Project": Pussy Porträts von Polly Fannlaf und Freudenfluss-Netzwerk und ein Fragebogen zur Vielfalt der Vulven, die zur positiven Aufklärungsarbeit wie als Dokumentation gegen Normierung und Schönheitschirurgie dienen. In Vorbereitung für den März 2018 Buch mit Bildern und Texten zu „Clitoral Rising" und „Million Pussy Projekt" (konkursbuch Verlag).

melting point images Fotomanufaktur, Berlin, contact: melting-point-images@freenet.de

Moorin, Friederike K., (Künstlerinnenname), * in den sehr späten 1970ern und aufgewachsen in Berlin, studierte Literatur- und Sprachwissenschaften. Sie ist an einer Universität tätig und lebt/arbeitet zurzeit in den Vereinigten Staaten. Bisherige Arbeiten und ein unregelmäßiger Blog sind auf ihrer Homepage zu finden: https://friederikekmoorin.wordpress.com

Moreno, Esperanza, *1980 in Cádiz, Fotos und Texte über „Lesbische Körper in Theorie, Cyberspace und Realität".

Müller, Anja, * 1971 in Ostberlin. Mit 12 Jahren hat sie begonnen zu fotografieren. 1998 gab sie Kleinanzeigen auf, in denen sie Menschen suchte, die sich beim Sex fotografieren lassen. Es ging ihr immer schon um Nähe, Intimität, nicht um Voyeurismus. Eine Serie dieser Fotos wurde veröffentlicht in „Mein heimliches Auge. Das Jahrbuch der Erotik XIII" (1998). Inzwischen viele weitere Veröffentlichungen in Anthologien, Coverabbildungen, sowie Fotobücher. U.a. „Mittendrin. Frauen zwischen 45 und 55. Erotische Fotografien", „Frauen 2", zuletzt „Paare 2".

Neifer, Olga, * 9.12.1983, lebt seit 2005 in Berlin. Seit 2013 setzt sich die Streetartkünstlerin aktiv dafür ein, die Vulva als visuell wahrnehmbares Motiv in den öffentlichen Raum zu integrieren. Im ersten Projekt entstanden individuell gefertigte gestickte Vulva-Motive. Anschließend wurde die Sticker-Aktion „Vulva für alle" ins Leben gerufen und damit die massenhafte Verbreitung des Vulva-Motivs, welches durch einen kleinen Punkt unten rechts charakterisiert ist, vorangetrieben. Bis dato sind knapp 16.000 Exemplare, in fünf Variationen, im Umlauf. Mittlerweile ist die Darstellung auch als Graffiti im Berliner Raum wahrnehmbar.

Nössler, Regina, * 1964 in Altenhundem/Sauerland, aufgewachsen in Herten/Ruhrgebiet. Studium der Germanistik und Theater-, Film- und Fernsehwissenschaften.

Lebt als freie Autorin und Lektorin in Berlin. Zahlreiche Veröffentlichungen, zuletzt die Thriller „Wanderurlaub" und „Endlich daheim", im Herbst 2017 erscheint der Thriller „Schleierwolken", konkursbuch Verlag.

Peaks, Finn, Model, Filmemacher und „Pleasure Activist" und lebt in Berlin. Er möchte in seinen Performances und Filmen seine Fantasien teilen und dabei Menschen inspirieren und anturnen.

Posella, Francesca, * 15.02.1989 in Pegnitz. Hauptberuflich Mediengestalterin und nebenher leidenschaftliche Fotografin in ihrer Wahlheimat Augsburg. 2015 Gründung ihrer Fotografie-/Kunstseite unter dem Namen Andersart. Homepage www.andersart-fp.com.

Rafael, Ingrid, Studium der Malerei und Grafik an den Kunsthochschulen Braunschweig und der Hochschule der Künste Berlin, Meisterschülerin von Klaus Fußmann, zahlreiche Ausstellungen. Seit der ersten Ausgabe von „Mein lesbisches Auge" zeigt sie neue Arbeiten immer wieder einmal in den Jahrbüchern.

Regus, Michaela, M.A., Buchhändlerin IHK, Geschäftsführerin Yoga85 UG (www.yoga85.com). „Yoga lehrt uns zu heilen, was nicht ertragen werden muss, und zu ertragen, was nicht geheilt werden kann." (B.K.S. Iyengar) „Yoga is the practice of tolerating the consequences of being yourself" (Bhagavad Gita) „Wir üben für eine wache lebendige Stille in uns." (W. Kiechle) „Von allen Welten, die der Mensch erschaffen hat, ist die der Bücher die gewaltigste" (H. Heine)

Reichelt, Sara, * 1964, beschäftigt sich von Jugend an mit der Neuerfindung der Welt durch Sprache. Sie hat zwei Hochschulstudien abgeschlossen (Psychologie; Judaistik u. Vergleichende Religionswissenschaft) und liest/spricht mehrere Fremdsprachen. Parallel zu ihren Berufstätigkeiten als Beraterin und Dozentin veröffentlicht sie seit 1986 poetische Prosatexte und Lyrik. Seit 2014 als freie Schriftstellerin in Berlin. 2016 erschien im Verlag 3.0 ihr neuestes Buch „Alle Zeit mit ihr – Erotik und Liebe zwischen Frauen".

Ruf, Sonja, wuchs in einem Dorf im Nordschwarzwald auf, Ausbildung zur Verlagsbuchhändlerin, danach Studium der Geschichte in Frankfurt a.M. Viele Förderstipendien, Teilnahme am Ingeborg-Bachmann-Wettbewerb. Freie Schriftstellerin, sie lebt zzt. in Saarbrücken.

Ruske, Lina, * 1987 in Berlin, hat Fotografie und freie Kunst in Potsdam, Zürich und Leipzig studiert, forscht künstlerisch im Spannungsfeld zwischen Normativität und Subjektivität – zu Fremdbestimmung/Selbstbestimmung, Emanzipation, der Verwobenheit von persönlichen und gesellschaftspolitischen Themen. Schwerpunkte: Selbstbilder, Sexualität, Begehren sowie Konzepte von Beziehungen, Familie und Freundschaft. Diese Forschung kann nur im Austausch mit anderen stattfinden, in temporären Gruppen und Kollaborationen.

Shifflet, Suzanne, San Francisco. „Ich habe Legasthenie, bin introvertiert und queer. Ich habe mich immer gefühlt, als würde ich von außen nach innen schauen. Kunst war eine Flucht für mich. Ich konnte Stunden damit verbringen, mich irgendwo zu verstecken und die Welt, in der ich leben wollte, zu zeichnen. Ich bin in einem großen Haus voller Kinder und Frauen aufgewachsen, die sich von ihren Männern getrennt hatten, mit meiner Großmutter als Matriarchin. Ich sah mir viele Westernfilme an und malte mir aus, dass die abwesenden Männer der Familie in der Ferne großartige Abenteuer erlebten. Mein Vater war Berufsoffizier bei der Luftwaffe. Ich besuchte ihn jeden zweiten Sommer, und ihn in Uniform zu sehen, bestätigte diese Fantasien nur. Als ein natürlicher *tomboy* sehnte ich mich nach der Freiheit und den Abenteuern, auf die all jene ein natürliches Recht zu haben scheinen, die als Männer auf die Welt gekommen waren. Die Versuche meiner Familie, mich zu feminisieren, sind allesamt gescheitert. Als man mir zur Schule ein Kleid anzog, fühlte ich mich wie ein Junge, der Frauenkleider trug. Nach der Schule stürzte ich nach Hause und warf mich in die abgetragenen Klamotten meines älteren Bruders. Wenn ich nicht mit meinen Actionfiguren spielte, zeichnete ich Cowboys und Soldaten. Ich habe damals selten Frauen gezeichnet. Falls doch, waren sie meistens von Männern umkämpft und gefesselt. Als ich gerade 18 war, kam ich auf meinem Weg zur Arbeit eines Nachmittags an einem schwulen Postkartenladen vorbei. Im Augenwinkel entdeckte ich eine Postkarte, „Man in a Polyester Suit" von Robert Mapplethorpe. Dieses Bild hat sich mir eingebrannt. Ich wollte malen, was in einem emotionalen Sinne menschlich ist – unabhängig von einer bestimmten Zeit. Die Postkarte hat diese Idee in mir ausgelöst. 2002 bin ich an die Westküste gezogen, und meine Sex-Erkundungen wurden der Ort, an dem ich mich wie ein Teil der Menschheit fühlte, der Ort, an dem ich etwas Größeres war, als ich selbst. Ich fing an, dies in meiner Kunst auszudrücken. Ich malte Genitalien als Porträts, zur Hälfte Frauen und zur Hälfte Männer. Bei einer Ausstellung in San Francisco wurden diese Porträts gut aufgenommen. Meine innere Welt begann in meiner äußeren Welt Blüten zu treiben.
Die Linie zwischen Mann und Frau ist verschwommen. Meine Themen beeinhalten cis-Männer, cis-Frauen, trans-Männer, trans-Frauen und viele andere auf dem nicht binären Regenbogen. Ich habe Frauen als entschlossene Krieger gemalt und Männer als Objekt der Begierde.
Ich habe ein Porträt meines eigenen Torsos gemalt, im Korsett und weiblich, und direkt danach habe ich ihn in schwarzem Leder mit einem schwarzen Dildo gemalt. Ich wünsche mir so zu malen, dass die BetrachterInnen mehr erfahren möchten über die Subjekte auf den Bildern und zugleich etwas von sich darin erkennen. Wir möchten immer auch etwas von uns selbst im anderen und in der Kunst wiederfinden. Malerei hat meineserachtens die Kraft zum Nachdenken, zum besseren Verständnis anzuregen

Stillfried, Sophie von, * 1974 in München, Studium der Malerei an der Hochschule für Graphik und Buchkunst in Leipzig, viele Ausstellungen, zuletzt (bis 20. August 2017) Studiogallery HaL Berlin.

Storgaard, Camilla, * 1989 in Dänemark, lebt in Berlin. Ihre figurativen Akte sind „Storytelling"-Fotografie, die das gegenwärtige urbane Leben von Queers und Club Kids zeigen; auch verbunden mit der überwältigenden Wirkung von Landschaft, in der sie ihre Szenen stattfinden lässt. Drei Jahre Erfahrung als Künstler-Assistentin im Studio Olafur Eliasson. 2017 Bachelor in Fotografie, Berliner Technische Kunsthochschule. Veröffentlichungen in Magazinen und Ausstellungen. „Als ich aufwuchs, war Natur immer präsent. Einige mir sehr nahe Menschen litten unter psychischen Krankheiten, dies zu begreifen, beschäftigte mich sehr. Als ich sehr jung dort fortzog und nach Berlin ging, geriet ich in die Underground-Szene der Stadt, in der Platz war für Selbsterfahrung. Ich befasste mich exzessiv mit Sex und Gender und fotografierte zuerst in der Queer-Szene. All das half mir, meine Arbeit weiterzuentwickeln zu dem was sie heute ist. Meine Sehnsucht nach beidem, dem Urbanen und der Natur, konvergieren, wenn ich mich mit Weiblichkeit, Sexualität und Mentalität beschäftige.

Swan, Rebecca, Fotografin aus Neuseeland. Fotobuch „Assume Nothing" mit Porträts und Texten von Menschen mit uneindeutigem Geschlecht.

Swarzynska, Jo, entdeckte Fotografie bereits im Teenageralter, gefördert durch ihren Vater. Etwas später, als sie in Paris lebte, nahm ihre künstlerische Ausdrucksweise Gestalt an, inspiriert durch eine Gruppe von Künstlerinnen und Künstlern, anschließend Studium an der Akademie der bildenden Künste in Wien. Seit Kurzem lebt sie in Berlin und lässt sich von den Geschichten zwischen den Mauern der Stadt inspirieren. Ausstellung 2016 in „The Club", Berlin Neukölln.

T, Henri, Fotograf*in und Performer*in, seit einer Weile in London lebend und arbeitend. Aufgewachsen in Halle an der Saale, führte der Weg gleich nach dem Abitur weiter nach Berlin, um der Kunst und Mode etwas näher zu sein. Nach etlichen Jahren Arbeit als Model vor der Kamera und vielen kleinen Projekten nebenher wurden die kreativen Möglichkeiten zu klein und der Druck der konservativen Modeszene zu groß und Henri wechselte hinter die Kamera. Nach einem Semester Fotografie an der Hamburger Technischen Kunstschule war der Grundstein für das weitere Studieren in Eigenregie gelegt. Der Focus in Henris Arbeiten liegt „zwischen den Zeilen", auf echten Emotionen und der Authentizität des Moments als ungeschönter und damit perfekter Ist-Zustand, ob mit der Kamera aufgenommen oder auf der Bühne gezeigt und gefühlt. www.henri-t.com

Tawada, Yoko, * 1960 in Tokyo, lebt in Berlin. Das erste Mal reiste sie 1979 mit der transsibirischen Eisenbahn nach Europa und lebt seit 1982 in Deutschland, studierte Literaturwissenschaften in Hamburg und Zürich. Sie schreibt auf Deutsch und auf Japanisch. Inzwischen sind ca. 25 Bücher auf Deutsch erschienen (alle im konkursbuch Verlag), zuletzt „akzentfrei. Literarische Essays" und „Ein Balkonplatz für flüchtige Abenteuer" (ein Roman, wie ein Gedicht gesetzt, ein fließender Text voller Verwandlungen). Viele Auszeichnungen, 2016 erhielt sie den Kleist-Preis. Ihr erstes Buch, „Nur da wo du bist da ist nichts" mit Prosa und Gedichten erschien 1987, vor genau dreißig Jahren, 2017 somit ein kleines Jubiläum. Ins „Lesbische Auge 17" haben wir ihren ersten Prosatext aufgenommen. Sie hat ihn noch auf Japanisch geschrieben, übersetzt von Peter Pörtner. (Das im Text abgebildete haarige Buch „Let's talk about sex" ist ein (immer noch) wichtiger Text der von Nicole Müller über lesbische Sexualität, erschienen 1996 in „Mein heimliches Auge XI".)

tomboy62, Berlin, fotografiert lesbische, schwule und queere Menschen. Fotoclub Mannsbilder.

Treumund, Anna-Stina, * 18.06.1982, in Tallinn, Estland. Sie studierte Fotografie an der Kunstakademie Estlands, später Kunst und Design (für Promotion), Erasmus Austausch Studentin an der Vilnius Art Academy, verschiedene Auszeichnungen und Aufenthalts-Stipendien, u.a. Wien und Gotland. Viele Einzel- und Gruppenausstellungen in Museen und Galerien, zuletzt (April 2017) M's Wet Dream in Kopenhagen. Arbeiten von ihr finden sich in den Sammlungen des Kumu Kunstmuseums und des Tartu Kunstmuseums (beide Estland) sowie in privaten Sammlungen.

de Vers, Marie, * 1992, schreibt Geschichten und Romane, seit sie schreiben kann, und gibt ihrer Fantasie einen Ort zu leben. Sie ist sowohl Umwelt- als auch Tieraktivistin und setzt sich für Menschenrechte ein. Im Moment schreibt sie an einem Endzeitroman und einem Kurzgeschichtenband. Sie lebt mit ihren beiden Katzen im Bergischen Land.

Voss, Ulrike, bisher vier Romane rund um lesbische Liebe, Beziehungen, Erotik. Zuletzt erschien „Rebeccas Küsse"(alle konkursbuch Verlag). Die Figuren im Text für dieses Lesbische Auge kommen aus dem Roman „Das dritte Mal"; auch nach Abschluss des Romans geht ihre Geschichte weiter, (nicht nur) im Kopf der Autorin.

Wolf, Anna, lebt als Journalistin in Süddeutschland

Wolf, Shirin, lebt, studiert und arbeitet in Greifswald. shirinwolf@web.de

Abbildungsverzeichnis

Jo Swarzynska: Coffee & Cigarettes